Tante Mame

PATRICK

DENNIS

Tante Mame

ROMAN

Traduit de l'anglais (États-Unis)
par Alain Defossé

Préface de Charles Dantzig

J'AI LU

Titre original :
AUNTIE MAME : AN IRREVERENT ESCAPADE

Éditeur original :
Vanguard Press

Préface

ON EN VOUDRAIT DANS LA FAMILLE

Il y a elle

et elle

et elle

et elle

et elle

Toutes ces actrices, Rosalind Russell, Angela Lansbury, Lucille Ball, Beatrice Lillie, Greer Garson, dans ces costumes et ces postures extravagantes, sont Mame. Mame, comme dans « *Put the blame on Mame* », la chanson de Rita Hayworth dans *Gilda* ? Ah non. Cette Mame-ci, si elle a le gant en chevreau de douze mètres de long et la cigarette faisant une fumée langoureuse, n'est pas une femme fatale de Hollywood. Tante Mame, c'est l'avant-gardiste brave fille. D'ailleurs, son rôle a également été interprété par Ginger Rogers (dans une production du West End de Londres en 1969), et Ginger Rogers n'aurait jamais tenu un rôle qui aurait déplu aux femmes convenables.

Mame fait partie du peuple immortel de la littérature populaire, avec Sherlock Holmes, Philip Marlowe, Bérurier, la mère Mac-Miche. Ils se promènent, petits et colorés comme des personnages de dessin animé, parmi le peuple immortel de la grande littérature, Charles Swann, Lolita, le prince André, Mme de Beauséant, Fabrice del Dongo, plus proches de l'état humain. Les personnages de la littérature populaire, nous y croyons moins. Et nous les aimons peut-être davantage. Ils n'ont généralement pas la complexité, les nuances, les vices en plus des vertus et les vertus en plus des vices, cette humanité, précisément, qui fait ressembler les personnages de la grande littérature à des personnes, avec tout ce qu'elles ont de détestable en plus de l'admirable. Bérurier, Marlowe, Mame, ont une seule caractéristique. Ils sont plus proches des marionnettes, et les marionnettes, c'est notre enfance. Ah voilà. La littérature populaire, c'est peut-être de la perpétuation de l'état d'enfance. Tante Mame est la charmante dingue qu'on voudrait dans la famille.

Les familles sont mal faites, surtout quand elles ont peu de défauts. Une mère compréhensive, un père aimant, un frère généreux, enfin toutes ces choses douces pour le cœur sont dures pour la littérature. Quel bon livre voulez-vous écrire avec ça ? Baudelaire a dû monstrifier son beau-père pour se donner de la bile à l'ouvrage, et les écrivains à problèmes familiaux ont créé les plus attachants des personnages. Dickens a montré que des défauts bénins peuvent détruire une famille. Il a transformé l'incapacité optimiste de son père en M. Micawber dans *David Copperfield*, l'homme qui dit que tout va bien se passer alors que tout s'écroule. Et tout s'écroule néanmoins. C'est ainsi qu'on pourrait imaginer une Tante Mame doucement destructrice. Tout au contraire, Patrick Dennis en fait un éléphant recollant la porcelaine de Saxe. Elle est la sœur d'un homme très conventionnel qui, mourant, l'a chargée d'élever son jeune fils selon les règles les plus strictes. Or, c'est une femme pour qui « tôt le matin » signifie onze heures. Elle a un maître d'hôtel japonais suprêmement inefficace. Donne des fêtes où l'on croise des moqueurs de la bande du bar de l'hôtel Algonquin. Elle commence par inscrire son neveu dans « une nouvelle école, divine, absolument mixte et complètement révolutionnaire [nous sommes juste avant la crise de 1929]. Les cours sont donnés nus sous des rayons ultraviolets ». Les aventures commencent, d'une bourde rêveuse à l'autre. La principale qualité de Mame, c'est que l'expérience ne lui apprend rien. Vingt ans après le début de l'histoire, elle reste toujours aussi fraîche, prête à partir à la poursuite du bonheur. Son fracassant optimisme fait de Mame le plus scrupuleux observant de la déclaration d'indépendance américaine. Elle commet des maladresses avec la même assurance ingénue que, quelquefois, le gouvernement de son pays, arrivant au bord de la catastrophe, se rétablissant toujours. Il y a les pères fondateurs, elle est la tante branlante.

Mame est plus connue que Patrick Dennis. Il est né Edward Everett Tanner III, à Evanston, Illinois, en 1921. C'est un de ces noms dynastiques qu'on se donnait alors dans les familles de la moyenne bourgeoisie par admiration de la très grande qui avait réussi, tous ces Rockefeller numérotés. Howard Hawks les raille dans *Les hommes préfèrent les blondes* quand, ayant lu sur un carton le nom de Henry Spofford III qu'elle croit milliardaire, la vénale Lorelei Lee (Marilyn Monroe) est déçue de voir arriver un petit garçon. En 1942, Edward Tanner s'engage dans l'American Field Service et devient ambulancier, comme Cocteau durant l'autre guerre, au Liban, au Caire, jusqu'en Italie où il se trouve sur le champ de la bataille de Monte Cassino. La guerre finie, il s'installe à New York où il travaille dans une agence de publicité. Il y aurait une étude à faire sur les écrivains qui ont commencé par là et ce que cela a donné comme littérature. De tout, de la plus démagogique à la plus austère, probablement. Et les écrivains n'ont pas attendu l'agence Havas pour savoir organiser leur propagande. On pourrait faire lire des biographies de Victor Hugo dans les bureaux d'événementiel à Neuilly-sur-Seine. Se faisant « nègre », Edward Tanner écrit des livres pour les autres, jusqu'à ce qu'il en publie un sous le nom de Virginia Rowans. Une critique du *New York Times* trouve que « Mlle Rowans écrit avec un réalisme tout féminin ». (C'est le genre de perspicacité qui nous retient de nous emballer sur les éloges.) Le pseudonyme de Patrick Dennis arrivera avec *Tante Mame*, en 1955. Un homme, une femme, cela n'est pas mal assorti à un homosexuel marié, père de deux enfants et gentiment satirique. Il déteste les catholiques. Visitant la *Pietà* de Michel-Ange exposée à New York, il se penche sur le Christ : « Rhabille-toi, mon chou, il va revenir d'une minute à l'autre ! »

Son agent soumet le manuscrit de *Tante Mame* à 19 maisons d'éditions, qui le refusent, jusqu'à un petit éditeur, Vanguard Press, qui a l'idée de lier les aventures successives par une astuce : chacune est annoncée par une moralité, comme dans le *Reader's Digest*. Chaque mois, le magazine publiait un témoignage où un lecteur, vrai ou inventé par la rédaction, racontait à la première personne ses souvenirs d'une personne mémorable. Et voilà sans doute ce qui a fait passer auprès d'un très grand public, ignorant que c'était aussi la méthode du *Décaméron* de Boccace, un livre qui aurait pu être limité à des amateurs de camp ; cela, et la gentillesse du texte.

Triomphe public. Liste des meilleures ventes du *New York Times*, 112 semaines. L'auteur déménage dans un appartement plus grand. C'est ce que les triomphes apportent à des gens qui ont travaillé pendant deux ans et enchanté des dizaines de milliers de lecteurs. Quand on compare les trésors de travail et de talent dépensés par les écrivains et le peu de gratification autre que, quelquefois, sociale, ils en retirent, on se demande pourquoi ils ne se font pas publicitaires. Patrick Dennis ne rencontre personne, absolument personne dans les milieux littéraires. On ne lui connaît aucun ami écrivain, aucune relation parmi les critiques. C'est une singularité qu'il partage avec Jane Austen. Tout au plus trouve-t-on, dans une soirée où il est allé, Anita Loos, l'auteur des *Hommes préfèrent les blondes* (le roman), grande sorteuse, mais pas à proprement parler grande littéraire. Encore que bien des romanciers sérieux auraient survécu s'ils avaient su inventer, comme elle, des répliques du genre : « Est-ce que ce bateau dessert bien l'Europe, en France ? »

(« *Does this boat go to Europe, France ?* ») Il se peut que le personnage de Lorelei Lee ne soit pas entré au Panthéon des personnages populaires de la littérature parce qu'il a été dévoré par son interprète au cinéma. Ce qui n'est pas un désastre dont puisse se vanter Tante Mame.

Les Américains ont un art de retransformer l'œuvre d'art en produit qui enchante l'écrivain qui n'est pas adapté. Trahissez-moi ! crie le romancier confiné au papier. De la musique sur mes vers ! réclame le poète obscur. Et les producteurs de Broadway et de Hollywood achètent des romans pour les transformer à leur guise, tant et si bien qu'on finit parfois par ne plus savoir que le livre a existé. Ni qui est venu le premier. Le film, la comédie musicale, la pièce de théâtre ? Peu se rappellent qu'un bien plus grand livre que Mame, l'*Adieu à Berlin* de Christopher Isherwood, a engendré le film *Cabaret* après une pièce de théâtre et une comédie musicale. Mame a eu quatre adaptations : une pièce de théâtre elle-même transformée en film, puis une comédie musicale la également tournée au cinéma. Vu le succès du livre, les producteurs ont investi beaucoup d'argent. Ce qui finit par faire partie de la promotion. « La pièce non musicale la plus chère de l'histoire de Broadway. » Et c'est en 1956, au Broadhurst Theatre, un autre triomphe. Après quinze mois de représentations, Rosalind Russell reprend le rôle en 1958 au cinéma. C'est *Auntie Mame*, de Morton DaCosta, qui réussira mieux *The Music Man* (1962), écrit par Betty Comden et Adolph Green, les géniaux auteurs de *Singin' in the Rain*. Le plus gros succès public de l'année pourtant. Golden Globe pour Russell. Patrick Dennis n'a pas l'air agacé par cette Mame qui fait oublier ses autres livres : la même année 1958, il publie une suite, *Autour du monde avec tante Mame* (*Around the*

World with Auntie Mame), dédié « à la seule et unique Rosalind Russell ». (Le premier était dédié à deux amies qui avaient dactylographié le manuscrit. Le succès.) Mame s'aventure à Londres, à Paris, à Biarritz, à Venise, en Autriche, au Liban et en Chine. Quoi qu'on puisse en penser, les éditeurs n'ont pas perpétuellement des idées brillantes : le nouvel éditeur de Dennis, Harcourt, Brace & Co, lui fait supprimer le chapitre « Tante Mame et la Mère Russie », car, si le sénateur McCarthy avait chuté, son illumination n'était pas tout à fait morte. (Le chapitre a été rétabli dans une réédition de 1983.) En 1966, la pièce est adaptée en comédie musicale par Jerry Herman (*Hello, Dolly !*), avec Angela Lansbury dans le rôle de Mame et Bea Arthur, qui revivra dans les années 1980 grâce à la série *Golden Girls*, jouant Vera. Elle a la chanson la plus drôle du spectacle : « *The Man on the Moon (is a Lady)* », l'homme qui a marché sur la lune est une dame. « MAME : Quel âge as-tu exactement, Vera ? Dis-moi la vérité ! VERA : D'après toi ? MAME : Je dirais, quelque chose entre quarante ans et la mort. » Triomphe encore. Dans la version filmée de 1974 (Gene Saks), seule Bea Arthur retrouve son rôle ; > Angela Lansbury a été supplantée par Lucille Ball, vedette adorée des séries B et de la télévision, vieux caniche blond qui roule des yeux et veut faire croire qu'elle a trente-deux ans. La lentille de la caméra est beurrée pour flouter les contours de la comédienne, produisant un effet à côté duquel *Emmanuelle* et le *Bilitis* de David Hamilton sont des modèles de netteté.

Patrick Dennis est mort en 1976, non sans avoir tenté un autre personnage immortel. *Belle Poitrine*, dont il a écrit l'autobiographie fictive, illustrée de 150 photos (*Little Me*, 1961), est née Belle Schlumpfert, à Venezuela, Illinois. Cette star de cinéma a joué dans *L'Autre Femme de Tarzan*, *La Barcarolle* de

Broadway et une adaptation de La *Lettre écarlate* qu'elle a produit elle-même non sans la transformer en histoire d'amour entre une étudiante et un champion universitaire de football américain. Le roman a été un succès, lui aussi transformé en comédie musicale, mais Belle s'est effacée devant Mame. Dans le Parnasse des personnages, elle s'approche des rares tantes de premier plan de la littérature, la tante Augusta de Graham Greene (*Voyages avec ma tante*, 1969, et qui dira si le déclic du Greene n'a pas été le roman de Patrick Dennis ?), la Lady Catherine de Bourgh d'*Orgueil et Préjugés*, par la consœur en obscurité de Patrick Dennis, Jane Austen, et Miss Marple, qu'Angela Lansbury a aussi interprétée et dont le neveu est un romancier. Une espionne de village, une snob, une ancienne mangeuse d'hommes. Comme le savait Patrick Dennis et comme l'a dit un de ses confrères spécialistes du roman comique, P.G. Wodehouse : « Les tantes ne sont pas des gentlemen. » C'est pour ça qu'on les aime.

Charles DANTZIG

Tante Mame

À V. V. et Madame A,
les pires dactylos de New York.

Chapitre I

Tante Mame et l'orphelin

Il avait plu toute la journée. Non que la pluie me dérange, mais j'avais promis d'installer les auvents, et d'emmener le petit à la plage. J'avais aussi l'intention de barbouiller sauvagement au pochoir les murs de stuc de cette partie de la cave que l'agent immobilier appelait la Salle des Fêtes, et de travailler à ce qu'il appelait une Future Chambre Mansardée, idéale comme Chambre d'Amis, Salle de Jeux, Atelier ou Bureau.

Cependant, dès après le petit déjeuner, je fus détourné de mes projets.

Tout commença à cause d'un vieux numéro du *Digest*. C'est un magazine que je lis rarement. Je n'ai pas à le faire, car j'entends les gens en commenter les articles, chaque matin, dans le 7 h 51, et chaque soir dans le 6 h 03. Tout le monde, à Verdant Greens – localité de quelque deux cents maisons, dans quatre styles différents – ne jure que par le *Digest*. En fait, c'est l'unique sujet de conversation.

Mais force est de constater que cette revue me fascine également, comme un serpent fascine un oiseau. Presque malgré moi, je me surprends à lire tel ou tel article concernant la menace pesant sur notre école publique, la joie d'accoucher selon les voies naturelles, cette petite ville de l'Oregon dont les citoyens ont démantelé un réseau de drogue, et aussi sur quelqu'un, qu'un célèbre écrivain – j'ai oublié son nom – considère comme le Personnage le Plus Inoubliable qu'il ait jamais rencontré.

Là, je me suis arrêté.

Un Personnage Inoubliable ? Mon Dieu, *qui* cet écrivain a-t-il rencontré ? Il ne peut savoir ce que signifie le mot *personnage* s'il n'a pas connu ma tante, Tante Mame. Personne ne le pourrait. Cependant, il existait quelques traits communs entre *son* Personnage Inoubliable et le mien. Son Personnage Inoubliable était une charmante petite dame de la Nouvelle-Angleterre, une célibataire habitant une jolie petite maison de bardeaux blancs, et qui, ouvrant un matin sa jolie petite porte verte pour prendre le *Hartford Courant*, découvrit à la place de celui-ci un joli petit panier d'osier contenant un joli petit bébé. Le reste de l'article expliquait comment ce Personnage Inoubliable avait pris l'enfant et l'avait élevé comme s'il avait été le sien. C'est alors que j'ai reposé le *Digest* pour penser à la charmante petite dame qui m'a élevé, moi.

En 1928, mon père eut une légère attaque cardiaque, et dut garder le lit pendant quelques jours. La douleur qu'il ressentait dans la poitrine développa chez lui une certaine conscience universelle, et l'intuition qu'il n'était pas immortel. Donc, n'ayant rien de mieux à faire, il téléphona à sa secrétaire, laquelle ressemblait à Bebe Daniels, et lui dicta son testament. La secrétaire tapa un original et quatre copies carbone, ajusta son chapeau-cloche, et prit un Taxi Jaune de La Salle Street au Edgewater Beach Hotel, afin que mon père le paraphe.

Ce testament était très bref, et fort original. Le voici :

« En cas de décès, je souhaite que tous mes biens aillent à mon fils unique, Patrick. Si je mourais avant que celui-ci ait atteint l'âge de dix-huit ans, je désigne ma sœur, Mame Dennis, 3, Beekmam Place, New York City, comme tutrice légale de Patrick.

« Il sera élevé en bon protestant, et fréquentera des écoles *traditionnelles*. Mame comprendra ce que j'entends par là. L'argent et les valeurs que je lui lègue devront être remis à la Knickerbocker Trust Company de New York. Mame sera la première à veiller à une sage gestion de son patrimoine. Cependant, je ne souhaite aucunement que l'éducation de mon fils soit à sa charge. Elle enverra chaque mois les factures et notes de frais pour sa nourriture, son entretien, son habillement, son éducation, les frais médicaux, etc. En contrepartie, la Knickerbocker Trust Company aura toute latitude pour demander des justifications de telle ou telle dépense exceptionnelle ou *bizarre* avant de rembourser ma sœur.

« Je lègue également cinq mille dollars ($ 5 000) à notre fidèle servante, Norah Muldoon, pour qu'elle puisse prendre une retraite confortable dans ce petit coin d'Irlande dont elle ne cesse de nous parler. »

Norah m'appela dans le jardin, et mon père lut son testament d'une voix chevrotante. Il ajouta que ma tante Mame était une femme très *spéciale*, et qu'être confié à ses mains est un sort qu'il n'aurait pas souhaité à un chien, mais qu'on ne choisit pas à qui l'on emprunte, et que Tante Mame était ma seule parente en vie. Le testament fut certifié par la secrétaire et le garçon d'étage.

La semaine suivante, mon père avait oublié son attaque, et jouait au golf. Un an après, il tomba raide dans le sauna du Chicago Athletic Club. J'étais orphelin.

Je ne me souviens pas grand-chose de ses funérailles, si ce n'est qu'il faisait très chaud, et qu'il y avait de vraies roses dans les vases de la limousine Pierce-Arrow des pompes funèbres. Le cortège se composait de quelques gros hommes joviaux, qui ne cessaient d'évoquer à mi-voix les neuf trous, au moins, qu'ils allaient faire dès que ce machin-là serait terminé, ainsi que, bien sûr, de Norah et moi.

Norah pleura beaucoup. Pas moi. En dix ans, j'avais à peine échangé quelques mots avec mon père. Nous ne nous voyions guère qu'au petit déjeuner, qui se composait pour lui de café noir, de Bromo-Seltzer, et du *Chicago Tribune*. Si par hasard je disais quelque chose, il se prenait la tête en disant « Boucle-la, mon grand, j'ai mal aux cheveux », phrase dont je ne devais comprendre le sens que longtemps après sa mort. Chaque année, pour mon anniversaire, il nous envoyait, Norah et moi, assister en matinée à quelque spectacle de variétés de Joe Cook, ou Fred Stone, ou encore au Sells Floto Circus. Une fois, il m'invita à dîner dans un endroit appelé Casa de Alex, en compagnie d'une jolie femme prénommée Lucille. Elle nous appelait tous deux chéri, et sentait très bon. Je l'aimais bien. À part cela, je ne le voyais guère. Je passais mon temps à la Chicago Boy's Latin School, ou en Récréation Surveillée, avec les autres enfants de l'hôtel, ou à mettre la suite à feu et à sang, avec Norah.

Après qu'on l'eut laissé Reposer en Paix, comme le disait celle-ci, les gros hommes joviaux filèrent au terrain de golf, tandis que la limousine nous ramenait à l'hôtel. Norah ôta son chapeau noir et son voile, et me dit que je pouvais quitter mon costume de serge. Elle ajouta que l'associé de mon père, Mr. Gilbert, devait arriver avec un autre monsieur, et qu'il fallait que je reste dans le coin, pour signer des papiers.

J'allai dans ma chambre, où je m'entraînai à faire des signatures sur le papier à en-tête de l'hôtel, et bientôt Mr. Gilbert et l'autre monsieur arrivèrent. Je les entendis parler avec Norah, sans bien comprendre. Norah pleura un peu, et parla encore de ce cher, ce saint homme, pas encore froid dans sa tombe, et généreux que c'en était un péché. L'étranger se présenta comme Mr. Babcock, et déclara qu'il était mon administrateur, ce qui me parut bien excitant, car Norah et moi venions justement de voir un film dans lequel un détenu modèle sauvait la fille de l'administrateur de la prison au cours d'une mutinerie. Il ajouta quelque chose à propos d'un testament très peu dans les règles, mais irréfutable.

Norah dit qu'elle ne connaissait rien en matière d'argent, mais que ça lui semblait faire une grosse somme ; ça, elle en était sûre.

Mr. Gilbert dit que le Jeune garçon devait endosser le chèque certifié en présence du représentant de la Trust Company et qu'il fallait ensuite le faire enregistrer par un notaire, après quoi nous en aurions fini avec les tracas administratifs. Tout cela me paraissait vaguement sinistre. « Hum, oui, c'est exact », commenta Mr. Babcock.

Norah pleura de nouveau, c'était une si grosse fortune pour un si petit garçon, et l'administrateur acquiesça, oui, c'était une somme considérable, mais mon Dieu, il s'était occupé de gens comme les Wilmerding et les Gould, qui, eux, avaient ce que l'on peut appeler *de l'argent*.

Il me parut qu'ils faisaient beaucoup de bruit pour pas grand-chose, s'il ne s'agissait pas vraiment d'argent.

Sur quoi Norah entra dans la chambre et me dit d'aller saluer Mr. Gilbert et l'autre monsieur, en leur serrant la main, comme un homme. Ce que je fis. Mr. Gilbert déclara que je me comportais comme un Vrai Soldat, et Mr. Babcock, l'administrateur, qu'il avait un garçon de mon âge à Scarsdale, et qu'il espérait que nous deviendrions une Paire d'Amis.

Mr. Gilbert décrocha le téléphone, et demanda que l'on fasse venir un notaire. Je signai deux feuilles de papier. Le notaire marmonna quelques mots, et tamponna les documents. Mr. Gilbert dit que nous y étions, et qu'il avait intérêt à se dépêcher s'il voulait être à temps à Winnetka. Mr. Babcock dit qu'il demeurait à l'University Club, et que Norah pouvait le joindre là-bas, si elle voulait quoi que ce soit. Nous échangeâmes de nouvelles poignées de main, et Mr. Gilbert répéta que j'étais un Vrai Soldat. Puis ils prirent leur chapeau de paille et s'en allèrent.

Une fois seuls, Norah déclara que j'avais été adorable, et me proposa de faire un bon dîner dans la salle de la Marine, et peut-être d'aller ensuite au cinéma voir un film parlant Vitaphone.

C'en était fini de mon père.

Il n'y avait pas grand-chose à emporter. Notre suite se composait d'un grand salon et de trois chambres, le tout entièrement meublé par le Edgewater Beach Hotel. Les seuls *bibelots*[1] que mon père possédait étaient deux brosses en argent de l'armée et deux photographies. « Comme un Arabe, qu'il vivait », commenta Norah.

J'étais tellement habitué à voir les deux photos que je ne leur accordais jamais la moindre attention. La première était celle de ma mère, qui était morte à ma naissance. L'autre représentait une femme aux yeux de braise, drapée dans un châle espagnol, une grosse rose piquée au-dessus de l'oreille. « D'une vraie Italienne, qu'elle a l'air », commenta Norah. C'était Tante Mame.

1. Les mots en italique suivis d'un astérisque sont en français dans le texte (*N.d.T.*)

Norah et Mr. Babcock passèrent en revue les biens personnels de mon père. Il prit les papiers, la montre en or, les épingles de cravate ornées d'une perle, et les bijoux qui avaient appartenu à ma mère, afin de les garder pour moi jusqu'à ce que je sois en âge de les Apprécier. Le garçon d'étage se vit offrir les costumes. Les clubs de golf, mes vieux livres et jouets furent envoyés à une œuvre de charité. Puis Norah ôta les photos de ma mère et de Tante Mame de leur cadre, et les découpa de manière à ce qu'elles entrent dans ma poche de pantalon – « Comme ça, tu auras toujours les visages bien-aimés contre ton cœur », conclut-elle.

Tout était prêt. Norah m'acheta un costume de deuil taillé dans un tissu léger chez Carson Pirie Scott, et s'offrit un chapeau épique. Mr. Gilbert et l'Entreprise s'occupèrent d'organiser notre voyage à New York. Le 30 juin, nous étions sur le départ.

Je me souviens encore du jour où nous quittâmes Chicago, car je n'avais encore jamais été autorisé à veiller si tard. Le personnel de l'hôtel, s'étant cotisé, offrit à Norah une valise en alligator, un chapelet de malachite, et un gros bouquet de roses *American Beauty*. Je reçus un livre intitulé *Les Héros de la Bible que tout enfant doit connaître – L'Ancien Testament*. Norah m'emmena dire adieu à tous les enfants de l'hôtel et, à sept heures, le service d'étage nous apporta notre dîner, lequel comportait trois desserts différents, avec les compliments du chef. À neuf heures, Norah me fit de nouveau me laver les mains et le visage, brossa mon costume de deuil flambant neuf, épingla une médaille de saint Christophe sur mes sous-vêtements, pleura, mit son chapeau neuf, pleura, ramassa ses roses, fit un dernier tour d'inspection dans la suite, pleura, et m'installa avec elle dans le car de l'hôtel.

De toute évidence, Norah était aussi peu accoutumée que moi à voyager en train de luxe. Elle était nerveuse, mal à l'aise dans le compartiment, et poussa un petit cri quand je tournai le robinet du lavabo. Elle lut à haute voix tous les avertissements et indications, me dit de ne pas m'approcher du ventilateur électrique, et de ne pas tirer la chasse d'eau avant le départ du train. Ce qu'elle corrigea en m'interdisant purement et simplement d'aller aux toilettes – car on ne savait jamais qui les avait utilisées avant.

Nous nous disputâmes un peu pour savoir qui dormirait sur la couchette supérieure. Je la voulais, mais Norah demeura inébranlable. Je fus ravi quand elle faillit dégringoler en montant, mais elle déclara préférer mourir plutôt que d'appeler pour qu'on lui donne une échelle, et se montrer au steward noir en tenue de nuit. À dix heures, le train s'ébranla, et je m'allongeai sur ma couchette, regardant les lumières du quartier Sud glisser doucement le long de la fenêtre. Avant même d'arriver à Englewood Station, j'étais endormi, et ne devais plus jamais revoir Chicago.

C'était fantastique de prendre le petit déjeuner, tandis que l'énorme train qui menait à New York Central traversait les campagnes à pleine vitesse. Ayant oublié son appréhension du voyage, Norah s'était lancée dans une sérieuse discussion avec le serveur de couleur.

« Oui », disait-elle, « depuis trente ans, que je suis dans ce pays. 'Suis venue toute gamine, j'étais fraîche comme la rosée des champs, par chez moi, de l'autre côté de l'eau. J'ai fait ma première place à Boston, Massachusetts ; dans Commonwealth Avenue, que c'était – oh, les *escaliers* de cette maison-là ! – et la mère de ce garçon était encore une petite fille. Et puis elle s'est mariée, et elle m'a emmenée à Chicago, avec tout le monde. Dame, que j'avais donc peur ! Je croyais que ce pays-là était dirigé par des Peaux Rouges. Mange tes œufs, mon chéri », ajouta-t-elle en me jetant un bref coup d'œil.

« D'abord, c'est elle qui est morte », continua Norah, « et je suis restée pour m'occuper du petit. Puis c'est Mister Dennis qui y est passé. Il est parti *comme ça,* en plein Athletic Club. Et maintenant, voilà que j'emmène ce pauvre petit gars chez sa tante Mame, à New York. Vous imaginez un peu, dix ans, et plus de papa, plus de maman, ni rien. » Norah se tamponna les yeux.

Le serveur dit que j'étais très courageux.

« Montre-lui donc la photo de ta tante Mame, mon chéri », dit Norah. Un peu gêné, je tirai la photo de ma poche-revolver et lui présentai cette Carmen qui était ma tante.

« Dites-moi donc, est-ce que Beekman Place est un endroit *correct* pour élever un enfant ? Il a toujours eu ce qu'il y a de mieux. »

« Oh oui, ma'am. C'est un quartier *très bien*. J'ai un cousin qui travaille à Beekman Place. Presque rien que des millionnaires, par là-bas. »

Aiguillonnée par son succès mondain auprès du personnel du train, Norah commanda un second thé, en toisant les autres passagers d'un regard impérial.

Nous passâmes le reste de la matinée dans notre compartiment, qui s'était mystérieusement transformé en une sorte de salon. Après avoir dit son chapelet, non sans mentionner particulièrement les sept villes du péché, Norah s'attaqua à son ouvrage au crochet. Après le petit déjeuner, elle avait trouvé le moyen de révéler au porteur et au contrôleur, avec une *hauteur** toujours croissante, que j'étais un enfant fabuleusement riche – « Comme ce roi, je ne sais plus son nom, celui de Roumanie » – qui allait vivre avec sa tante Mame, femme mystérieuse et fortunée qui résidait dans un palais de marbre de Beekman Place.

Il était six heures quand nous arrivâmes à la gare de Grand Central et Norah, malgré ses airs de madone des sleepings, se trouva désemparée, paniquée devant la foule qui envahissait le quai.

« Tiens-moi la main, Paddy », s'écria-t-elle, « et pour l'amour de Dieu, ne va pas te perdre dans cette... » La suite de ses recommandations s'évanouit dans le vacarme. S'accrochant à moi d'une main, et à l'enveloppe de billets dissimulée sous son corset de l'autre, elle livra une bataille perdue d'avance contre un type à casquette rouge qui, en dépit de ses protestations, lança nos bagages sur un chariot et s'éloigna avec eux, Norah et moi courant à sa suite.

En fait, il n'avait nullement l'intention de voler nos biens. Il héla un taxi, jeta de nouveau les bagages sur le siège arrière. Nous les y suivîmes et, avant que le porteur ait eu le temps d'exprimer ses sincères remerciements pour les dix cents de pourboire que lui avait octroyés Norah, le taxi bondissait en avant et filait dans la rue.

« Chauffeur, conduisez-nous au 3, Beekman Place, et n'essayez pas de nous faire traverser dix fois la ville pour augmenter la course, je ne suis pas une gamine. »

Le jour n'était pas encore tombé, et il faisait chaud, très chaud. Je ne sais pas quelle idée je m'étais faite de New York, mais en tout cas, je fus déçu. C'était absolument comme Chicago.

Il y avait un embouteillage terrible, dans Park Avenue, et Norah fut outrée de voir le compteur afficher cinq cents supplémentaires, alors que le taxi demeurait immobile. La Troisième Avenue, malgré les nombreux noms irlandais, la déprima ; la Deuxième plus encore.

« Et puis-je vous demander où vous nous emmenez, à votre avis ? demanda-t-elle au chauffeur d'une voix aigre.

— Là où vous m'avez dit d'aller : au 3, Beekman Place.

— Doux Jésus, on se croirait dans les taudis de Dublin », laissa-t-elle échapper d'un ton plaintif.

Elle devait cependant se trouver rassérénée quand le taxi pénétra dans Beekman Place.

« Joli petit coin », déclara-t-elle d'un air imperceptiblement supérieur. Le taxi s'arrêta devant un grand immeuble, parfaitement semblable à tous ceux de Lake Shore Drive, Sheridan Road ou Astor Street, à Chicago.

« Pas même à moitié aussi somptueux que l'Edgewater Beach », renifla Norah, trahissant un certain chauvinisme. « Allez, descends, mon chéri, et fais attention à ne pas te dépeigner. »

Le portier, nous ayant considéré d'un œil vaguement intéressé, nous dit d'un ton froid de monter au sixième étage.

« Allez, viens, Paddy », dit Norah, « et surveille bien tes manières, avec ta tante Mame. C'est une dame très élégante. »

Dans l'ascenseur, je jetai un dernier coup d'œil sur la photo de ma tante, de manière à me rappeler son visage. Je me demandais si elle porterait une rose dans les cheveux et un châle espagnol. La porte de l'ascenseur s'ouvrit. Nous sortîmes, et la porte se referma doucement. Nous étions seuls.

« Sainte Marie Mère de Dieu, c'est l'antichambre de l'Enfer ! » s'exclama Norah.

Le vestibule où nous nous trouvions était peint en un noir d'encre. La seule lumière provenait des yeux d'ambre d'une étrange idole païenne possédant deux têtes et huit bras, posée sur un socle de teck. Juste en face de nous, une porte rouge sang. On n'imaginait guère qu'une dame espagnole pût vivre ici. En fait, on n'imaginait *personne* vivant ici.

Malgré mes dix ans, je pris la main de Norah.

« Oh, mais on dirait tout à fait les lavabos des dames de l'Oriental Theater », fit Norah dans un souffle.

Elle appuya sur la sonnette, mal à l'aise. La porte s'ouvrit à toute volée, et Norah laissa échapper un petit cri de désarroi. « Dieu nous préserve, un Chinois ! »

Un minuscule serviteur japonais, à peine plus grand que moi, se tenait sur le seuil, avec un sourire sucré.

« Vous voulez ? fit-il.

— Je suis Miss... enfin... Je suis Norah Muldoon, fit Norah d'une petite voix, j'amène le jeune Mister Dennis à sa tante. »

Le petit Japonais fit un bond en arrière, comme une poupée mécanique.

« Doit être erreur. Pas vouloir petit garçon aujourd'hui.

— Mais..., fit Norah, avec un chevrotement à fendre l'âme, j'ai envoyé le télégram...m...même – *moi-même* – pour dire que nous arriverions à six heures aujourd'hui, 1er juillet.

— Pas important », fit le petit Japonais, haussant les épaules avec une indifférence superbement orientale. « Garçon ici, maison ici, Madame ici. Madame occupée maintenant. Pas grave. Vous entrez. Vous attendez. Je vais chercher. »

« Tu crois qu'on devrait ? », chuchotai-je à l'adresse de Norah. Jetant un nouveau regard vers les murs noirs et l'idole païenne, je serrai sa vieille main calleuse, qui tremblait plus fort que la mienne.

« Vous entrez. Vous attendez », répéta le Japonais avec un sourire cruel. « Vous entrez. » L'effet produit était hypnotique.

Nous pénétrâmes dans l'appartement, les pieds lestés de plomb. Le hall était étourdissant et plus terrifiant encore, à sa manière, que le vestibule noir. Les murs étaient d'un orange flamboyant. Une immense lanterne japonaise en bronze répandait une lumière malsaine, filtrant au travers de panneaux de parchemin jaunâtre. De chaque côté du hall s'ouvraient deux grandes arches masquées par de hauts paravents de papier, derrière lesquels on entendait le vacarme d'une foule.

Le Japonais nous désigna un banc, long et bas. C'était le seul meuble de la pièce.

« Vous assis », siffla-t-il. « Je cherche Madame. Assis. »

Un grand parchemin japonais était accroché derrière le banc. On y voyait un Japonais se faire hara-kiri avec un sabre de samouraï.

« Assis », répéta le domestique avec un ricanement, avant de disparaître derrière l'un des paravents.

« Quelle barbarie », chuchota Norah. Elle se laissa tomber sur le banc, ses articulations craquant douloureusement. « À quoi donc pensait ton pauvre père ? » Derrière les paravents, le vacarme augmentait. Il y eut un fracas de verre brisé. Je m'accrochai à Norah.

Notre connaissance de la débauche orientale se limitait strictement aux films que nous avions vus – tortures immondes, vierges innocentes droguées puis vendues, livrées à une existence pire que la mort elle-même sur les bords du Yang-tsé-Kiang, guerres sanglantes entre sociétés secrètes –, mais Hollywood nous avait clairement renseignés sur ce qui arrivait quand l'Orient et l'Occident se rencontraient.

« Paddy », s'écria soudain Norah, « c'est un piège ! On nous a attirés dans une fumerie d'opium pour nous tuer, ou pire encore. Il faut fuir d'ici ! » Elle fit mine de se redresser, me tirant derrière elle, puis retomba sur le banc avec un gémissement de désespoir.

Une Japonaise parfaite, une sorte de poupée, venait de pénétrer doucement dans le hall. Elle portait les cheveux coupés très court, avec une frange raide au-dessus de ses sourcils obliques, et une longue robe de soie dorée et rebrodée qui flottait derrière elle. Ses pieds étaient enchâssés dans de minuscules chaussons dorés incrustés de pierres précieuses, et des bracelets de jade et d'ivoire s'entrechoquaient autour de ses bras. Elle avait les ongles les plus longs que j'eusse jamais vus, et laqués d'un vert délicat. Un fume-cigarette de bambou, quasiment interminable, pendait languissamment de sa bouche écarlate. Pourtant, elle avait quelque chose d'étrangement familier.

Elle nous jeta un regard surpris, vaguement amusé. « Oh », fit-elle, « le directeur de l'agence ne m'a pas dit que vous aviez un enfant. Peu importe. Il a l'air d'un gentil petit garçon. S'il se conduit mal, nous pourrons toujours le jeter dans le fleuve. » Elle se mit à rire. Pas nous. « Je suppose que vous savez déjà ce que j'attends de vous – j'ai besoin d'une esclave à la maison, pour les petits travaux quotidiens, mais bien sûr, vous aurez vos jeudis, pour vaquer à vos occupations personnelles. »

Norah la contemplait sans mot dire, les yeux écarquillés, la mâchoire pendante.

« Vous êtes un peu en retard, n'est-ce pas », reprit la belle Orientale. « Je tenais vraiment à ce que vous arriviez à temps pour vous occuper de toute cette bande », fit-elle, avec un geste vague en désignant le chahut, derrière les paravents, « mais c'est sans grande importance. Si vous n'avez pas apporté votre tenue avec vous, je dois pouvoir vous trouver quelque chose de convenable. » Elle se dirigea vers le vacarme. « Attendez ici, je vais demander à Ito de vous montrer vos quartiers. » « Ito ! Ito ! » fit-elle, quittant la pièce en coup de vent.

« Mère de Dieu, tu as entendu ce qu'elle raconte ? Qu'est-ce que c'est que ce discours ! Et ces *mots* ! C'est une de ces Chinoises de Sing-Sing, voilà ce que c'est. Qu'est-ce qu'on va faire, Paddy, mais *qu'est-ce* qu'on va faire ? »

Un couple à l'allure sinistre traversa le hall à grands pas. L'homme ressemblait à une femme, et la femme, à part sa jupe de tweed, était le portrait craché de Ramòn Novarro. L'homme parla :

« Tu sais sans doute qu'ils expédient cette pauvre Miriam sur la Côte.

— Mon Dieu, s'ils veulent briser sa carrière, ils l'ont envoyée là où il fallait, la pauvre fille. »

Elle eut un rire méchant, et tous deux disparurent derrière l'autre paravent.

Les yeux de Norah lui sortaient des orbites. Les miens aussi. Le bruit se faisait de plus en plus intense. Soudain, un hurlement strident déchira l'air. Nous bondîmes sur notre banc. Une voix de femme s'élevait au-dessus du vacarme, une voix hystérique : « Oh, Alec ! Arrête, arrête, je t'en *supplie* ! Tu me *tues* ! » Il y eut une immense vague de rires, et un autre cri perçant. Norah me prit le bras, s'accrochant à moi. Deux hommes apparurent, sortant de derrière un paravent. L'un d'eux avait une barbe d'un rouge flamboyant. Ils soutenaient une femme tout de noir vêtue, la tête rejetée en arrière, les yeux clos, ses longs cheveux traînant sur le sol derrière elle. Norah avala sa salive. « Pauvre Edna », dit un des hommes. « Bah, je ne la plains pas », répondit l'autre, celui qui portait la barbe. « Je le lui ai dit cet après-midi même, je lui ai dit : "Edna, tu creuses ta propre tombe, en buvant tout ce poison au déjeuner. Avant sept heures, tu seras raide comme un hareng." Et voilà, terminé. » Norah se signa.

On entendit de nouveau un cri, et un rugissement de rires insensés. Le petit Japonais jaillit de derrière un des paravents et traversa le hall comme une flèche. Il tenait un grand couteau de cuisine. Norah gémit.

« Sainte Mère, Marie, Mère de Dieu, épargnez-nous, supplia-t-elle. Sauvez ce petit orphelin et moi-même du massacre, et de pire encore, sauvez-nous de ces égorgeurs chinois. » Elle se lança, à mi-voix, dans une longue prière ardente autant qu'incohérente, dont je ne pouvais que saisir quelques mots au hasard, comme traite des Blancs, Shanghaï et meurtre sanglant.

La femme-homme et l'homme-femme traversèrent de nouveau le hall.

« ... Et bien sûr, *La Mort guette l'Archevêque* », disait-il. « As-tu *jamais* connu une sensation pareille, une *telle* excitation ? »

« Dieu tout-puissant, gémit Norah, n'y a-t-il rien ni personne qui soit épargné, dans ce cloaque du vice ? »

Un autre cri aigu se fit entendre, et la voix éperdue s'écria : « Alec, arrête ! C'est un *meurtre*, ni plus ni moins ! »

« Ça suffit ! » s'écria Norah, me saisissant par la main et m'obligeant à me lever. « Il faut sortir de ce nid de brigands et d'assassins, tant qu'il nous reste un souffle de vie. Je préfère mourir en sauvant ma vertu, plutôt que de devenir l'esclave des Chinois. Viens, Paddy, nous allons nous enfuir, et que Dieu nous vienne en aide. » Avec une agilité remarquable, elle bondit vers la porte, m'entraînant derrière elle.

« Arrêtez, s'il vous plaît. » Nous demeurâmes pétrifiés. C'était le petit Japonais, un sourire grotesque peint sur le visage, le couteau toujours à la main. « Madame pas trouvé vous ? »

« Écoutez, monsieur », déclara Norah, avec la bravoure du désespoir, « je ne suis qu'une pauvre vieille femme, mais je suis prête à acheter ma liberté. J'ai de l'argent sur moi, même si je n'en ai pas l'air. Plein d'argent. Cinq mille dollars, en plus des économies de toute une vie. Vous pouvez sûrement nous laisser partir, moi et l'enfant, contre une somme pareille. Nous n'avons rien fait de mal.

— Oh, non, fit-il avec un sourire impénétrable. Pas bien. Je cherche madame. Madame très contente avoir petit garçon dans la maison.

— L'horrible créature », gémit Norah.

La poupée japonaise réapparut.

« Ito, dit-elle, je t'ai cherché partout. C'est la nouvelle cuisinière, et je voudrais que tu...

— Non, Missy Dennis », coupa-t-il, secouant l'index, « pas nouvelle cuisinière. Nouvelle cuisinière dans cuisine. C'est votre petit garçon.

— Non ! glapit-elle. Mais alors, vous devez être Norah Muldoon !

— Mmmoui, murmura Norah, trop faible pour en dire davantage.

— Mais pourquoi ne pas m'avoir *dit* que vous arriviez aujourd'hui ? Jamais je n'aurais donné cette réception.

— Maaais, je vous ai envoyé un télégramme pour vous...

— Oui, mais vous disiez le 1er juillet. C'est demain. Nous sommes le 31 juin. »

Norah secoua la tête d'un air sinistre.

« Non, m'am, c'est le 1er, et que ce jour soit maudit entre tous. »

Le rire perlé s'éleva. « Mais c'est ridicule ! Tout le monde sait que... » Elle commença de compter sur les jointures de ses doigts. « Janvier, février, mars, avril, mai... » Il y eut un silence. « Mais mon chéri, c'est *moi,* Tante Mame ! » s'écria-t-elle, me serrant dans ses bras et m'embrassant. J'étais sauvé.

Une fois entrés dans le grand salon caverneux de Tante Mame, lequel évoquait immanquablement le décor du night-club dans *Les Nouvelles Vierges,* nous constatâmes, non sans soulagement, qu'il était bondé de gens d'apparence normale, humaine. Enfin peut-être pas exactement *normale,* mais en tout cas, il n'y avait pas d'Orientaux pervers, à part Tante Mame, qui avait cessé d'être espagnole pour devenir japonaise.

On voyait des gens assis sur les divans bas, debout sur la terrasse, contemplant le fleuve sale par les baies vitrées. Tous buvaient, tous parlaient. Ma tante Mame m'embrassait sans cesse, et me présenta à bon nombre d'étrangers, un certain Mr. Benchley, très aimable, un Mr. Woollcott, moins aimable, une Miss Charles, et beaucoup d'autres.

« Voici le fils de mon frère, et dorénavant, c'est *mon* petit garçon », répétait-elle sans cesse.

Tante Mame me dit de me promener un petit moment, après quoi je pourrais aller me coucher. Elle se déclara profondément désolée de cette stupide erreur de date, car elle devait à présent retrouver nombre de gens pour dîner à l'Aquarium. Je me dis que c'était un drôle d'endroit pour manger mais, par politesse, lui demandai s'ils allaient pêcher de quoi dîner, sur quoi tout le monde se mit à hurler de rire.

Elle me répondit que c'était un clandé de la Cinquantième, ce que je feignis de comprendre.

Norah me prit la main, et nous nous promenâmes donc, mais je n'engageai de conversation avec personne. Ils utilisaient tous des mots bizarres, « batik », « Freud », « complexe d'infériorité », « abstraction ». Une dame aux cheveux rouges déclara qu'elle passait tous les jours une heure sur le divan avec son médecin, et qu'il lui comptait vingt-cinq dollars à chaque fois. Norah m'entraîna plus loin.

Le petit Japonais proposa un verre à Norah, lui disant que c'était du meilleur, et Norah répondit qu'elle n'avait pas l'habitude de boire – bien qu'elle me confiât sans cesse, à *moi*, qu'elle voyait des fantômes et des apparitions –, mais qu'elle ferait une exception et prendrait une goutte de cette mixture. Elle apparut soudain d'excellente humeur, et demanda bientôt à Ito de lui en verser encore une petite goutte.

Les invités commencèrent de s'en aller. Un groupe déclara qu'ils allaient voir *Le Bon Vieux Texas* ce soir, et qu'ils devaient arriver tôt, s'ils voulaient entrer. J'avais, pour ma part, toujours cru que le Texas se trouvait très loin de New York.

Il restait encore des gens dans le couloir, bavardant de choses que je ne comprenais pas, comme de Lysistrate ou de netsuke, de lapis-lazuli et d'un certain Karl Marx qui, dans mon esprit, devait être un parent de Groucho, Harpo, Chico et Zeppo. Puis Tante Mame fit son apparition, vêtue d'une robe du soir jaune, comme celle de Bessie Love dans *Broadway Melody*. La robe était très courte devant, très longue derrière, et Tante Mame n'avait plus du tout l'air d'une Japonaise.

« Bonsoir, mon chéri », dit-elle en m'embrassant. « Nous aurons une longue conversation, demain matin – mais pas trop tôt. » La porte se referma derrière elle, et l'appartement fut silencieux.

Le domestique japonais me prit par la main avec douceur. « Vous faim. Vous dîner maintenant », dit-il gentiment. « Vous peut-être voulez aller salle de bains d'abord, petit garçon ? »

Une sueur brûlante, puis glacée, me parcourut, comme la situation m'apparaissait soudain, dans toute son horreur.

« Je… C'est déjà fait », fis-je d'un ton plaintif, contemplant avec un désespoir intense la tache sombre qui s'étalait sur le pantalon de mon léger costume de deuil tout neuf.

Chapitre II

Tante Mame et l'heure des enfants

Cet article du *Digest* nous relate ensuite comment cette célibataire de la Nouvelle-Angleterre, parfaitement novice en matière d'enfants, se prend à aimer ce nourrisson déposé sur le pas de sa porte. Et non contente de l'aimer, comment elle se prend de passion pour l'éducation, la psychologie infantile, et tout ce genre de choses.

Quand arrive le moment de l'envoyer à l'école, notre Personnage Inoubliable se voit en sérieux désaccord avec l'administration et le personnel enseignant du village, et avec ses méthodes. Le surveillant général est sans cesse sur le dos du petit garçon, mais cette charmante petite dame fait front et, en un tournemain, déclenche des réformes drastiques du système scolaire.

Mon Dieu, je ne vois pas là de quoi faire un article. Tante Mame avait elle-même quelques idées assez originales, quant à la psychologie et à l'éducation.

En me souvenant de Tante Mame telle qu'elle était en 1929, noceuse et dissipée, je m'aperçois qu'elle dut être aussi terrifiée à l'idée de devoir élever un garçonnet de dix ans, parfaitement inconnu, que je le fus moi-même en pénétrant pour la première fois, les yeux écarquillés de frayeur, dans la splendeur orientale de son appartement de Beekman Place. Mais Tante Mame était de ces gens qui ne s'avouent jamais battus. Il y avait de la girl-scout chez elle, une girl-scout de *speakeasy*, une sorte d'esprit combatif, pugnace et optimiste. Et bien que ses idées sur l'éducation pussent apparaître légèrement hors de la norme – comme l'étaient, de fait, ses idées sur tout –, son système inédit fonctionna plutôt bien, à sa manière improvisée.

Notre première entrevue eut lieu à une heure de l'après-midi, dans la grande chambre de Tante Mame, lors de la deuxième journée que je passai à New York. Je me sentais incompris, mal aimé, rejeté, et affreusement seul, traînant sans but dans le vaste duplex, avec Norah pour toute compagnie. Ito, le petit domestique japonais, m'avait servi un fameux déjeuner, ricanant sans cesse, mais à part cela, il n'avait rien à me dire. À une heure, je me sentais suffisamment déprimé pour attaquer *Les Héros de la Bible que tout enfant doit connaître – L'Ancien Testament*, quand Ito fit irruption : « Voir Madame maintenant. »

Tante Mame me reçut dans sa chambre, à l'étage. C'était une pièce immense, avec des murs noirs, un tapis blanc, et un plafond doré. Le mobilier se composait d'un énorme lit doré surélevé et d'une table de chevet. Un tel décor aurait saccagé le moral de n'importe qui, mais pas celui de Tante Mame. Elle était gaie comme un pinson. Et de fait, elle avait assez l'air d'un oiseau, dans sa liseuse de plumes d'autruche roses. Elle lisait *Les Faux-monnayeurs*, de Gide, tout en fumant des Melachrino avec un long fume-cigarette d'ambre.

« Bonjour, mon petit amour », gazouilla-t-elle. « viens là, viens embrasser ta tante Mame, mais tout doucement, mon chéri, Tante est dans un état épouvantable. » Je l'embrassai, aussi doucement que possible. « Adorable, mon chou, adorable, tu rendras une femme très heureuse, un jour. Bien, maintenant, assieds-toi là, au bord du lit de Tante – mais doucement, mon chéri. Nous allons avoir une petite conversation matinale. Nous allons faire connaissance. »

Le matin, je devais bientôt l'apprendre, c'était une heure, pour Tante Mame. Tôt le matin, c'était onze heures. Neuf heures, c'était le milieu de la nuit.

« N'est-ce pas *merveilleux*, cette aube d'un jour nouveau ! » s'exclama-t-elle avec un grand geste éloquent, éparpillant force cendres de cigarette sur les draps de satin noir.

« Bien, mon chéri, nous avons beaucoup de choses à apprendre l'un de l'autre. Je n'ai encore jamais vécu avec un petit garçon, et... hop-là, voilà le petit déjeuner... Bien, voyons », fit-elle, radieuse. Fouillant dans le désordre hallucinant de papiers qui s'entassait sur la table de chevet, elle en extirpa une copie du testament de mon père, ornée de nombreux numéros de téléphone et de quelques listes de courses notées à la hâte, ainsi qu'un bloc de papier ministre et un gros crayon noir. « Bon, je suis ta tutrice. Nous le savons tous les deux, donc, pas la peine d'en discuter. Bien, ton père veut que tu sois élevé en bon protestant. Je n'y vois aucune objection, évidemment, encore que je trouve vraiment dommage que l'on te prive des mystères raffinés de certaines religions orientales. De toute façon, ton père a *toujours* été réactionnaire, sur *certains* sujets. Non que je veuille dire du mal de mon propre frère. Où es-tu allé en classe, mon chéri ?

— À la Quatrième presbytérienne, dis-je, mal à l'aise.

— Grands dieux, mon enfant, tu veux dire qu'il y a *quatre* églises presbytériennes, dans une ville comme Chicago ! Enfin, peu importe. J'imagine qu'on pourra dénicher une sorte d'église presbytérienne dans le coin. » Elle leva tragiquement les yeux au ciel, vers le plafond doré. « Je suppose que ton père ne sera pas *trop* contrarié si je te présente à Monsignor Malarky, c'est un *tel* amour, si cultivé, et des yeux comme des saphirs ! Il passe prendre quelques cocktails, un jour de la semaine prochaine, mais je lui ferai promettre de ne pas parler boutique avec toi. »

Revenant aux choses sérieuses, Tante Mame se concentra de nouveau sur le testament. « Bien, voilà pour l'éducation religieuse. Maintenant, l'école. Où en es-tu exactement, mon amour ?

— En septième, à la Chicago Boy's Latin.

— En *septième* ! Grands dieux, tu n'es pas assez bon pour être en première, mon enfant ? À *moi*, tu me parais pourtant assez éveillé ! »

Avec toute la patience d'un enfant de dix ans, je lui expliquai que septième voulait dire *classe* de septième.

« Oh... Et à dix ans, on est censé en être où ?

— En septième, mais moi, j'y suis entré à neuf.

— Ce qui signifie que tu es *effectivement* précoce, c'est cela ?

— Je vous demande pardon ?

— Précoce, mon chéri. Brillant. En avance sur ton âge.

— Oui. J'ai été pré... comme vous dites, durant tout le trimestre.

— Oh, je suis si contente, mon amour ! » roucoula Tante Mame, écrivant quelque chose sur son bloc. « Nous avons *toujours* été une famille d'intellectuels, bien que ton père ait fait tout son possible pour le dissimuler. »

Elle revint au testament. « Bien, ton père dit là que l'on doit t'envoyer dans des écoles *traditionnelles* – ça ne m'étonne pas ! Dis-moi, cette espèce de lycée latin, c'était une école traditionnelle ?

— Je ne comprends pas très bien ce que vous voulez dire, fis-je en rougissant.

— Était-elle ennuyeuse ? Pénible ? Barbante ? Étouffante ?

— Oui, très ennuyeuse.

— Comme ton père », soupira-t-elle. « Au fait, un de mes amis va lancer une nouvelle école divine, absolument mixte et complètement révolutionnaire. Tous les cours sont donnés nus, sous des rayons ultra-violets. Au bout d'un semestre, plus l'ombre d'une inhibition. Cet homme de mes amis est absolument *au courant** de tout ce qui se fait à Vienne – il ne veut rien avoir à faire avec le vieux système de Montessori –, il accorde une grande place à l'art subjectif et à la discussion de groupe – plus de livres ni de choses de ce genre. Comme j'aimerais t'envoyer là-bas... Cela donnerait un bon coup de fouet à ta libido. »

Je n'avais pas la moindre idée de ce dont elle parlait, mais cela m'apparaissait comme une école très singulière, pour le moins.

Une expression lointaine, tendre et rêveuse, apparut sur son visage. « Je me demande », dit-elle, « si ce ne serait pas une *assez* bonne idée que de nous tourner vers l'école de Ralph. Penses-tu avoir beaucoup d'inhibitions, mon chéri ? »

Je rougis de nouveau, douloureusement. « J'ai peur de ne pas comprendre beaucoup des mots que vous utilisez, Tante Mame.

— Oh, mon enfant, mon enfant ! » s'exclama-t-elle, les plumes de ses manches volant sauvagement au travers du lit, « mais *que* pouvons-nous donc faire, pour ton vocabulaire ! Ton père ne t'a donc jamais *parlé* ?

— Presque jamais, dus-je admettre.

— Mon chéri, la richesse de vocabulaire est le signe distinctif de tout intellectuel. Voyons... (plongeant derechef dans le fouillis de la table de chevet, elle en exhuma un autre bloc et un autre crayon) à chaque fois que je dis, ou que tu entends un mot que tu ne comprends pas, tu l'écris, et je te dirai ce qu'il signifie. Ensuite, tu le mémorises, et c'est ainsi que tu acquerras bientôt un vocabulaire digne de ce nom. Ô, la merveilleuse aventure », s'écria-t-elle, extatique, « que de former un être jeune ! » Elle accompagna cette déclaration d'un nouveau geste éloquent qui, cette fois, s'avéra malheureux, car elle renversa la cafetière, sur quoi je notai six mots nouveaux que Tante Mame m'ordonna de rayer et d'oublier immédiatement.

Puis elle se replongea dans le testament.

« Quant à être défrayée par cette compagnie...

— Comment écrivez-vous défra...

— Ne m'interromps pas ! Quant à être défrayée par cette compagnie, j'ai parfaitement les moyens de t'entretenir, et je suis disposée à le faire. » Elle cligna des yeux, et me fixa d'un regard perçant. « J'imagine qu'il y a quelque part une espèce de machine à calculer humaine qui va s'occuper de ton argent, et *me* dire comment t'élever.

— Vous voulez parler de mon administrateur ?

— Oui, mon enfant, à quoi ressemble-t-il ?

— Eh bien, il porte un chapeau de paille et des lunettes, il vit dans un endroit appelé Scarsdale, il a un garçon d'à peu près mon âge, et il s'appelle Mr. Babcock.

— Scarsdale, qui l'eût cru ! » Tante Mame écrivit « Knickerbocker Trust », puis « Babcock ». « Bien, je vois qui va être ma *bête noire** attitrée pour les huit années à venir. Moi, j'ai la responsabilité, et lui, il a l'autorité !

— Ça veut dire “animal noir”, n'est-ce pas ? » Cela me paraissait une description particulièrement réjouissante de Mr. Babcock.

« Mon chéri ! » fit-elle avec un sourire radieux, m'embrassant, « ton vocabulaire progresse à pas de géant. Peut-être devrions-nous uniquement parler français, à la maison. » Toutefois, elle poursuivit en anglais. « Bien, je m'occuperai de ce Babcock en temps et heure. Dieu sait que tu peux en apprendre plus en dix minutes dans mon salon qu'en dix ans avec un père comme le tien. Quel crime que d'élever ainsi un enfant ! » Sur quoi elle consulta sa montre et s'ébroua. « Mon Dieu, il faut que j'aille faire des emplettes avec Vera. Tu aimerais peut-être nous accompagner ? De toute façon, nous en savons assez l'un sur l'autre, pour un début. » Elle jeta un coup d'œil sur mon costume de deuil. « Grands dieux, mon enfant, n'as-tu pas d'autres vêtements, qui ne te donnent pas l'air d'un corbeau malade ? »

Je dis que si.

« Bien, porte-les si tu viens avec moi, et n'oublie pas ton carnet de vocabulaire. » Docile, je me dirigeai vers la porte.

« Et au fait, mon enfant ! » appela-t-elle. Ses yeux avaient de nouveau cet éclat pénétrant.

« Oui, Tante Mame ?

— Ton père a-t-il *dit* quoi que ce soit – à *toi*, je veux dire – à mon sujet, avant de mourir ? »

Norah m'ayant prévenu que les menteurs allaient tout droit en enfer, j'avalai ma salive et avouai : « Il a simplement dit que vous étiez une femme très spéciale et qu'être entre vos mains était un sort qu'il n'aurait pas souhaité à un chien, mais que l'on ne choisit pas à qui l'on emprunte et que vous étiez ma seule parente vivante. »

Il y eut un silence. « Quel salaud », dit-elle enfin, d'une voix égale.

Je tendis la main vers mon carnet de vocabulaire.

« Ce mot était "salaud", mon chéri », dit-elle, suave. « Cela s'écrit s-a-l-a-u-d, et signifie *"feu ton père"* ! Et maintenant, file t'habiller ! »

Je passai donc mon premier été new-yorkais à trotter derrière Tante Mame, muni de mon carnet de vocabulaire, à avoir avec elle des Petites Conversations Matinales chaque après-midi, et à faire de la figuration muette à ses thés littéraires, expositions et cocktails.

On y utilisait également nombre de mots nouveaux pour moi, et à la fin de l'été, mon vocabulaire s'était notablement enrichi. Je possède toujours certaines de ces listes de vocables étranges, glanés au cours des soirées avec Tante Mame. L'une d'elles, en date du 14 juillet 1929, comporte des termes aussi variés que : prise de la Bastille, lesbienne, Hotsy-Totsy Club, guerre des gangs, daiquiri – que j'avais mal orthographié –, relativité, amour libre, complexe d'Œdipe – encore une faute –, mobile, rétamé – et à partir de là, mon orthographe s'affole complètement –, narcissique, Biarritz, psychonévrotique, Schoenberg, nymphomane. Tante Mame m'expliquait le sens des mots que je devais connaître, selon elle, puis me les faisait utiliser dans des phrases que je répétais avec Ito, tandis qu'il composait ses bouquets japonais, sans cesser de ricaner.

Mes progrès, en cet été 1929, même s'ils n'étaient pas exactement ceux que recommanderait le magazine *Parents*, furent remarquables. Fin juillet, je savais préparer ce que Mr. Woollcott appelait un « petit martini de derrière les fagots », et j'avais appris à ne plus avoir peur des amis les plus effarants de Tante Mame.

Ses journées n'étaient qu'un tourbillon permanent de courses, réceptions, soirées, essayages des tenues les plus hallucinantes de l'époque – et les siennes figuraient au premier rang –, théâtre ou petites salles expérimentales, qui s'ouvraient et se fermaient comme des palourdes partout dans New York, invitations à dîner avec une kyrielle de messieurs très intellectuels, et déambulations dans des galeries de tableaux et de sculptures absolument incompréhensibles. Mais au sein de toute cette agitation désœuvrée, de cette dissipation, elle trouvait beaucoup de temps à me consacrer. On me traînait dans la plupart des expositions, aux razzias dans les magasins avec son amie Vera, et à toute réunion dont Tante Mame pensait qu'elle serait Intéressante, Stimulante ou Pédagogique pour un enfant de dix ans. Ce qui couvrait un vaste éventail.

En fait, Tante Mame et moi apprîmes à nous aimer sans la moindre difficulté, et en un temps record. Que sa personnalité incroyable dût me séduire, comme elle en avait séduit des milliers d'autres, était chose prévisible. Son charme turbulent était célèbre, après tout, et elle était également la seule vraie famille que j'eusse jamais connue. Mais qu'elle pût accorder une quelconque importance à un gamin de dix ans, insignifiant, sans intérêt, demeurait pour moi une surprise constante, une source d'émerveillement et de ravissement. C'était le cas, cependant, et j'ai toujours pensé que malgré sa popularité, ses centres d'intérêt nombreux, son agitation permanente, elle se sentait probablement un peu seule. Les gens qui ne l'aimaient pas ont déclaré que je n'étais qu'un nouveau morceau d'argile entre ses mains, qu'elle s'amusait à modeler, former, déformer à sa fantaisie, et il est vrai que Tante Mame n'a jamais pu s'empêcher d'interférer dans la vie d'autrui. C'était, cela dit, quelqu'un à qui l'on pouvait totalement faire confiance, sans réserve. Et pour nous deux, ce fut l'amour, une relation incomparable.

Cependant, un lourd nuage d'orage, évoquant la silhouette de mon administrateur, devait bientôt planer sur notre idylle. Tante Mame et moi étions en pleine Petite Conversation Matinale. Se sentant, ce jour-là, d'humeur particulièrement maternelle,

elle me lisait des extraits de *L'Adieu aux armes* quand un courrier spécial, émanant de la Knickerbocker Trust Company, vint ravager ce moment de quiétude en compagnie de Hemingway.

Dans la lettre, Mr. Babcock nous expliquait qu'il aurait tellement souhaité que nous puissions nous rencontrer plus tôt, mais que les affaires etc., etc., et qu'ensuite il allait toujours avec sa famille dans le Maine passer les jours les plus chauds de l'etc., etc., qu'ils rentraient juste quand son fils avait eu une grosse angine, et que le médecin avait etc., etc., mais qu'à présent que tout était etc., etc., il fallait absolument nous voir pour parler de Monsieur Patrick etc., etc., et ne serait-ce pas une bonne idée si Miss Dennis venait à Scarsdale avec le jeune Mr. Dennis, histoire de passer une bonne etc., etc., mais en ne se quittant pas trop tard de manière que le jeune garçon puisse avoir une bonne nuit d'etc., etc., que le train qui partait de la gare de Grand Central, bien que ce ne soit pas le plus etc., etc., et Tante Mame pouvait-elle lui confirmer une date.

Tante Mame gémit, me tendit la lettre, et appela Ito pour qu'il lui apporte un whisky-soda. « Oh, mon chéri », s'écria-t-elle, « voilà le glas qui sonne. L'administrateur ! Je vois ça d'ici, aussi clairement que je te vois – un plan immonde pour contrecarrer et régenter tous mes projets pour toi. » Immédiatement, j'écrivis « contrecarrer » et « régenter » sur mon carnet, puis assurai à Tante Mame que Mr. Babcock était un homme vraiment très gentil et très discret.

« Mon enfant, mon enfant », fit-elle d'une voix lugubre, « ce sont toujours les pires, ces rats. Des Judas, tous autant qu'ils sont. »

Sur quoi, et selon la tradition de toute une vie, Tante Mame s'abandonna à une petite demi-heure d'un désespoir théâtral, avant de se calmer et d'affronter la situation. Elle téléphona à Mr. Babcock et lui dit, prenant sa Voix Cultivée, que nous serions tous deux parfaitement enchantés de dîner à Scarsdale le lendemain, et qu'il ne se donne pas la peine de venir nous chercher à la gare, car nous étions en voiture. Elle se montra d'un raffinement suprême. Puis elle appela Vera, sa meilleure amie, pour lui dire de tout laisser en plan et de rappliquer vite fait.

Vera était une célèbre actrice de Pittsburgh, qui parlait avec un tel accent de Mayfair que l'on comprenait à peine un mot de ce qu'elle disait. Elle n'aimait pas les enfants, et réciproquement, mais, Tante Mame ayant investi dans sa nouvelle pièce, elle se montrait correcte envers moi.

Vera arriva dans un nuage de renards blancs, et toutes deux se livrèrent de concert à une nouvelle manifestation d'affliction. Enfin, Vera, la plus raisonnable des deux, décida de s'attaquer au problème. Après avoir demandé à Ito de leur apporter une bouteille de cognac, elle prit, plus ou moins, les choses en main.

« Ma chère », commença-t-elle, « il ne faut pas te laisser aller. Tu es *parfaitement* hystérique. Bien, prends une goutte et calme-toi, pendant que je t'explique deux ou trois choses. Tout d'abord, tu n'as rien à craindre. Tu as tout, l'allure, l'éducation, l'intelligence, la culture, l'argent, la position – tout. Simplement, tu es peut-être un petit peu trop voyante pour Scarsdale. Mais ma chérie, il suffit de t'adoucir un peu – de manière temporaire, bien sûr. Tiens, moi, quand je jouais lady Esme dans *Folie d'été*...

— *Folie d'été* ! » glapit Tante Mame, « mais c'est moi qui suis en pleine folie, et tout ce que tu trouves à faire, c'est me parler de tes triomphes ! Qu'est-ce que je vais devenir ? » D'angoisse, elle mordillait ses ongles dorés.

« Comme je te le disais, ma *chè-a-a-a* », poursuivit Vera, non sans hauteur, lorsque je jouais lady Esme, tous mes costumes étaient de Chanel, et Chanel m'a dit : « *Chérie*… (elle m'appelait toujours *chérie*), *Chérie*, ce sont les vêtements qui créent l'ambiance, le personnage – tout. » Et elle avait raison. Te souviens-tu, au dernier acte, quand je descends l'escalier, après que Cedric s'est tué d'une balle ? Eh bien, je voulais porter du noir, mais Chanel m'a dit : « *Chérie*, là, tu portes du gris. Jour gris, ambiance grise, robe grise. Avec, peut-être, un soupçon de zibeline. » Et ma chère, je n'oublierai jamais que Brooks Atkinson a dit de ce costume qu'il haussait ce navet au niveau de Shakespeare. »

Toute conversation ayant trait aux vêtements suscitait chez Tante Mame une attention sans partage, et son visage s'éclaira aussitôt.

« Oui, Vera », dit-elle d'une voix lente, « tu as parfaitement raison. Je vois parfaitement, à présent : le petit kimono gris, avec la broderie écarlate, et peut-être un camélia rouge sang piqué au-dessus de chaque…

— Mame, ma chérie », l'interrompit Vera, avec un tact infini, « je ne parlais pas de costume japonais, en l'occurrence, pas pour cette *corvée*. Tu dois être une *autre* toi-même pour Scarsdale – une espèce de Jane Cowl. J'avais plutôt en tête, si tu veux, quelque chose de *simple*. Quelque chose de gentil, de comme il faut – avec beaucoup de noir. Tu vois, ma chè-a-a-a, un peu triste, sans être franchement funèbre, et *très* classique. De quoi inspirer confiance à un administrateur. »

Tante Mame demeurait sceptique, quoique intéressée, et au fur et à mesure que le cognac – censé provenir en fraude de la cave de l'*Île-de-France* – baissait dans la bouteille, les descriptions poignantes que donnait Vera de la respectable petite tante célibataire atteignaient des sommets d'émotion. Tante Mame aussi possédait le sens du théâtre, et bientôt, les deux femmes mettaient à sac l'immense garde-robe, riant comme des collégiennes.

Tandis que je leur lisais à haute voix des poèmes d'Elinor Wylie, tirés de *Anges et créatures terrestres*, tout en remplissant sans cesse le verre de Vera, un vieux négligé de mousseline grise se vit transformé en une robe austère qui, avec le grand chapeau noir de Vera, un voile impalpable, et un collier de jais, donnait à Tante Mame un air délicatement affligé, et parfaitement convenable. Vera exhuma également un vieux postiche que Tante Mame avait autrefois porté à un Bal des Beaux-Arts et qui, une fois tressé, faisait une couronne sévère, quoique instable, sur ses cheveux coupés court. Vers les six heures, le costume était réalisé, et Vera me fit un petit brassard noir, vida la dernière goutte de cognac, et s'effondra.

À neuf heures le lendemain matin – c'est-à-dire au milieu de la nuit –, Tante Mame était debout, pâle, défaite. L'appartement était silencieux, à part un gémissement récurrent provenant de la chambre qu'occupait Vera. Dans la cuisine, Ito s'employait à remplir un énorme panier de pique-nique de sandwichs au concombre, de gâteau aux amandes et de champagne. Devant la maison, la Mercedes-Benz de Tante Mame brillait d'un éclat sinistre. Il lui fallut presque deux heures pour passer sa tenue de veuve, mais elle déclara qu'elle voulait être aussi parfaite que possible et, bien qu'il fît environ trente-trois degrés, ajouta à sa tenue son écharpe de zibeline, se remémorant le triomphe de Vera dans le rôle de lady Esme.

En 1929, il fallait à peine plus d'une demi-heure pour se rendre à Scarsdale par le train, mais Tante Mame n'a jamais pu s'adapter à la ponctualité qu'exige celui-ci. C'est ainsi que l'énorme Mercedes quitta Beekman Place avec exactement huit heures d'avance sur notre rendez-vous, ce qui, au demeurant, était sans doute une bonne chose car Ito se révéla un chauffeur pour le moins aléatoire, et aucun de nous n'avait la moindre idée de l'endroit où se trouvait Scarsdale. Tante Mame demeurait assise à l'arrière, raide, tripotant son postiche mal arrimé et triturant sa zibeline. Régulièrement, elle me prenait la main et murmurait : « Oh, mon petit amour, qu'allons-nous faire ? » Bien que la voiture fût immense, elle se trouvait relativement encombrée, avec nous deux, le panier de pique-nique, les bouteilles de champagne dans des seaux à glace, un jeu complet de cartes routières – d'autres régions du pays, pour la plupart –, une couverture de fourrure, un volume de poésies de Sara Teasdale, tendrement dédicacé à Tante Mame, et mon carnet de vocabulaire.

Ito, dont le sens de l'orientation était plus aberrant encore que celui de Tante Mame, nous conduisit tout d'abord à Long Island, puis dans le New Jersey, avant de trouver enfin la bonne direction. Après un long déjeuner à Larchmont et quelques atermoiements à Rye, la voiture repartit dans la bonne direction. Il était trois heures et demie quand nous arrivâmes à Scarsdale. « Mon Dieu », gémit Tante Mame, « *trois heures* d'avance ! » Nous passâmes le reste de l'après-midi au cinéma, à voir un film de Tom Mix, qu'Ito et moi appréciâmes, bien que Tante Mame déclarât que c'était répugnant ce que l'on faisait ingurgiter aux gens, et que le gouvernement devrait soutenir une politique de cinéma culturel.

À six heures et demie pile, nous étions chez les Babcock. C'était un bâtiment à colombages, d'un style que Tante Mame qualifia de « pseudo Tudor ». Elle avait cependant l'air profondément déprimé.

Les Babcock ne constituaient guère une famille réjouissante. Leur fils, Dwight junior, portait des lunettes, et avait l'air d'un Babcock qui aurait rétréci au lavage. Mrs. Babcock aussi portait des lunettes, et entreprit Tante Mame sur le jardinage, les conserves faites à la maison, et la psychologie infantile.

Tante Mame mentionna Freud, une fois, avant d'y renoncer. Le reste de sa conversation avec Mrs. Babcock devait consister essentiellement en « Oui », « Non », et « Oh, vraiment ? ».

Dwight junior me montra sa collection de papillons morts, me renseigna sur l'état de ses amygdales, et me dit combien il était impatient d'entrer en pension à St Boniface, où il allait bien s'amuser.

Mr. Babcock dit beaucoup « Hum ». On servit de la limonade, et enfin, la bonne annonça que le dîner était prêt.

On étouffait dans la salle à manger de style anglais, et le dîner, rôti d'agneau trop cuit, purée, courge et fèves, après la cuisine raffinée d'Ito, me tomba sur l'estomac comme un bloc de ciment. Profitant de l'un des nombreux blancs de la conversation, Tante Mame se lança dans un long discours remarquablement érudit sur l'architecture Tudor, d'autant plus fascinant qu'il mettait en évidence toutes les erreurs et contrefaçons de la maison des Babcock. Elle s'avéra cependant tout à fait charmante, le genre de dame à qui l'on confierait un enfant.

Tandis qu'on servait la salade, Mrs. Babcock parla théâtre, déclarant que Vera Charles était son idole. Ignorant le regard d'avertissement, je dis que Vera Charles était la meilleure amie de Tante Mame, et qu'elle devait sans doute dormir à la maison, en ce moment même. Mrs. Babcock était transportée. « Quelle femme merveilleuse ce doit être, si pleine de dignité ! » s'exclama-t-elle. « Comme j'aimerais faire sa connaissance ! »

Après dîner, Mrs. Babcock et Dwight junior, suivant sans aucun doute des instructions longuement répétées, déclarèrent qu'ils filaient au cinéma, où passait un film de Tom Mix. Tante Mame ne put réprimer un haut-le-cœur, mais se leva gracieusement pour remercier son hôtesse, presque trop chaleureusement, pour ce si charmant repas. Le fils me gratifia d'une poignée de main moite en me disant à bientôt. J'espérais que non.

Quand nous fûmes seuls, Mr. Babcock s'éclaircit la gorge et déclara que nous pourrions avoir notre Petite Conversation, à présent, dans son « repaire », de manière à ce que la bonne ne puisse pas nous espionner. Le repaire, voilà qui me paraissait intéressant, mais ce n'était en fait qu'une petite pièce bourrée de livres sur les opérations bancaires, et il y faisait encore plus chaud que dans le reste de la maison.

Mr. Babcock sortit une quantité de dossiers, disant que Tante Mame avait bien de la chance d'avoir un si gentil petit garçon pour la consoler de la, euh, perte de son frère. Tante Mame baissa les yeux avec humilité. Puis il déclara qu'il avait examiné mes carnets scolaires, et qu'ils étaient très bons, mais que nous parlerions des écoles plus tard. Tante Mame se rengorgea.

Sur quoi il produisit des feuilles et des feuilles de papier couvertes de chiffres, annonçant que j'étais assez riche – pas fortuné, attention, mais assez riche. « Il n'aura jamais de souci à se faire pour son bifteck, à moins que, hum, ces bolcheviks ne prennent le pouvoir. » Il déclara que mes biens, jusqu'au dernier sou, étaient soigneusement investis dans des titres et des actions solides, traditionnels, et que l'époque ne se prêtait pas aux fantaisies et aux audaces en matière de Bourse. Il montra les papiers à Tante Mame, qui ne parut pas très intéressée.

« Bien, en ce qui concerne l'éducation de ce jeune homme... » dit-il enfin, faisant bruire une liasse de feuilles, « vous n'ignorez pas, bien sûr, qu'en ce domaine, feu le père du garçon trouvait plus, euh, *avisé* que *j'aie* toute autorité – au nom de la Trust Company. » Tante Mame se raidit sur sa chaise. « Mais, hé hé hé, je ne crois pas qu'il y ait le moindre problème entre nous, quant à cela. Vous me paraissez être une femme remarquable et très sensée, Miss Dennis, et je crois que nous verrons les choses du même œil. » Sur quoi il sortit un épais volume rouge intitulé *Guide des Écoles privées*. À cet instant, la lutte était officiellement engagée.

Mr. Babcock commença les hostilités par quelques remarques préliminaires, déclarant que l'idéal serait que j'aille dans un bon externat, à Manhattan même, de sorte que Tante Mame et moi soyons ensemble le plus possible.

« Merveilleux », dit-elle avec chaleur, « c'est exactement mon idée. »

« Bien, je me suis donné, euh, un certain mal pour, euh, glaner des renseignements sur les meilleures écoles de garçons de New York. »

Tante Mame porta la main à sa gorge, en un geste délicat. « Personnellement », dit-elle, « je préfère les écoles mixtes. Le fait de mêler d'emblée garçons et filles, à un âge tendre, contribue *tellement* à réduire les tensions psycho-sexuelles, ne croyez-vous pas ? »

Mr. Babcock parut avoir reçu un coup, et Tante Mame, reprenant immédiatement son rôle de dame célibataire, corrigea sa déclaration en ajoutant : « Mon Dieu, vous comprenez bien ce que je veux dire. Après tout, les hommes et les femmes vivent bien ensemble, dans la vie – ils se *marient*. »

« Oui, je vois », marmonna Mr. Babcock, « c'est là une théorie forte, euh, intéressante, Miss Dennis, et elle contient certainement une grande part de vérité. En fait, je n'avais même pas *envisagé* la possibilité d'une, euh, institution mixte, mais la Buckley School est réputée pour être une splendide...

— Mon Dieu, avant d'évoquer la Buckley School, laissez-moi vous suggérer une nouvelle école que vient de fonder Ralph Devine, un ami à moi. Ralph est un am... un homme extrêmement cultivé. Il connaît son Freud dans les deux sens, il le connaît d'ailleurs *personnellement*, et ses idées sur l'éducation ont des *générations* d'avance sur Fröbel et Montessori. En fait, le principe de cet établissement est totalement révolutionnaire. Il... »

Mr. Babcock leva la main, comme s'il réglait la circulation à une heure de pointe. « Je suis formel, Miss Dennis, cette école est exactement le genre d'établissement où feu votre frère n'aurait *pas* voulu que l'on envoie son fils. Il a bien spécifié dans son testament qu'il souhaitait pour lui une école *traditionnelle*. Maintenant, si Buckley ne vous convient pas, que pensez-vous de l'Allen-Stevenson School ?

— Oh, non, je connais un horrible petit bonhomme qui va là. Mais j'ai *effectivement* une autre idée, et je sais que vous n'y verrez aucune objection. C'est un établissement très sérieux, mais mixte, et moderne. Je parle de la City and Country School, à...

— J'ai aussi pris des renseignements sur celle-ci, Miss Dennis, et je crains qu'elle ne soit un petit peu trop expérimentale. Mais il y a la Browning School, qui conviendrait parfaitement à... »

Tante Mame commençait à faire montre de cet empressement excessif, vaguement hagard, que j'ai appris à redouter depuis. « Oh, mais Mr. Babcock, que penseriez-vous de la Dalton School ! C'est une merveille. J'ai rencontré Miss Dickerman et Mrs. Roosevelt, et toutes deux font de véritables *prodiges* avec...

— Je connais la Dalton School », coupa Mr. Babcock d'un ton glacial. « Ils ont des idées très *radicales*. Dangereusement radicales.

— Et pourquoi pas l'Ethical Culture ? suggéra Tante Mame, éperdue.

— Ma chère Miss Dennis, vous ne songez certainement pas à confier cet enfant à une bande de *Juifs* ? » Le chignon de Tante Mame se balança de manière alarmante.

« En fait », reprit Mr. Babcock d'une voix paisible, « j'aimerais assez le tenir à l'écart du West Side, autant que possible. Toutefois, nous avons la Collegiate School, là-bas, dont on dit le plus grand bien. »

Une heure durant, je demeurais immobile dans la petite pièce étouffante, tandis que Tante Mame et Mr. Babcock bataillaient à propos des écoles de New York – St. Bernard, Friends, Horace Mann, Buckley, la Hoffman School for Individual Development, Poly Prep – sans qu'aucun ne cède un pouce de terrain. Tante Mame vibrait comme un lévrier avant la course, tandis que Mr. Babcock se faisait de plus en plus minéral. La lutte en était arrivée à une telle intensité que je commençais à craindre pour la façade respectable de Tante Mame, lorsqu'une expression sournoise passa sur son visage. On entendit un sanglot, et Tante Mame, le visage enfoui dans les mains, fut soudain prise de tremblements convulsifs. Mr. Babcock en demeura si ébahi que l'éloge de la section de mathématiques de la Browning School se figea net sur ses lèvres. Je demeurai saisi, moi aussi. Le silence régnait, seulement troublé par les sanglots de Tante Mame. Le visage de Mr. Babcock prit quelques couleurs, jusqu'à en acquérir une pâleur presque humaine, et il glissa un doigt hésitant dans son col défraîchi. « Miss Dennis », bredouilla-t-il, « je vous en prie, euh, vraiment, euh, je ne voulais pas, euh... »

Tante Mame leva vers lui un visage béatifique, étrangement sec, que cependant je notai. « Oh, Mr. Babcock », fit-elle, le souffle court, « comment, mais comment pourrai-je jamais me faire pardonner ma sottise, mon obstination ? Combien j'ai dû vous paraître absurde, et entêtée. » Elle se tamponna les yeux avec un mouchoir de dentelle, ce qui m'évoqua, je ne sais pourquoi, le souvenir de Pola Negri, dans un film que j'avais vu quelques temps auparavant. Elle émit un reniflement discret. « Après tout, qui suis-je, moi, femme simple, célibataire, ignorant tout de l'éducation de nos chers petits, pour me mesurer à vous, qui êtes père, et administrateur des biens de notre petit Patrick ? Combien vous devez me trouver détestable ! » Son cou fléchit avec grâce, tandis que ses pieds pivotaient endedans.

« Franchement, Miss Dennis », déclara Mr. Babcock avec chaleur, « si vous pensez que ce garçon sera plus heureux à Dalton… »

Tante Mame éleva une main faible, blanche. « Non, Mr. Babcock. J'ai eu tort. Voilà, je le dis, et je suis heureuse de l'avouer. J'ai eu tort, j'ai été stupide. Patrick ira à l'école de *votre* choix. Ne m'accordez aucune attention, bien que, je le sais, vous ne pourrez jamais oublier, ni pardonner mon attitude inqualifiable de ce soir. »

Mr. Babcock se révélait soudain en veine de confidences. « Mon Dieu, vous savez, je connais les femmes. Après tout, Eunice – Mrs. Babcock – et moi avons parfois nos petits, euh, désaccords. C'est tout naturel – la guerre des, euh, sexes, vous savez, hé hé hé. »

Tante Mame eut le demi-sourire de circonstance.

« Certes », continua Mr. Babcock, « il existe une quantité de bonnes écoles à New York – aucune qui ne soit *vraiment* meilleure que les autres –, mais pour ma part, je suggérerais Buckley.

— Mr. Babcock, n'ajoutez *rien*. Votre choix est le bon. J'en suis persuadée, c'est *parfait*. Il ira à Buckley, et en portera l'uniforme avec fierté !

— Une simple casquette, pas d'uniforme », fit remarquer Mr. Babcock, non sans désapprobation. « Mais c'est une excellente, euh, école ; tout à fait excellente. Les jeunes garçons des meilleures familles...

— Oui », soupira Tante Mame, « la *classe*, c'est une chose *si* importante. Et à présent », conclut-elle avec un sourire minaudier, « il faut absolument que nous nous sauvions.

— J'enverrai donc un chèque à la Buckley School, et vous y conduirez ce jeune homme pour son inscription.

— Rien ne saurait être plus parfait », dit Tante Mame avec un sourire ravageur. « Viens, mon chéri, nous n'allons pas te faire veiller trop tard. » Elle se dirigea rapidement vers la porte, et disposa le chapeau de Vera sur son postiche. « Bonsoir, Mr. Babbit... J'ai passé une soirée délicieuse – et réellement *instructive* ! Viens, Patrick. »

La portière se referma, et Ito démarra, faisant hurler le moteur.

« Allez-vous *vraiment* m'envoyer dans cette... dans l'école dont il parlait, Tante Mame ?

— Ne t'inquiète pas, mon chéri, ne t'inquiète pas, Tante Mame a un plan. »

Avec un soupir extatique, elle alluma une Melachrino, tandis que la voiture filait droit vers le Connecticut.

Aussitôt arrivée l'époque de la rentrée des classes, début septembre, Tante Mame m'accompagna à Buckley pour me faire inscrire. Ils avaient reçu mes papiers scolaires, envoyés par Mr. Babcock, et tout était en ordre. Tante Mame m'acheta une petite casquette bleue du collège – qu'elle-même devait d'ailleurs porter, et m'expédia dans un centre non loin de Washington Square, pour me faire passer un test de quotient intellectuel. Rentrant à la maison, je la trouvai en pleine conversation avec un homme blond et séduisant.

« Entre, mon chéri », roucoula-t-elle, « je voudrais te présenter à Ralph Devine. Tu entres dans son école la semaine prochaine.

— Mais… Et Buckley, alors ? bégayai-je.

— Excusez-moi un instant, Ralph », dit-elle.

M'attirant à elle, elle me regarda droit dans les yeux, l'air grave.

« Mon chéri, Tante Mame a fait quelque chose qui peut sembler, disons, un petit peu *malhonnête*, mais la vie t'apprendra qu'il vaut mieux, parfois, ne pas être *trop* honnête. Nous allons tous deux faire une petite blague à Mr. Babbitt, mon chéri. Vois-tu, il *pensera* que tu vas dans cette *autre* école, alors qu'en fait, tu apprendras les choses les plus passionnantes, les plus modernes, avec Ralph, que voici. Ce sera *notre* secret, mon petit amour, nous ne serons que trois à le connaître, et quel bon tour à jouer à Mr. Hitchcock – ou je-ne-sais-quoi –, n'est-ce pas ? »

Je dis que c'était un très bon tour.

« Et maintenant, cours là-haut et prends un bon livre, pendant que je parle avec Ralph, tu es un chou. »

« Mame, vous laissez cet enfant *lire* ? » entendis-je Ralph demander, comme je quittais la pièce.

La semaine suivante, Tante Mame se leva au Milieu de la Nuit pour me conduire à l'école de Ralph, à deux rues de là. Elle occupait le dernier étage d'un ancien entrepôt de la Deuxième Avenue. Nous étions légèrement en retard – Tante Mame était toujours en retard – et en arrivant, nous trouvâmes la grande salle remplie d'enfants de tous âges, nus, courant en tous sens et poussant des cris.

Ralph vint vers nous, nu comme au jour de sa naissance, et nous serra la main avec chaleur.

« N'est-il pas splendide ! » s'exclama Tante Mame. « Un vrai Praxitèle. Oh, mon chéri, je sens que tu vas adorer cet endroit ! »

Une petite femme solide, aux cheveux jaunes, également nue, arriva en hâte et embrassa Tante Mame. Elle s'appelait Natalie, et dirigeait l'école avec Ralph.

« Et maintenant, suis Ralph, et amuse-toi bien, mon petit amour, nous nous retrouverons à l'appartement pour le thé. »

Tante Mame s'éloigna avec un grand geste joyeux, et je demeurai seul ; seul aussi à être habillé.

« Entre, et déshabille-toi, d'accord ? » fit Natalie, « Puis tu iras rejoindre les autres. »

Je me suis toujours un peu senti comme un poulet plumé, dans l'école de Ralph, mais c'était un endroit agréable, et je n'avais strictement rien à faire. C'était une grande salle nue, badigeonnée de blanc, avec un sol de linoléum chauffé, des lucarnes ouvertes sur le ciel et des tubes à rayons ultraviolets courant sur la portion de plafond libre. Il n'y avait là ni bureau ni chaise, mais seulement des nattes sur lesquelles nous pouvions nous étendre pour dormir quand le besoin s'en faisait sentir et, au centre de la pièce, une grande structure blanche, en forme de bassin de vache. Nous étions censés ramper à l'intérieur, autour et au-dessus, si nous en avions envie, et à chaque fois qu'un des enfants les plus jeunes se prêtait au jeu, Ralph donnait une grande claque sur le derrière imposant de Natalie, en commentant : « Retour à la matrice, hein, Nat ! »

On faisait sa toilette en commun – « Étouffons les inhibitions dans l'œuf » –, entre autres passetemps progressistes, dessin, peinture avec les doigts, ou pâte à modeler. Il y avait des Séances de Conversation Guidée, au cours desquelles nous racontions nos rêves, et disions, à tour de rôle, ce que nous pensions à l'instant. Si vous aviez soudain envie d'avoir un comportement antisocial, vous n'aviez qu'à l'être. Pour le déjeuner, nous avions des carottes crues, du chou-fleur cru – qui m'a toujours donné des gaz – des pommes crues et du lait de chèvre, cru. Si par hasard deux enfants se chamaillaient, Ralph les faisait asseoir en rond, avec tous les autres enfants intéressés par l'affaire, et l'on débattait du cas. Je trouvais tout cela parfaitement idiot, mais j'acquis un sérieux bronzage.

Cependant, je ne devais pas rester chez Ralph assez longtemps pour voir si son système était bon pour moi ou non. Ma carrière là-bas – et la sienne, de fait – s'interrompit au bout de six semaines exactement.

Ralph et Natalie, s'imaginant à tort que leurs jeunes disciples passaient chez eux des journées laborieuses, avaient organisé un après-midi de Jeu Constructif, afin de les renvoyer dans leurs foyers détendus et heureux. L'idée, en gros, était que les enfants, sauf les plus antisociaux d'entre eux, devaient participer à un grand jeu de groupe, lequel nous apprendrait quelque chose de la Vie, et de ce qui nous attendait au-delà des portes de l'école. Parfois, nous jouions à La Ferme, ce qui consistait à entretenir les minables plants d'avocat que faisait pousser Natalie. D'autres fois, c'était La Blanchisserie, et nous lavions tous les sous-vêtements de Ralph, mais un des jeux favoris des plus petits était La Famille des Poissons, qui avait pour but de nous donner une connaissance empirique du mécanisme de la reproduction chez les espèces inférieures.

Le jeu était simple, et constituait un exercice appréciable. Natalie, et toutes les filles, s'accroupissaient sur le sol, faisant semblant de déposer des œufs de poisson, sur quoi Ralph, et tous les garçons, bondissaient parmi elles, bras largement écartés, agitant les doigts – « en un mouvement de nage, de nage » – pour les fertiliser. C'était toujours un succès à tout casser.

Lors de mon dernier jour chez Ralph, nous jouions à la Famille des Poissons depuis près d'une demi-heure. Natalie et les filles étaient sur le linoléum, et Ralph avait commencé de guider les garçons au milieu des dames-poissons. « Un mouvement de nage, un mouvement de nage ! Allez-y ! Envoyez la semence ! Envoyez la semence ! N'oublie pas cette petite maman-poisson, Patrick, envoie ta semence, envoie ta... »

On entendit soudain un bruit étrange, comme si quelqu'un s'étouffait.

« Mon Dieu ! » fit une voix familière, et oppressée.

Tout le monde se retourna. Là, immobile, habillé de la tête aux pieds, et l'air du requin le plus redoutable de tous les océans, se dressait Mr. Babcock, mon administrateur. D'un seul geste, il m'arracha prestement à la mêlée. « Bon Dieu ! Habille-toi, et vite. Je vais dire deux mots à ta cinglée de tante, et je tiens à ce que tu sois *présent* ! » Il m'expédia au vestiaire. « Quant à vous, être pervers et répugnant », reprit-il, s'adressant à Ralph, « vous n'avez pas fini d'entendre parler de cela ! »

Le temps que j'aie fini de me reboutonner, Mr. Babcock m'avait traîné dans les escaliers, et nous étions déjà à mi-chemin de chez Tante Mame.

Comme il se doit, celle-ci, vêtue d'une de ses tenues les plus exotiques, prenait force cocktails avec un distingué rabbin lituanien et deux danseurs de la troupe de *Blackbirds* quand Mr. Babcock et moi firent irruption dans le salon.

« Dieu me damne ! » s'écria-t-il, « j'aurais dû m'en douter ! Une Jézabel, absolument incapable d'élever un enfant ! Mais quelle femme, quelle *folle* êtes-vous donc ? »

Tante Mame se leva, non sans quelque difficulté. « Mais enfin, que voulez-vous dire, Mr. Babcock ? » demanda-t-elle avec une hauteur assez peu convaincante.

« Vous savez parfaitement ce que je veux dire. Il y a quinze jours, j'ai appelé Buckley, pour savoir si ce sale môme voulait venir au rodéo avec mon fils et moi, et je n'ai pas cessé depuis de le chercher dans toutes ces écoles absurdes où l'on envoie les pauvres d'esprits de toute la ville. Et aujourd'hui, *aujourd'hui*, je l'ai enfin trouvé, et dans la pire de toutes ; nu comme un ver, avec cet homme répugnant, en train d'envoyer la... Oh, mon Dieu, c'est plus que je n'en puis supporter ! »

Tante Mame s'avança, très digne, et prit une de ces profondes inspirations qui précédaient toujours ses condamnations les plus fracassantes, mais c'était inutile.

« Dès demain », reprit Mr. Babcock, criant toujours, « non, ce soir, *immédiatement*, je vais moi-même, *personnellement* emmener cet enfant au pensionnat. J'aurais dû me douter que vous tenteriez de me jouer un tour de ce genre, mais c'est terminé. À Noël, et en été, voilà quand vous pourrez poser sur lui vos mains dépravées, et encore, je souhaiterais que l'on puisse empêcher cela. Viens, toi », me dit-il.

« Tante Mame ! » m'écriai-je, essayant de courir vers elle, mais il me tenait fermement.

« Viens ici, espèce de petit démon, je vais te conduire à St. Boniface, et faire de toi un honnête chrétien, craignant Dieu, même si pour cela je dois te réduire en miettes. Viens, quittons cet endroit maudit, cette *fumerie*. » De nouveau, il me tira brusquement, et je me retrouvai en route pour St. Boniface.

Le lendemain, la police faisait une descente dans l'école de Ralph, et les journaux à sensation, en période de creux entre deux meurtres à la hache, se firent remarquablement dévots, évoquant les ravages de l'éducation progressiste. On pouvait y voir des photos délicatement retouchées de Ralph et Natalie avec leurs élèves, surmontées de titres comme L'ÉCOLE DU SEXE FERMÉE, et accompagnées d'articles de nos autorités civiles et religieuses, lesquels semblaient tous commencer par : « Mères, qu'apprend-on à vos enfants ? »

Cependant, nous étions à la veille du 29 octobre 1929. La Bourse s'effondrait, et les journaux eurent d'autres sujets d'articles, plus pressants. Mais entre temps, je m'étais vu incarcéré à l'Académie St. Boniface, où la voix sonore de Tante Mame ne me parviendrait plus que de loin, comme un murmure étouffé au milieu de la désolation du conformisme.

Chapitre III

Tante Mame dans le temple de Mammon

Bientôt, un nuage d'orage plane sur notre charmante petite dame du *Digest*. Alors qu'elle est habituée à vivre dans le confort et la sécurité, avec son enfant et son chat, la banque locale fait soudainement faillite, et la pauvre femme voit toutes ses économies balayées par la crise. Elle n'a plus pour vivre qu'une pension de misère, et l'avenir paraît bien sombre. Mais, ne se laissant nullement accabler, elle se découvre un talent réel de femme d'affaires.

En premier lieu, elle entreprend de préparer des petits pains et des gâteaux et, en un claquement de doigts, se retrouve à la tête d'une pâtisserie florissante, pouvant à peine faire face à la demande. Puis elle reprend son passe-temps de jeune fille, la peinture sur porcelaine, et ses myosotis « faits main » s'arrachent aussitôt, devenant le dernier cri en matière de décoration – chez qui, l'article ne le précise pas. Sur quoi, cette vraie petite boule d'énergie se met à réaliser des couvertures au crochet, des sets de table en tapisserie et des édredons en patchwork, et l'argent coule à flots.

Tout cela ne m'impressionne guère. Tante Mame disait toujours qu'elle était une véritable femme d'affaires, elle aussi. Lorsque la Dépression la frappa de plein fouet, elle se lança dans nombre de carrières, infiniment plus prolixe en cela que notre Personnage Inoubliable et, d'une manière ou d'une autre, nous sauva.

Le mois de septembre 1930 fut particulièrement torride, et le jour que choisit Tante Mame pour avoir une douloureuse entrevue avec son banquier était d'une chaleur intolérable. Rentrant à la maison, elle laissa tomber ses renards au milieu du salon, appela pour qu'on lui apporte un verre bien tassé, et se laissa aller, tragique, sur son nouveau canapé « moderne ». « Patrick », dit-elle d'une voix caverneuse, « ta tante Mame est une pauvresse. Ruinée, ruinée, ruinée ! » Elle laissa son regard errer, mélancolique, sur la rue, s'efforçant de faire monter quelques larmes. « Je suis quasiment réduite à l'indigence », ajouta-t-elle d'une voix dramatique.

Tante Mame avait abandonné son duplex, trop onéreux, et s'était installée dans une charmante petite maison de Murray Hill. Elle l'avait meublée de fond en comble, avait acheté de nouvelles robes, nombreuses et plus longues, et avait donné deux ou trois soirées pour mettre un peu de vie dans la maison, et rallier ce qui demeurait des Fidèles. Puis elle commença de se rendre compte que vivre coûtait de l'argent – même en 1930, quand la vie n'était pas chère. Mais l'argent, en général, faisait défaut, et particulièrement chez Tante Mame.

Il apparaissait clairement, à présent, après son flirt sauvage avec le marché boursier et ses dépenses babyloniennes, qu'elle avait exactement quatre mille dollars en liquide, et une honnête petite pension mensuelle de deux cents dollars.

« Oh, penser que je vais devoir subir le joug de la pauvreté, après tant d'années d'économies et de privations.

— Oui, c'est une honte, Tante Mame », dis-je, en hennissant légèrement.

Elle me jeta un regard froid. « Oh, c'est facile pour toi de rire – un gamin de onze ans, avec un gros héritage bloqué, de sorte que personne ne peut en *profiter* –, pendant que ta malheureuse Tante Mame est pratiquement au seuil de l'hospice. Mais comment allons-nous *survivre* avec deux cents misérables dollars par mois ? »

En 1930, deux cents dollars, c'était une fortune, pour des millions de gens. Et en faisant raisonnablement attention, nous pouvions parfaitement nous en sortir.

« Bien », conclut-elle avec un soupir douloureux, « tu comprends ce que cela signifie, j'imagine. Cela signifie que je vais devoir travailler, simplement pour te laisser dans cette abomination de St. Boniface. » Je savais que la Trust Company réglait les mensualités de l'école, mais sans doute était-il plus sage de ne pas le mentionner. « Enfin », reprit-elle, « Dieu sait que j'ai trimé comme une esclave ma vie durant, je devrais en avoir l'habitude. »

Ce n'était pas tout à fait exact, non plus. Tante Mame, pendant quelque six semaines, avait dansé dans une revue itinérante intitulée *Chu-Chin-Chow*, jusqu'à ce que mon père ait vent de la chose et fasse jouer la pression familiale. Depuis lors, tout ce qu'elle avait fait de ses mains, c'était préparer son fameux gin « maison ».

« Oui, voilà la seule réponse. Ta pauvre Tante Mame va devoir se remettre au travail – trouver un emploi, alors qu'il y a déjà des millions de chômeurs – pour nous garder quelques hardes sur le dos, et éloigner les loups. Mais ne panique pas, mon petit amour, Tante Mame trouvera un moyen, *même si elle doit frotter des parquets.* » Ce soir-là, elle se retira tôt, avec les petites annonces classées du *New York Times*.

Le lendemain, nous avions, comme toujours, notre Petite Conversation Matinale de une heure de l'après-midi. Je la trouvai entourée de blocs-notes couverts de noms. « Vous donnez une soirée ? » m'enquis-je.

« Certainement pas ! » fit Tante Mame d'un ton sec. « Oh, peut-être plus tard, quand je serai bien lancée dans les affaires, je donnerai une petite réception pour fêter ça, mais non, tous ces gens sont des contacts intéressants – des amis à moi, bien placés. » Elle agita le *New York Times*, méprisante. « Rien d'intéressant pour *moi*, dans toutes ces offres d'emploi : des serveuses, des vendeuses, des ouvrières, des sténodactylos – rien où je puisse vraiment faire mes preuves. Non, mon chéri, ce n'est pas ce qu'on *sait faire* qui vous fait une place au soleil, dans cette ville, c'est *qui* l'on connaît. Et Dieu sait que j'ai des *relations*. Enfin, il doit exister une *quantité* d'entreprises à New York qui seraient enchantées de me compter parmi leurs collaboratrices, sachant que je suis disponible. C'est pourquoi j'ai dressé une liste d'amis influents, auxquels je vais *faire part* de mes intentions. »

Ce jour-là, Tante Mame eut de nombreuses conversations téléphoniques, longues et animées. Elle appela tout d'abord son ancien agent de change, Florian McDermott, lui racontant en détail l'histoire de sa déchéance financière, chose sans doute inutile, puisqu'il en était en grande partie responsable. Elle lui demanda si son cabinet financier serait intéressé par une femme d'affaires habituée à gérer de gros portefeuilles. Après lui avoir répondu, en toute hâte, qu'ils réduisaient malheureusement leurs activités, il parvint à lui vendre deux cents actions d'une valeur Absolument Sûre. Deux mois plus tard, Florian partageait une cellule avec un illustre agent de change, qu'il n'aurait jamais rêvé rencontrer en d'autres circonstances.

Tous ses autres amis de la finance étant également en pleine période de récession, Tante Mame décida que son avenir résidait dans les Arts.

Le lendemain, elle déjeunait avec Frank Crowninshield, et revint à la maison folle de joie, ayant obtenu un poste de rédactrice à *Vanity Fair*. Le salaire était de quarante dollars par semaine – exactement ce qu'elle versait à Ito et à Norah – mais elle savait qu'elle ferait son Chemin. Elle commanda nombre de petits tailleurs stricts, et quelques chapeaux assortis, pour porter dans les bureaux du magazine. On m'expédia de nouveau à St. Boniface, et Tante Mame commença sa carrière de femme d'affaires.

Au cours de l'automne 1930, je ne pus la suivre que par ses lettres, lesquelles me dressaient un tableau dramatique – quoique relativement partial – de ses tentatives professionnelles. L'aventure de *Vanity Fair* dura un mois. Puis Mr. Crowninshield et Mr. Nast l'invitèrent de nouveau à déjeuner, et déclarèrent que son écriture était trop relâchée, quoique pleine d'esprit, et que de toute façon, ils réduisaient l'équipe. En guise de consolation, ils publièrent en pleine page une photo d'elle dans une robe de Jeanne Lanvin valant trois cents dollars, qu'elle s'était offerte avec sa prime de départ et un petit gain aux courses. Mr. Crowninshield ajouta qu'elle était trop séduisante pour demeurer ainsi livrée à elle-même, et qu'elle devrait se marier et mener une vie tranquille.

Son emploi suivant fut également littéraire, mais ne dura pas tout à fait aussi longtemps. Elle se fit lectrice pour les éditions de Horace Liveright. C'était là une vieille connaissance et, bien que lui et Tante Mame eussent connu quelques différends par le passé, ils éprouvaient l'un pour l'autre une grande estime intellectuelle. Quoi qu'il en soit, Tante Mame se rendit à une soirée plutôt agitée avec l'unique manuscrit d'un roman palpitant et fleurant la graisse de baleine, écrit par un explorateur danois. Quelque part entre chez Jack Delaney et le Cotton

Club, le manuscrit disparut. Il y eut procès, et échange de mots vifs entre Tante Mame et Mr. Liveright. Un an et demi plus tard, une ambitieuse petite maison d'édition publiait le livre réécrit, qui se vendit à plus de cent mille exemplaires et donna lieu à un film documentaire au succès notoire. Sur quoi Tante Mame déclara qu'elle avait toujours su *sentir* un best-seller.

Nullement découragée, elle se tourna vers une autre forme d'Art – la décoration intérieure. Personne ne pouvait nier qu'elle eût du goût, encore que parfois quelque peu singulier. En tout cas, Tante Mame possédait certaines qualités essentielles dans la décoration : elle était charmante, elle avait l'intuition et l'originalité, et connaissait nombre de gens influents. Il était donc parfaitement logique qu'elle se retrouve dans l'atelier rococo d'Elsie de Wolfe et de ses joyeuses compagnes.

Avec ce qu'elle appelait déjà ses Disciples, et des discours intarissables sur le Regency et le Directoire, elle se lança dans un travail qui lui rapportait, outre un salaire confortable, de généreuses commissions. Mais, aussi versée fût-elle dans les styles décoratifs français, le cœur de Tante Mame allait plutôt vers le Bauhaus de Munich que vers le *rocaille** et le *coquaille** de Versailles.

Pendant un certain temps, cependant, elle sut combattre ses pulsions modernistes, et s'adapter à l'équipe d'Elsie de Wolfe, s'extasiant d'une voix flûtée sur des appliques moulurées d'un or éteint ou d'absurdes pendules ornées d'angelots. Sous le regard attentif de sa patronne, Tante Mame redécora un hall de la Cinquième Avenue, une salle à manger à Oyster Bay, un boudoir de Gracie Square, tout cela dans le style Louis XV. Puis, volant de ses propres ailes, elle s'occupa de la suite de son amie Vera, à l'Algonquin, qu'elle imagina dans l'esprit de Prud'hon, avec plein de vieux trucs Empire, dénichés

Avenue A. Les pièces, et leur occupante, eurent comme il se doit leur photo dans *Home Beautiful*, et Miss de Wolfe adressa à Tante Mame une lettre extatique. Ses pièces Empire firent fureur chez les bootleggers, seules personnes assez riches pour s'offrir des meubles anciens et hors de prix. Tout d'abord, elle parut un peu stupéfaite de ce triomphe vertigineux, mais après avoir décroché deux ou trois commandes pour des appartements napoléoniens sur Central Park West, Tante Mame se lassa vite des cariatides et des colonnades, et le prurit de la modernité se mit à la démanger de nouveau. Ce fut un progrès esthétique, et un désastre financier.

La grande chance de Tante Mame se présenta en automne, quand se porta sur elle l'attention d'une Mrs. Riemenschneider, de Milwaukee, dont feu l'époux avait fait fortune dans la bière sans alcool. Trop puissante, enfin, pour demeurer enterrée à Milwaukee, Mrs. Riemenschneider avait jeté son dévolu sur New York, et sur une position sociale que seule une quantité d'argent, et tout ce qui va avec depuis au moins trois ou quatre générations, pouvaient lui assurer. Mais Mrs. Riemenschneider n'avait pas l'intention d'attendre trois ou quatre générations. Nous étions en 1930, en pleine libre entreprise, et elle avait largement de quoi payer pour tout ce qu'elle désirait, ceci compris. Elle était à New York depuis quelques heures à peine qu'elle avait déjà acheté un élégant petit hôtel particulier du côté de la Soixantième Rue Est, et tendu à Tante Mame un chèque tout craquant, d'un montant de cent mille dollars, à charge pour elle de le décorer comme « Foutain-blow ». Sur quoi elle fila à Paris s'acheter des vêtements, ayant arraché à Tante Mame la promesse que la maison serait prête pour Noël.

À Noël, la maison était finie, et Tante Mame également. L'attirance de la modernité munichoise avait été trop violente – presque aussi violente que le langage de Mrs. Riemenschneider quand elle revint pour trouver son charmant manoir défiguré, la façade de marbre plaqué déposée, la plupart des cloisons supprimées, et les pièces ornées des meubles métalliques, sculptures de fil de fer et tableaux cubistes les plus contemporains que l'argent et l'imagination eussent pu concevoir. Juste avant de repartir pour Milwaukee, elle assigna en référé l'entreprise de décoration, qui dut non seulement lui rembourser les cent mille dollars, mais restaurer la maison dans son état d'origine, à ses frais.

Les journaux se saisirent de l'affaire, et s'en donnèrent à cœur joie. « Art athée », « Barbarie bolcheviste », put-on lire, entre autres allitérations habiles, sur les manchettes de la presse à sensation, des jours durant. Un rédacteur inspiré baptisa Tante Mame « Mame la Folle », et deux chroniqueurs pondirent des articles commençant par : « Montrez-moi un seul Picasso que mon garçon, qui est en huitième, ne pourrait pas peindre, en mieux ». Tante Mame se vit exclue de chez Elsie de Wolfe.

Bien que furieuse et humiliée par ce qu'elle appelait l'ignorance des masses, elle n'était nullement prête à abandonner sa croisade pour l'ultramoderne. Elle s'était trouvée quelques alliés, au cours de la mêlée, au nombre desquels un jeune sculpteur taciturne et intellectuel appelé Orville, qui possédait son propre tour, sur lequel il réalisait les céramiques « les plus fascinantes qui soient ». Tante Mame décida donc d'investir son capital en s'associant à lui. Ils devaient ouvrir une boutique de cadeaux « consacrée à l'Art Audacieux, Expérimental, Stimulant, Nouveau et Moderne », comme l'expliquait sa lettre.

« Oh, Patrick, mon chéri », écrivait-elle, « ce sera une boutique comme on n'en a jamais vu à New York.

Tu vas voir. Nous allons mettre la ville à feu et à sang ! »

*Maison Moderne** – tel était le nom de la boutique – était *effectivement* différente de toute autre boutique new-yorkaise – à ma connaissance, du moins. Elle était située au rez-de-chaussée d'une rangée de vieux immeubles, dans la Cinquante-Quatrième Rue Est, et offrait une grande vitrine en forme d'amibe avec une porte à tambour. Les murs étaient d'un rouge violet implacable, éclairé par un enchevêtrement de tubes de néon, et l'on y trouvait cendriers, assiettes et appliques de céramique des plus étranges, ainsi que d'autres trucs impossibles à identifier que Tante Mame appelait *objets d'art*.

L'inauguration de *Maison Moderne* eut lieu le jour même où je rentrai à la maison pour les vacances de Noël, et attira une foule de gens. Mais, passé le choc initial, la plupart d'entre eux déclarèrent qu'ils « ne faisaient que regarder ». Tante Mame était dans son élément, s'affairant en tous sens, vêtue d'une blouse grise, une cigarette pendant au coin des lèvres. Ce premier jour, ils firent un chiffre d'affaires de presque quatorze dollars, et obtinrent une large couverture de presse.

Mais Tante Mame ne semblait guère se soucier de ces commentaires mesquins. « L'intérêt, c'est la publicité, mon petit amour. Je n'aurais pas pu m'offrir autant d'espace dans les journaux pour cinquante mille dollars. As-tu vu cette merveilleuse photo du plateau-repas-fœtus d'Orville, dans *American* ? Tout cela, c'est autant de publicité gratuite, mon chéri. Il n'y a pas de souci à se faire, puisqu'ils parlent de nous. C'est quand ils *cessent* d'en parler qu'il faut s'inquiéter. »

Peut-être avait-elle raison car, le lendemain, la foule était plus dense encore. Tante Mame allait et venait au milieu des clients, gazouillant comme un canari lubrique, et m'envoya deux fois chercher du café, et trois fois des cigarettes. Vers une heure, la foule était si compacte, et les ventes si nombreuses, qu'elle dut faire venir Norah pour tenir la caisse, tandis que je demeurais dans l'arrière-boutique, enseveli dans les copeaux jusqu'à la taille, enveloppant les abominables céramiques de Tante Mame. Quoi que l'on pût dire de *Maison Moderne*, elle suscitait bel et bien l'intérêt du public.

Il était six heures passées quand Tante Mame put enfin chasser le dernier client, et s'effondrer au milieu des copeaux, au fond du magasin. « Oh, le succès, le succès, le succès ! » se mit-elle à chanter d'une voix allègre. « Donne-moi une cigarette, mon chéri, Tante Mame est parfaitement épuisée ! » Elle s'étira luxurieusement, exhala un nuage de fumée. « Combien pensez-vous que nous ayons fait, aujourd'hui, Norah, une centaine ?

— Oh, plus que ça », dit Norah, radieuse. « Cinq ou six cents, peut-être sept.

— Mais c'est *divin* ! » s'exclama Tante Mame. Elle inspira de nouveau une longue bouffée, en extase, puis se redressa brusquement. « Mon Dieu, j'avais promis à Neysa McMein de prendre un verre avec elle, et j'ai déjà des *siècles* de retard ! Elle s'était engagée à réaliser des maquettes pour nous, et j'ai *complètement* oublié. Chéri, amour, va me chercher mon manteau et siffle un taxi. J'ai intérêt à filer !

— Qu'est-ce que je fais de tout cet argent ? s'enquit Norah.

— Laissez-le dans la caisse. Je vais tout fermer. Grands dieux, trouve-moi un taxi, Patrick, je vous dépose tous les deux à la maison. » Elle ferma la porte, et nous partîmes en vitesse.

Cette nuit-là, ce que les journaux devaient décrire comme « un holocauste d'origine inconnue » détruisit presque la moitié du pâté de maisons de la Cinquante-Quatrième Rue Est. Il fallut trois compagnies de pompiers pour éteindre l'incendie, et ce qui demeurait de *Maison Moderne* aurait largement tenu dans un de ses Cendriers Audacieux.

« Oh, Patrick, comment le Destin peut-il me faire une chose pareille », reniflait Tante Mame. « Tout cet effort, tout ce mal que je me suis donné, parti en fumée. Enfin, grâce au ciel, j'ai envoyé la police d'assurance la semaine dernière. » Elle se moucha discrètement. « Bon Dieu, il n'y a donc pas une seule cigarette, dans cette maison ! » fit-elle, changeant de ton, plongeant la main dans un coffret de cristal. « Va me chercher mon sac, tu veux bien, tu seras un amour. »

Bavardant toujours avec animation, elle fouilla dans son sac à main de lézard. Soudain, elle s'interrompit ; son visage devint livide. « Oh, non ! » dit-elle dans un souffle. Puis elle tira de son sac à main une longue enveloppe blanche, adressée à la World Fire and Marine Insurance Company de Hartford, Connecticut.

Après la perte coûteuse de *Maison Moderne,* Tante Mame décida qu'il était finalement plus sage de travailler pour les *autres*. À cette époque, sa passion des tissus exotiques la poussait à acheter presque tous ses vêtements chez Jessie Franklin Turner. C'était une boutique de dimension moyenne, s'adressant à une clientèle aux revenus considérables. « Si agréable, si *intime,* » m'écrivait Tante Mame dans une lettre, « presque comme si les clients étaient de vieux amis, des invités – ce qu'ils sont, bien entendu. » Toujours selon sa lettre, Mrs. Turner l'avait engagée comme vendeuse – « une vraie *vendeuse**, mon chéri ».

Tante Mame adorait travailler dans cet univers de chiffons magnifiques, et chers, et rentrait presque chaque soir avec quelque nouvelle création de Jessie Franklin Turner. Les affaires étaient épouvantables, en cet hiver 1931, mais Tante Mame avait une confiance en elle inébranlable.

Cependant, elle possédait également une candeur malheureuse qui, si elle faisait le ravissement de certains, en offusquait beaucoup d'autres. Son honnêteté radieuse lui joua un mauvais tour le jour où Mrs. Turner l'entendit déclarer à une cliente de proportions formidables : « Mais, ma chère, nous n'avons *rien* ici qui puisse vous aller. Aucun de nos modèles ne vous conviendrait ; la ligne en est beaucoup trop svelte. Non, suivez mon conseil, allez au rayon "Forte mais Élégante" de Lane Bryant. » Le ton monta quelque peu, et la cliente quitta la boutique d'un pas ferme, sans espoir de retour. Un quart d'heure plus tard, Tante Mame l'imitait, après un échange un peu vif avec Mrs. Turner, qui lui conseilla au passage de se trouver un riche époux – et vite – pour payer les factures qu'elle avait accumulées.

La dernière étape de Tante Mame dans l'industrie de l'habillement fut chez Henri Bendel où, grâce à sa silhouette parfaite, et à une longue amitié avec Mr. Bendel, elle présenta des robes d'intérieur, pendant un peu plus d'une semaine. Mais le jour où un vieux dégoûtant, doté d'un pouvoir d'achat inégalé, pinça son élégant postérieur, il y eut un vilain incident, et l'on décida de se passer de ses services. Mr. Bendel lui adressa une lettre émouvante, disant qu'il était absolument navré de toute cette affaire, mais qu'après tout, elle était une Dame, et une femme trop remarquable pour jouer les simples portemanteaux. Il ajoutait également que la meilleure carrière, pour elle, serait certainement le mariage.

Cependant, Tante Mame tenait toujours à prouver qu'elle pouvait mener sa barque dans ce monde d'hommes. Un soir, au *Twenty-One*, elle fit la connaissance d'un jeune homme riche et passionné, venant d'une excellente famille de Baltimore, et qui souhaitait investir quelque argent dans un *speakeasy* de dimensions modestes, mais très sélect. Ne connaissant personne à New York, et Tante Mame connaissant tout le monde, il la persuada de jouer les relations publiques dans cette entreprise. Tout d'abord, Tante Mame s'avéra quelque peu sceptique, mais elle avait fort besoin d'argent et après tout, ainsi qu'elle me l'écrivit : « Il ne s'agit *pas* d'une gargote sordide, mais bien d'un club privé de grande classe, aux membres triés sur le volet, où les clients, tous des messieurs et des dames, pourront boire et dîner entre gens de bonne compagnie, et peut-être faire un ou deux robres de bridge. Quelque chose de vraiment *distingué*. »

Ils dénichèrent un vieil hôtel particulier du côté de la Quarantième Rue, déjà tout équipé pour ce genre d'activité. Au cours des deux dernières années, il s'était successivement appelé *Tony's, Belle's Bar Sinister, The Ole Plantation, Tony's, Alt Wien, Paris Soir, Victor's Vesuvius, Chez Cocotte, York House, Gay Madrid*, et *Tony's*. Quoi qu'il en soit, Tante Mame et le jeune homme firent repeindre toute la maison, la baptisèrent *Club Continentale*, et se lancèrent dans les affaires.

Tous ceux qui eurent l'occasion de connaître l'endroit déclarèrent que Tante Mame et le jeune homme de Baltimore avaient fait les choses de la manière la plus raffinée qui fût. Ils envoyèrent des invitations gravées et des cartes de membre aux gens les plus en vue du milieu mondain et artistique. Ils engagèrent un des barmen les plus cotés de New York, un chef français, un orchestre hongrois, un portier irlandais, un maître d'hôtel italien, et une danseuse espagnole qui s'appelait plus ou moins Euthanasia Gomez. Plus encore, Tante Mame, si on l'en priait, se déclarait prête à se mettre au piano blanc pour chanter quelques airs français de musique légère. Mais elle n'en eut pas l'occasion. Dans leur zèle à faire les choses bien, Tante Mame et son compagnon avaient simplement oublié d'acheter la protection des flics. Le soir de l'ouverture, les festivités battaient leur plein de distinction étourdissante quand la police fit une descente. Le décor et les bouteilles furent massacrés à la hache, et Tante Mame, en compagnie de tous les membres choisis du *Club Continentale*, furent embarqués dans le panier à salade.

Ensuite, grâce à la gentillesse de Frank Case, Tante Mame se lança dans la prestation de service de luxe, effectuant des achats personnels pour la clientèle de l'Algonquin. Mais la clientèle de l'Algonquin n'était guère nombreuse en 1931, et trouva les goûts de Tante Mame un peu trop singuliers, et beaucoup trop onéreux. C'est ainsi qu'elle passa la plus grande partie du printemps à papoter au bar de l'hôtel avec de vieilles amies. Elle dut vendre ses perles et une bague ornée d'un saphir pour régler ses dettes et, quand je revins à la maison pour les vacances d'été, Tante Mame était trop agitée pour demeurer plus longtemps posée parmi les palmiers en pots de cet hôtel.

Après quoi, elle tenta de vendre des articles de ménage en aluminium au porte à porte du côté de Riverside Drive, mais personne n'en voulait et, le jour où le directeur des ventes eut un geste déplacé, elle le gifla et fut virée.

En juillet, elle était secrétaire d'un producteur sans le sou – elle ne connaissait pas la sténo, mais écrivait vite, et pouvait taper avec deux doigts des lettres quelque peu aléatoires. Mais au bout de trois semaines, il n'avait toujours rien produit, pas même un chèque pour elle.

Au mois d'août, Tante Mame écrivit une tragédie grecque en trente scènes, avec un chœur de deux cents voix. Elle le porta à Annie Laurie Williams, l'agent théâtral, qui déclara qu'il y avait là des choses excellentes mais, on ne sait trop pourquoi, le spectacle ne fut jamais monté.

Un beau matin de septembre, Tante Mame, après force mensonges, décrocha un poste de standardiste dans une compagnie d'assurances. Elle était de retour à la maison dès l'heure du déjeuner, après avoir manqué s'électrocuter.

Puis vint un bref passage dans l'immobilier. En 1931, tout le monde quittait les grands appartements luxueux pour de plus petits, bon marché, mais Tante Mame sut persuader un ami de lui acheter une vaste demeure, pour s'apercevoir que l'immeuble était totalement vide, et que le locataire innocent devrait subvenir entièrement à son entretien. Elle lui offrit sa commission pour l'aider à faire face à la ruine. Sur quoi quelques difficultés avec son propre emprunt hypothécaire la dégoûtèrent définitivement de l'immobilier.

Quand l'heure vint pour moi de retourner en pension, Tante Mame était véritablement acculée par ses créanciers. Elle dut même subir cette humiliation d'accepter le remboursement de la Trust Company pour mon entretien.

Ses lettres avaient des allures de messages de suicide. Mais début octobre, m'en parvenait une qui retrouvait les accents combatifs de jadis :

Mon chéri,

Devine quoi ! Tante Mame fait sa rentrée sur les planches ! Vera m'a appelée, et nous avons déjeuné ensemble. Je lui ai raconté mes malheurs, et nous nous sommes mises à évoquer les jours d'autrefois, quand nous dansions toutes deux dans *Chu-Chin-Chow*. Comme nous nous étions bien moquées du détective de l'hôtel, à Indianapolis, quand il y avait eu toute cette histoire, dans la chambre !

Enfin, en deux mots, Vera commence un nouveau spectacle, et elle m'a obtenu une lecture pour un des rôles secondaires. Je vais jouer lady Iris, une aristocrate anglaise. Nous nous retrouvons comme de vraies *jeunes filles*, ensemble, dans la même troupe, après toutes ces années !

Mais attends, mon petit amour, voilà le *plus beau :* la première a lieu à *Boston*, le mois prochain, et tu vas pouvoir assister au grand retour sur scène de ta tante Mame, le soir de la première ! Tu dois être *fou* d'impatience ! Et maintenant, à la répétition !

Vera Charles était la meilleure amie de Tante Mame, la plupart du temps. Ce ne fut jamais une grande comédienne, ni même une très bonne actrice, mais c'était une *star*. Vera avait ce que l'on appelle un public féminin. Les spectateurs des matinées l'adoraient.

Mr. Woollcott écrivit un jour : « Vera Charles est la seule comédienne vivante au monde qui ait plus de changements de costumes que de changements d'expression. » De ce jour, ils ne s'adressèrent plus la parole, mais ce n'en était pas moins vrai. Elle était toujours la Délicieuse Patricienne d'un Royaume des Balkans, il y avait toujours un Mari Qui Ne La Comprenait Pas, et un Autre Homme. Le scénario était toujours minable, mais c'était du fameux spectacle, et les *hausfrauen* qui venaient la voir par autocars entiers, retournaient à Montclair épuisées d'émotion, les joues encore humides de larmes d'amour et d'envie.

En ce jour glorieux de la première, le directeur me fit grâce de la partie de hockey, et je me précipitai à Boston, où Tante Mame avait établi ses quartiers au Ritz. Elle était dans son bain quand le chasseur m'introduisit dans sa suite, et je l'entendis fredonner : « Je suis Chu Chin Chow de Chi-ne, Shanghaï, en Chi-ne. »

Elle émergea du bain, toute tiède et le teint rose. « Mon chéri ! Je suis si contente que tu sois venu ! Attention, tu vas me décoiffer. Écoute, mon petit amour, Tante Mame voudrait que tu ailles lui chercher des pastilles mentholées pour la toux. Moi, je vais m'étendre dans une chambre noire avec un masque astringent – il faut bien resserrer un peu tout ça, tu sais –, me détendre le larynx, et réviser mon texte. Ensuite, on prendra un peu de bouillon léger et une petite biscotte, ici même, avant de partir pour le théâtre. Oh, quelle ivresse, de retrouver les planches ! Vera m'a arrangé quelques répliques vraiment fantastiques avec elle, au dernier acte. Oh, et n'oublie pas de prendre mon coffret à bijoux. J'avais l'air *affreusement* en dessous du ton avec ma simple robe de bal, pour la couturière. »

Nous dînâmes à six heures, et Tante Mame téléphona à son amie Vera pour lui souhaiter bonne chance. À sept heures, nous étions au Colonial Theater, et je demeurai seul au premier rang, tandis que la salle se remplissait de dames tout excitées accompagnées de leurs maris renfrognés, et de nombreux étudiants de Harvard, l'air un peu chahuteur.

Le rideau se leva enfin. C'était l'éternel spectacle de Vera. Au bout de vingt minutes, elle faisait son entrée, au centre de la scène, vêtue d'un superbe costume beige orné de pékan, et s'immobilisait gracieusement sous les ovations déchaînées. Le premier acte se déroula selon le schéma habituel, mais pas trace de Tante Mame.

Au deuxième acte, Vera se montra magnifique, en velours vert amande, et un murmure orgasmique courut chez les dames quand elle réapparut en négligé flottant, d'un bleu de Saxe. Toujours pas trace de Tante Mame, cependant.

Lorsque le rideau se leva sur le troisième acte, Vera était seule en scène avec l'Autre Homme. Sa robe du soir déclencha des applaudissements frénétiques. Une soirée de gala était censée se dérouler à côté, derrière la scène, et nous parvenaient les échos voilés d'une valse légère, et un gai murmure de conversations, quand une voix familière se fit soudain entendre clairement, « Oooooh, encore un peu de champagne, lord Dudley ! » – ainsi qu'un doux tintement de cloches.

Vera parut légèrement mal à l'aise, mais reprit aussitôt : « Mais, Rrrreginald », enchaîna-t-elle avec son accent de Mayfair, incompréhensible, « faiaaa une chose pâ-h-eilllle – s'enfuir ainssssi – cesssserait une faolllie ; une faolllie meeaaaveilleuse. »

« Oooooh, lord Dudley », entendis-je s'écrier, des coulisses, la voix unique de Tante Mame, « je pourrais daaanser toute la nuit ! » Et de nouveau, ce mystérieux tintement de cloches, qui introduisait une note curieuse au milieu de ces échos d'une soirée mondaine. Un ricanement se fit entendre au balcon.

Vera porta la main à sa coiffure pétrifiée, et enchaîna.

« Ouiiii, Rrrreginald, cessserait une faolie. Je suis d'un ceahtain monde, et vous d'un aôth'. Nous pourrrions trrrouver le bonheeeuh', un instant, mais nous nous haïrrrrions – oui, et nous nous haïrrrrions l'un l'auth' – d'avoah' fait cela. Il vaut mieux nous ssséparè tout de suuuth', dans sssettt'h extâââse que nous avons connue. Viens ammmoâ ! Prrrends-moâ – une dernière foâ, et adddieuh'. Vite, Rrrreginald, j'entttends les aôth' qui arrrivent. »

La musique reprit, et un grand nombre de couples apparurent, valsant, par les arcades. Le tintement de cloches se fit plus fort, nettement plus fort, tandis qu'un tourbillon rouge vif déboulait sur la scène.

« Ooooh, lord Dudley », s'écria Tante Mame, « vous valsez divinement ! »

Vera vacilla. Les cloches sonnaient avec insistance. « Allllez ! Approchez ! » cria Vera, d'une voix de fermière appelant ses cochons. « J'ai qualque chos' à vous diaaah, à tous. »

Les invités titrés s'approchèrent, se regroupant de manière harmonieuse face à Vera. À présent, les cloches carillonnaient à toute volée. On étouffait des rires, au balcon. J'observai Tante Mame. Elle était magnifique dans sa robe flamboyante, mais je vis qu'elle avait mis à ses poignets quantité de bracelets ornés de grosses cloches d'argent imitant celles des temples siamois – cadeau de quelque admirateur oublié.

À présent, l'allégresse parcourait l'orchestre, et Vera en demeura si saisie qu'elle manqua sa réplique suivante. Cela n'avait pas grande importance, cependant, car le tintement des cloches et les rires auraient noyé une corne de brume. Vera s'avança vers la rampe, et reprit sa réplique, s'adressant directement aux cintres : « Je disais que je ne vais pâââz èèèpouser Rrrreginald. Ma place est chez môa, ocotèh' du prince Alexisss. Je dôas rrrevenih', rrrevenih' dans mooon monde. » Puis elle se retourna vers Tante Mame, lui décochant un regard à statufier un tigre du Bengale. « Lady Irisss, auhiez-vous l'âmâbiliteh de *sonner* pour que l'on m'âppoth' mon étoooole ? »

« Certainement, princesse », répondit Tante Mame, plongeant en une profonde révérence. Ses cloches siamoises s'entrechoquèrent dans un vacarme assourdissant.

La réplique de Vera, lui demandant de sonner, était certes malheureuse, mais le balcon l'adora. Ce fut un rugissement de rire général, et les gens se mirent à taper des pieds avec ardeur.

Puis les cloches se remirent à tinter, tandis que Tante Mame, fort troublée, apportait à Vera une immense cape de chinchilla. Le son des bracelets fut un moment étouffé – pas totalement – dans les plis de la fourrure.

« Laissez-moi vous aider, princesse », dit Tante Mame de sa voix sonore. Elle lui tendit la cape, qui se déploya comme un store vénitien, rendant ainsi aux cloches toute leur puissance sonore. Je constatai également, avec horreur, que Tante Mame tenait la cape à l'envers.

« Meaaaci, lady Iris », rugit Vera, enroulant vivement la cape autour d'elle. Cependant, une expression de profonde angoisse se peignit sur ses traits, comme elle apercevait sous son nez l'ourlet du vêtement, tandis que le col traînait sur le sol, derrière elle.

J'étais au bord du fou rire nerveux, quand je crus remarquer que Tante Mame semblait comme attachée à la cape de chinchilla. Vera fit un pas en avant pour lancer sa dernière réplique, et Tante Mame la suivit, le bras curieusement tendu vers les fesses de Vera. Puis je compris. Un de ses bracelets à cloches s'était pris dans la fourrure.

Vera avança de nouveau. Tante Mame fit de même, accompagnée d'une volée de cloches.

Enfin, Vera s'immobilisa. « Lâche-moi ! » gronda-t-elle.

« Vera », fit Tante Mame d'une voix minuscule, « je ne peux pas. »

La salle était à présent en proie à une hilarité déchaînée, les sifflets fusaient, les pieds martelaient le sol. Vera balança sa dernière réplique, Tante Mame essayant toujours de s'arracher à elle, et le rideau tomba, les ensevelissant toutes deux – luttant et se débattant – sous des tonnes de velours poussiéreux.

Je n'oublierai jamais cette soirée-là, de toute ma vie. Vera, dans le dur langage de son Pittsburgh natal, traita Tante Mame des noms les plus abominables que j'eusse jamais entendus, et d'autres encore, que je ne connaissais pas. Celle-ci demeurait prostrée. Elle gisait, effondrée sur la table de maquillage encombrée, secouée de sanglots. « Mais Ve-e-e-ra », gémissait-elle, « ce sont les seuls bracelets qui me restent. » Vera hurlait après elle comme une marchande de morue. « Espèce de salope, espèce de pourriture mondaine ! Tu as voulu foutre en l'air ma première, hein ? Je te *hais* ! Je te hais, toi et tous les pourris dans ton genre ! » Elle continua de brailler ainsi jusqu'à ce que le directeur du théâtre l'entraîne de force hors de la loge, avant de plaquer le dédit de contrat de Tante Mame sur la table de maquillage.

Tante Mame continua de pleurer longtemps après que le théâtre fut plongé dans l'obscurité. « Mais ce sont les seuls bracelets qui me restent, les seuls bracelets que j'ai », répétait-elle sans cesse. Il était presque deux heures du matin quand je l'enveloppai dans son vieux manteau de vison, et la menai au taxi qui nous emmena au Ritz. Sanglotant de manière incontrôlable, elle me laissa l'aider à se coucher. J'ignorais que le corps humain put contenir tant de larmes et, quand je lui pris la main, j'eus l'impression de saisir une braise. Effrayé, j'appelai le médecin de l'hôtel.

Le lendemain, je ramenais Tante Mame à New York, en ambulance. Elle sanglotait toujours, et brûlait de fièvre. Elle garda ma main dans la sienne, la serrant si fort que je crus qu'elle allait me briser les os, gémissant sans trêve : « Mais Vera, ce sont les seuls bracelets qui me restent. J'ai tout perdu. Les seuls bracelets que j'ai, Vera. Les *seuls*. »

De retour à New York, Norah la mit au lit, inconsciente et en proie à une fièvre terrible. Norah et Ito, comme nombre de domestiques au cours de la Dépression, ne travaillaient que pour le gîte et le couvert. Mais ils vénéraient Tante Mame. Norah paya même l'ambulance et mon billet de retour à l'école. Je demeurais immobile dans la chambre de Tante Mame, malheureux, triturant ma petite casquette de St. Boniface. Lorsque je dus partir, elle délirait toujours, gémissait toujours sur ses bracelets. Norah, assise à son chevet, caressait sa main brûlante. « Allons, du calme, ma petite, du calme. Ce qu'il faut à une jolie dame comme vous, c'est un *homme* qui soit gentil. Calmez-vous, ma petite, reposez-vous, vous allez vous trouver un homme bien, un monsieur qui s'occupera de vous. »

J'étais si inquiet pour Tante Mame que j'avais du mal à étudier. Mais pour Thanksgiving, elle m'adressa une petite lettre conventionnelle, dans laquelle elle disait :

> « J'ai accepté un emploi chez Macy. Je vais vendre des patins à roulettes jusqu'à Noël, au moins, et les possibilités d'avancement sont excellentes. Le directeur du personnel m'a dit que Macy's était très désireux d'avoir des employés compétents, et pourvus de diplômes. »

À partir de là, ses lettres se firent plus joyeuses. Elle me racontait des anecdotes touchantes et amusantes sur la panique au rayon des jouets, durant la période de Noël, me parlait de cette baronne autrichienne tombée dans la dèche, qui vendait des poupées, de cet ancien professeur au Massachusetts Institute of Technology, qui faisait des démonstrations de Coffrets du petit chimiste. Tante Mame m'avoua en riant d'elle-même que le stage d'apprentissage avait été un peu compliqué, et que tenir un livre de comptes la rendait folle. « Mais », poursuivait-elle, « j'ai trouvé un système idéal. Je fais livrer tous mes patins à roulettes contre remboursement. C'est ce qu'il y a de plus facile pour moi et pour le client aussi, car cela lui évite de dépenser immédiatement un argent si difficile à gagner. Il achète maintenant, et paie plus tard – c'est tout ce qu'il y a de plus économique. » Elle disait aussi qu'elle avait mal aux pieds, et qu'elle détestait devoir porter du noir toute la journée, mais que somme toute, elle *s'amusait*, et avait grande hâte de me voir à Noël.

Je me sentis relativement seul, Tante Mame étant absente toute la journée. Elle paraissait pâle et fatiguée quand elle rentrait le soir. Mais elle était très contente de sa vie au grand magasin, et de son système d'envois contre remboursement.

Tante Mame avait encore une quantité de dettes, et je l'entendis pleurer au téléphone, le dimanche qui précédait Noël. « ... Mais je ne pourrais jamais trouver une telle somme pour le mois de janvier », disait-elle. « Nous allons nous retrouver à la rue, c'est tout. » Plus tard, j'entendis Norah lui dire que Shaffer's tenait absolument à un règlement complet avant la fin de l'année, sans quoi ils la traîneraient devant les tribunaux. Tante Mame pleura derechef. « Dix-huit dollars par semaine, et une pension de misère – je ne peux même pas acheter un cadeau de Noël à Patrick. »

Cela m'était égal. J'avais économisé mon argent de poche et vendu mon microscope pour offrir quelque chose à Tante Mame. Me souvenant des maudites cloches, je lui avais acheté le bracelet de pierres du Rhin le plus gros que l'on puisse trouver pour douze dollars. Je me disais qu'avec un vrai manteau de vison – encore qu'il fût un peu déformé dans le dos – le bracelet aurait l'air véritable, et que Tante Mame serait consolée.

Mais, la veille de Noël, le sort devait frapper, terrible. J'étais occupé à envelopper le cadeau de Tante

Mame quand j'entendis la porte d'entrée se refermer, puis le raclement de ses escarpins à talon haut traversant lentement le salon, d'un pas lourd. Aucun « coucou ! », pas un son.

Je me dirigeai vers le salon, sur la pointe des pieds ; Tante Mame était là, assise sur un pouf, son manteau de vison toujours drapé autour de ses épaules. Elle pleurait en silence, le visage dans les mains.

« Tante Mame », demandai-je, « pourquoi rentrez-vous si tôt ?

— Oh, Patrick », fit-elle, en larmes, « j'ai été... été... ren... renvoyée. Virée de Macy's ! »

Elle demeurait là, dans le salon, se balançant d'avant en arrière, sanglotant sans pouvoir s'arrêter, et je la regardais, impuissant.

« Patrick, Patrick », reprit-elle, le souffle court, « ce n'est pas ma faute. C'est lui qui... qui n'a pas voulu des patins contre remboursement.

— Qui ?

— L'homme du Sud », fit-elle dans un sanglot. « Il avait l'air si gentil, si aimable, si agréable et séduisant. Et il avait commandé vingt paires de pa... patins. Et puis... » Elle s'effondra de nouveau. « Et puis j'ai voulu les lui faire livrer con... contre remboursement, et il n'a pas voulu. Il voulait les payer tout de suite et les emp... emporter. Alors je – je lui ai *dit* que je ne savais faire que les envois contre remboursement. Et alors il a... Oh, Patrick, il était *riche*, en plus il avait un magnifique manteau en poil de chameau, un chapeau Cavanaugh, et était descendu au St. Regis, et ils auraient certainement accepté le paiement à la réception, ça ne faisait que cinquante un dollars, et...

— Mais Tante Mame, que s'est-il passé, qu'est-ce qu'il a *fait* ?

— Oh, Patrick, c'était un homme du Sud, vraiment charmant, et il a acheté plein de patins, et il avait l'air tellement gentil et prévenant, et je lui ai dit que j'allais les lui faire livrer contre remboursement, et il a dit que c'était pour un orph... un orphelinat, et qu'il voulait les emporter tout de suite, alors je lui ai dit que je ne savais faire que les livraisons contre remboursement, et Miss Kaufmann était aux... aux lavabos et ne pouvait pas... pas m'aider, et... » Elle se remit à sangloter. « Alors il est passé derrière le comptoir et il a commencé à m'aider à remplir le récé... récépissé et – oh, Patrick, j'apprenais *enfin* comment on fait une vente au comptant – et il était tellement gentil, et nous riions tous les deux en remplissant le registre, c'était merveilleux, et puis le chef de rayon est arrivé et a dit : "M... mais qu'est-ce qui se passe ici, Miss D... Dennis ?" Et alors l'homme du Sud s'est mis à rire et à lui expliquer le problème, et le chef de rayon a dit que c'était *impensable* qu'une employée de Macy's ne sache pas remplir correctement un récé... récépissé, et il m'a pris par le bras et m'a traînée au bureau du personnel et leur a dit que j'étais la vendeuse la plus idiote de t... t... tout le rayon des j... j... jouets. » Sur quoi elle craqua, s'effondrant lamentablement.

« Continuez, Tante Mame. Qu'a fait votre homme du Sud ?

— Il... il n'était pas là, le chef de rayon m'avait emmenée aussitôt. Et j'avais les *meilleures* ventes de patins à roulettes.

— Mais qu'ont-ils fait, Tante Mame ?

— I... Ils ont dit qu'ils allaient faire un ex...exemple, et ils m'ont *vi... virée* dans la seconde. »

Le salon s'assombrissait lentement, dans le crépuscule d'un jour de décembre. Mais Tante Mame demeurait là, silencieuse et accablée, se balançant d'avant en arrière, sanglotant doucement. À six heures, Ito vint allumer les lampes, et une minute après, Norah arrivait en hâte, faisant son possible pour réconforter Tante Mame. Mais celle-ci refusait de bouger, de parler. Elle demeurait ainsi, assise sur son pouf, sanglotant.

Pensant qu'il valait mieux ne pas la laisser seule, de crainte qu'elle ne fît une bêtise, j'allai m'asseoir dans un coin de la pièce, abattu. Le manteau de vison avait glissé de ses épaules, et je la regardais, dans sa petite robe noire de vendeuse, le visage très blanc, les larmes roulant sur ses joues.

La sonnette de l'entrée retentit. L'instant suivant, Ito apparaissait, très chic dans sa veste blanche.

« Mr. Burnside venir voir Madame.

— Di... dites-lui que je ne suis pas là, dit Tante Mame d'une voix sans timbre.

— Je dis que vous ne recevez pas, Madame, mais il dit très important. Venir du magasin. »

Tante Mame leva les yeux. « Oh », fit-elle, animée soudain, « alors il *faut* que je le voie. Ils veulent peut-être me reprendre. »

Ito introduisit un inconnu – très grand, très séduisant. Il portait un manteau en poil de chameau et un chapeau marron.

Tante Mame le dévisagea, figée, éberluée. « C'est *vous* ! Vous n'êtes pas encore assez content de m'avoir fait perdre mon emploi ? Vous êtes décidé à me persécuter ? Vous voulez peut-être me chasser de chez moi, aussi ?

— Je vous en prie, madame, j'ai remué ciel et terre dans ce magasin pour trouver qui vous étiez, et où vous joindre. Quand ce type, le chef de rayon, est revenu, je lui ai demandé où vous étiez, et il m'a dit qu'on vous avait renvoyée. Je lui ai dit qu'il y avait erreur, que c'était entièrement *ma* faute, et je lui ai demandé comment vous vous appeliez, mais il a répondu que le principe du magasin était de ne pas communiquer l'identité de ses employés. Je lui ai dit que ce n'était pas malin de renvoyer une gentille petite dame comme vous, croyez-moi, je me suis vraiment fait *comprendre*. Je lui ai dit : "Mon vieux, je ne me suis *jamais* autant amusé en achetant quelque chose, de toute ma vie." Le bureau du personnel non plus ne voulait pas me donner vos coordonnées, mais j'ai fini par m'adresser à une petite vieille, une Allemande, qui vendait des poupées, et elle m'a dit que vous vous appeliez Miss Dennis. Elle ne connaissait pas votre prénom, ni votre adresse, sinon, cela ne m'aurait pas demandé tant de temps. Madame, j'ai relevé tous les Dennis de l'annuaire de New York.

« Miss Dennis, je viens d'explorer toute cette ville, en taxi. Mais à présent que je vous ai retrouvée, m'autorisez-vous à payer le chauffeur et à le laisser rentrer chez lui ?

— Allez-y », dit Tante Mame, comme Jean Valjean pris au piège dans son égout, « faites, au point où nous en sommes, je suis prête au pire. » Cependant, elle se repoudra le nez en hâte, et se donna un coup de peigne.

Mr. Burnside réapparut et ôta son manteau. « Madame », dit-il avec un charmant accent du Sud, s'agenouillant à côté de Tante Mame, « je ne veux pas que vous m'en vouliez à mort, à cause de ce travail. J'étais venu vous *proposer* un emploi à la Dixie Belle Enterprises ; je me sentais terriblement coupable de vous avoir fait perdre votre place chez Macy. Mais, Miss Dennis », poursuivit-il, parcourant la pièce d'un regard appréciateur, « j'ignorais que vous aviez de l'argent. Une dame qui possède une maison aussi charmante n'a pas besoin de travailler chez Macy. »

Tante Mame rejeta la tête en arrière, et se mit à rire. Elle riait, riait, et les larmes ruisselaient sur ses joues. Mr. Burnside devint rouge de colère. Ses yeux lançaient des éclairs.

« Miss Dennis, s'il s'agissait d'une espèce de comédie, je ne la trouve pas très amusante. J'ai passé tout l'après-midi à vous chercher, dans l'ordre alphabétique, et je... »

Tante Mame fouillait dans son sac à main. « Oui, Mr. Burnside », fit-elle avec un rire sauvage, « oui, *j'ai* de l'argent. Tenez, voilà *toute* ma fortune – jusqu'au dernier sou. Un dollar trente-cinq, trente-six... trente-sept... trente-huit *cents*. »

J'entendis Norah siffler entre ses dents, depuis le couloir. Elle me fit signe de venir, et je la rejoignis sur la pointe des pieds. « Viens par ici, mon chéri », chuchota-t-elle, « tu vois bien que Miss Mame reçoit un gentleman. Un gentleman du Sud ! »

J'étais en haut, dans ma chambre, lisant *Ramenez-les vivants*, lorsque Tante Mame réapparut, les yeux brillants. « Oh, mon chéri, nous sommes sauvés », dit-elle dans un soupir. « Il m'offre un emploi à la Dixie Belle Enterprises – c'est une grosse compagnie pétrolière. Je serai réceptionniste, avec un salaire de *trente* dollars par semaine ! Il est extrêmement bien élevé. Il m'a invité à dîner avec lui chez Armando. Je suis certaine que tout se passera bien. Il est *vraiment* charmant et de toute façon », conclut-elle avec un haussement d'épaules, « c'est un dîner gratuit. »

Tandis qu'elle revêtait une de ses robes toujours impayées de chez Turner, je glissai le bracelet de pierres du Rhin à son poignet. « Joyeux Noël, Tante Mame. Ce ne sont pas des vraies, tu sais », ajoutai-je.

« Patrick, mon petit Patrick chéri ! » s'écria-t-elle, « C'est le bracelet le plus magnifique que j'aie vu de ma vie. » Et, avec le vrai vison et un sourire de vrai bonheur, il avait l'air du bracelet le plus vrai qui eût jamais existé.

Le lendemain, c'était Noël, et Tante Mame avait l'air radieux – quoique victime d'une légère gueule de bois –, en m'offrant un gros paquet de chez Brooks Brothers. C'était mon premier costume à pantalon long. « Joyeux, joyeux Noël, mon petit amour ! » s'exclama-t-elle.

« Oh, mince, *merci*, Tante Mame ! » Je devais remarquer, plus tard dans la journée, l'absence, dans sa chambre, d'un dessin de Tiepolo représentant je ne sais quels personnages religieux, nus. C'était le tableau préféré de Tante Mame, mais elle paraissait parfaitement heureuse.

« Patrick, mon chéri », dit-elle, tu ne m'as rien demandé, à propos de ce gentleman du Sud. » C'est donc elle qui m'en parla. « C'est un homme adorable. Nous sommes allés chez Armando, nous avons mangé des steaks, et parlé, parlé, parlé. Son nom complet est Beauregard Jackson Pickett Burnside et il descend – je ne sais trop comment – de *quatre* généraux confédérés. Ô, la magie du vieux Sud ! Il est *très* gentil, et possède une grosse compagnie pétrolière, et des cils magnifiques. Au fait, il dîne avec nous, pour le souper de Noël. »

Mr. Burnside m'offrit vingt dollars pour mon Noël, se montra extrêmement généreux envers Ito et Norah, après notre dernier repas à crédit, et emmena Tante Mame voir la revue de Marilyn Miller.

Durant toute la semaine qui suivit, Tante Mame ne fut guère à la maison. Chaque jour, Mr. Burnside l'emmenait déjeuner, prendre le thé, dîner, et l'invitait au théâtre. Pour le réveillon du Jour de l'An, il réserva une table au Central Park Casino, mais ils n'y furent jamais. Ils prirent un taxi pour le Maryland, le « mariland », comme elle devait ensuite l'appeler.

Le 1er janvier, elle m'appela du St. Regis. « Patrick, mon petit amour, c'est Mrs. Beauregard Jackson Pickett Burnside à l'appareil. Viens donc déjeuner avec moi et ton Oncle Beau ! »

Chapitre IV

Tante Mame et la belle du Sud

Poursuivant plus avant le portrait de son Personnage Inoubliable, l'article nous explique ensuite que la charmante petite dame était douée de réelles qualités athlétiques. Ou du moins les développa-t-elle en un clin d'œil.

Apparemment, quelque chose commençait de la tracasser : si son enfant trouvé était brillant à l'école, et constituait un grand réconfort pour elle et son chat, il n'avait toujours pas de père pour l'instruire dans les arts virils. Elle se dit qu'il risquait de finir comme un intellectuel chétif, si elle ne prenait pas les choses en main. Elle commanda donc chez Spalding tout un équipement sportif, et entreprit de lui apprendre ce qu'il se devait de connaître en ce domaine. Cela marcha magnifiquement et, tout en l'instruisant, la vieille fille devint elle-même une véritable athlète – si remarquable, en fait, qu'elle rafla la moitié des prix à la foire de Danbury, et pulvérisa définitivement le record féminin de lancer du poids.

Bon, je ne vais pas vous dire que Tante Mame ait jamais réalisé quelque chose de ce genre, mais il est vrai qu'elle sut se faire une certaine réputation, sur le terrain. En fait, on continue à parler d'elle avec un respect un peu effaré, dans certaines régions, évoquant ses exploits sportifs, après son mariage avec Mr. Burnside.

Quelques personnes malintentionnées ont prétendu qu'elle l'avait épousé pour son argent. Mr. Burnside était certes le célibataire de moins de quarante ans le plus riche au sud de Washington D.C., et il n'est pas exclu que cela ait quelque peu influencé sa décision, mais elle l'aimait, vraiment. C'était pour elle un père, un frère, un fils, un Père Noël, et un amant.

Beau, son nouvel époux, était un de ces hommes du Sud comme on les aime, profondément gentil et généreux, facile à vivre, gai et attentionné. Il était issu d'une excellente famille de Géorgie, aujourd'hui ruinée mais, contrairement à tous ces descendants de généraux sudistes, il ne s'était pas contenté de traîner sa peine dans les plantations abandonnées, évoquant les jours heureux, avant que ces sacrés Yankees ne viennent leur prendre leurs terres et leurs femmes. Au contraire, il avait réagi, et s'était lancé dans la culture du soja et des arachides, tandis que les grandes familles des environs continuaient de vivoter de leurs piètres récoltes de coton. À dix-neuf ans, il avait déjà levé les hypothèques qui accablaient les terres des Burnside, et pouvait même faire état d'un certain bénéfice. Au cours de sa dernière année à l'école d'ingénieurs de Géorgie, il s'était rendu au Texas afin de remettre sur pied une vaste propriété en friche abandonnée par quelque cousin, avait découvert du pétrole sur ses terres et, avant vingt et un ans, il était millionnaire. Tout ce qu'Oncle Beau touchait semblait se transformer en or, et il se révélait perpétuellement stupéfait et ravi de ces heureux hasards. « La chance, mon chou, c'est tout », disait-il toujours à Tante Mame. L'argent n'avait guère d'importance à ses yeux, si ce n'est pour la joie qu'il pouvait procurer à autrui. Les institutions charitables l'inscrivaient en tête des donateurs les plus généreux du pays, il faisait vivre à lui seul une mère âgée et toute une bande de parents plutôt indolents, et prêtait toujours l'oreille à une demande d'aide, pour peu qu'on ait une histoire à peu près plausible à lui conter.

Oncle Beau régla toutes les dettes de Tante Mame, vendit sa petite maison – il prétendait qu'une femme comme elle ne vivait pas à Murray Hill –, remboursa à Norah ses économies et l'expédia dans le comté de Meath avec une pension confortable. Puis il installa Tante Mame dans une suite d'une dizaine de pièces au St. Regis, et l'invita à reprendre son train de vie passé. Elle se laissa convaincre sans difficulté.

Bien qu'elle fût ainsi redevenue elle-même, je ne pus m'empêcher de remarquer certains changements subtils. En 1932, le romantisme était à la mode, mais Tante Mame poussa les choses un peu plus loin. Sa chevelure se fit plus floue, plus aérienne ; les pièces étaient toujours emplies de camélias ; la plupart de ses robes semblaient à présent d'organdi, des jabots et des ruchés faisaient leur apparition, et l'on percevait presque un froissement de crinoline sous ses jupes. Lorsque Oncle Beau insista pour qu'elle fît réaliser son portrait, Tante Mame convoqua un peintre mondain, plutôt qu'un de ces artistes ultramodernes qui fréquentaient son salon. Le tableau, une fois achevé, donnait l'impression d'avoir été exécuté à la poche à douilles plutôt qu'au pinceau, et Tante Mame déclara qu'il était fort regrettable que Winterhalter eût disparu.

Sa façon de parler aussi se fit vaguement imprécise, plus douce, moins saccadée. Elle ne cessait de m'appeler « mon chou », et utilisait volontiers le « vous tous », au singulier comme au pluriel.

Pour mon treizième anniversaire, elle me submergea sous un déluge de cadeaux, dont les plus remarquables étaient une magnifique collection de soldats de plomb anciens – des Confédérés – que je possède d'ailleurs toujours, un ouvrage sur le général Lee, en trois tomes et, surtout, une édition originale jaunie de *The Little Colonel*. Je sentis le vent tourner.

En juin, j'obtins mon diplôme et entrai à l'école supérieure. Je n'avais besoin de personne pour cela, mais Tante Mame m'écrivit une lettre exubérante pour m'annoncer qu'Oncle Beau et elle viendraient en voiture à St. Boniface pour assister à la Cérémonie. « Après quoi, mon chou, j'ai une grande surprise pour toi : nous allons tous les trois, avec ton oncle Beauregard, descendre en Géorgie pour passer l'été dans notre grande plantation, et faire la connaissance de mon adorable petite belle-mère. Pardonne ce mot griffonné à la hâte, mais c'est la réunion des Filles de la Confédération, et tout le monde m'attend. J'ai tellement hâte de vous voir tous ! »

Lors de la remise des prix, Tante Mame incarna le triomphe de la Féminité du Sud. Elle portait une robe de garden-party blanche et floue – on aurait dit du sucre filé – agrémentée de gants de dentelle, d'une capeline de dentelle, d'une ombrelle de dentelle qu'elle faisait tournoyer avec grâce, et d'un châle de dentelle qu'elle laissait sans cesse tomber, et que ramassait quelque galant boutonneux de St. Boniface. J'obtins le premier prix de rédaction, et elle déclara à mon professeur : « Vraiment, je suis si fière de cet enfant que mon cœur *explose* de joie ! Mais mon Dieu, son papa était un de nos garçons les plus doués pour la littérature, chez nous. »

Nous descendîmes donc en Géorgie dans la grosse Duesenberg d'Oncle Beau, carrossée en phaéton, nous arrêtant ici et là pour admirer ce cher vieux monument, ou ce cher vieux champ de bataille où nos chers garçons s'étaient battus avec bravoure, et étaient tombés pour leur idéal. Le paysage, pour ma part, m'apparaissait plutôt désolant, mais Tante Mame, qui avait déjà traversé la région en wagon-lit, avec le Pullman de Palm Beach, était intarissable sur ce cher et précieux héritage, et la richesse de ses souvenirs.

Comme la voiture nous déposait devant le portique à colonnes de Peckerwood, la plantation des Burnside, un vieux majordome affable arriva en gambadant pour prendre nos bagages, tandis qu'une femme de couleur, énorme et semblable à une publicité pour de la farine, émettait de lourds soupirs d'émotion, secouant la tête et répétant « Mister Beau, Dieu tout-puissant », cela une bonne trentaine de fois. Tante Mame était dans son élément.

L'argent que Beau avait gagné avec le pétrole du Texas, la canne à sucre de Cuba, la Bourse de New York et les mines du Canada, avait servi à restaurer les pièces magnifiques de Peckerwood, leur rendant leur superbe d'avant-guerre. Il y avait là des tentures damassées, des chaises en bois de rose, des tables Sheraton, et des lustres à bobèches de cristal. Tante Mame déclara que c'était tout simplement adorable. On me conduisit à ma chambre, vaste pièce meublée d'un lit à baldaquin, d'une commode Chippendale, avec deux fenêtres à la française donnant sur la terrasse du premier étage. J'avais à côté une salle de bains nettement yankee, avec un équipement Crane résolument d'après-guerre.

Tante Mame parut un peu froissée, cependant, en apprenant qu'elle ne logerait pas dans la maison des maîtres, mais la tradition voulait que le fils et son épouse s'installent à Bride's Cottage, derrière le labyrinthe de buis taillé, plus loin dans la propriété. J'ai dans l'idée qu'elle remercia la tradition, plus tard.

Il était impossible, par aucun effort de l'imagination, aussi fertile fût-elle, de considérer Mrs. Burnside comme délicieuse, ni petite. Vieille, elle l'*était*, en revanche, et si Dieu, dans Son infinie sagesse, avait jugé judicieux de faire d'elle une Mère, je me suis souvent demandé pourquoi, au risque de blasphémer. Le Créateur s'était inspiré, pour sa silhouette, d'un réfrigérateur de la General Electric, et pour le reste d'un croisement entre Caligula et un cacatoès. Burnside Mère avait de petits yeux en bouton de bottine, un nez en bec d'aigle, le teint jaune, et une mauvaise haleine. Elle portait une perruque noire et pétrifiée, une robe noire et pétrifiée, et passait ses journées assise dans un salon aux volets fermés, ses mains enflées – incrustées de bagues de diamants sales – croisées sur son ventre non moins enflé. C'était une femme sinistre, taciturne, qui pouvait néanmoins, quand elle s'en sentait d'humeur, converser sur un certain nombre de sujets : a) ses glorieux ancêtres, b) l'arrogance des Noirs d'aujourd'hui, c) les Yankees, d) l'insignifiance des gens, à part Mrs. Burnside, et e) l'état lamentable de ses intestins. Mais généralement, elle se contentait de demeurer immobile, ses lèvres pincées exprimant la réprobation, dardant des regards brefs et méchants de ses yeux noirs et durs comme ceux d'un vieux perroquet acariâtre.

Une autre personne résidait dans la grande maison de Peckerwood : la cousine Fan, la parente pauvre. C'était une célibataire décolorée, timide, hésitante, qui payait sa pauvreté en demeurant à la disposition absolue de Burnside Mère. Miss Fan était plutôt gentille, et pathétique, à sa manière masochiste. Elle possédait un quotient intellectuel d'environ trente-cinq, et le temps qu'elle ne passait pas à satisfaire les exigences inébranlables de Mrs. Burnside était consacré aux Bonnes Œuvres pour les Noirs, et à prier un dieu épiscopal très conventionnel, et sourd comme un pot.

Après que je fus passé à la salle de bains et que j'eus rangé mes affaires, Miss Fan vint gratter à la porte de ma chambre. « Bonjour », chuchota-t-elle, « je suis Miss Fanny Burnside, la cousine de Beau.

Je suis navrée de ne pas avoir pu vous accueillir tous à la porte, mais j'étais à l'étage, pour donner sa purge à Cousine Euphemia – je veux dire Miz Burnside. Vous êtes le neveu de Miz Beau, n'est-ce pas ? »

Je dis que j'étais son neveu.

« Vous aimeriez peut-être venir vous asseoir un moment sous la véranda. Miz Burnside ne finit jamais sa sieste avant quatre heures. »

Miss Fan et moi descendîmes sur la véranda et nous balançâmes de concert dans les fauteuils à bascule. Tante Mame et Oncle Beau finirent par nous rejoindre, venant de Bride's Cottage. Tante Mame, relativement exaltée, embrassa plusieurs fois Miss Fan, lui donnant du « Cousine Fanny ». Le vieux domestique noir nous apporta une grande carafe de bourbon et du Coca-Cola, et Tante Mame apparut de plus en plus décontractée, heureuse et tranquille sous sa véranda. « Franchement, Cousine Fanny », s'écria-t-elle, « vous êtes trop mignonne, une vraie petite puce ! »

Miss Fan émit un petit rire nerveux.

De toute évidence, Oncle Beau était extrêmement fier de Tante Mame. Elle l'appelait son gros lapin apprivoisé, et ne cessait de triturer ses cheveux d'un blond roux, les nouant en boucles autour de ses doigts. Miss Fan riait un peu, mal à l'aise. Elle déclara qu'elle était si heureuse que son cher cousin Beau ait trouvé une si gentille petite femme.

Soudain, une série de coups violents, effrayants, résonna dans la maison, et le visage de Miss Fan devint tout gris. « Miséricorde », fit-elle, « j'espère que nous n'avons pas dérangé Cousine Euphemia, avec tout notre bavardage. Elle ne se réveille jamais si tôt. » De nouveau, les coups résonnèrent, et Miss Fan disparut en toute hâte.

La première rencontre entre Tante Mame et sa belle-mère fut épique. Miss Fan débarqua précipitamment sur la véranda comme Oncle Beau versait une nouvelle rasade de bourbon. « Elle est prête à vous rencontrer tous. »

« Oh, n'est-ce pas fabuleux, Beau, mon chou ! » s'exclama Tante Mame. « Je suis *folle* d'impatience ! » Pour ma part, j'aurais bien attendu encore un moment, voire une éternité.

Miss Fan nous précéda d'un pas mal assuré jusqu'au salon du fond, et nous découvrîmes Burnside Mère.

« Mère, mon chou ! » couina Tante Mame, se précipitant pour l'embrasser. Si l'haleine redoutable de Burnside Mère n'avait pas suffi à calmer ses élans d'affection, sa réponse y parvint.

« Vous avez l'air *plus vieille* que je ne le pensais. »

Tante Mame chancela. Elle ne révélait jamais son âge, et sur les documents officiels, inscrivait toujours « plus de vingt et un ans », ce que personne ne semblait mettre en doute. À mon avis, elle avait alors entre trente-cinq et quarante ans, même si elle semblait beaucoup plus jeune.

Mrs. Burnside gratifia Oncle Beau d'un regard fixe, noir, sinistre. « Oui, Beauregard, tu m'avais laissé entendre que ton épouse était *beaucoup* plus jeune. Tu as l'air fatigué, mon garçon ; *extrêmement* fatigué. » Beau l'embrassa sur le front, avec respect, puis me présenta. Je saisis la vieille main enflée, et m'inclinai de la manière la plus élégante qui fût.

« Tu as l'air assez gentil », dit-elle, « pour un *Yankee.* »

S'étant remise du premier tir de barrage, Tante Mame fit une autre tentative, primesautière. « Quelle adorable, adorable vieille maison néoclassique, Mèr… euh, Mrs. Burnside. » Je remarquai que toute trace d'accent du Sud avait disparu.

« Oui, *nous*, nous l'aimons bien », répondit Mrs. Burnside sèchement, sur quoi elle se tourna vers Beau et se lança dans un récit circonstancié de ses désordres intestinaux.

Ce premier dîner fut simplement funèbre. Il y avait une soupe épaisse, un gros rôti de porc, des pommes de terre sautées, des ignames confits, de la bouillie de maïs, du pain de maïs, et une charlotte à l'ananas. J'eus cette nuit-là des cauchemars terrifiants, et Tante Mame elle-même avoua ressentir quelques brûlures d'estomac. La conversation fut clairsemée. Tante Mame discourut vaillamment sur le charme des demeures néo-classiques et l'influence de Vitruve, transmise par Palladio, Castle, Jones, Adam, et enfin Thomas Jefferson. Beau déclara au moins six fois que c'était vraiment bon de se retrouver à la maison, mais sans conviction excessive. Miss Fan gazouilla tant et plus, jusqu'à ce que Mrs. Burnside lui ordonne de se taire, en lui donnant un méchant coup de fourchette. Ce qui, à part quelques rots solennels, fut sa seule contribution aux réjouissances. Elle alla se coucher aussitôt après dîner, et Miss Fan se précipita à sa suite, pour l'aider à se déshabiller et lui lire à voix haute un chapitre de la Bible. Le séjour de Tante Mame commençait mal.

C'est Beau, finalement, qui organisa la grande réunion de famille. L'eût-on laissé faire comme elle l'entendait, Mrs. Burnside n'aurait pas même donné un thé en l'honneur de sa nouvelle belle-fille, mais comme c'était à Beau, et à Beau uniquement, qu'elle devait, ainsi que toute sa noble famille, de ne pas se retrouver à l'hospice du comté, elle capitula, non sans réticence, quand il décida de dépenser un peu de *son* argent pour *son* épouse, dans *sa* maison, et c'est ainsi que fut prévue la réunion de tout le clan.

La jeune épouse fut présentée officiellement à ses parents le dimanche suivant, au cours d'un barbecue géant auquel tous étaient conviés. À midi, nous étions sous la véranda. Tante Mame paraissait d'une adorable fragilité, dans une robe jaune à pois, avec un grand chapeau de paille. Oncle Beau se tenait près d'elle, vêtu d'un costume crème, fier comme un paon. Mrs. Burnside s'était habillée en prévision de la prochaine ère glacière. Elle était assise dans un rocking-chair, avec une volumineuse robe de soie noire, des bottes noires, un châle noir, des lunettes noires, une ombrelle noire, des gants noirs, et un chapeau noir. Elle m'accueillit d'un rot funèbre, et envoya Miss Fan lui chercher son sirop.

Puis la famille commença d'arriver. Les voitures se succédaient dans l'allée, s'alignant sur la vaste pelouse. « Vont bousiller mon gazon », marmonna Mrs. Burnside, son estomac grondant de façon inquiétante.

Je n'avais jamais vu tant de Sudistes rassemblés, et n'en ai jamais tant vu depuis. Il semblait impossible qu'ils fissent tous partie de la même famille – ou même du même comté –, mais c'était pourtant le cas. Les sœurs de Beau, Willie Mae, Sally Randolph et Georgia Lee, arrivèrent en premier, avec leur mari. Chacune avait trouvé le moyen d'avoir six enfants de moins de cinq ans, et il y eut force présentations, embrassades et « vous tous ». Bien que ces gens ne fussent pas particulièrement séduisants, Tante Mame commença d'exsuder son fameux charme. Pas Mrs. Burnside. Son transit intestinal émettait une violente protestation contre chaque nouveau visage.

Les parents ne cessaient d'arriver. Tous avaient deux prénoms, et certains même deux noms. Il y avait là six hommes appelés Moultrie, quatre Calhoun, huit Randolph, et tout le monde ou presque, femmes et hommes, avait un Lee casé quelque part dans son nom. Pour ajouter à la confusion, la moitié des dames portaient des noms masculins. Certaines s'appelaient Sarah John, Liza William, Susie Carter,

Lizzie Beaufort – prononcer Bew-fert –, Mary Arnold, Annie Bryan, Lois Dwight.

À une heure, plus de cent vingt personnes, toutes parentes, se promenaient autour de Peckerwood, parlant toutes en même temps, et *fort*. Mrs. Burnside exprima sa désapprobation par un concert de flatulences.

Pourtant, la famille continuait d'arriver. Beau était ce genre d'homme que tout le monde apprécie et, de plus, tous les invités vivant, directement ou indirectement, de ses subsides, on pouvait prévoir sans trop de risque que tous feraient acte de présence. Tante Mame était dans son élément, et je l'entendais bavarder avec animation, derrière le tir de barrage intestinal de Mrs. Burnside.

À une heure et quart, les Clay-Pickett, branche de la famille la plus passionnée de chevaux, arrivèrent. Tous étaient en tenue de cavalier, et ils avaient avec eux un chien de chasse tacheté qui sauta immédiatement dans le giron de Mrs. Burnside, causant une explosion de gaz qu'elle devait, j'en suis sûr, garder pour plus tard, quand la réception battrait son plein. Je ne pus m'empêcher de laisser échapper un ricanement.

« Descends ! Descends, j'ai dit ! » rugit Van Buren Clay-Pickett à l'adresse du chien, lui donnant un coup sur les jarrets, ce qui provoqua chez Mrs. Burnside un hoquet humide et discret. « Désolés d'être si tard, Tante Euphemia, mais Sally Cato McDougall a été éjectée en sautant par-dessus la grande barrière, et nous *craignons* qu'elle ne se soit cassée la clavicule. Au pied, j'ai dit ! », cria-t-il à l'adresse du chien qui, après avoir réussi à renverser trois enfants, levait à présent la patte contre une des six colonnes ioniques de Peckerwood. « Il a fallu abattre sa jument. Les cousines Clytie et Alice-Richard ont préféré l'accompagner chez le médecin, mais elles viendront tout de suite après. En reprenant conscience, Sally Cato a dit de vous dire à quel point elle était navrée de ne pas pouvoir se joindre à la fête. Descends, mais descends, bon Dieu ! – pardon, Tante Euphemia –, descends, je te dis ! » De nouveau, le chien avait sauté sur les genoux de Mrs. Burnside, et enfouissait avec ardeur son museau dans les plis de soie noire. De nouveau, la grande main du cavalier s'abattit sur lui, et Mrs. Burnside laissa échapper une éructation de vertu outragée, clairement audible. Je dus rentrer quelques minutes dans la maison pour me calmer. « Descends ! Au pied, je te dis ! »

Quand je revins sous la véranda, le reste des Clay-Pickett avait fait son apparition – neuf personnes, toutes en tenue de cavalier ; des sportifs à tout crin. Le bourbon et l'eau de source coulaient à flots, et Tante Mame s'était annexé tout un cercle d'admirateurs fascinés. Mrs. Burnside, secouant la tête d'un air dyspeptique, avala une nouvelle pastille pour l'estomac.

Soudain, un klaxon déchira l'air, tandis qu'un cabriolet Packard vert sombre glissait dans l'allée, conduit par un garçon de couleur, vêtu d'une livrée d'écurie vert sombre. Assise sur la capote repliée, se tenait la plus belle femme que j'aie vue de ma vie. Elle aussi portait une tenue d'équitation, et son bras gauche était prisonnier d'une écharpe improvisée avec un foulard de soie.

« Bonjour, tout le monde, bonjour, vous tous ! » s'écria-t-elle d'une voix de gorge. « Désolée d'être en retard, mais mon cheval est entré en collision avec une clôture. »

Il y eut un silence, puis des chuchotements s'élevèrent dans l'assemblée. « Grands dieux », caqueta un vieil oncle muni d'un cornet acoustique, « n'est-ce pas Sally Cato, l'ancienne fiancée du jeune Beau ? »

« Plus doucement, Oncle Moultrie », claironna Willie Mae. « Oui, c'est bien elle, mais ce que j'aimerais bien savoir, c'est *qui* diable a bien pu l'inviter. »

Elle n'eut pas à attendre longtemps la réponse. La superbe jeune femme sauta gracieusement de la voiture, et courut vers Mrs. Burnside. « Mrs. Burnside », dit-elle de sa voix enivrante, « je suis si navrée d'être en retard alors que vous vous êtes donné la peine de m'inviter tout spécialement. Le médecin voulait que je m'alite immédiatement, mais je lui ai dit que je ne manquerais pas votre réception pour un million de dollars. »

Le visage de la vieille s'épanouit en un large sourire. « Bienvenue à Peckerwood, Sally Cato, ce ne serait pas une véritable fête, sans vous. »

Oncle Beau paraissait quelque peu éberlué.

« Félicitations, Beau Burnside ! » s'exclama la créature de rêve. « Et maintenant, présente-moi cette jeune mariée new-yorkaise que tu as réussi à te dénicher. » Adressant à Tante Mame un sourire charmeur, elle lui tendit la main droite, en un geste d'une élégance infinie. « Enchantée, Miss Beau. Je suis Sally Cato McDougall. Vous êtes tombée sur un vrai cheval sauvage, mais je suis certaine qu'une femme aussi séduisante que vous n'aura aucune peine à l'apprivoiser. »

Tante Mame rayonnait de plaisir. « Eh bien, Beau, tu ne m'as jamais parlé de Miss McDougall ! Elle est absolument superbe ! » Toutes deux échangèrent un sourire béat, et la réception reprit, avec ce soulagement bruyant qui saisit la foule, quand un accident grave vient d'être évité de justesse.

On annonça le déjeuner, sur quoi Mrs. Burnside émit un rot menaçant, et le barbecue commença pour de bon.

Tante Mame pouvait se prévaloir d'un triomphe auprès de la famille. Tous disaient que c'était la Yankee la plus charmaaaante qu'ils aient jamais rencontrée, et cela avec une telle conviction que Mrs. Burnside demeura alitée pendant trois jours. Enchantée de son succès, Tante Mame acceptait force invitations de divers cousins et cousines. Mais de tous les habitants du comté de Richmond, c'est Sally Cato McDougall qu'elle trouvait la plus attirante. Et elle l'était, sans nul doute. Le fait qu'elle eût été la fiancée d'Oncle Beau, et qu'elle se fût retrouvée le bec dans l'eau, avec pour toute consolation un diamant de cinq carats au doigt, lorsque Beau et Mame s'étaient enfuis ensemble, ne semblait pas la troubler beaucoup. Tante Mame avait elle-même été fiancée de nombreuses fois, et elle comprenait que ce sont là des Choses qui Arrivent. N'ayant jamais eu vent de l'existence de Sally Cato jusqu'au barbecue, elle n'avait pas le sentiment d'avoir intrigué pour lui voler la coupe sous le nez.

Sally Cato également se prit d'amitié pour Tante Mame et, en l'espace d'une semaine, toutes deux étaient devenues inséparables. Sally Cato était allée en classe dans le Nord, et parlait donc un anglais digne de ce nom ; elle avait voyagé deux fois en Europe, et se révéla la jeune fille de vingt-cinq ans la plus cultivée que Tante Mame eût jamais rencontrée. Elle aussi possédait une droiture, une franchise qui fascinaient chacun. Elle était brillante en tout : natation, danse, conduite automobile, golf, tennis, bridge – mais l'équitation et la chasse demeuraient ses passions inégalées.

Le lendemain, la Packard verte s'arrêta dans un crissement de pneus devant Bride's Cottage, et Sally Cato, ravissante, fraîche comme la rosée, bondit sur la terrasse où Tante Mame et moi avions notre Petite Conversation Matinale. « Bonjour, vous tous ! » s'écria-t-elle. « Je suis désolée de débarquer ainsi, mais avec mon bras en écharpe, je ne peux pas monter, ni nager, je ne peux rien faire, à part rester assise à ruminer. Je m'ennuie à mourir ! »

Tante Mame, qui s'ennuyait également un peu à Peckerwood, quand Oncle Beau était occupé ailleurs, l'accueillit avec chaleur. Toutes deux bavardèrent amicalement, et il apparut bientôt qu'elles avaient infiniment de choses en commun, outre Oncle Beau. « Eh bien, mon chou, c'est la meilleure qui a gagné », déclara Sally Cato sans la moindre rancune. « Écoutez, vous et ce jeune homme devez trouver le temps plutôt long, à Peckerwood, Beau absent toute la journée ; et moi, je me sens si seule à la maison que je me laisserais mourir. Venez tous déjeuner à Foxglove, d'accord ? J'ai un jeune frère d'à peu près ton âge, Patrick. C'est un sale petit bonhomme, mais au moins, ce sera une compagnie plus gaie pour toi que Mrs. Burnside et cette vieille idiote de Fanny. » Tante Mame sauta sur cette occasion de bavarder de choses intellectuelles, et vingt minutes plus tard, les deux nouvelles amies descendaient force bourbon sous la véranda de Foxglove.

La plantation McDougall était tout aussi magnifique que Peckerwood, et la nourriture infiniment plus digeste. À l'heure du déjeuner, un des gamins les plus étranges que j'aie vus de ma vie surgit soudain de derrière la haie de buis, m'observant d'un regard froid.

« Oh ! » sursauta Sally Cato, « c'est *toi* ! J'aimerais *assez* que tu cesses de rôder comme ça. À chaque fois, j'ai un coup au cœur. Patrick, je te présente mon frère, Emory Oglethorpe. J'espère que vous ne ferez pas trop de bêtises tous les deux, cet été. »

N'eussiez-vous pas su que le sang qui courait dans ses veines était aussi bleu que le drapeau des Confédérés, vous auriez juré qu'Emory Oglethorpe McDougall était un enfant des fées, attribué à quelque pauvre fille de Géorgie en échange de son fils légitime. Il était petit et sec, avec une masse incroyable de cheveux roux, et les yeux les plus grands et les plus verts que j'eusse jamais vus. Bien que de six mois mon aîné seulement, Emory Oglethorpe avait un siècle d'avance sur moi, en matière de pure malfaisance.

Après lui avoir refusé un verre de cognac après déjeuner, Sally Cato nous dit de filer jouer plus loin.

« Je trouve ta sœur très gentille », dis-je, histoire d'engager la conversation.

« Ah ouais ? Ben t'es pas net dans ta tête. C'est une *garce* de première ! Tu veux venir dans ma cabane ? Si tu me donnes quelque chose, je peux te montrer mes photos. » Emory Oglethorpe s'était construit un cabanon, dissimulé par les vignes, le long de la rivière Savannah. L'endroit, éclairé à la chandelle, était meublé de deux caisses à oranges et d'un vieux lit de camp de l'armée – confédérée, j'imagine – sur lequel il avait prétendument séduit un nombre respectable de filles de couleur.

« Pour cinquante cents, je peux t'avoir une petite négrillonne au poil », fit-il d'une voix rauque, l'air vicieux. « Les bons morceaux, c'est pas gratuit, mais moi, j'aime la viande bien noire. »

Sur quoi, et ayant empoché ma pièce de dix *cents*, il me montra sa riche collection de photos pornographiques, millésime *circa* 1900. On y voyait des messieurs et des dames, d'allure quelque peu démodée, se livrer à une occupation franchement moderne. La biologie limitant le sexe – avec ses variantes – à une douzaine de divertissements environ, je commençais de m'ennuyer un peu, quand je tombai soudain sur une photo d'Oncle Beau et de Sally Cato McDougall dans une situation particulièrement intime. Je bondis, stupéfait.

« J't'ai eu, hein ? » fit Emory Oglethorpe, l'air mauvais. « J'ai découpé leurs têtes, et je les ai collées sur une vieille photo. Mais je parie qu'ils l'ont fait, et comme ça. Bon Dieu, t'aurais dû voir ma frangine quand elle a appris que Beau se mariait dans le Nord. Elle a failli en claquer. Elle a mis la maison à feu et à sang, elle était folle de rage, et elle a juré d'avoir la peau de cette sale Yankee qui lui avait pris Beau. Jamais vu une telle histoire, de toute ma vie. Ça m'a bien botté. J'la hais ! Tiens, prends une clope. »

J'étais horrifié, mais c'était là une information gratuite qui me semblait très intéressante, et je la mis dans ma poche avec mon mouchoir par-dessus.

Quand nous revînmes à la maison, Tante Mame, stimulée tout à la fois par l'alcool et l'émulation intellectuelle, était joyeuse et en veine de confidences. « ... Oh, mais ma chère », disait-elle à Sally Cato, « *j'adore* le cheval. Je suis pratiquement *née* en selle. Mon Dieu, à New York, il ne se passe guère de jour sans que je monte un peu. Je me lève de bon matin, avec les oiseaux, et hop, un petit galop dans Central Park ! » Je sentis ma mâchoire se décrocher. J'imaginais qu'en effet, Tante Mame avait dû prendre quelques vagues leçons d'équitation durant sa dernière année d'école, dans un lointain, très lointain passé, mais pour autant que je m'en souvienne, je ne l'avais même jamais vue accorder un regard à un cheval.

« Eh bien, mais c'est magnifique, Mame », déclara Sally Cato. « C'est une *très* bonne nouvelle. Il faut que j'en parle à votre cousin Van Buren Clay-Pickett – c'est notre Maître d'Équipage –, et nous allons organiser une grande chasse en votre honneur.

— Oh, quel dommage, fit vivement Tante Mame, j'ai laissé *toutes* mes tenues d'équitation dans le Nord.

— Ne vous inquiétez pas pour cela. J'en possède des dizaines, qui devraient vous aller. Quelle pointure faites-vous ?

— Euh... du trente-sept, répondit Tante Mame, rentrant les pieds sous sa chaise.

— Merveilleux, comme moi ! Je pourrai même vous prêter des bottes. »

Tante Mame pâlit sous son bronzage.

« Vous montez à califourchon, *n'est-ce pas*, Mame, ma chère ? »

Une lueur d'espoir passa dans le regard de Tante Mame. « Oh, jamais ! En amazone, *toujours* en amazone. Mon père, le colonel, voulait *absolument* que j'apprenne à monter ainsi. Il pensait que c'était la *seule* façon convenable de monter pour une dame – et tellement gracieuse. C'était un peu idiot, je sais, parce qu'aujourd'hui, plus *personne* ne monte en amazone, mais c'est la seule manière que je connaisse. » Sur quoi elle poussa un soupir de soulagement ; sa joie, cependant, devait être de courte durée.

« Vraiment, c'est extraordinaire ! » s'exclama Sally Cato. « Il se trouve justement que j'ai une vieille selle Champion & Wilton qui vous ira parfaitement, et un adorable tailleur d'équitation. On peut dire que vous avez de la chance. Autrefois, je montais en amazone, moi aussi, mais maintenant, je monte toujours à califourchon ; c'est *beaucoup* plus sûr. Bien, je vais de ce pas appeler Van Buren Clay-Pickett au haras. Nous ne chassons jamais, quand il fait si chaud, mais je suis certaine que tout le monde sera heureux de faire une exception pour *vous*. »

Ayant fait son lit, Tante Mame était bien forcée de s'y coucher. La nouvelle de ses talents équestres se répandit comme une traînée de poudre dans toute la région et, au cours des dîners en famille, on se mit à parler arrière-main et garrot, emphysème pulmonaire et éparvin, en hommage à Tante Mame.

Tout le pays bruissait de murmures, évoquant les prochains débuts de Tante Mame sur le terrain, et Oncle Beau se pavanait, gonflant la poitrine comme un pigeon roucoulant. Van Buren Clay-Pickett ne tarda pas à repérer un vieux renard mangé aux mites, et il fut décidé que la grande chasse aurait lieu le dimanche suivant. Je ne savais pas comment Tante Mame allait s'en sortir, mais c'était compter sans ses facultés d'imagination. Deux jours avant la grande chasse, elle se poudra à mort, avec une poudre blanche, mit des vêtements d'un vert malsain, et se confia pudiquement à Sally Cato, évoquant quelque délicat problème spécifiquement féminin. La chasse fut repoussée à la semaine suivante.

Profitant de cette rémission, Tante Mame essaya désespérément de se trouver quelque maladie inédite et intéressante, mais elle demeurait en pleine santé. Par chance, elle devait être victime d'un accident non simulé, sous les yeux de toute la famille et de Sally Cato, le vendredi précédant la chasse fatale. Elle glissa sur le parquet excessivement ciré de la salle à manger, et se foula la cheville. Oncle Beau et Sally Cato l'emmenèrent d'urgence chez le médecin le plus proche, qui lui banda la jambe et lui conseilla de ne pas poser le pied par terre, pendant un jour ou deux. « Cela veut dire que je ne pourrai pas *monter* dimanche ? » s'enquit-elle.

« C'est tout à fait hors de question, Mrs. Beau », répondit le médecin. « Mais bien sûr, vous pouvez suivre la chasse en voiture. »

Tante Mame ferma les yeux, laissant échapper un soupir de béatitude.

Le lendemain, Sally Cato venait déjeuner à Bride's Cottage, avec Tante Mame, Beau et moi. Elle se montra fort inquiète pour la cheville de Tante Mame. Ayant surpris cette dernière en train de répéter un pas de tango assez complexe, je savais qu'elle allait beaucoup mieux, mais elle sut donner, de manière très convaincante, le spectacle du courage surmontant la douleur. Après le dessert, Sally Cato déroula une large carte de la région, dessinée à la main, avec tous les détails. « Mame, mon chou, je suis positivement *malade* à l'idée que vous n'allez pas pouvoir monter dimanche. Tout le monde meurt d'impatience de vous voir à cheval, ma chérie, *surtout moi*. » Je n'aimais pas le ton de sa voix. « Quoi qu'il en soit, je me suis dit que vous aimeriez suivre la chasse, et comme le médecin déclare que vous pouvez conduire, j'ai passé toute la nuit à vous préparer cette carte. Bien, la chasse part d'*ici*, et le renard s'enfuit généralement de ce côté... » Sally Cato avait réalisé un plan à l'échelle, remarquablement précis, du territoire de chasse du comté de Richmond, et le détaillait avec une clarté lumineuse.

Oncle Beau en avait les yeux humides d'admiration. « Vraiment, Sally Cato, y a-t-il *quelque chose* que tu ne saches pas faire ? C'est un véritable travail de cartographe, un des plus fins que j'aie jamais vu. » « Bien sûr », reprit-il à l'adresse de Tante Mame, « Sally Cato connaît si bien la région qu'elle pourrait la traverser les yeux bandés. Sally Cato, tu es une fille épatante. Jamais je n'aurais imaginé qu'on puisse se donner tant de mal pour que ma petite femme se sente chez elle ici. »

Le lendemain matin, l'allée de Peckerwood résonnait de sabots de chevaux, d'appels et de « Salut vous tous ». Oncle Beau était très séduisant dans sa veste rose, juché sur un grand cheval, et six participants à la chasse vinrent le trouver, lui demandant chacun : « Alors, quel effet cela fait de se retrouver à cheval, après avoir fait le galant dans tout New York, Beauregard ? » – ceci avec un accent effroyable, évoquant exactement un spectacle parodique du Vieux Sud. Les joyeux cavaliers n'en étaient pas moins superbes dans leur tenue de chasse.

Un murmure de déception générale s'éleva quand Tante Mame fit son apparition, vêtue d'un charmant tailleur écossais et boitant délicatement, appuyée sur une canne d'ébène, mais Sally Cato, se dressant sur le montoir, prit la parole : « Membres de la chasse, je crains d'avoir une mauvaise nouvelle à vous annoncer. Mrs. Beau s'est foulé la cheville ici même, à Peckerwood, l'autre soir, et le médecin ne veut pas qu'elle monte. Mais c'est une cavalière si passionnée, et si éprise de chasse, qu'elle va nous suivre avec sa voiture, de manière à nous rejoindre pour l'hallali et la mise à mort. » Une vague d'applaudissements s'éleva.

Emory Oglethorpe, qui ressemblait à un jockey véreux, dans sa tenue d'équitation, s'approcha de moi. « Moi, j'aimerais mieux suivre une carte de l'enfer, plutôt que celle qu'a dessinée Sally Cato. Si t'es un peu malin, dis à ta tante de se *tirer de là*.

— Tu es fou ?

— OK, mon vieux, allez-y, il y a de la place pour tout le monde, en bas. »

Tante Mame sauta dans la Duesenberg décapotée de Beau, avec une agilité surprenante. Je l'accompagnais pour ouvrir et refermer les milliers de barrières qui séparaient les centaines de chemins d'argile poussiéreuse qui sillonnaient le pays. Tante Mame n'avait jamais vraiment maîtrisé la conduite automobile mais, après avoir provoqué la panique de quelques chevaux, nous démarrâmes brusquement, dans un nuage bleu de monoxyde. Comme nous roulions vers le terrain de chasse, derrière les cavaliers, Tante Mame me serra le genou avec affection. « Oh, mon chéri, comme je remercie cette foulure. Ils vont peut-être enfin se calmer, avec leurs chevaux. Cela dit, c'est adorable de la part de Sally Cato, de m'avoir dessiné cette carte extraordinaire. J'espère simplement que je ne vais pas être malade, quand ils tueront ce pauvre petit renard. »

Non sans difficultés, Tante Mame trouva la bonne direction, et la chasse commença. Pendant près d'une heure, nous cahotâmes sur des routes d'argile rouge, prenant ce chemin-ci, puis celui-là. De temps à autre, nous perdions la chasse de vue, puis elle réapparaissait. Dix mille fois, je sautai à terre pour ouvrir une vieille barrière de bois branlante, et la refermer derrière la voiture. La carte s'avéra remarquable, car nous étions toujours un petit peu en avance sur les chasseurs. Sally Cato avait quasiment fait preuve de voyance, en sachant où en serait le renard, et à quel moment. Les routes étaient épouvantables, défoncées, à peine carrossables, la poussière rouge nous enveloppait. Tante Mame conduisait comme une jument affolée, et mon estomac n'en pouvait plus. Elle semblait un peu effrayée mais, une ou deux fois, se mit à crier « Yoohoo, les voilà ! » ou « Taïaut, taïaut ! ». Pourquoi, je ne sais pas très bien.

Les cahots et les embardées allaient s'aggravant. Elle filait droit, traversant un champ à flanc de colline. On ne voyait plus ni les chevaux, ni les chiens. Tante Mame arrêta la voiture, sortit son poudrier. « Miséricorde », dit-elle, « voilà que nous les avons perdus. »

Soudain, il y eut un tonnerre de sabots et d'aboiements. Un petit renard noir descendait la colline ventre à terre, la meute déchaînée à ses trousses. « Les voilà, Tante Mame ! », m'écriai-je. Ils arrivaient droit sur nous. Tante Mame laissa tomber son bâton de rouge. À présent, les chevaux apparaissaient au sommet de la colline. Tante Mame appuya frénétiquement sur le démarreur ; le moteur crachota, s'étouffa. Elle essaya de nouveau. La chasse se rapprochait, se rapprochait sans cesse, les chevaux dévalaient la colline.

« La clef, Tante Mame ! » criai-je.

« Oh, oui », fit-elle, éperdue.

Le renard était tout proche. Tante Mame tourna la clef de contact, et la voiture fit un bond en avant, à l'instant même où un obus de fourrure noire traversait la route. Il y eut un affreux crissement de freins, et je fus précipité contre le pare-brise. Puis l'enfer se déchaîna. Chiens, chevaux, cavaliers nous tombèrent dessus en avalanche. Trois douzaines de chasseurs furent éjectés, et deux grandes juments baies se jetèrent sur la Duesenberg avec une telle violence qu'il fallut remplacer le pare-chocs et le capot. Une troisième monture se retrouva moitié sur le siège arrière, moitié hors de la voiture, poussant des gémissements horribles. L'un dans l'autre, il y eut plus de chevaux tués ce jour-là qu'à la bataille de Gettysburg et, une fois complète, la liste des pertes recensait six chevilles fracturées, quatre bras cassés, une jambe – fractures multiples –, trois commotions cérébrales, un bassin disloqué, et une infinité d'hématomes et plaies ouvertes. Les cavaliers encore capables de marcher et de parler se précipitèrent vers la voiture, ivres de rage, et Tante Mame s'évanouit sans attendre. Malgré mon affolement, je perçus soudain la voix rauque d'Emory Oglethorpe McDougall : « Qu'est-ce que je t'avais dit, hein ? » Je remarquai aussi une expression de triomphe sauvage sur le visage de Sally Cato. Assurément, Tante Mame avait été présente pour la mise à mort. Le renard gisait, sans vie, sous la voiture.

Si Tante Mame avait été au centre de bien des conversations, avant cette tragique chasse au renard, elle faisait à présent figure d'obsession, dans le milieu des cavaliers. Emory Oglethorpe me fit savoir, sans ambages, qu'on parlait d'elle comme de « cette cinglée de Yankee qui a tué tous nos chevaux ». À des kilomètres aux alentours, on ne parlait de rien d'autre, et chaque jour, le téléphone résonnait de voix hésitantes expliquant qu'on était absolument désolé de ne pouvoir venir déjeuner à Bride's Cottage, ou que l'on devait malheureusement repousser, jusqu'à une date indéterminée, ce petit dîner prévu en l'honneur de Tante Mame. Après avoir été, deux semaines durant, la reine incontestée du comté, celle-ci semblait soudain devoir être aussi populaire que le général Sheridan.

Burnside Mère paraissait, quant à elle, aller beaucoup mieux depuis la disgrâce de sa belle-fille, et parvenait chaque soir à descendre pour dîner avec nous. Entre une pastille de menthe et une flatulence, elle nous régalait de réminiscences du genre : « *Moi*, quand j'étais jeune mariée, je n'aimais rien tant que la chasse. C'était ma passion, j'étais une vraie Diane. » Beau demeurait silencieux, les lèvres pincées, la mine sombre. Certain soir où le souvenir des exploits de Burnside Mère et ses problèmes intestinaux se faisaient particulièrement éprouvants, Miss Fan tendit un mouchoir à Tante Mame, chuchotant : « Ne prêtez aucune attention à ce qu'elle raconte, Miz Beau, elle *détestait* la chasse, et montait encore plus mal que moi ! » Mais la timide sollicitude de Miss Fan ne parvenait guère à consoler Tante Mame. Elle était à présent *persona non grata* au sein de cette communauté, et le savait. La seule qui lui offrît encore son amitié était Sally Cato McDougall.

« Mame, mon chou », disait-elle, « il ne faut pas pleurer ainsi. Ce n'était pas votre faute – tout le monde sait qu'il y a parfois des accidents, c'est inévitable. Si les autres sont trop bornés pour pardonner, eh bien, qu'ils aillent au diable. *Moi*, je suis toujours votre amie. Et vous le savez bien. »

Tante Mame vouait à Sally Cato une reconnaissance infinie. Elles se voyaient quotidiennement et, de fait, Sally Cato était la *seule* personne à faire preuve de gentillesse envers elle. Oncle Beau luimême semblait quelque peu la battre froid.

Je vis beaucoup Emory Oglethorpe, durant la quarantaine de Tante Mame. Il m'apprit à fumer, à chiquer, et à boire une espèce d'abominable vin de pissenlit, qu'il concoctait lui-même. « Tu ne m'as pas cru, hein, quand je t'ai dit que Sally Cato aurait la peau de ta Tante Mame. Mais mon vieux, elle savait bien que vous seriez dans ce champ-là juste au moment où la chasse passerait. Elle connaît le coin comme le fond de sa poche. Tu aurais dû l'entendre rigoler et faire l'andouille, quand les chevaux se sont rétamés sur la voiture ! D'ailleurs, j'ai trouvé ça plutôt marrant, moi aussi. T'inquiète pas, Sally Cato va récupérer son Beau, même si elle doit trucider ta tante pour ça. » Il eut un ricanement méchant. « Cette sacrée Sally Cato n'a jamais perdu un pari, ni une course, ni un homme, et ce n'est pas aujourd'hui qu'elle va commencer, crois-moi. Tiens, prends le paquet de Lucky, tu le finiras. »

Je commençais d'être à demi convaincu, bien qu'il me parût impossible que Sally Cato s'abaisse à des manœuvres aussi sordides.

Mais ce soir-là, cependant, je dus reconnaître que son jugement n'était pas sans fondement. Sally Cato, en odeur de sainteté auprès de Mrs. Burnside, dînait avec nous à Peckerwood. Elle incarnait tout le charme, tout le romantisme du Sud, très belle dans sa robe de dentelle blanche. Tante Mame, qui s'était vue ouvertement snobée au rayon des articles de mode chez J.B. White, l'après-midi même, paraissait fatiguée et, pire encore, vieille.

Burnside Mère se montra particulièrement loquace ce soir-là et, à sa manière sournoise, ne cessa de viser, et d'atteindre Tante Mame. Elle ne parla que de Sally Cato. La beauté de Sally Cato, sa jeunesse, sa richesse, ses nobles ancêtres, son assise à cheval, sa beauté incomparable lors du dernier bal de la chasse, sa vitalité et sa santé éclatantes, son charme radieux, si typique du Sud. « Une vraie, authentique fille de notre beau pays. Une jeune fleur du vieux Sud, le sang bleu de notre communauté, où chaque famille possède un riche passé de traditions glorieuses, et que nul étranger n'a souillé, depuis la guerre de Sécession. »

Prétextant une violente migraine, Tante Mame quitta la table aussitôt le repas terminé. Elle était souvent sujette à des migraines, ces derniers temps, et Beau s'exclama : « Comment, encore ? »

Je me retirai tôt. Il faisait chaud, humide, je ne parvenais pas à dormir et, une cigarette d'Emory Oglethorpe entre les lèvres, je sortis sur la galerie qui ceinturait l'étage. Mais ma cigarette demeura éteinte : en dessous, je voyais briller le point rouge de deux autres cigarettes, et je perçus la voix de Sally Cato, une voix basse, pressante. « Oh, Beau », disait-elle, « je *sais* que Mame est une femme bien. Mais est-elle bien pour *toi* ? Crois-moi, je l'aime infiniment, tout autant que toi, mais, honnêtement, ce qui compte pour moi, c'est ton bonheur. Cela a été dur, quand j'ai appris que tu en épousais une autre, mais depuis, franchement, de l'eau est passée sous les ponts. Mame est une femme merveilleuse, mais Beau, sa place est-elle *ici* ?

— Mame est une « Yankee », répondit Beau avec une certaine raideur, et leur manière d'être est différente de la nôtre.

— Mais Beau, je m'en rends parfaitement compte. Après tout, je suis sa *seule* amie ici. Mais Beau, je ne cesse de me demander si elle pourra te donner une famille, un foyer, des enfants, tout ce qui fait partie de notre héritage du Sud. Le *pourra-t-elle*, Beau ?

— Je ne vois pas pourquoi elle ne le pourrait pas, répondit Beau, avec une nuance de doute dans la voix.

— Mon Dieu, Beau, souviens-toi, la seule chose que je veuille, c'est ton bonheur. Je file maintenant, il faut que je me lève tôt demain, pour les épreuves de chasse. Un petit baiser, en souvenir du bon vieux temps ? » Les cigarettes tombèrent dans l'herbe, les voix se turent. Ils demeuraient là, dans l'ombre, comme fondus l'un dans l'autre, et je me tins immobile et silencieux pendant un long, long moment.

Je me détournais, effondré, quand quelque chose effleura mon visage, comme un châle de laine. J'eus trop peur pour proférer un son. Puis une main osseuse me saisit par le bras, tandis qu'une voix chuchotait : « Venez par ici, mon enfant. » C'était Miss Fan.

Elle me conduisit dans sa petite chambre étouffante. « Donnez-moi une cigarette », souffla-t-elle. « Je sais que vous en avez, j'en ai vu dans votre penderie. »

Nous fumâmes, silencieux. Elle était beaucoup plus douée que moi.

« J'imagine que vous les avez entendus – Beau et cette… cette misérable Sally Cato. »

Je hochai la tête.

« Vous comprenez, à présent ? Vous comprenez pourquoi il faut que vous tiriez votre tante d'ici – avec Beau ? »

J'opinai derechef, sans mot dire.

« Dieu sait que je ne suis qu'une pauvre vieille fille – une domestique, ni plus ni moins, à la disposition de cette horrible vieille mégère, vingt-quatre heures sur vingt-quatre. Je ne devrais pas vous dire tout cela, mais Miz Beau est la seule personne, dans tout ce sale pays, qui m'ait jamais traitée comme un être humain. Beau est un gentil garçon, lui aussi. C'est pourquoi vous devez les faire partir d'ici, avant qu'il ne soit trop tard. Avant que cette vieille chipie et cette garce ne réussissent à tout saccager. Tous les jours, je les entends, dans la chambre de la vieille, comploter, comploter sans arrêt. Comprenez-vous, mon enfant ? Vous *voyez* ce qui se passe ? *Éloignez votre tante d'ici*. Vite, avant que ces deux-là ne la détruisent. Maintenant, au lit, mon enfant. Et, au fait, laissez-moi vos cigarettes. »

Le lendemain, je tentai naïvement, maladroitement, de mettre Tante Mame en garde, si maladroitement en fait qu'elle se retourna contre moi, folle de rage.

« Quoi ! » fit-elle, se redressant brusquement.

« Tante Mame, je vous demandais si vous n'aviez pas pensé, quelquefois, que Sally Cato pouvait *ne pas* être votre amie. Après tout, elle était fiancée à Beau, et c'est *elle* qui a dessiné cette carte, à cause de laquelle vous avez tué tous ces chevaux, et Emory Oglethorpe dit qu'...

— Emory Oglethorpe », coupa-t-elle d'une voix stridente, se moquant de moi, « qu'est-ce qu'il dit, Emory Oglethorpe ? On s'en *moque,* de ce qu'il dit, cette espèce de petit morpion ! Et quant à *toi,* j'ai honte – oui, *honte,* parfaitement – d'avoir un neveu aussi mesquin, aussi bas d'esprit, aussi vicieux, jusqu'à en imaginer une seule seconde des choses aussi répugnantes, aussi sordides ! Mais quelle idée ! » À cet instant, la Packard de Sally Cato remonta l'allée, glissant comme un gros poisson. « Voici justement Sally Cato. Je t'épargnerai la gêne de la regarder en face. Maintenant, file, et ne reviens que lorsque tu te sentiras capable de parler en gentleman. Sally Cato est la seule véritable amie que j'aie ici, et je ne veux pas entendre un mot de plus contre elle. Et maintenant, disparais ! »

Consterné, je m'éloignai sans attendre. Je n'avais pas fait allusion à la scène surprise la veille, ne voulant pas blesser Tante Mame. Elle aimait énormément Oncle Beau – sinon, elle n'aurait pas supporté la vie à Peckerwood.

Mais comme Sally Cato repartait ce jour-là, Tante Mame, affreusement tendue et bouleversée, me demanda de la suivre à Bride's Cottage.

« Oh, Patrick, Patrick », gémissait-elle, « qu'est-ce que je vais faire ?

— Faire à propos de quoi ?

— Sally Cato vient de partir, et elle a encore projeté une de ces espèces de rodéos d'enfer. Elle prétend que la seule manière pour moi de me racheter auprès des gens du comté, c'est de leur montrer quelle cavalière extraordinaire je suis. Là, je vais bien devoir monter, et… Oh, Patrick, ce n'était pas vrai, toute cette histoire. J'ai *horreur* des chevaux.

— Pourquoi ne pas avouer que c'était une simple plaisanterie, Tante Mame ? » demandai-je, non sans une certaine naïveté. « Vous n'aurez plus à monter, comme cela.

— Quoi ! Devenir la risée de tout le monde, me ridiculiser plus encore ? Plutôt mourir !

— Mais c'est exactement ce qui risque de vous arriver, si vous participez à cette chasse.

— Plutôt mourir en selle ! déclara-t-elle d'un ton solennel, frissonnant.

— Allons, remettez-vous, Tante Mame, vous pouvez toujours attraper un rhume, ou vous fouler de nouveau la cheville avant la chasse.

— Mais la chasse a lieu demain, à six heures du matin ! »

Oncle Beau était absent ce soir-là, pris par une réunion de propriétaires fonciers, et Tante Mame et moi dînâmes silencieusement à Bride's Cottage. Tante Mame tentait de s'absorber dans *Les Fleurs du mal* quand le station-wagon de Foxglove s'arrêta devant la porte. Emory Oglethorpe en bondit, chargé d'une grosse boîte, d'une paire de bottes, d'un chapeau de soie, et d'une selle de dame en cuir. « 'Soir », grommela-t-il, de sa voix de râpe à muscade, « Sally Cato m'a dit d'apporter en vitesse ces frusques de cheval pour ta Tante Mame. Mon vieux, dis donc, tu devrais voir la mère Sally Cato, elle est cinglée, elle court dans tous les sens dans les écuries, elle danse, elle dit que ta tante n'aura jamais été sur un pareil manège. Elle fait des tas de paris à propos de la chasse, cent contre un, qu'elle dit.

Le cheval qu'elle a choisi pour ta tante arrivera demain matin, dans le camion. Tu ferais mieux de dire à ta tante de se casser une jambe, avant de se casser le cou. Bon, salut, j'ai un sacré morceau qui m'attend à la cabane. »

Je portai à Tante Mame le costume d'équitation de popeline noire, avec l'impression de lui présenter son suaire. Elle paraissait hagarde, et se mit à trembler. « Oh, mon Dieu, Sally Cato m'a envoyé un équipement complet. » Elle contempla la selle. « Je vais devoir *m'asseoir* sur cet engin de torture ? » Elle se mit à pleurer. Quand je retournai à la grande maison pour dormir, elle sanglotait doucement sur son oreiller.

Le temps que je m'habille, le lendemain matin, des sabots de chevaux résonnaient déjà dans l'allée. Tout le comté – sauf ceux qui se remettaient encore des derniers exploits de Tante Mame – était réuni devant Peckerwood. Il y avait même quelques personnes venues de la frontière avec la Caroline. Tous paraissaient moins cordiaux que la dernière fois, et planait dans l'air comme un sentiment de conspiration, de malveillance diffuse.

Pour quelque mystérieuse raison, ni Tante Mame ni moi n'évoquions des gravures de *haute couture**. Je portais une vieille tenue d'équitation d'Emory Oglethorpe McDougall, lequel avait près d'une tête de moins que moi. Vue sous certains angles, Tante Mame avait grande allure dans le tailleur d'équitation de Sally Cato, et son front demeurait d'une sérénité confondante, sous le haut-de-forme de soie noire. En y regardant mieux, cependant, la veste était légèrement trop étroite ici, légèrement trop large là, et la jupe godaillait un peu. Quant aux bottes de taille trente-sept, ce devait être une torture. Tante Mame fumait cigarette sur cigarette, et je la vis prendre quelques rapides gorgées d'une flasque d'argent. Elle tentait de paraître joyeuse et d'humeur légère, mais son malaise était visible, et chacun l'observait avec suspicion.

Sally Cato arriva au galop, juchée sur une magnifique jument, suivie d'Emory et d'un camion venu de Foxglove, d'où émanait un tonnerre de piétinements et de coups de sabots. Avec les plus grandes difficultés, deux lads parvinrent à en extraire le cheval le plus grand et de l'allure la plus redoutable que j'aie jamais vu sur un champ de courses.

Sally Cato embrassa Tante Mame avec chaleur. « Mame, mon chou, comme vous avez l'air *bizarre,* ce matin », dit-elle. « Excusez-moi un instant, ma chérie, il faut que j'aille dire deux mots à Mrs. Burnside. »

Une minute plus tard, elle était de retour. Levant les yeux vers la galerie à l'étage, je vis la vieille Burnside qui nous observait avec une expression étrange, déplaisante. Sally Cato se dirigea vers Tante Mame, sémillante. « Voici le cheval que j'ai choisi tout spécialement pour vous, ma chérie », dit-elle avec un fin sourire. « Il s'appelle Paratonnerre, et il est doux comme un agneau. »

Paratonnerre était une monture de chasse irlandaise, haute de dix-sept paumes et demie ; un cheval hongre qui n'avait jamais pu se faire au célibat. Il regarda Tante Mame, les yeux injectés de sang, donnant de furieux coups de sabots sur le sol. Sally Cato lui caressa les naseaux. « C'est un vrai petit amour, voilà ce que c'est. »

Emory Oglethorpe se glissa près de moi. « C'est la bête la plus mauvaise, la plus vicieuse de tout le comté de Richmond, *voilà* ce que c'est. On aurait dû l'abattre il y a deux ans, quand il a failli piétiner à mort Oncle Grady. Enfin, c'est ce qu'a dit le vétérinaire. Ce canasson est complètement dingue, mais depuis, on l'a laissé courir dans le pré comme un cinglé. Hier, il a fallu six Nègres pour le choper, et ça a duré tout l'après-midi. »

Claquant des mains – élégamment gantées –, Sally Cato prit la parole : « Votre attention, s'il vous plaît ! Nous allons à présent avoir le privilège de chasser en compagnie d'une des cavalières les plus célèbres de New York, Mrs. Beau Burnside. » Elle cligna de l'œil, mais pas assez rapidement cependant pour que Tante Mame ne le remarque pas. Tante Mame ouvrit des yeux immenses. Une vague de rires contenus parcourait l'assistance. Seul Beau avait l'air innocent.

J'étais déjà juché sur une vieille rosse à demi paralytique quand trois valets d'écurie amenèrent Paratonnerre jusqu'au montoir. Tante Mame s'installa avec précautions. Je murmurai une prière silencieuse, et vis que les lèvres de Tante Mame remuaient également.

Tout au long du chemin, jusqu'au terrain de chasse, je tentai de demeurer aussi près d'elle que possible, mais Paratonnerre avait cette fâcheuse manie de donner des coups de sabots en arrière, de sorte qu'elle demeurait assez isolée sur la route. J'espérais qu'elle ne se ferait pas trop mal en tombant. Nous chevauchions à l'amble, plutôt tranquillement, quoique, j'en eus l'impression très nette, tous les chiens, la plupart des cavaliers, et quelques chevaux, semblaient agacer Paratonnerre, le rendre irritable. Nous arrivâmes enfin au point de départ. Paratonnerre hennit lugubrement, et rua. De manière surprenante, Tante Mame demeura en selle. Une ou deux personnes parurent impressionnées. Sally Cato se contenta de ricaner.

Comme nous allions commencer, le station-wagon de Peckerwood nous rejoignit à toute vitesse, conduit par un Noir à l'air terrorisé. Miss Fan en bondit, criant : « Arrêtez ! Ce cheval est fou ! » Mais il était trop tard. Le renard avait été lâché, et traversait le champ à toute vitesse, les chiens à ses trousses. Le cousin Van Buren Clay-Pickett et Tante

Mame s'élancèrent en même temps, et la chasse débuta. Il était impossible de l'arrêter à présent.

Je pensais que Tante Mame aurait le bon sens de choisir un mamelon herbeux et bien tendre pour se jeter à bas de sa monture, mais ce ne fut pas le cas. Tout au contraire, elle et Paratonnerre se mirent à galoper comme des dératés à la suite du cousin Van Buren. « Nom d'un chien, quelle assise, cette Miz Beau ! » s'écria quelqu'un. Me retournant pour voir qui pouvait être à ce point inconscient, je surpris, sur le visage de Sally Cato, une expression abominable.

Nous filions, laissant derrière nous cette pauvre Miss Fan qui criait des choses incompréhensibles. La vieille rosse que l'on m'avait attribuée était tout juste bonne à faire de la colle de pâte, mais parvint cependant à suivre le reste de la chasse assez longtemps pour me permettre de voir Tante Mame et Paratonnerre bondir au-dessus d'un mur de pierres acérées qui fit chuter deux autres cavaliers. Tante Mame y laissa son chapeau de soie, et ses cheveux se mirent à flotter derrière elle dans le vent, mais elle demeura en selle.

« Vous avez vu comment elle a passé ce mur ? » s'écria quelqu'un. « Cette sacrée Yankee a du style. *Superbe* cavalière, parfaitement *superbe* ! »

Nous chevauchâmes ainsi pendant plus d'une heure dans un bruit de tonnerre, labourant le sol moelleux, faisant voler les mottes de terre, frôlant les branches basses et traversant de larges flaques dans un jaillissement de boue. Tante Mame demeurait hors de vue la plupart du temps, et même Oncle Beau et Sally Cato avaient du mal à garder son rythme. À un certain moment, elle et Paratonnerre firent une sorte de crochet au travers d'un champ de maïs, mais ils n'eurent aucune difficulté à rejoindre le maître d'équipage. Plus tard, le cheval fonça droit dans un vieil appentis qu'il traversa, sortant de l'autre côté, Tante Mame toujours en selle. Il y eut force caquètements et cris rauques, et des poulets s'égaillèrent en tous sens. J'eus la vision fugace d'une vieille poule, plus tenace que les autres, perchée sur l'épaule de Tante Mame, mais le vent furieux de la course la fit bientôt lâcher prise, battant désespérément l'air de ses ailes.

Une fois de plus, je la perdis de vue, comme Paratonnerre plongeait dans un petit bois, mais Tante Mame réapparut bientôt, coiffée de ce qui semblait être une couronne de laurier, et ne tenant même pas les rênes.

« Mince ! » s'écria un des cousins parmi les plus cultivés, « on dirait une véritable déesse grecque ! »

« Incroyable ! » renchérit un autre, « elle ne s'accroche même pas. Ça alors, ça dépasse tout ! »

Sur quoi elle accéléra encore, disparaissant de nouveau.

Finalement, nous débouchâmes sur un plateau dominant une vaste prairie basse, laquelle se terminait brusquement par un haut barrage de pierre bordant le cours de la rivière Savannah. C'était là que la chasse devait prendre fin, à moins que le malheureux renard ne parvienne à escalader le mur de deux mètres.

Le renard, la meute, Van Buren Clay-Pickett et Tante Mame étaient alors si loin devant nous que nous n'avions nul espoir de les rattraper, bien que Beau et Sally Cato fussent à leurs trousses, à cinq cents mètres derrière eux. Soudain, Paratonnerre accéléra encore, dans un élan suprême, comme s'il voulait dépasser le cousin Van Buren.

« Je comprends mal ce style de chasse yankee », s'écria un des hommes. « Quel intérêt pour eux de dépasser le maître ? »

« Elle n'y peut rien ! » cria soudain un autre chasseur. « C'est ce cinglé de Paratonnerre, il est en train de s'emballer, c'est tout ! »

« Nom d'un chien, tu as *raison* ! »

Je tentai de fermer les yeux pour ne pas voir ça, mais j'étais fasciné par la scène qui allait se jouer. Quand j'ouvris de nouveau les yeux, non seulement Paratonnerre avait dépassé le maître, mais la meute également, et enfin le renard. Il n'était plus qu'à quelques centaines de mètres du mur, et filait toujours, droit devant.

« Mon Dieu, il va écrabouiller cette sacrée Yankee ! »

« Moultrie, je ne peux pas regarder ! » s'écria une femme à côté de moi, s'évanouissant en selle.

Tante Mame toujours accrochée à lui, Paratonnerre chargea, droit sur le mur. Soudain, ses sabots quittèrent le sol, et il bondit pour passer l'obstacle, mais le mur était trop haut pour lui. Sa poitrine massive heurta le sommet, et il retomba en arrière avec un choc sourd, perceptible dans tout le comté de Richmond. Tante Mame, cependant, continua toute seule. Elle s'envola par-dessus le mur, d'un bon mètre, et disparut. Il y eut un éclaboussement terrible, puis plus rien. Une autre femme s'évanouit, mais personne n'y prêta attention. Quand nous déboulâmes tous, en vrac, au bas du champ, Tante Mame émergeait de la rivière.

Au même instant, une vieille Chevrolet délabrée nous rejoignit, bondissant à travers champ, et s'arrêta dans une secousse. Un petit homme en jaillit, congestionné, se frayant un chemin entre les chevaux haletants. C'était le vétérinaire du comté. « Dieux du ciel ! » s'écria-t-il, « cela fait une demi-heure que je suis cette pauvre petite dame. C'est une cavalière comme je n'en ai *jamais* vue. Comment elle ne s'est pas tuée, *jamais* je ne le saurai. Il me semblait bien avoir reconnu ce cheval, et maintenant, je suis *formel*. C'est ce cinglé de Paratonnerre, qui appartient à Sally Cato McDougall. » Il chercha Sally Cato dans la foule, ses yeux bleus étincelant de colère. « Sally Cato ! » cria-t-il, « je vous ai *dit*, il y a deux ans, que ce cheval était fou. Je vous ai *ordonné* de le faire abattre ! » Il baissa les yeux sur Paratonnerre, agonisant sur le sol. « Et maintenant, je crois que je vais devoir le faire moi-même. » Il tira un automatique 45 de son étui. « Sally Cato, c'est *vous* que je devrais descendre. Laisser *quiconque* – même une cavalière d'exception comme cette petite dame – monter cet animal, équivaut à un meurtre. Oui, je vous le dis en face, un *meurtre* avec préméditation. On devrait vous rayer de toutes les chasses de la région. » D'une balle, il mit fin aux souffrances du cheval psychotique, et Tante Mame fondit en larmes.

Oncle Beau l'attrapa et la jucha sur sa selle. Sale, crottée et trempée comme elle l'était, il ne cessait de la serrer contre lui, de l'embrasser, l'appelant sa Petite Walkyrie du Nord.

La chasse demeurait sans voix devant l'exploit de Tante Mame, et je remarquai que nul ne semblait désireux de chevaucher aux côtés de Sally Cato, comme nous rentrions tranquillement vers la tente dressée pour le déjeuner de chasse. Une fois, Sally Cato dirigea son cheval vers celui d'Oncle Beau.

« Beau », commença-t-elle d'une voix suppliante, « laisse-moi t'expliquer… » Mais il lui renvoya un regard terrible et s'éloigna au galop, serrant tendrement Tante Mame dans ses bras.

Le déjeuner de chasse fut extraordinaire. On ne parlait que de l'assise magnifique de Tante Mame. Elle se vit baptisée « Mame, la Chasseresse », et chacun dédia toast sur toast à la cavalière la plus magnifique qui ait jamais honoré de sa présence le comté de Richmond. Tante Mame se saoula affreusement au bourbon, mais comme j'avais enfin l'occasion de m'approcher d'elle, elle me prit par le bras, chuchotant : « Patrick, dis-moi, suis-je encore en vie ? Je me suis tellement bien pris la cuisse dans cette espèce de courroie de selle que j'ai cru que je ne tomberais *jamais*. »

Cousin Van Buren Clay-Pickett était monté sur la table pour proposer une nouvelle chasse, le dimanche suivant, quand un employé de la Western Union arriva en toute hâte, avec un télégramme pour Tante Mame. Celui-ci disait :

RETOUR À NEW YORK IMPÉRATIF POUR PRÉSIDER JURY CONCOURS HIPPIQUE INTERNATIONAL STOP ADMIRATEURS INSISTENT
LE COMITÉ

« Oh, mon Dieu ! » s'exclama Tante Mame avec pétulance, vidant d'un trait un grand verre de bourbon, « quelle barbe ! Mais il va falloir que nous rentrions, je le crains. Toujours plus haut, toujours plus loin, vers de nouveaux exploits... »

Chapitre V

Tante Mame, femme de lettres

Notre Personnage Inoubliable n'était pas non plus dénué de talent littéraire. L'article explique qu'elle écrivait de petits textes, sur elle-même, sur sa vie quotidienne, comme ça, pour s'amuser. Elle les montrait à ses amies, et en donnait même parfois à l'hebdomadaire local. Si je comprends bien, ces modestes essais étaient de véritables chefs-d'œuvre. Ils étaient si remarquables, en fait, que les éditeurs de New York débarquaient à pleines voitures pour la supplier de leur accorder quelques lignes.

Personnellement, je ne pense pas qu'il y ait là de quoi pavoiser, si l'on considère que Tante Mame eut un éditeur, un agent littéraire, et une secrétaire, avant même d'avoir couché un mot sur le papier.

Tante Mame entreprit sa carrière littéraire comme une sorte de thérapie, destinée à la sortir de la terrible dépression qui suivit son veuvage. Sa félicité nuptiale, en tant que Mrs. Beauregard Burnside, aurait pu être éternelle, si seulement Oncle Beau l'avait été.

Beau était charmant, viril, séduisant, et riche. Il était également généreux à l'excès. Pour leur premier anniversaire de mariage, il offrit à Tante Mame tout un tas de petits souvenirs : une Rolls-Royce, un manteau de zibeline, une bague ornée d'une émeraude brute, et un grand hôtel particulier ancien sur

Washington Square, afin qu'elle puisse abriter tous les meubles qu'elle avait achetés. Mais le jour même de la crémaillère – treize mois exactement après leur mariage –, Oncle Beau devait avoir une fin des plus poétiques. Un cheval lui donna un coup de pied dans la tête, à Central Park. Une heure plus tard, il était mort.

Tante Mame fut folle de douleur. Elle ne cessa de pleurer et de s'évanouir pendant les obsèques, et durant tout l'hiver qui suivit. Finalement, elle arrêta de s'évanouir, et se contenta de pleurer. Plus rien ne l'intéressait – pas même le fait d'être la neuvième veuve la plus riche de New York –, si ce n'est son immense chagrin. Sa vieille copine Vera Charles finit par avoir pitié d'elle.

Vera avait trouvé une mine d'or en Angleterre – sur le plan matrimonial –, en épousant l'Honorable Basil Fitz-Hugh. Non seulement sir Basil était riche, mais c'était un homme de littérature. Il connaissait même Virginia Woolf. Quoi qu'il en soit, Vera décida que Tante Mame avait besoin d'un changement complet. Elle l'expédia en Europe, et l'y garda pendant plus de deux ans, tandis qu'aux mains de Mr. Babcock, je passais de St. Boniface à un sordide camp de vacances, selon la saison.

Mais nul ne peut porter le deuil éternellement, et Tante Mame moins que personne. Elle finit par revenir à la maison, pourvue de voiles de veuve du dernier chic, d'une quantité de photos dédicacées d'auteurs européens – lesquels l'avaient tous aidée à sécher ses larmes –, et du désir ardent de prendre un Nouveau Départ.

J'avais alors seize ans, et m'aperçus soudain que j'étais passé à un bon mètre quatre-vingts. Aucun de mes uniformes de St. Boniface ne m'allait plus, et je passai mes derniers jours de vacances d'été immobile chez le tailleur, tandis que l'on rallongeait tous mes blazers et pantalons, afin d'épargner aux populations la vue de mes mollets et avant-bras. Les retouches effectuées, il me restait moins d'une semaine avant que les cloches de St. Boniface ne me rappellent pour une nouvelle année de macaroni et de blâmes, et j'espérais vaguement que Tante Mame en profiterait pour m'emmener au théâtre, et autres choses si amusantes. J'avais tort.

Pénétrant dans la grande maison de Washington Square, j'entendis une voix animée déclarer : « Le *Ladie's Home Journal* ne publiera jamais un texte comme celui-ci, même dans un million d'années, Mrs. Burnside. »

J'entrais dans le salon, sur la pointe des pieds, et vis Tante Mame assise là, vêtue d'un tailleur noir très strict, un martini dans une main et une paire de grosses lunettes à monture de corne dans l'autre. Elle avait toute une pile de papiers sur les genoux, et parlait à deux femmes que je n'avais jamais vues. « Bien sûr, c'est l'idéal, pour Hollywood », disait-elle. « Je m'étais dit que ce ne serait pas mal pour Claudette, ou peut-être Irene, mais j'ai finalement décidé de l'interpréter moi-même. Après tout, si je ne peux pas jouer mon propre rôle, qui peut le faire à ma place ?

— Mon Dieu, Mrs. Burnside, je ne pense pas qu'il faille voir *si* loin dans l'avenir, déclara la petite femme rousse, l'air mal à l'aise.

— Non, Mame », renchérit l'autre. « Elizabeth a raison. Vous devriez vraiment écrire quelques lignes d'abord, pour les montrer à vos éditeurs. Les droits cinématographiques, les droits pour les feuilletons, toutes ces choses peuvent attendre, cela va de soi.

— Oh, mais ne vous inquiétez pas pour *cela,* mes chères amies », roucoula Tante Mame. « Ma secrétaire est déjà là-haut ; elle tape les... »

Je quittai la pièce, sur la pointe des pieds.

Là-haut, donc, je me dirigeai vers ce qui avait toujours été ma chambre. L'endroit, jamais trop bien tenu lorsque je l'occupais, certes, valait le coup d'œil, à présent. Il y avait nombre de classeurs métalliques alignés le long des murs, deux immenses bureaux, trois téléphones, des piles d'ouvrages de référence, et des papiers partout. Au son aigre d'un Dictaphone, une femme à l'air hagard tapait comme une forcenée sur une machine à écrire. Quittant discrètement la pièce, je me rendis dans le petit salon de Tante Mame. Il n'était pas beaucoup plus joli à voir. Il y avait de vieux cartons d'invitation, des liasses de photos, des numéros de l'*Evening News* de Buffalo empilés sur toutes les surfaces disponibles. Ici et là, des bouts de papiers où l'on pouvait lire des choses comme : « Raconter la descente dans la boîte de nuit » ou « Ne pas oublier le Dr. Cornell et la goutte de Papa ». J'allumai une des cigarettes de Tante Mame et m'assis, absolument perplexe. Puis j'entendis la porte d'entrée s'ouvrir, et la voix de Tante Mame : « Bien, mes amies, bien, je retourne à mon *écritoire**, et à la lampe dont l'huile ne s'épuise qu'à l'aube ! Je vous appelle demain matin, Mary. Il faut se tenir les coudes, entre filles de Buffalo, pas vrai ? *À bientôt** ! » La porte d'entrée se referma, et je vis les deux femmes s'effondrer dans un taxi.

Quelques instants plus tard, grand remue-ménage dans ce qui était naguère ma chambre. « Eh bien, Agnes, ma chère », demandait Tante Mame, « comment cela se passe-t-il ?

— Oh, vraiment bien, Mrs. Burnside, ne vous en faites pas. Jamais je n'ai travaillé dans un endroit aussi délicieux, et ce que vous m'avez donné est tel-lement intéressant... Mon Dieu, quand je travaillais à la Prudential Insurance Company, nous n'avions que des formulaires à taper, toute la journée, et Miss Montgomery (c'était la chef de service) passait son temps sur le dos des filles, à espionner leur travail, et les employées du pool des secrétaires étaient affreusement désagréables, et...

— Très bien, Agnes », coupa Tante Mame. « La cuisinière vous a-t-elle servi un déjeuner correct ?

— Oh, oui alors, Mrs. Burnside. Il y avait du consommé et un gigot d'agneau avec des *petits pois**, et...

— Merveilleux, ma chère. Je vais demander à Ito de vous reconduire.

— Oh, mais Mrs. Burnside...

— Plus un mot, ma petite Agnes, couvrez la machine et Ito va vous ramener à Kew Gardens en *un clin d'œil.* Allez, remettez-vous un peu de rouge, et filez !

— Grand dieux, Mrs. Burnside, si je me fardais, M'man en *mourrait.*

— Eh bien, ne vous fardez pas. Vous avez fait un travail magnifique, rentrez chez vous, à présent. » Tante Mame déboula dans le petit salon, et se jeta à mon cou, me serrant dans ses bras. « Mon chéri, mon grand garçon chéri ! Oh, la fièvre, l'exaltation de la création ! Je me surmène, bien sûr, mais j'adore cela.

— Mais de quoi voulez-vous parler ? m'enquis-je.

— Mais enfin, mon chéri, de mon *livre.* De quoi d'autre ?

— Quel livre ? Qui sont ces inconnues ? »

À cet instant, la jeune femme que j'avais vue installée à la machine à écrire passa timidement la tête à la porte. « Bon, ben je vais vous dire bonsoir, alors.

— Oh, ma petite Agnes, entrez, que je vous présente à mon neveu. Je pense que vous savez de qui il s'agit, puisque vous avez travaillé sur ce chapitre, cet après-midi.

— Mince, c'est lui que vous avez trouvé dans le panier, à votre porte, Mrs. Burnside ? » Je sentis ma mâchoire se décrocher.

« Lui-même, ma chère. Patrick, voici ma secrétaire, mon bras droit et critique la plus sévère – mon Alice B. Toklas. Miss Gooch – Agnes, ma chère –, mon neveu, Patrick.

— Très heureuse de vous connaître, vraiment », fit Agnes, avec une petite révérence. J'étais trop stupéfait de ce que je venais d'entendre pour prêter la moindre attention à Miss Gooch et, cela dit, il n'y avait pas grand-chose à remarquer. C'était une de ces femmes qui peuvent avoir quinze ou cinquante ans, ce dont tout le monde se moque, au demeurant. Elle avait des cheveux incolores, une peau incolore, des yeux incolores, et portait des lunettes sans monture et un béret d'angora blanc trop grand. Le reste de sa tenue se composait d'une robe-chasuble en tricot bleu, d'un corsage de rayonne rose saumon à manches ballon, de bas de rayonne et de chaussures Oxford orthopédiques.

« Bonjour, dis-je.

— Je *sens* que vous allez devenir les meilleurs amis du monde », déclara Tante Mame. « Bien filez, maintenant, Agnes. *À demain** !

— Eh bien au revoir », dit Miss Gooch, disparaissant.

— Pas possible », fis-je. Puis, me retournant, je lui fis face. « Qu'est-ce que c'est que cette histoire, vous m'auriez trouvé dans un panier ?

— Oh, mon chéri, tu sais bien que nous, écrivains, devons de temps à autre déformer un peu la réalité, pour accentuer l'aspect dramatique de telle ou telle situation. C'est pourquoi je raconte que tu as été abandonné dans un panier et déposé sur le seuil de ma petite maison.

— J'avais dix ans, et vous habitiez un duplex à Beekman Place. Mais enfin, c'est quoi, ce que vous écrivez ? Qui étaient toutes ces femmes ? Et *pourquoi* avez-vous besoin d'une Alice B. Toklas ?

— Oh, mon petit amour, dit Tante Mame, s'étirant sur sa *chaise longue**, j'aurais voulu te faire la surprise, et que tu découvres un jour mon nom au *sommet* de la liste des best-sellers, mais bon, autant te l'avouer maintenant, j'écris mes mémoires.

— Pourquoi ?

— Pourquoi ? Eh bien, j'ai eu une vie *très* intéressante, et comme Lindsay – mon éditeur – me disait l'autre jour, tandis que nous signions le contrat avec Mary Lord Bishop…

— Lindsay *comment* ?

— Lindsay Woolsey. Il souhaite publier mon œuvre. Oh, mon petit amour, tu n'as pas *idée* de ce que peut faire le destin, parfois !

— Et qu'est-ce qu'il a fait ?

— Eh bien, imagine-toi que la semaine dernière, je me promenais dans Madison Avenue, quand je tombe sur un visage extraordinairement familier, et juste comme je me disais « On dirait bien Bella Shuttleworth, de Delaware Avenue, à Buffalo », le visage me parle et dit : « Ne seriez-vous pas Mame Dennis, de Delaware Avenue, à Buffalo ? » Mon Dieu, nous nous sommes *jetées* dans les bras l'une de l'autre, comme des amies qui se sont depuis longtemps perdues de vue – ce que nous étions, en fait – et nous nous sommes *ruées* au Plaza pour prendre un verre. Nous avons évoqué les jours passés, le club des Formidables de Delaware Avenue, et les sacrées parties que nous avons faites à l'école de Miss Rushaway, à côté du monument aux morts, et ceci, et cela – enfin bref, toute la grande époque de Buffalo ! –, et Bella a tout d'un coup eu cette idée magnifique de donner un dîner pour tous les vieux amis de Buffalo qui vivent aujourd'hui à New York. Ce qu'elle a fait. À part cela, elle a drôlement pris du poids !

— Continuez…

— Et donc, elle a donné un dîner très agréable. De la selle de mouton. Plutôt coriace, d'ailleurs. Et il y avait là Mary Lord Bishop – tu l'as vue tout à l'heure –, qui est un agent littéraire très en vue, Lindsay Woolsey avec sa femme – une espèce de petit rat qui vient de Colonial Circle, ou je ne sais d'où – et quelques autres. Bella avait essayé d'avoir Kit Cornell, mais elle n'avait *vraiment* pas pu venir, à cause d'un rhume affreux, *malheureusement**. Enfin, la soirée a été *fantastiquement* réussie, et j'ai *dû* boire beaucoup plus que de raison, et je me suis mise à raconter à Lindsay tout ce que j'avais fait depuis que j'avais quitté Buffalo, et il trouvait cela absolument désopilant, et tout d'un coup, il m'a dit : « Mame, pourquoi n'écrivez-vous pas un livre ? » Sur quoi Mary Lord Bishop ajoute : « Oui, c'est vrai, pourquoi n'écrivez-vous pas un livre ? » Alors, je me suis dit, grands dieux, finalement, pourquoi n'écrirais-je pas un livre ? Alors, nous avons tous commencé à en discuter, à nous souvenir des sacrés moments que nous avions passés avec les garçons au Saturn Club, et Lindsay a conclu : « Mame, il faut que tout le monde sache que Buffalo *existe* ! » Et Mary Lord Bishop a ajouté que, même si Buffalo était effectivement sur la carte, j'allais en faire quelque chose de si exceptionnel qu'elle serait enchantée d'être mon agent littéraire. Donc nous avons cogité tous les trois, et nous avons finalement décidé d'appeler l'ouvrage *Fille de Buffalo*. C'est gentil, non ?

— Bien trouvé.

— Bon, cela ne fait que deux jours que je m'y suis mise, mais tu as *vu* à quel point Mary et Elizabeth étaient enthousiastes, cet après-midi. Ma vie, à *moi*, dans les magazines, les journaux, au cinéma, ma vie traduite en Dieu sait combien de langues…

— Évidemment, c'est une idée formidable.

— Formidable ! Oh, mon chéri, mais j'en perds le *souffle*, tellement tout cela m'excite ! Bien, il faut que je m'habille, à présent. »

J'entendis la voix de Tante Mame qui fredonnait « Fille de Buffalo, ce soir tu vas danser, danser, danser », et je sus qu'elle était lancée dans une nouvelle aventure.

Durant les derniers jours que je passais à la maison, je dus travailler si dur à la carrière littéraire de Tante Mame que St. Boniface – y compris les prières – commença de m'apparaître comme un havre. Elle nous menait à la baguette, sans relâche, Miss Gooch et moi. Elle m'envoyait à la Bibliothèque publique pour effectuer des recherches historiques, et quand je lui demandai si elle se souvenait de l'assassinat du président McKinley, à l'exposition panaméricaine de Buffalo, elle m'ordonna de quitter la pièce. Je fus presque heureux de retrouver St. Boniface pour une nouvelle année scolaire.

Durant le trimestre d'automne, Tante Mame m'écrivit presque quotidiennement, si ce n'est que ses lettres étaient à présent dictées à Agnes Gooch. Chacune était une ode à la gloire de ses talents littéraires. Lorsque Tante Mame était trop occupée pour pouvoir elle-même écrire, c'était Miss Gooch qui prenait la plume pour rédiger des missives éperdues narrant les progrès de sa carrière. Elle réalisa également un dessus de commode écru, au crochet, pour ma chambre, et m'envoya une boîte de caramels confectionnés par sa sœur Edna.

En dépit de tous les discours de Tante Mame sur *Fille de Buffalo*, sous-titré *Autobiographie d'une George Sand moderne*, je n'en avais pas lu un traître mot, ni personne d'ailleurs. Mais, début novembre, me parvenait un épais manuscrit. C'était là une des innombrables copies de l'ouvrage, tapées par l'infatigable Agnes Gooch. Tante Mame avait écrit un gros livre, personne ne pouvait le nier. Il avoisinait les neuf cents feuillets dactylographiés mais, quel que fût l'amour que l'on éprouvait pour elle, on ne pouvait décidément pas le trouver bon. Bien que Tante Mame fût une conteuse passionnante, connaissant une foule de gens intéressants, et possédant un goût personnel excellent en matière littéraire, sa prose demeurait celle d'un amateur doué – un peu trop fleurie, manquant un peu de rigueur, et souvent d'une drôlerie involontaire. De plus, s'étant fait un devoir scrupuleux d'être fidèle à la vérité, elle en disait plus qu'il n'était strictement nécessaire sur certaines de ses amies les plus chères. À telle enseigne qu'il était inutile d'y regarder à deux fois pour comprendre que, aussi riche fût-elle, elle se verrait réduite à la mendicité quand tomberaient les plaintes pour diffamation. Somme toute, *Fille de Buffalo*, quoique non dénué d'intérêt, se révélait un livre assez minable. J'étais installé à mon bureau, afin de rédiger à son attention une lettre de félicitations aussi polie qu'hypocrite, quand un télégramme arriva :

RENTRER D'URGENCE JE MEURS
TANTE MAME

Comme j'arrivais en trombe dans la maison de Washington Square, Agnes Gooch m'accueillit, les lèvres blanches, plus livide encore qu'à son habitude.

« Mon Dieu, Patrick, je suis si contente que vous soyez là. Cela fait trois jours que cette pauvre Mrs. Burnside vous réclame. » Elle me jeta un regard sinistre derrière ses lunettes, et renifla. « Je n'ai même pas pu rentrer à la maison depuis vendredi dernier, et c'est ma sœur Edna qui a dû faire tout le travail, et M'man…

— Que se passe-t-il, avec Tante Mame ? coupai-je avec autorité.

— Oh, Patrick ! C'est son livre – l'éditeur l'a refusé !

— C'est *tout* ?

— Oh, mais la situation est grave. Ils sont tous là-haut – Mr. Woolsey, son éditeur, et son agent, Mrs. Bishop. Ils m'ont avoué – sous le sceau du secret *absolu* – qu'ils veulent lui fournir un *nègre*. Mon Dieu, elle souffre tant ; et M'man, Edna et moi qui trouvions le livre *tellement* réussi. Si palpitant. Le... le *nègre* va arriver d'un instant à l'autre. Elle sera si contente d'avoir quelqu'un comme vous, quelqu'un qu'elle aime à ses côtés, dans cette situation. »

Gravissant l'escalier quatre à quatre, j'entendis des voix dans la chambre de Tante Mame. Toutes parlaient en même temps, mais celle de Tante Mame dominait les autres. « Et quant à vous, Mary Lord, qu'entendez-vous par "le manuscrit ne sonne pas vrai" ? »

« Tante Mame », fis-je, « je suis à la maison.

— Mon chéri ! » s'écria-t-elle depuis son lit, tendant les bras vers moi en un geste théâtral, dans une envolée de manches de mousseline à dentelle. « Enfin, tu viens m'assister, pendant que ces vautours de la littérature arrachent les derniers lambeaux de chair sur les os de l'œuvre de ma vie. Assieds-toi là, à côté de moi, sur le lit, que je puise la force dont j'ai besoin à la source de ta jeunesse.

— Écoutez, Marne, ne croyez-vous pas que vous dramatisez un peu les choses ? interrompit Mary Lord Bishop, non sans une certaine logique, tentant de conserver son admirable placidité, bien que le combat fût perdu d'avance.

— Écoutez, Marne, renchérit Mr. Woolsey, ce n'est pas en nous injuriant, Mary et moi, que vous allez améliorer la qualité de *Fille de Buffalo*, ni le rendre plus vendable. » Mr. Woolsey, généralement pimpant et diplomate, commençait de montrer quelques signes de fatigue. « Nous pouvons certainement tous trois en parler de manière positive, en *adultes,* et trouver une solution.

— Oh, certes, rugit Tante Mame, on peut en parler ! Parler, parler, parler, c'est tout ce que vous savez faire, Mary et vous. Vous m'avez parlé d'écrire ce livre, et à présent, vous venez me parler de tout laisser tomber, tout ça pour des *considérations littéraires supérieures*. Eh bien, vous pouvez parler, vous ne me ferez pas changer mes convictions d'un *iota,* Lindsay Woolsey, ni vous ni aucun de ceux qui sont nés dans Linwood Avenue, comme tous les parvenus de Buffalo !

— Mais enfin, Marne », reprit Mr. Woolsey, effectuant une manœuvre de contournement, « nous n'avons *nullement* refusé *Fille de Buffalo.* Nous avons simplement l'impression qu'il vous faudra un peu d'aide extérieure. Nous trouvons toujours le projet sensationnel.

— Mais oui, Lindsay », renchérit Mrs. Bishop, un peu nerveuse, « on peut presque parler d'un livre *remarquable,* mais comme tant d'écrivains ama… je veux dire débutants, Marne a besoin d'un petit soutien éditorial, pour l'aider à franchir les caps difficiles. Et il me semble qu'un écrivain expérimenté, qui saurait ajouter ici et là le petit mot qu'il faut, effectuer une petite coupe judicieuse…

— Oui, couper, ce serait *l'essence même* de son travail.

— Mais, bien sûr, tout en demeurant parfaitement anonyme ; il resterait dans l'ombre, juste pour…

— *Ben voyons* ! » tonna Tante Mame. « Et maintenant, je vais subir l'humiliation suprême, on va me donner un *nègre* – quelque petit tâcheron abject, qui va déformer, dénaturer le message et le génie propre de mon existence.

— Marne », intervint Mrs. Bishop d'une voix patiente, « il ne s'agit pas d'un *nègre*. Ce serait plus comme un *assistant*…

— Une sorte de *conseiller littéraire,* c'est à cela que vous pensez, Mary, n'est-ce pas ?

— Un *quoi* ? fit Tante Mame, l'air retors.

— Eh bien, Elizabeth et moi connaissons un jeune homme extrêmement doué, qui a déjà une grande expérience en ce domaine, et qui pourrait faire un travail *extraordinaire* sur votre livre. Je l'ai vu l'autre jour, et lui ai montré le manuscrit. Mr. O'Bannion a trouvé votre sujet littéralement *captivant*.

— Ah bon ? fit Tante Mame, quittant quelque peu son air maussade.

— Tout à fait. Il a déclaré que vous aviez une capacité d'imagination proprement stupéfiante, comme il n'en avait jamais vue.

— Vraiment ? Comment avez-vous dit qu'il s'appelle ?

— Brian O'Bannion. Il est...

— Oh, Dieu, délivrez-moi ! » gémit Tante Mame. « Je le vois d'ici – un de ces Irlandais beaux parleurs, avec leur humour pénible et leur haleine chargée de bière...

— Non, il ne s'agit pas de cela, Marne », coupa Mrs. Bishop, impassible. « En réalité, c'est un excellent poète. Il a écrit un recueil appelé *La Tulipe blessée* pour...

— Une tante, probablement, marmonna Tante Mame.

— ... Et en outre, Marne, il a déjà largement fait ses preuves en ce domaine, il connaît bien le marché du livre, et il a beaucoup d'affinités avec...

— Eh bien, si vous pensez que je vais laisser un quelconque rimailleur androgyne et illuminé saboter mes mémoires avec son esprit irlandais de quatre sous, vous êtes fous, voilà tout. Je préfère prendre mon livre et le jeter page à page dans les toilettes que de subir l'outrage et la mortification de... »

La silhouette informe de Miss Gooch s'encadra dans la porte. « Mr. O'Bannion est ici, Mrs. Burnside. » Nous levâmes tous les yeux. Brian O'Bannion se tenait devant nous.

Tante Mame eut un haut-le-corps, le souffle coupé. Après ce qu'elle venait de dire, je m'attendais à voir un Irlandais caricatural, échappé d'une mauvaise comédie, un personnage de bande dessinée. Mais Brian O'Bannion était ce que l'on a coutume d'appeler un Irlandais blanc. Il avait une trentaine d'années, était très grand, très mince. Sa peau était plus que blanche, et ses cheveux d'un noir de jais, courts et très bouclés. Il avait des yeux bleu turquoise, bordés d'épais cils noirs et, à la seconde même où je les vis, je pensai à un matou siamois. Il était vêtu d'une surabondance de tweed et de laine outrageusement artisanale, avec de grandes pièces de daim aux coudes, et portait un trench-coat sale jeté sur une épaule. Se déhanchant avec grâce dans l'encadrement de la porte, il adressa à Tante Mame un sourire lent et triste, découvrant une superbe rangée de crocs, tandis que ses yeux d'un bleu intense se tendaient vers elle – c'est une image – pour la caresser.

Tante Mame déglutit, ses doigts tripotaient nerveusement le décolleté de sa liseuse. « Entrez, je vous en prie, Mr. O'Bannion », fit-elle enfin, avec son sourire le plus charmant. « Nous parlions justement de vous. »

Mr. O'Bannion entra – mais peut-être le terme de "glisser" serait-il plus juste – dans la pièce, et je ne pus m'empêcher de penser à un chat traquant sa proie. Comme Mary Lord Bishop nous présentait son collaborateur, Tante Mame se jeta sur son poudrier, jeta un coup d'œil au miroir et, rassérénée, poursuivit avec une grâce infinie : « Asseyez-vous ici, Mr. O'Bannion, de manière que je puisse vous voir. C'est si terriblement gentil à vous – un poète reconnu de tous – de bien vouloir m'assister dans mes gribouillages puérils. » De nouveau, il la gratifia de son regard numéro trois, et elle se racla la gorge nerveusement. « Dites-moi », reprit-elle, rendant sourire pour sourire, « pensez-vous que je puisse arriver à quelque chose ? Avec le *livre*, je veux dire. »

De nouveau, Mr. O'Bannion alluma son sourire triste et doux, déclarant de sa voix profonde et tendre : « Vous et moi allons créer ensemble quelque chose de merveilleux, je le *sais*. »

L'après-midi même, on me renvoyait à St. Boniface avec l'assurance que Tante Mame se remettait sans problème.

Celle-ci m'adressa à peine un mot au cours du mois suivant, et ce mot semblait toujours être « Brian ». « ... Brian et moi venons de faire une grande balade sur la lande d'Oyster Bay. Comme Brian, c'est toujours dehors, dans l'air pur et vivifiant, que je crée le mieux... » Ou encore : « ... Il est minuit passé, Brian et moi sommes restés un long moment devant la cheminée, lisant Yeats et contemplant les volutes de fumée de sa pipe... » Ou : « ... Travaillé comme un castor, aujourd'hui. La présence de Brian m'a fait voir toute ma jeunesse dans une lumière différente. Tu n'imagines pas quel effet cela fait d'avoir un *homme* dans la maison, après tous ces mois passés seule avec cette raseuse d'Agnes. » Malgré la distance, je commençais de l'imaginer assez bien, cependant.

Miss Gooch également se mit à m'écrire pour son propre compte. Elle me disait que les mémoires de Tante Mame, sous la férule de son assistant, venaient très lentement, mais que le peu qui avait été écrit jusqu'à présent était simplement captivant. Elle n'avait que des louanges à formuler sur Mr. O'Bannion, même si elle se révélait moins enthousiaste quant à Tante Mame. Mince, ajoutait-elle, vivement les vacances de Noël, qu'elle et Tante Mame et ce cher Mr. O'Bannion et moi nous retrouvions tous ! Quel quatuor nous allions faire... Pour jouer à quoi, elle ne le disait pas. Moi, cela ne me dérangeait pas d'attendre mais, quoi qu'il en soit, Noël finit par arriver.

« Missy Burnside sortie avec Irlandais, mais Missy Quat'zyeux en haut », déclara Ito en m'accueillant à la maison.

En effet, Miss Gooch était à l'étage. Je la trouvai en sanglots devant un exemplaire du recueil de poèmes de Brian, *La Tulipe blessée*. « Que se passe-t-il ? m'enquis-je.

— Mince », fit-elle, laissant tomber les poèmes et bondissant hors de sa chaise, « je ne pensais pas que vous arriveriez si tôt. » Sur quoi elle renifla horriblement. « Excusez-moi, je vous en prie, je crois que j'ai laissé mon mouchoir quelque part. »

Je lui tendis le mien. « Tenez, mouchez-vous.

— Merci beaucoup. J'espère que vous me pardonnerez toute cette émotion, mais les poèmes de Bri... de Mr. O'Bannion sont si beaux que je... »

J'entendis la porte d'entrée claquer, puis la voix de Tante Mame : « Tu es là, mon chéri ? »

Comme je descendais rapidement l'escalier, je pus constater un net changement chez Tante Mame. Elle avait fait transformer son deuxième meilleur manteau de vison en réversible : vison à l'intérieur et, à l'extérieur, laine artisanale irlandaise. Elle portait un tailleur de laine également artisanale, de lourdes et solides chaussures de marche, ainsi qu'une écharpe d'Eton longue de deux mètres. Elle empestait la tourbe.

« En quoi vous êtes-vous déguisée ? demandai-je d'une voix neutre.

— Oh, Brian et moi venons de faire une *randonnée* sur la lande. » Brian me coula un regard qui en disait long, accompagné de son sourire triste. Il était vêtu de tweed gris, et portait le premier gilet écossais que j'eusse vu, en dehors d'une scène de théâtre, assorti d'une cravate de Trinity College (celui de Dublin). « Très heureux de vous revoir, Paddy », déclara-t-il avec un accent à couper au couteau.

« Eh bien, il est l'heure du thé, mes chéris », fit Tante Mame d'une voix chantante.

Brian disparut, glissant en direction de la salle de bains. Tante Mame se tourna vers moi, m'embrassa. « Oh, mon petit amour, c'est tellement merveilleux de t'avoir à la maison pour Noël ; de t'avoir ici, quand Tante Mame est si active, si créative, si féconde, si parfaitement, parfaitement *heureuse* !

— Comment le livre avance-t-il ? fis-je, vaguement gêné.

— Oh, mon chéri, j'ai le sentiment d'en avoir tellement appris, au cours de ces quelques semaines passées avec Brian. J'étais le type même de l'écrivain amateur, qui pense que l'on doit se *jeter* sur la muse. Mais à présent, je découvre que la littérature est en fait une expérience profonde, et enchanteresse.

— Et vous en êtes où ?

— À presque vingt pages.

— *Seulement* vingt pages ?

— Patrick, vraiment, tu ne sais rien du véritable processus de création. *Quatre-vingt-dix-neuf* pour cent du travail résident dans la pensée, et ce cher Brian a su faire s'épanouir mon cerveau !

— Ah ?

— Ouiiiii, mon chéri ! » Elle baissa le ton, sa voix se fit grave. « Et Patrick, je veux que tu apprennes à connaître Brian. À le connaître comme *moi* je le connais – ou presque. Tu l'aimes *bien*, n'est-ce pas ? Et, mon chéri, ajouta-t-elle, m'embrassant sur le sommet du crâne, s'il devait jamais aborder des questions d'âge – je veux dire, te demander quel âge… bon, tu vois, dis-lui que j'ai trente-cinq ans, et toi *douze*. Il est tellement viril, n'est-ce pas ? » conclua-t-elle dans un chuchotement, me serrant fort le bras, tandis qu'il réapparaissait. Je commençais à bien discerner le tableau.

Ce jour-là, le thé et le dîner se révélèrent assez inhabituels, pour le moins. Le spectacle de Tante Mame et d'Agnes Gooch essayant toutes deux de se rendre intéressantes auprès de Brian était lui aussi fort intéressant, bien qu'assez horrible à voir. Agnes, avec son teint jaune, ses cheveux ternes et plats, ses lunettes sans monture, sa robe toute pochée, exactement dans la mauvaise nuance de bleu, la vulgarité de son ton de voix, était, typiquement, et pathétiquement, la malheureuse petite dactylo béate devant un homme séduisant, de dix ans son aîné, tandis que Tante Mame, dans la perfection de sa chair, de sa coiffure sophistiquée, avec sa silhouette magnifique, ses yeux étincelants, ses vêtements d'un goût parfait, avec juste les bijoux qui convenaient, et son charme naturel et enjoué, figurait, de manière grotesque, la femme mûrissante, riche et au fait de la vie, béate devant un homme séduisant, de dix ans son cadet.

Si je ne vis guère Tante Mame, cette saison-là, elle tenait à tout prix, en revanche, à ce que je voie Brian, et le plus possible. Elle nous jeta littéralement l'un vers l'autre – contre ma volonté et contre la sienne également, j'en suis certain. Un jour, elle l'obligea à faire une bonne randonnée dans Central Park, pendant qu'elle était chez le coiffeur. Tout ce dont je me souviens de cette journée, c'est qu'elle se révéla un échec lamentable, qu'il portait du tweed à chevrons, et qu'il se lécha littéralement les babines en croisant une nurse assez mignonne poussant une voiture d'enfant, du côté de la Soixante-Dixième Rue. Un autre jour, Tante Mame décréta que nous devrions jouir de nos compagnies respectives au sein de la splendeur médiévale des Cloîtres. Autre échec sanglant. J'avais mal aux pieds, les Cloîtres puaient exactement comme les vestiaires de St. Boniface, et Brian, au lieu d'admirer les délicates vierges peintes provenant d'obscurs couvents d'Italie, bavait devant deux vierges de Hunter College (plutôt grossièrement restaurées), lesquelles finirent par le semer – non sans force gloussements appréciateurs – au milieu des sarcophages du douzième siècle. Il me semblait bien percevoir l'attraction qu'exerçait Brian mais, tout comme les femmes ne voient jamais ce qu'ont de plus qu'elles leurs congénères plus convoitées, je ne pouvais guère m'expliquer où résidait celle-ci. Non seulement il pesait moins de soixante-dix kilos, mais était en outre un débauché, un tricheur, un menteur et, pire encore, un monstre d'ennui.

Le reste de mes vacances devait s'écouler dans la compagnie tout aussi déprimante de Miss Agnes Gooch, laquelle déclarait trois fois par jour : « Mince alors, incroyable ce que ça passe vite, un an ! J'ai l'impression que c'est hier que M'man, Edna et moi avons déballé les cadeaux de Noël – on garde toujours les rubans et on les repasse pour l'année suivante –, et nous y revoilà ! »

Noël, cela dit, fut très joyeux, et Tante Mame se surpassa dans le genre irlandais – du Nord, tout au moins. Des bûches brûlaient dans toutes les cheminées, et il fit bientôt si chaud que nous dûmes ouvrir toutes les fenêtres. Brian se glissa parmi nous, tout en tartan Glenurquhart, et Agnes nous rejoignit en métro depuis Kew Gardens, après une radieuse matinée de Noël avec M'man et Edna. Elle était rayonnante, dans une robe qu'elle avait tricotée dans une laine d'un vert moutarde particulièrement redoutable, avec un corsage brodé de perles, et nous gratifia de cadeaux également faits maison. J'eus droit à une écharpe en tricot aux couleurs de

St. Boniface, et Tante Mame à une liseuse en angora, dans une nuance *eau de Nil**. Pour Brian, elle avait réalisé une paire de chaussons en tapisserie, au petit point, ornés de trèfles et de ses initiales, et il lui adressa en retour un sourire si dévastateur que ses genoux cédèrent sous elle.

Tante Mame offrit à Agnes un baiser et une enveloppe blanche, ainsi qu'un coupon de laine artisanale verte, ce qui, compte tenu des réalisations qu'elle venait de nous présenter, se révélait une erreur tragique.

Tante Mame offrit à Brian un baiser et une enveloppe blanche – plus épaisse que la précédente –, ainsi qu'un joli cabriolet Bentley, garé devant la porte, racé et suprêmement audacieux. Il en demeura tellement éberlué qu'il ne parvint même pas à sourire.

Enfin, Tante Mame m'offrit un baiser et une enveloppe blanche, ainsi que les deux vestes de tweed les plus irlandaises que l'on puisse imaginer, une paire de chaussures de marche si lourdes que j'eus peine à les décoller du sol, un gilet en tartan, et une boîte de sept pipes marquées « Dimanche », « Lundi », « Mardi », « Mercredi », « Jeudi », « Vendredi », et « Samedi ». En somme, tout ce qu'il fallait, à part une Bentley, pour faire de moi un Brian O'Bannion junior.

Brian, lui, nous offrit à chacun un exemplaire dédicacé de *La Tulipe blessée*. Sur quoi nous fîmes un copieux repas, puis Tante Mame déclara que ce serait vraiment une idée divine si j'emmenais Agnes au Radio City Music Hall pour voir un bon film et ce merveilleux, merveilleux spectacle de la Nativité.

Même si je préférais infiniment Agnes à Brian, je trouvais son bavardage extraverti tout aussi fatigant que le silence malsain de ce dernier. Enfin, elle n'était pas nuisible, ce qui était plus que l'on ne pouvait dire de lui. Dans le taxi qui nous emmenait vers le centre, elle ne cessa de jacasser : quel homme charmant, quel homme adorable, mince alors, qu'est-ce qu'elle aimerait l'emmener à la maison pour le présenter à maman et Edna, et pour lui faire prendre un peu de poids ; mince alors, quel adorable, adorable Noël, et est-ce que je ne trouvais pas qu'un Noël blanc était toujours meilleur pour la santé, car la neige tuait tous les microbes.

Puisque c'était Noël, donc, je l'emmenai prendre un verre à l'Algonquin après le spectacle. Agnes fut favorablement impressionnée par la solennité plutôt surannée du bar de l'hôtel, et ravie de voir que la clientèle se contentait de demeurer assise dans les fauteuils et sur les canapés, tout en buvant. « Mince », déclara-t-elle, « qu'est-ce que c'est raffiné. On dirait un chez-soi, pas du tout une gargote. » Elle me répéta trois fois que M'man était très stricte quant à l'alcool, et me fit promettre de lui acheter du chewing-gum pour quand elle rentrerait à la maison, à Kew Gardens. Sur quoi elle commanda une boisson appelée Moustache Rose, et je vis le serveur blêmir.

Son cocktail m'apparut plutôt douteux, mais elle le sirota en se pavanant, ayant gardé ses gants, le petit doigt tendu au maximum, et déclara qu'il était extrêmement désaltérant. Sur quoi elle rota discrètement et prononça quelques mots mystérieux à propos du gai Broadway et des Quatre-Cents.

Bien que mon esprit fût à des kilomètres, je me trouvai soudain brusquement ramené à la réalité comme Agnes posait bruyamment son verre vide, s'exclamant d'une voix stridente : « Oh, mon chou, ça me met dans un état ! Allez, on en prend un autre ! » Puis, pour quelque obscure raison, elle ajouta : « Oh là là ! »

« Votre tante sait-elle que vous êtes sorti ? s'enquit le serveur.

— En fait, Miss Gooch est l'Alice B. Toklas de ma tante, dis-je.

— Absolument, mon brave », fit Agnes avec un rire idiot. « Ne soyez pas ridic'. » Puis, fronçant le nez : « Z'êtes trop mignon. » Il me restait juste assez de forces pour lui commander un autre verre.

« Je n'y connais pas grand-chose, en alcool ; pour moi, ça a toujours un peu un goût de médicament, mais il y avait une fille, au Prudential – Phyllis, elle s'appelait –, qui me parlait toujours des Moustache Rose, c'est le cocktail que lui commandait son petit ami. Il était dans la quincaillerie, lui. Et puis c'est tellement mignon, ce nom, je me suis dit que j'allais essayer. »

Le deuxième Moustache Rose arriva, et le serveur avait à peine posé le verre sur la table qu'il était déjà vide. Je me dis que son amie Phyllis aurait dû lui expliquer qu'en matière d'alcool, c'est l'endurance qui compte, et non la rapidité.

« Mince, je me sens si heureuse, si jeune et légère, que j'ai carrément envie de *danser* ! Oh là là !

— Agnes, fis-je brièvement, je ne crois pas qu'ils aient un orchestre, à l'Algonquin.

— Bon, moi je vais au petit coin ! » glapit-elle. Puis elle se pencha sur mon épaule et me mordit l'oreille : « Sois un chou, commande-moi un autre Moustache Rose. »

J'étais tellement éberlué par la métamorphose de Miss Gooch en Mrs. Hyde que je ne pus qu'obtempérer, et fis tinter la petite cloche pour appeler le serveur. Celui-ci me regarda gravement : « Ce ne serait pas pour votre tante, je refuserais de resservir cette petite dame. Ce sont les pires, ces espèces de maîtresses d'école. »

Agnes réapparut plus tôt que je ne l'aurais souhaité, le nez d'un blanc bleuté inaltérable, après une copieuse application de poudre. « T'es trop mignon », déclara-t-elle, en prenant place sur la banquette.

Éperdu, je tentai de changer de sujet. « Dites-moi, Agnes », m'enquis-je, « comment le livre avance-t-il ? Quand pensez-vous que Tante Mame et Brian en auront terminé ? »

Elle ôta ses lunettes, les plaquant si fort sur la table que je jetai un coup d'œil discret pour m'assurer qu'elle ne les avait pas brisées. « 'Coute », feula-t-elle, « tu serais enfermé dans une pièce avec Brian, tu aurais envie de t'enfuir, toi ? »

Je résistai à la tentation de répondre : « Grands dieux *oui*. »

Avec un reniflement sauvage, elle arracha son béret orange, et me fixa, longuement, d'un regard dur. Ses yeux, que je croyais incolores, étaient d'un gris profond, magnifique, et immenses. Ses cheveux libérés étaient un peu ébouriffés et, malgré son nez d'un blanc crayeux orgueilleusement planté au milieu de sa face jaunâtre, elle parvint presque – l'espace d'une seconde – à être belle. « 'Coute-moi, Mrs. Burnside n'arrête pas de courir après Brian. C'est dégoûtant. C'est horrible. Mince, elle est assez vieille pour être sa mère...

— Non, il ne faut pas exagérer, commençai-je, loyal.

— ... Et... et oh, je l'aime tan-an-ant ! » Agnes s'effondra en sanglots sonores, prenant juste le temps de me demander un autre Pistache Mauve. Sur quoi elle fila derechef au petit coin.

Le retour à la maison fut un cauchemar. Agnes se vautrait sur moi, vagissant : « Brian, Brian, Brian, je t'aime, je te veux. »

« Je vous conduis à un hôtel, mon pote ? s'enquit le chauffeur, comme nous arrivions dans la Cinquième Avenue.

— Oui, oui, mon Dieu oui ! gémit Miss Gooch.

— Vous nous conduisez là où je vous ai dit ! », coupai-je d'une voix rugissante.

Puis, me faisant une clef de lutte, Agnes m'attira contre elle, sur la banquette. J'avais été récemment gratifié de ce que l'on peut décidément appeler un baiser par une petite brune torride de la classe de Miss Walker, mais l'école où était passée Agnes, l'Institut Lillian Rose Dowdey de Technique Commerciale Appliquée, offrait apparemment dans son cursus des compétences qui, par comparaison, rendaient ternes les élèves de Miss Walker. Je ne sais pas où, et *si* Miss Gooch avait appris à flirter, mais elle possédait sans aucun doute quelques idées bien arrêtées sur la chose.

Je la portai dans la maison, jusqu'à la chambre d'amis où elle dormait quand elle passait la nuit chez Tante Mame.

Non sans efforts et force craquements de coutures, je lui enlevai sa robe de laine moutarde et la déposai sur le lit, délaçai les chaussures orthopédiques, et ôtai ses lunettes. Ses cheveux, éparpillés sur l'oreiller, n'étaient pas vilains. En fait, je ne l'avais jamais remarqué auparavant, mais Agnes était extrêmement bien faite. Elle gisait là, dans la lumière douce de la lampe de chevet, complètement blindée, mais pas si déplaisante à contempler ; soudain, elle ouvrit ses grands yeux, battit des paupières. « Prends-moi », gémit-elle, comme je remontais la couverture sur elle, « prends-moi, Brian, pour l'amour de Dieu, prends-moi. »

Le lendemain matin, j'étais seul, prenant mon petit déjeuner, quand Agnes entra silencieusement. Il était inutile de lui demander comment elle se sentait.

« M… mince », fit-elle, « vraiment, il faut que je m'excuse pour ma conduite d'hier soir. J'ai dû manger quelque chose qui ne m'a pas convenu. Dites-moi, est-ce que j'ai fait – ou *dit* – quelque chose de, euh… de pas *convenable* ?

— Non, croyez-moi, Agnes, vous avez été parfaite, aucun problème, répondis-je, prouvant ainsi que toute galanterie n'était pas morte.

— Oh, je suis bien contente, vraiment. » Sur quoi elle s'éclipsa.

Brian arriva vers onze heures, et Tante Mame apparut, dévalant joyeusement l'escalier, évoquant vaguement Sherlock Holmes, dans un ensemble pied-de-coq et une immense cape de laine. « Et voilà ! », s'écria-t-elle d'une voix claironnante, « nous allons étrenner la nouvelle voiture. Quelle joie, quelle magnifique journée ! Patrick, mon petit amour, sois un ange et va demander à Ito si notre panier est prêt. »

La journée était humide, le froid redoutable. « Vous allez prendre le cabriolet, par ce *temps-là* ? fis-je.

— Mais bien sûr, mon chéri ! Une bonne balade sur la lande, bien revigorante, et l'on entend son sang *chanter* dans ses veines. Tu sais, nous, les Celtes, sommes de véritables *rocs* ! »

Frissonnant un peu, je regardai Tante Mame et Brian s'éloigner en voiture. Puis je montai à l'étage pour proposer une bouillotte de glace à Miss Gooch.

Je m'habillais pour un bal quand Tante Mame et Brian rentrèrent à la maison. Tante Mame paraissait congestionnée. Sa balade sur la lande ne semblait pas lui avoir beaucoup profité, et elle s'installa à côté du feu, recroquevillée, buvant du whisky irlandais brûlant. Ses yeux brillaient excessivement et, quand je me penchai pour l'embrasser, je m'aperçus que son visage était d'une chaleur de braise.

Le lendemain, elle gardait le lit, terrassée par ce que le médecin appela un coup de froid si grave qu'il en confinait à la pneumonie.

Cette pauvre Tante Mame n'était pas belle à voir. Son visage avait enflé, presque jusqu'à doubler de volume. Ses yeux coulaient pitoyablement. Elle avait le nez cramoisi, et ponctuait chaque phrase d'un violent accès de toux et de reniflements spasmodiques. Elle demeura deux jours couchée et gémissante, livrée aux soins de l'omniprésente Miss Gooch.

Brian se présenta à la maison chaque matin, mais Tante Mame refusa de le recevoir. « Je ne peux pas le laisser monter, Agnes », se lamentait-elle, contemplant avec affliction son nez rouge, reniflant. Et, reniflant derechef, elle vérifiait de nouveau son reflet dans le miroir, d'un œil incrédule, puis se retournait brusquement dans son grand lit doré.

Agnes allait et venait dans la maison, faisant des courses, passant des coups de fil, préparant les inhalations. En bas, dans la bibliothèque, Brian tenta vaguement d'écrire quelques lignes de *Fille de Buffalo,* mais passa surtout l'essentiel de ses journées à arpenter la pièce de long en large. Il me faisait singulièrement penser à un étalon demeuré enfermé dans son box durant tout l'hiver. Les repas, en compagnie de Brian et de Miss Gooch, se révélèrent une épreuve terrible. Elle était chaque jour un peu plus jaunâtre, un peu plus niaisement coquette ; lui devenait de plus en plus nerveux et agité ; je faillis finir par ajouter un peu de bromure dans sa soupe, comme le faisait le cuisinier à St. Boniface.

Tante Mame se rétablissait, mais le médecin exigea qu'elle demeure alitée au moins une semaine encore, ce qui la rendit folle de rage, car elle avait attendu avec une impatience fiévreuse le grand réveillon de Nouvel An que donnait son éditeur.

« Oh, Patrick, mon chéri », fulminait-elle, « mais *qu'ai-je* donc fait au bon Dieu pour mériter un sort aussi cruel ? Rends-toi compte, cela fait des mois que j'ai projeté de me rendre à la soirée de Lindsay, et je ne vais pas pouvoir ! Vraiment, j'en *pleurerais*. J'ai bien le *droit* d'aller au réveillon de Lindsay. Après tout, je suis un de ses auteurs. Des gens importants du monde des lettres vont venir pour me rencontrer, pour parler de mon livre – et où seraije, moi ? Je serai ici, au lit, avec mes Kleenex et mon inhalateur. Et Brian aussi se faisait une telle fête d'y aller...

— Eh bien, ne peut-il pas y aller seul ?

— Oh, le pauvre chéri, il est si timide, il ne s'amusera pas, si je ne suis pas là pour le guider, lui faire rencontrer les gens. » (Je n'aurais pas été aussi catégorique.)

« Oui, vraiment, Tante Mame, c'est trop dommage, conclus-je, avant de redescendre au salon, où Brian s'employait à faire un trou circulaire dans le tapis, en ignorant Miss Gooch qui demeurait assise sur le divan dans une pose langoureuse, ses cils battant frénétiquement derrière ses lunettes.

Le soir du réveillon de Lindsay Woolsey, Tante Mame était toujours confinée au lit.

Pour aggraver les choses, son agent littéraire téléphona vers l'heure du déjeuner, s'assurant que Tante Mame et Brian seraient bien présents à la soirée, car un des producteurs les plus importants de la MGM avait manifesté un grand intérêt pour *Fille de Buffalo*, et elle *savait* que Tante Mame, en déployant son charme, pouvait lui faire signer immédiatement un contrat d'adaptation – sans même (de préférence) qu'il l'ait lu.

— Oh, Mary », vagit Tante Mame, « c'est épouvantable. Je ne peux *pas* venir. Quelle abomination ! »

Quelques nouveaux crachotements dans l'appareil, et Tante Mame reprit : « Mais Mary, je ne peux *pas* y envoyer ce cher Brian tout seul. D'abord, il est terriblement timide, et ensuite, ce pauvre agneau est si *innocent* ! Il n'a absolument pas mon sens du commerce. Il serait complètement *perdu.* »

Encore quelques bredouillis, et Tante Mame déclara : « Non, Mary, c'est hors de question. Je vous dis que je ne connais *aucune* femme libre, du moins aucune à qui je fasse assez confiance. »

Mrs. Bishop reprit la parole, et Tante Mame répondit : « Mary, c'est un problème insoluble. Je ne vois vraiment aucune femme seule que je puisse contacter maintenant, au dernier moment. Il va falloir que vous... »

Aujourd'hui encore, je ne sais pas ce qui me traversa alors l'esprit, mais en voyant cette pauvre Agnes assise sur sa *chaise longue**, occupée à réaliser un appuie-tête au crochet, avec son air triste et vertueux, je fus la proie d'une soudaine inspiration. « Et pourquoi pas Miss Gooch, Tante Mame ? fis-je.

— Ce n'est pas le moment de plaisanter », répondit Tante Mame en jetant un bref regard vers Agnes, le genre de regard qu'une mère adresse à une bonne qu'elle vient d'engager pour s'occuper d'un enfant difficile – un regard d'approbation et de soulagement. « Une seconde, Mary », dit Tante Mame dans l'appareil. Elle se tourna vers Agnes. « Agnes, ma chère, quels sont vos projets pour ce soir ?

— Oh, ben, pas grand-chose, vous savez. Pour le Nouvel An, M'man, Edna et moi achetons une bouteille de ginger ale que nous buvons avec des petits gâteaux que prépare Edna, et puis on met la radio pour écouter le réveillon en direct d'un des grands hôtels de New York, et une heure plus tard de Chicago, puis de Denver, et enfin de Cocoanut Grove, en Californie, et même que l'an dernier, Gary Cooper a...

— J'ai *d'autres* projets pour vous, cette année. Allô, Mary, ne vous inquiétez pas. Ma secrétaire va venir à ma place.

— Oh, grands dieux, mais je ne peux *pas* ! » s'exclama Agnes. « Tout ce que j'ai à me mettre, c'est ma vieille robe d'organdi, et je ne vais pas avoir le temps de coudre quelque chose maintenant, et…

— C'est sans doute préférable, Agnes. J'ai des tonnes de robes dans lesquelles vous pouvez entrer, en vous serrant un peu. Mary, la victoire est à nous ! Agnes va chaperonner Brian. Avec quelques retouches, elle pourra convenir. Je les envoie d'abord au théâtre, ils arriveront vers les onze heures… Très heureuse année, à vous aussi. Au revoir. » Elle raccrocha.

« Agnes », fit Tante Mame, en la fixant d'un œil aigu, « posez votre raccommodage et venez par ici. Nous n'avons pas une seconde à perdre.

— Mais Mrs. Burnside, je ne pourrai jamais…

— Déshabillez-vous, Agnes.

— Mais Mrs. Burnside, Patrick est…

— Souhaitez-vous que je parte, mesdames ? m'enquis-je.

— Certainement pas. Vu l'importance de l'affaire, j'ai besoin de toute l'aide possible. En outre, il me faut un regard masculin, un œil critique, pour créer ma nouvelle Agnes. Ne soyez donc pas si niaise, Agnes, ôtez-moi ces haillons, et promptement. »

Miss Gooch enleva timidement sa robe bleu foncé.

« Un petit peu large du bassin, peut-être », déclara Tante Mame, avec toute l'autorité d'un éleveur de chevaux, « mais rien qui ne puisse s'arranger, avec une bonne gaine. Grands dieux, Agnes, mais vous avez de la poitrine ! Où diable l'aviez-vous cachée, durant tous ces mois ? Bien, maintenant, allez dans ma garde-robe, ouvrez la troisième porte, et nous allons voir quelle robe du soir vous mettra le mieux en valeur. »

Miss Gooch traversa la pièce d'un pas lourd et virginal, vêtue seulement de sa combinaison blanche et de ses souliers orthopédiques, avant de réapparaître surchargée d'une brassée de robes du soir éblouissantes.

« Passez immédiatement la rouge ! » ordonna Tante Mame des profondeurs de son Kleenex. « Non, vous êtes censée *dominer* la robe, pas le contraire… Non, ma chère, ce vert acide vous fait ressembler à une jaunisse. Non, je crois qu'il vaut mieux s'en tenir au noir ; jamais personne n'a eu de problème avec le noir. Tenez, là, celle en velours, c'est un modèle de Patou, un peu moulant, excellent, excellent. Vous avez une silhouette charmante, Agnes – juste un peu de soutien, ici et là –, et il n'y a pas de quoi en avoir honte. Allez, forcez un peu, rentrez dedans. Patrick, mon enfant, boutonne-la dans le dos, pour l'amour de Dieu. Je te croyais galant ? »

Malgré le haut de sa vilaine combinaison blanche dépassant au-dessus de la robe du soir de velours noire, Agnes était tout à fait regardable, si l'on glissait sur son visage et ses cheveux. En effet, elle avait une silhouette.

« Voilà », déclara Tante Mame d'un ton autoritaire, allumant une Kool. « C'est cela. C'est la bonne robe. Maintenant, enlevez-la et allez prendre un bain. Miséricorde, si nous pouvions seulement faire quelque chose pour *réveiller* votre teint. Une bonne purge, ce serait l'idéal. Mais bon, il est un peu tard pour essayer quelque chose d'aussi radical. Dans ma salle de bains, vous verrez un flacon d'*Éclat de la Peau*, de Lydia van Rensselaer. Vous vous en *inonderez*. Cela va vous picoter pendant un petit moment, mais il faut souffrir pour être belle. Patrick, tu vas lui faire couler un bon bain brûlant, en y versant plein d'*Huile Orchidée* van Rensselaer. Et, Agnes, pour l'amour de Dieu, rasez-vous sous les bras. On dirait King Kong. »

J'entendis Agnes gémir sous la torture d'*Éclat de la Peau*, dans la salle de bains, mais Tante Mame n'y prêta pas la moindre attention, se contentant de crier « Silence, Agnes ! »

Celle-ci finit par émerger, éclatante, effectivement, comme une tôle chauffée au rouge. Elle avait oublié ses lunettes.

« Mais Agnes », s'écria Tante Mame, émerveillée, « vous avez des yeux *ravissants* ! Laissez donc ces lunettes de côté – pour *toujours*.

— Mais je ne vois rien de l'œil droit, Mrs. Burnside, et...

— Eh bien, regardez de l'œil gauche. Oh, mon Dieu, comme j'aimerais *couper ces* cheveux-là...

— Mais Mrs. Burnside, je peux *m'asseoir* sur mes cheveux !

— Quelle idée ridicule, pourquoi ferait-on une chose pareille ! Bon, si vous ne voulez pas que je vous les coupe, je ne vous les coupe pas. Mais on peut en tirer quelque chose *d'intéressant*. Venez par ici, ma chère. Et tenez-vous tranquille, je vous en *prie* ! »

Il fallut plus de six heures pour mener l'opération à bien, Agnes gémissant et pleurnichant à chaque frôlement de houppette, tiraillement de pince à épiler, coup de brosse à mascara.

Quand la transformation fut enfin terminée, il était presque huit heures. Agnes se tenait là, élancée et solennelle, quoiqu'un peu vacillante sur les escarpins à talons hauts de Tante Mame. Elle ne cessait de loucher vers le miroir, l'air incrédule et, comme elle ne parvenait pas à bien distinguer son reflet, Tante Mame et moi lui répétâmes plus d'une fois qu'elle était sensationnelle. « Vraiment, Agnes », déclara Tante Mame, « vous êtes divine. Sculpturale. Donc, quand vous serez là-bas, ne vous mettez pas à jouer les ingénues. Essayez d'être *soignée**. N'allez pas raconter que vous vivez à Kew Gardens, évitez de parler de M'man et d'Edna – bien que ce soient, sans aucun doute, des femmes remarquables. En fait, parlez aussi peu que possible. Laissez Mary Lord Bishop faire la conversation à votre place, c'est pour cela que je lui verse une commission. Essayez simplement d'avoir l'air chic et intelligente, et à chaque fois que cet homme de la MGM vous posera une question sur mon livre – sur *notre* livre –, répondez-lui que c'est un ouvrage magnifique, qui deviendra certainement un classique ; ce qu'il est, au demeurant. Tout ce que vous aurez à faire, finalement, c'est de prendre soin de Brian. »

En entendant ce nom, je sentis mon estomac se décrocher.

« Tante Mame », balbutiai-je, « il serait peut-être préférable de laisser Mrs. Bishop s'occuper toute seule de ce producteur de cinéma. Après tout, le réveillon de Nouvel An, c'est une chose très importante pour Mrs. Gooch et pour Edna, et nous pourrions rester ici à écouter des disques, juste Brian, vous et moi, et...

— As-tu perdu la raison, mon enfant ? » coupa Tante Mame avec indulgence. « Il faut que Brian se mêle aux personnages importants de la littérature, c'est une chose vitale pour sa carrière, et pour la mienne. C'est à cela qu'Agnes va servir : à guider Brian à ma place, puisque je ne peux pas le faire. De plus, je te rappelle que c'est *ton* idée.

— Oh, Mrs. Burnside », vagit Agnes, « je n'y arriverai pas. Je suis si nerveuse que j'en transpire déjà, ça me ruisselle dans le dos.

— Pas dans *ma* robe du soir, Agnes Gooch, il n'en est pas question. Ce qu'il vous faut, c'est un petit quelque chose pour vous décontracter. Patrick, va chercher du champagne. Cela nous fera du bien, à tous. »

Je sentis mon sang se figer. « Tante Mame, croyez-vous vraiment que nous devrions boire quelque chose ? Agnes...

— Tiens, mais tu deviens bien avare de *mon* champagne, dirait-on. Fais ce que je te dis, et assez d'insolence.

— Oh, Mrs. Burnside, je crois vraiment que je ferais mieux de ne pas boi…

— Mais Tante Mame », m'écriai-je, éperdu, « si Agnes ne veut rien boi…

— Imaginez que c'est un médicament, Agnes. Cela vous détendra.

Cette pauvre Miss Gooch avala son premier verre de champagne comme si c'était de la ciguë, et émit quelques commentaires pénibles sur les bulles qui lui picotaient le nez. Mais je sentis le cœur me manquer, quand Tante Mame insista pour qu'elle en prenne un second.

C'est alors que la sonnette résonna et, regardant par la fenêtre, j'aperçus l'élégante Bentley flambant neuve de Brian.

« Oh, Agnes », s'écria Tante Mame, l'air gamin, « nous allons préparer une grande surprise à Mr. O'Bannion. Il pense toujours que je l'accompagne à la soirée, mais Patrick va vous annoncer, et c'est *alors* que vous ferez votre entrée. Vite, allez vous cacher dans ma garde-robe. Et tenez, emportez un verre de champagne. »

J'avais le sentiment d'assister à l'anéantissement de la civilisation occidentale.

Tous les hommes sont au mieux de leur apparence, en tenue de soirée, mais Brian était vraiment remarquable. Voyant Tante Mame négligemment vautrée sur son lit doré, ses yeux de chat siamois se mirent à étinceler d'une convoitise qui me rendit vaguement malade.

« Mais… mais, et le théâtre… et la soirée ? » fit-il. « Vous n'êtes pas prête ?

— Oh, Brian, mon chéri », répondit Tante Mame, l'air boudeur, « le médecin ne veut pas me laisser sortir, alors j'envoie une remplaçante.

— Une remplaçante. Qui ?

— Oh », fit Tante Mame, non sans affèterie, « quelqu'un que vous connaissez bien – une très gentille fille. Agnes !

— Pas... pas *Agnes* ? » Ses yeux de matou perdirent instantanément leur éclat. On aurait dit qu'il avait reçu un coup de poignard.

« Eh bien », reprit Tante Mame, coquette, « ce n'est pas *exactement* la même Agnes. Patrick, veux-tu bien présenter la nouvelle Miss Gooch ! »

Les membres raides, j'ouvris la porte de la garde-robe, et Agnes fit son apparition. Elle était superbe, bien que son regard fût un peu vitreux. Cependant je n'avais pas vu celui de Brian – d'un bleu éclatant, fixe, réellement effrayant.

« N'est-elle pas ravissante, Brian ? » fit Tante Mame d'une voix chantante. Il se contenta de déglutir, et la pointe rose de sa langue passa rapidement sur ses lèvres.

« Bien, filez tous les deux, à présent. Vous allez passer une soirée fantastique. Allez, allez, mes chers enfants. Amusez-vous ! »

Agnes se dirigea vers la porte, se retourna, et contempla la pièce d'un regard aveugle ; puis un sourire énigmatique se dessina sur son visage, et elle déclara : « Oh là là ! »

« Eh bien, encore un problème réglé », s'écria Tante Mame quand la porte d'entrée se fut refermée. « Mais franchement, cette Agnes est *sensationnelle* ! Je n'aurais jamais imaginé qu'elle avait *tant* à offrir. Pauvre petite bonne femme. J'ai vraiment fait du bon travail, sur elle, n'est-ce pas ? Mais en fait, mon chéri, c'est peine perdue, avec une fille comme elle.

— Qu'entendez-vous par là ?

— Oh, tu sais bien... Elle est gentille, mais elle n'a aucune flamme. Aucune libido, pas de sexe, rien. Enfin, nous voilà seuls tous les deux pour le Nouvel An. Nous allons nous offrir un charmant petit *tête-*

*à-tête**. Et de toute façon, j'ai quelque chose à te demander. Tu vas relancer le feu et courir en bas nous chercher du champagne, et nous allons rester bien au chaud, toi et moi, comme deux... » Elle renifla et fit un grand geste aérien avec son Kleenex.

« La Nouvelle Année... » commença-t-elle d'une voix rêveuse. « Ah, que de souvenirs ! Tu sais, ton oncle Beau et moi nous sommes mariés le soir du Nouvel An – il y a juste trois ans ce soir. » Elle se moucha, que ce fût l'émotion ou le rhume. « La vie n'était-elle pas semblable à un rêve, quand ce cher Beau était vivant, mon chéri ?

— Oui, un véritable rêve, dis-je avec honnêteté.

— Tu sais, ces deux dernières années ont été terribles pour moi – une veuve, seule et perdue dans le monde.

— Oui, je sais.

— Bien sûr, je t'ai, toi, j'ai cette maison, et plus d'argent qu'il ne m'en faudra jamais, mais ce n'est pas tout à fait la même chose, n'est-ce pas, mon chéri ?

— Non. J'aimais beaucoup Oncle Beau, vraiment.

— Tout le monde l'adorait. C'était un homme, un vrai, un être extraordinaire. Avec ses grands yeux bruns, cette forêt de poils d'un roux doré sur la poitrine... Enfin... » soupira-t-elle, « ce n'est pas en parlant de lui que nous le ferons revenir, cela ne fait que raviver la peine. Et tu vois, j'éprouve comme un manque, un vide douloureux – *ici* », poursuivit-elle, désignant un sein généreux, « le besoin de quelqu'un comme ce cher Beau. »

Je savais ce qui allait suivre, et cela me faisait horreur.

« Tu aimerais bien aller en Irlande, n'est-ce pas, mon chou ?

— Non, pas particulièrement.

— Ah bon, vraiment ? Pense à toute cette *verdure*, aux prés frais et moelleux, à la musique de la langue, aux foires aux chevaux, à l'Abbey Theatre, à ces conversations pleines d'esprit avec AE et Synge...

— Ils sont morts.

— Bon, avec d'*autres* Irlandais pleins d'esprit. Et n'aimerais-tu pas revoir ta vieille nurse – Flora ?

— Norah.

— Bien, mon chéri, Brian et moi avons eu cette idée de passer un été en Irlande. Et nous tenons tous deux à ce que tu viennes – une sorte de voyage en *famille*, vois-tu ?

— En famille ?

— Enfin, une espèce de lune de miel *à trois**.

— Vous voulez dire que vous songez à *épouser* Brian ?

— Eh bien, en *quelque sorte*, mon chéri. Tu sais, cela fait presque deux ans que je porte le deuil de ce cher Beau, et il me semble que j'en suis arrivée au moment de ma vie où il me faudrait un *autre* Beau.

— Brian n'a rien à voir avec Beau, et vous le savez.

— Mon Dieu, chéri », dit-elle, mal à l'aise, « j'ai besoin de quelqu'un qui prenne soin de moi, et Brian aussi a besoin que l'on s'occupe de lui. Il est si timide...

— Oui, à peu près aussi timide que Jack l'Éventreur.

— Que veux-tu dire par là, mon chéri ? s'enquit-elle d'une voix tendue.

— Exactement ce que j'ai dit.

— Patrick, mon chéri, tu ne *détestes* tout de même pas Brian, n'est-ce pas ?

— Non, je ne le déteste pas. Je l'*exècre*.

— Oh, c'est parfait alors, je craignais tellement que... Tu *quoi* ?

— Je vous dis que je le hais. C'est un pauvre type, il est d'un cynisme abject, toute sa morale se trouve dans sa culotte...

— Mais enfin, tu…

— … Il a couché avec tout New York, à part la statue de la Liberté, et ce n'est pas fini. Cela fait des mois qu'il vous tond la laine sur le dos, et vous ne voyez même pas qu'il n'a pas écrit un traître mot de cette idiotie de bouquin…

— Dites donc, jeune…

— … Et ça vous ressemble bien de vous embarquer avec cette espèce de maquereau, avec son regard vicieux, ses dix ans de moins que vous, au moins, qui ne s'intéresse à vous que pour deux choses – dont l'une est votre argent…

— Espèce de… de sale petit bonhomme, suppôt de Satan ! Comment oses-tu parler ainsi d'un esprit aussi remarquable que Brian, tu…

— … Et de plus, c'est l'être humain le plus ennuyeux que j'aie jamais rencontré.

— Hors de ma chambre, Judas ! File, file, *file* !

— Je pars, ne vous inquiétez pas.

— Et ne remets plus jamais les pieds ici. D'ailleurs, je ne veux plus jamais te *voir*, ni t'*entendre*, ni te *parler*. »

Je claquai la porte, tandis qu'un verre de champagne venait se fracasser contre le mur.

Cela me rendit si furieux que je rouvris violemment la porte et criai : « Bon, eh bien, *j'espère* que vous allez l'épouser. Cela vous servira de leçon !

— Hors d'ici, langue de vipère ! Brian *m'aime* ! Et je l'épouserai à la seconde même où je pourrai mettre un pied hors de ce lit ! »

Je regagnai ma chambre d'un pas rageur, et me jetai entre les draps.

« Patrick, mon chéri. Réveille-toi. Réveille-toi, mon chéri, j'ai besoin de toi. » Ouvrant un œil, je vis Tante Mame penchée au-dessus de moi.

« Allez-vous-en », marmonnai-je, « vous avez dit que vous ne vouliez plus jamais m'adresser la parole.

— Mais c'est grave, mon chéri. Agnes... Brian... Ils ont disparu.

— Mais quelle heure est-il donc ? demandai-je, plissant les yeux dans la lumière de la lampe.

— Il est presque six heures du matin.

— Mais grands dieux, c'est le Nouvel An. Évidemment, ils ne sont pas rentrés.

— Mais Patrick, mon chéri, ils ne sont même pas *allés* à la soirée de Lindsay. J'étais si inquiète que j'ai appelé Mary Lord Bishop – je l'ai tirée du lit et tout ça –, et elle m'a dit qu'elle ne les avait même pas aperçus. Oh, mon chéri, je suis morte d'angoisse. C'est la voiture. Je savais que c'était une erreur de la lui offrir. Il conduit comme un diable. »

En une seconde, je compris ce qui était arrivé.

« Dieu merci, Agnes l'accompagne », reprit Tante Mame. « Brian est tellement exalté, mais Agnes est une brave fille, une personne raisonnable. Mon Dieu, pourvu qu'ils n'aient pas eu un accident horrible. Lève-toi maintenant, aide-moi. »

Tante Mame commença d'appeler tous les hôpitaux de New York, de plus en plus hystérique à chaque fois qu'elle raccrochait, tandis que je demeurais immobile et morose, tentant de rester éveillé. Puis elle appela Lindsay Woolsey, Mary Lord Bishop – pour la deuxième fois –, et la plupart des gens qu'elle connaissait. Vers huit heures, tout le New York littéraire et médical était en émoi. Vers neuf heures, elle était au bout du rouleau ; c'est alors que la sonnette de l'entrée tinta.

S'enveloppant de sa nuisette, elle s'envola dans l'escalier, ouvrit la porte. Il y eut un instant de silence, puis je l'entendis s'écrier : « Oh, mon Dieu ! »

Je dévalai à mon tour l'escalier. Elle se tenait dans l'entrée, un télégramme jaune à la main. Je le lui pris et lus ceci :

LE FEU BRÛLAIT TROP FORT EN MOI STOP BRIAN ET MOI NOUS SOMMES ENFUIS STOP ACCORDEZ COMPRÉHENSION PARDON ET BÉNÉDICTION À VOTRE AFFECTIONNÉE

AGNES GOOCH

Tante Mame gravit les escaliers en silence, moi sur ses talons. Elle se dirigea vers son bureau, prit le manuscrit de *Fille de Buffalo*. Puis elle le porta jusqu'à la cheminée, et le laissa tomber sur les chenets. Elle ôta la liseuse qu'Agnes avait crochetée pour elle, et la jeta par-dessus. La flambée fut terrible. Frissonnant un peu, elle retourna au lit, et me fit signe de m'asseoir sur le fauteuil bas, à son chevet. Puis elle ouvrit la dernière bouteille de champagne, en versa deux verres, m'en tendit un.

« Bonne et heureuse année, mon chéri », dit-elle.

Chapitre VI

Tante Mame en mission de sauvetage

La petite dame célibataire du *Digest* s'était également fait une certaine réputation en tant que sage-femme. Enfin, pas vraiment, mais elle avait si magnifiquement su élever ce bébé que d'autres jeunes mères venaient la trouver – imaginez cela, une femme qui n'avait même jamais été mariée – pour lui demander conseil sur la manière d'avoir un enfant, et de s'en occuper. Et, poursuit l'article, elle n'était jamais occupée au point de tout laisser tomber séance tenante et leur accorder toute son attention.

Cela, déjà, ne me semble pas très loyal. Tout d'abord, j'avais dix ans, et l'époque des couches était loin derrière moi, quand je tombai entre les mains de Tante Mame. Eussé-je été plus jeune, Dieu seul sait ce qui aurait pu arriver.

Mais Tante Mame était parfaitement disposée à interrompre le cours de son existence pour se consacrer entièrement à celle d'autrui, et bien qu'elle n'eût jamais eu de bébé, qu'elle n'eût jamais vraiment vu de bébé de près, et qu'elle n'aimât simplement pas les bébés, en fait, elle se sentait plus que compétente pour assister une jeune femme en puissance d'enfant.

Je pensais ne plus jamais entendre parler de ce malheureux Brian O'Bannion, ni de la plus malheureuse Agnes, mais ce ne fut pas le cas. Un an et demi plus tard, ma vie et ma carrière scolaire étaient dévastées par Agnes en personne, et Brian par procuration. C'était mon dernier trimestre à St. Boniface Academy, dans la douce ville d'Apathy, Massachusetts, et je décomptais les jours qui me séparaient de la cérémonie des diplômes, qui me délivrerait de cette sinistre institution. Mais, par un frais après-midi de printemps, alors que nous défilions – car nous ne marchions pas, à St. B., nous défilions comme à la parade – de la chapelle au terrain de jeu, j'entendis un sifflement discret, dans les buissons. Je me retournai, scrutai les branchages. Tout le monde se retourna et scruta les branchages. C'était Ito. Sa main en jaillit, fourrant dans la mienne une des grandes enveloppes bleues de Tante Mame, avant de disparaître de nouveau dans le jaune du massif de forsythias, camouflage idéal.

Une fois dans les vestiaires, je filai aux toilettes, claquai la porte et déchirai l'enveloppe.

> « Mon cher, cher garçon,
>
> Viens immédiatement ! J'ai besoin de toi. Je serai au Ye Olde Greene Shutters Sweete Shoppe, méconnaissable sous mon déguisement.
> Fais vite !
>
> Tante Mame »

J'attendis que tous les élèves soient sortis bruyamment pour se rendre au terrain de jeu, puis filai à mon tour, escaladai le mur, et me dirigeai vers le salon de thé, en empruntant les ruelles.

Ye Olde Greene Shutters était *le* lieu de rendez-vous des dames d'Apathy, qui s'y retrouvaient chaque après-midi pour ingurgiter des barriques de thé et de crème au caramel. L'endroit était bondé, mais je n'eus cependant aucun mal à repérer Tante Mame. Elle était installée dans un coin sombre, vêtue d'une robe noire moulante, d'une grande capeline noire assortie d'un voile conséquent, avec des lunettes noires et une cape d'astrakan noir. Nue, elle n'aurait pas été plus voyante, au milieu des imprimés ringards et des perles d'ambre qui l'entouraient. Je me dirigeai vers sa table. « Tante Mame…

— Oh, mon petit chéri », fit-elle d'une voix voilée par l'émotion, « tu es venu droit vers moi, avec un amour instinctif, qui transperce tous les déguisements. Tu ne pouvais pas venir *plus tôt* ?

— Que se passe-t-il, Tante Mame ? Que faites-vous à Apathy, et *pourquoi* ce déguisement ?

— Je suis en mission de sauvetage, mon enfant, et j'ai besoin de tes bras solides et de ton jeune cerveau agile pour m'assister.

— Tu ne devrais pas être sorti de l'académie, mon p'tit gars », me fit la serveuse, « mais, bon, qu'est-ce que tu prends ?

— Un cheeseburger et un lait chocolaté.

— Rien du tout », coupa Tante Mame. « Apportez-moi l'addition, nous partons. »

Après un sérieux régime de bouillon clair et de soupe au bromure à St. Boniface, j'étais quelque peu fâché, mais trop curieux pour avoir envie de discuter. « Que se passe-t-il, Tante Mame ? Qu'est-il arrivé ? »

Elle ôta ses lunettes noires, m'adressa un regard étincelant.

« C'est Agnes Gooch. Ah, qu'avez-vous fait à cette pauvre vierge innocente !

— Vous ? Mais que lui ai-je fait, *moi* ? Je n'ai pas vu cette pauvre quat'zyeux depuis…

— Oh, pas toi en particulier », fit Tante Mame, irritée, « mais vous en général – vous, les *hommes* !

Et surtout ce minable, ce goujat, ce prétentieux, ce poète de dernière zone de Brian O'Bannion. Le monstre ! Abuser de cette pauvre petite Agnes, avant de l'abandonner aux vicissitudes d'un monde cruel et accusateur !

— Pas si vite. Dites-moi simplement ce qui est *arrivé*.

— Rien, rien que l'*inévitable* ! Ce misérable a emmené la pauvre Agnes en Californie, avec la voiture que *je* lui avais achetée, l'a séduite, et l'a laissée tomber, seule, sans un sou, *et* enceinte. » Quelques dames se retournèrent pour nous observer.

« Sans blague », fis-je. « Pas si fort, s'il vous plaît.

— Comment cela, sans blague ! T'imagines-tu que je quitterais New York en pleine saison, avec armes et bagages, pour venir m'enterrer dans cet évier culturel pour une *blague* ? Agnes est revenue vers moi, tel un animal blessé. J'étais son seul port dans la tempête. Bien sûr, elle ne pouvait pas se tourner vers sa famille, bien trop puritaine. »

Je sentis mon cœur s'arrêter de battre. « Qu'avez-vous dit, que vous êtes arrivée ici avec armes et bagages ? » L'horrible réalité m'apparut soudain. « Où est Agnes, *maintenant* ?

— À la Old Coolidge House.

— La... La Old Coolidge House, *ici*, à Apathy ? » Ma question était parfaitement superflue. Bien évidemment, Tante Mame, souhaitant traiter l'affaire dans le secret le plus absolu, s'était empressée de choisir le seul hôtel de la ville qui fût le lieu de réunion de la Société Historique de la Nouvelle-Angleterre, des Filles de la Révolution Américaine, des Descendants du Mayflower, de la Chambre de Commerce, du Rotary Club, de la Police municipale, et du conseil des professeurs de St. Boniface Academy.

« Mais tout à fait, ici même, à Apathy. Je lui ai loué une suite très confortable. Il me fallait assister

Agnes pour cette naissance, et trouver un endroit où personne ne nous connaîtrait.

— En somme, dis-je d'une voix ferme, sur quarante-huit États, plus le District de Columbia, il a fallu que vous choisissiez le Massachusetts ? Et sur la centaine de villes que comprend le Massachusetts, il a fallu que vous choisissiez celle où je me trouve ?

— Mais bien sûr, mon petit amour », dit-elle avec une logique à vous rendre fou. « Je savais que tu considérerais comme ton devoir d'être là, pour aider cette malheureuse Agnes, cette pauvre femme aux abois.

— Mais vous avez installé cette pauvre fille à deux pas de l'école. Cet hôtel est le lieu de réunion de...

— Mais évidemment, mon chéri. Je voulais un endroit central, de manière à t'avoir à portée de main pour m'aider à accueillir cette nouvelle petite vie qui nous vient, et à soutenir cette créature brisée, à la faire repren...

— Mais Tante Mame, je vais me retrouver dans une situation infernale. Encore quelques semaines, et je serai sorti de cette prison infecte. Mais en attendant, ils vont forcément s'apercevoir que...

— Absurde ! Comment *pourraient-ils* s'apercevoir de quoi que ce soit ? Nous sommes arrivés à la nuit, hier soir. Je me suis même donné la peine de prendre la suite sous un faux nom. J'ai engagé un médecin de Boston, qui est la discrétion faite homme. Le bébé naîtra dans quelques semaines à peine. Je donnerai un peu d'argent à Agnes, je l'installerai quelque part, et alors (elle fit une pause), je me suis dit que nous pourrions faire un petit voyage, juste *toi* et *moi*, un petit voyage en Europe, par exemple, *tout* l'été... Cela te plairait bien, n'est-ce pas ?

— En Europe ? fis-je dans un souffle.

— Oui, amour, en Europe », répéta-t-elle avec un fin sourire, « mais à la condition que tu m'aides à sortir Agnes de cette situation. Ça marche ? »

Je savais que je faisais là un pas fatal, mais après la cantine de St. Boniface, l'idée des restaurants parisiens l'emporta. « D'accord », fis-je, la mine sombre.

« Bien ! Maintenant, allons voir cette pauvre Agnes. » Ayant réglé l'addition avec un billet de cinquante dollars, Tante Mame rabattit le voile noir sur son visage et se glissa entre les tables, avec un air si mystérieux que je sentis tous les regards de la salle nous transpercer les omoplates.

La Rolls-Royce était garée le long du trottoir, rideaux tirés, Ito au volant. Une foule de curieux s'était amassée, qui nous observèrent avec insistance, murmurant et se grattant la tête, tandis que nous nous éloignions. Tante Mame, languissamment adossée aux coussins et fumant une cigarette derrière la vitre masquée, demeurait heureusement inconsciente du spectacle qu'elle offrait. Pas moi. D'abord, je n'avais jamais vu de Rolls ni de Japonais à Apathy. Ensuite, St. Boniface y avait établi un système d'espionnage à faire rougir le Guépéou. Quand les maîtres ne patrouillaient pas dans l'établissement, ils jouaient les agents de renseignements en ville. En l'espace de trois pâtés de maisons, je reconnus le prof d'anglais, l'entraîneur de tennis et l'aumônier. Celui-ci ôta même son chapeau et salua la grosse voiture noire qui passait avec ses rideaux baissés.

Je craignais tant d'être repéré en dehors de l'école que je ne prêtais guère attention à ce que me racontait Tante Mame. Il était question, essentiellement, de cette chose ineffable qu'était la maternité, de la beauté mystérieuse de l'enfantement, de la sérénité qui présidait à l'attente de sa venue. Comme je lui demandais comment elle pouvait *savoir* tout cela, elle me dit de ne pas être insolent, ajoutant qu'Agnes était une autre femme.

J'hésitais bien sûr quelque peu à pénétrer dans la Old Coolidge House, mais Tante Mame, impatiente, me poussa vers l'entrée principale, où je tombai nez à nez avec le réceptionniste – un espion appointé par St. Boniface. Voyant mon blazer de la pension, il me demanda instantanément si j'avais un billet de sortie. *Voilà* le genre d'établissement que c'était. « Bien sûr, qu'il en a un ! » coupa Tante Mame, en me propulsant dans l'escalier si vite qu'il n'eut pas le temps de demander à le voir.

Agnes nous fit entrer dans sa suite, et referma à clef derrière nous. Certes, c'était une *autre* femme, mais je ne parvins à discerner aucune mystérieuse beauté en elle. Tout d'abord, elle était énorme. Ensuite, elle ne s'était jamais vraiment remise de sa brève incursion dans le luxe et la richesse, lors du fameux réveillon de Nouvel An, lorsqu'elle s'était enfuie avec Brian. De sorte qu'elle mélangeait à présent le style des *ateliers** de Paris avec le tricot « maison » de Kew Gardens, et suggérait quelque croisement entre la demi-mondaine et le filet de linge sale. Elle avait réalisé elle-même sa garde-robe de grossesse. En outre, elle s'adonnait à présent au maquillage, de manière forcenée, sinon adroite. Évoluant dans la pièce à tâtons, sans ses austères lunettes, elle évoquait moins la mystérieuse beauté que m'avait promise Tante Mame que la femme déchue, qui paie le prix habituel de son désir et/ou de son imprudence.

Il n'y avait guère en elle, non plus, trace de spiritualité ou de sérénité. Toujours prompte à se lamenter quand elle avait peu de motifs de le faire, Agnes avait à présent une sacrée bonne raison pour cela, et débordait de larmes d'apitoiement sur soi-même. Elle se jeta vers moi et me prit dans ses bras, pleurant amèrement, le trop-plein de mascara roulant en ruisselets boueux sur ses joues fardées. Son vocabulaire semblait entièrement composé de mots comme Pauvre Fille, Inconsciente, Péché et Femme Abusée. Enfin, j'ai du mal à mettre le doigt dessus, mais en un mot, Agnes était une ruine.

Tandis qu'Agnes se vilipendait, Tante Mame ôta une partie de son déguisement, ébouriffa ses cheveux et, s'installant sur le divan Empire du salon, sonna pour qu'on nous apporte des rafraîchissements – lait de poule pour Agnes, thé pour moi, et cognac pour elle. « Mouchez-vous, ma chère, et cessez de renifler, je vous en prie », fit-elle sèchement. « Vous savez bien que cela me bouleverse. Bien, mon petit amour, tu vois comme tout cela va être simple. Nous voilà tous les trois, comme une charmante petite famille, parfaitement respectable aux yeux du monde. »

Sur quoi Agnes explosa en un torrent de larmes. « Arrêtez maintenant, Agnes ! » ordonna Tante Mame. « Ce n'est pas bon pour vous, ni pour le bébé. Vous allez finir par vous déshydrater, ou quelque chose comme ça. Comme je disais », reprit-elle, s'adressant à moi, « nous voilà réunis tous trois – une veuve mystérieuse, sa belle-sœur, et un domestique, installés à la Old Coolidge House jusqu'à, hum, jusqu'à l'accouchement. Même si, *par hasard*, les gens de la ville nous remarquaient – ce qui est hautement improbable –, ils ne se poseront aucune question. Nous sommes parfaitement autonomes, ici. Nous nous faisons monter nos repas. Le médecin vient de Boston une fois par semaine. J'ai Ito pour te faire porter des messages et pour nous emmener prendre l'air. Agnes peut faire sa promenade quotidienne – cinq kilomètres, tous les jours – à la nuit tombée. Tu vois, avec un peu d'argent et beaucoup d'organisation, on s'en sort comme *ça*, tout simplement.

— Eh bien, c'est superbe, vraiment. Mais n'auriez-vous pas pu vous en sortir aussi bien dans un hôtel de... disons... Cleveland, ou Milwaukee, ou Dallas – toutes villes infiniment plus intéressantes, et où je ne suis pas.

— Ah, mais c'est que j'ai besoin de toi, vois-tu, mon petit amour.

— Mais *pourquoi*, si vous êtes si autonomes ? Et que puis-je faire, à part me mettre dans un pétrin épouvantable, à l'école ?

— Tu peux faire quatre choses, déclara Tante Mame, l'air sombre.

— Les... lesquelles ? » Je n'aimais pas le ton de sa voix.

« Tout d'abord, j'aurai besoin de toi pour faire des courses. Je vais avoir besoin d'une foule de choses, et je suppose qu'une future mère a besoin de certaines choses, aussi. Tu connais cette ville. Pas moi. De plus, il serait dangereux pour moi d'être vue...

— Dangereux pour *vous* ? Si *vous* étiez en pension à St. Boniface, et que vous attrapiez un blâme à chaque fois que vous vous grattez le cul, vous sauriez ce que c'est que le danger...

— Patrick ! Quel langage ! Songe à la conscience prénatale ! Bref, voilà déjà *une* chose. La deuxième, ce sera de faire des courses pour moi à Boston. La nourriture est lamentable, ici – bonne pour Agnes, bien sûr, mais pour moi, c'est une abomination. On ne peut absolument pas faire confiance à Ito dans une ville inconnue, donc, demain, tu prendras la voiture et tu iras chez Pierce & Pierce, où tu me prendras une boîte de...

— Mais je ne peux pas conduire votre voiture. Je n'ai même pas de permis.

— Mais bien sûr que si, tu sais conduire. Je t'ai moi-même appris. Et si tu roules prudemment – ce que tu feras, j'en suis certaine –, personne ne te demandera ton permis. D'ailleurs, je n'en ai jamais eu, tu vois bien.

— Tante Mame ! Je tiens à obtenir mon diplôme. Ils vont me virer avant même que…

— Bien sûr, tu tiens à obtenir ton diplôme. Les études, c'est une chose merveilleuse. Bien, troisièmement : j'ai besoin de toi pour faire le quatrième au bridge. J'apprends la méthode de Culbertson à Agnes. Cela lui fait beaucoup de bien, et lui donne quelque chose à quoi penser.

— À quoi *penser* ? gémit Agnes.

— Silence, Agnes. Oui. Et, de plus, c'est une élève très douée. Ito joue au Sims – et pas trop mal, si seulement il arrêtait de ricaner et voulait bien se concentrer un peu. Enfin, j'aurai besoin de toi pour jouer avec nous. » Elle disposa une Melachrino dans le fume-cigarette, et prit délicatement une gorgée de cognac. « Mais le service le plus important que tu puisses me rendre… » Elle s'interrompit.

« Ou… oui ? » fis-je, soupçonneux.

« La tâche essentielle que j'ai en tête pour toi, c'est de promener Agnes.

— De faire *quoi* ?

— De lui faire faire sa promenade. Cinq kilomètres, tous les soirs. Le médecin dit qu'il le faut. Elle devient *beaucoup* trop lourde. Agnes, la malheureuse, dit qu'elle a trop mal aux pieds, mais *moi*, je dis…

— Vous aussi, vous auriez mal aux pieds, si vous aviez marché depuis Carmel, en Californie, jusqu'à… » Agnes éclata en sanglots et fila dans sa chambre, se cognant au chambranle.

« Voilà, tu vois comment tu la traites ! » fit Tante Mame d'une voix dure. « Oh, vous êtes tous les mêmes ! Pauvre petite Agnes ! Toute seule, à pied, depuis la Californie, et maintenant, tu refuses de l'emmener faire une petite promenade le soir.

— Vous ne voyez donc pas que c'est la chose la plus insensée que vous ayez jamais tenté de faire ? Vous avez tout l'argent imaginable. Vous pouviez conduire Agnes dans *n'importe quelle* maison de repos, et attendre la naissance là-bas, entourée de médecins et d'infirmières, pour vérifier que tout se passait bien. Mais ferez-vous quelque chose de raisonnable ? Non ! Vous la traînez ici, dans ce trou perdu, au nez de tout le pensionnat et de Dwight Babcock junior. Vous ne connaissez rien aux bébés, et moi encore moins, mais je vais devoir m'échapper de cette prison pour me mettre à votre entière disposition : petits voyages à Boston pour acheter du *pâté** et des truffes ; le quatrième au bridge ; les courses ; et maintenant, sortir cette pauvre Agnes comme un caniche, tous les…

— Paris », dit Tante Mame. « Paris, Rome, Londres, Vienne, Cannes, Nice, Monte-Carlo, Venise… »

J'interrompis ma diatribe. « M… mais Tante Mame, comment pourrais-je m'échapper de la pension ? On nous surveille comme des…

— C'est absurde, mon petit amour », dit-elle avec désinvolture, vidant son verre d'un trait. « Tout le monde peut s'échapper, s'il le veut *vraiment*. Mon Dieu, j'ai dû passer à peine *une* nuit au dortoir, chez Miss Rushaway, et à Smith, je rentrais à des heures impossibles. Je sortais le mannequin de couture de mon placard, je le mettais dans le lit à ma place, et je descendais le long de la…

— Il se trouve que je n'ai pas de mannequin de couture dans mon placard. Il se trouve que je n'ai *même pas* de placard. Mais, en revanche, j'ai ce sacré Babcock junior tout le temps sur le dos, pour m'espionner, et…

— Naples, Capri, Milan, Firenze – c'est Florence, mon chéri –, Deauville…

— Écoutez, Tante Mame, je ne peux même pas pénétrer dans l'hôtel sans montrer mon billet de sortie. Vous avez vu comment le réceptionniste m'a…

— J'ai également pensé à cela, Patrick. Tu vois cette corde à nœuds ? Non, là-bas, à côté de la fenêtre. Eh bien, je me suis aperçue que c'est *ça*, l'issue de secours, dans cette auberge provinciale. Tu n'auras qu'à siffler sous la fenêtre, et je te l'enverrai. Comme cela, tu pourras monter. Et quand tu partiras…

— Mais il y a trois étages !

— C'est épatant pour les bras et les épaules, mon chéri.

— J'ai déjà tellement de blâmes que le surveillant du couloir est…

— Anvers, Bruxelles, Ostende, Athènes…

— Tante Mame, je…

— Nous disons demain, mon chéri ? À trois heures, et ne sois pas en retard. Tu vois, je te descendrai la corde, là. » Elle se dirigea vers la fenêtre d'un pas léger.

Je me penchai avec précautions au-dehors, regardai en bas. « Au fait », dis-je, « quels noms utilisez-vous ici, pour le cas où je devrais vous appeler ?

— Ah, c'est vrai ! Je suis contente que tu me l'aies demandé. En ce qui me concerne, j'ai été très astucieuse. J'ai coupé mon nom, pour faire Burns au lieu de Burnside, et utilisé mon nom de jeune fille comme prénom. Ce qui donne Mrs. Dennis Burns.

— Et pour Agnes ?

— Pour Agnes ? Oh… Oh, oui, mon chéri. Eh bien, à l'accueil, je me suis retrouvée complètement dépourvue d'idée pour elle, vois-tu, et j'ai inscrit le premier nom qui m'est venu à l'esprit.

— C'est-à-dire… ?

— Mrs. Patrick Dennis. »

Je me laissai glisser le long de la corde à une vitesse encore jamais atteinte.

Les trois semaines suivantes furent un enfer. Au pensionnat, je vivais comme un conspirateur et, à l'extérieur, comme un évadé. De plus, s'échapper de St. Boniface n'était pas une sinécure. Non seulement les appels se succédaient toute la journée, et les contrôles des lits toute la nuit, mais le système d'espionnage mis en place par le corps enseignant était complexe, et il existait aussi ce que l'on appelait la Patrouille des Étudiants – un groupe quasiment officiel, composé des élèves les plus impopulaires, toujours prompts à rapporter l'infraction la plus mineure. Une année à St. Boniface aurait été une bonne préparation à la vie dans un État policier.

En outre, Babcock junior était sans arrêt dans mes pattes. Nous avions toujours partagé la même chambre, depuis mon premier jour à St. B., non que nous ayons la moindre affinité, mais parce que son père, l'administrateur de mes biens, voulait me garder à l'œil. Il n'aurait pu choisir meilleur informateur que son fils. Junior était un lèche-bottes, un tyran et un hypocrite ; un trouillard, une langue de vipère et un menteur. Il était sujet à des crises périodiques de conjonctivite, et à une acné permanente. Il sentait la vieille serpillière, et ronflait. Mais j'aurai tout de même un mot en faveur de ce pauvre Junior : c'était un fameux dormeur. Cela facilitait grandement mes échappées nocturnes.

Mon assistance auprès de Tante Mame fit bientôt partie de la routine. Chaque après-midi, je filais vers trois heures, après avoir demandé à un autre élève de répondre « présent » à ma place, lors de l'appel qui avait lieu sur le terrain de jeu. Je me rendais à l'hôtel, grimpais à la corde jusqu'à la chambre de Tante Mame, et effectuais les diverses courses dont elle me chargeait. Deux fois par semaine, je prenais la voiture et allais à Boston pour les achats importants. La voiture causait à peu près autant d'émoi sur son passage qu'un orgue à vapeur, mais j'avais pris la précaution de me procurer un déguisement – veste de tweed, feutre à fond plat, et cravate genre « Nègre », achetée au sous-sol de chez Filene –, de sorte que l'on ne pouvait pas me repérer à un kilomètre, avec la casquette, le blazer et la cravate de St. Boniface. J'ajoutai également une paire de lunettes noires. Tante Mame déclara que j'avais l'air miteux que c'en était indescriptible, et me demanda si je n'aurais pas pu aller chez J. Press acheter quelque chose d'élégant. Mais je réussis cependant à passer sous le nez de l'épouse du professeur principal sans être reconnu.

Tante Mame avait raison, en disant qu'il était simple de s'échapper à la nuit. Il y avait un arbre, juste en face de ma fenêtre, et je n'avais qu'à attendre que s'élève le ronflement asthmatique de Junior, pour sortir mes vêtements « civils » de leur cachette, et filer.

La seule chose qui me mît relativement mal à l'aise était la présence de Mr. Pugh. C'était le surveillant de notre dortoir, et le seul homme, à St. Boniface, qui m'eût jamais donné la vague impression d'aimer les élèves, ou l'enseignement. C'était un grand type d'une quarantaine d'années, décharné, avec quelque chose de la vieille fille, une pomme d'Adam grosse comme un œuf de canard et une passion pour la poésie, la musique, la peinture, la nature, et les enfants. Mon Dieu, je crains de n'avoir pas brossé de lui un portrait très séduisant, mais c'était vraiment un brave bonhomme, à sa manière austère. Il était gentil, compréhensif, tranquille, et ne nous donnait de blâme que lorsqu'il y était absolument obligé. Je savais que si l'on m'attrapait, ce pauvre Hugh serait dans le pétrin, lui aussi. Toutefois, la loyauté familiale passait en premier – ainsi que la perspective d'un voyage en Europe.

Donc, le soir, je me rendais à la Old Coolidge House vers les dix heures, et sifflais sous la fenêtre. C'était le signal qu'attendait Agnes pour mettre ses chaussures de marche. Celle-ci n'avait jamais, certes, constitué la compagnie la plus distrayante qui fût, même quand elle ne parlait que de l'arthrite de M'man, de sa sœur Edna, de Kew Gardens et de la compagnie d'assurances, mais à présent, elle n'avait plus qu'un sujet de conversation : on avait abusé d'elle, elle était marquée de la lettre écarlate, la petite âme innocente qu'elle abritait en son sein – ce sont ses propres termes – devrait porter la marque infâme de l'illégitimité, Brian O'Bannion n'était pas un gentleman – un euphémisme, à mon sens –, et elle avait mal aux pieds. En une ou deux occasions, apercevant des professeurs qui se rendaient à la maison close locale ou au bar de l'hôtel, je dus entraîner cette pauvre Agnes dans les buissons, mais somme toute, nos promenades se singularisaient essentiellement par leur ennui.

De retour à l'hôtel, je grimpais à la corde, et nous jouions au bridge – ou nous *essayions* de jouer au bridge, Agnes geignant, Ito ricanant et comptant infiniment trop sur le bluff. Tante Mame avait installé un bar bien garni à portée de la table de bridge – tellement plus gai, disait-elle –, bien qu'elle fût la seule à boire.

Vers deux heures du matin, on me libérait, et je redescendais par la corde, revenais en hâte à l'école, escaladais le mur, puis l'arbre, et me glissais au lit. Tout St. Boniface se levant à six heures pour une douche froide et une séance de gymnastique, je survivais avec trois heures de sommeil par nuit, au maximum. Plus d'une fois, je piquai du nez en classe, et reçus dix blâmes et un sermon sur la nécessité de Jouer le Jeu. Mais il est vrai que l'on s'habitue à tout, et la perspective de quitter St B.

pour toujours et de passer l'été en Europe agissait sur moi comme de la Benzédrine.

Au bout de deux semaines passées hors de l'école plus qu'en son sein, et rien n'arrivant de plus grave qu'un petit somme sur Virgile, je commençai de m'apercevoir à quel point tout cela était simple, et à regretter de n'avoir pas jusqu'alors vécu une vie plus riche et plus remplie. La chance me servait si bien que je commençai même à faire preuve d'une certaine imprudence. La nuit où, ayant fortement bluffé, je fis le grand chelem, contrai, re-contrai, et fis vulnérable, il était quatre heures passées quand je réintégrai l'école. J'étais si épuisé que je ne pris pas la peine de cacher mes vêtements sous le matelas et, me réveillant à six heures, j'eus la vision de Junior contemplant d'un œil incrédule ma veste de tweed et ma cravate bariolée.

« Où... où as-tu trouvé ces trucs-là ? demanda-t-il.

— Où j'ai trouvé quoi ?

— Ces vêtements. Une tenue incorrecte, c'est cinquante blâmes. Tu devrais savoir qu'... »

D'un revers de main, je balayai les lunettes de Junior de la table de chevet, les envoyant sous son lit. « Bon Dieu, mets donc tes binocles, mon vieux Juny. Tu as la berlue. »

Le temps qu'il les trouve, mon déguisement était sous le matelas, et mon blazer de St. Boniface à sa place. « Vrai, Junior », dis-je quand ses yeux délavés eurent retrouvé leur place, derrière les carreaux, « tu m'inquiètes un peu. Tu as des visions, maintenant. Tu devrais peut-être passer à l'infirmerie, pour te faire examiner. »

Junior, sans être très brillant, n'était pas une andouille non plus. Il me jeta un regard suspicieux, et fila prendre sa douche froide. Je compris que je devrais dorénavant me montrer plus prudent.

Mais ce soir-là, j'aurais dû franchement laisser tomber. C'était une magnifique nuit de printemps –

toutes les étoiles brillaient au ciel, la lune éclairait comme en plein jour, et dans les prés, les grillons s'en donnaient à cœur joie. C'était une trop belle soirée pour qu'on la gaspille avec une fille comme Agnes, qui avait bien entamé son neuvième mois, mais le devoir est le devoir. J'avançais péniblement, Agnes me tenant par le bras, se dandinant comme un canard, dans une robe de grossesse rouge cerise ornée d'un bouquet d'arums artificiels et sales, lorsque je perçus le rugissement, reconnaissable entre tous, de la voiture du professeur principal.

Chacun, à Apathy, reconnaissait la Poubelle à un kilomètre à la ronde. Le Dr. Cheevey, professeur principal de St. B., avait acheté sa Nash en 1926, et il était beaucoup trop pingre pour en changer, ou seulement pour consacrer quelque argent à une petite révision. Il préférait nous retirer des blâmes, en échange de quoi nous la lavions, l'entretenions tant bien que mal, de sorte qu'au bout de dix ans de soins estudiantins, la Nash faisait un bruit de moissonneuse-batteuse.

Agnes et moi arrivions à une courbe de la route quand j'entendis la Poubelle et, d'après le vacarme qu'elle faisait, elle roulait assez vite. « Navré, Agnes », fis-je, « mais il va falloir disparaître. »

Je l'aidai galamment à descendre dans le fossé, geignant et se plaignant de son état. Puis je m'apprêtais à la rejoindre d'un bond, comme la voiture du principal arrivait à hauteur du virage. Mais je ne sais pourquoi, je perdis l'équilibre et m'étalai de tout mon long sur le talus. J'atterris sur quelque chose de mou, et un « Ooooof ! » horrible s'éleva, tandis que la Poubelle passait dans un rugissement.

« Agnes ! » m'écriai-je, terrifié. « Vous n'avez rien ? Je ne vous ai pas fait mal ?

— Vous ne m'avez pas fait mal du tout, Patrick », fit-elle d'une voix geignarde. « Je suis là, sur la conduite d'égout, et de toute façon, on m'a déjà tellement fait mal que ça n'aurait pas d'importance. Ce Brian, qui m'a trompée, qui m'a...

— Patrick ! » fit une voix étranglée. « Patrick Dennis ! »

Je baissai les yeux. J'étais à genoux sur Mr. Pugh.

« Mister Pugh ! » fis-je d'une voix non moins étranglée. « Mais que faites-vous là ? » ajoutai-je sottement.

Il était tellement sous le choc qu'il commença de me répondre. « Eh bien, Patrick, mon garçon, il y a un marais, non loin d'ici, où certaines espèces nocturnes s'épa... » Il s'interrompit. « Et *toi*, que fais-tu *là* ? »

J'espérais plus ou moins m'en sortir en bluffant. Lui ayant coupé le souffle, ayant éparpillé ses lunettes, calepin, *Guide des fleurs sauvages de Nouvelle-Angleterre*, lampe de poche et thermos de chocolat chaud, et l'ayant surpris là où *lui-même* n'aurait nullement dû se trouver, je me disais que j'avais une chance sur deux. « Mon Dieu, Mr. Pugh », commençai-je, « c'était une si belle nuit, et j'aime tellement les oiseaux, je me disais que j'apercevrais peut-être un loriot, ou...

— Oh, Patrick, par pitié, j'ai peur », vagit Agnes.

Mr. Pugh jeta un coup d'œil vers Agnes, debout, immobile dans le clair de lune, monstrueuse. Puis il me regarda, froidement. « Et qui est cette personne ?

Oh, *ça* ? Eh bien, c'est, heu, c'est Agnes, voilà. Oui, c'est, euh, la Alice B. Toklas de ma tante, et j'allais justement...

Je suis Mrs. Patrick Dennis », déclara Agnes d'une voix sonore.

Je ne voudrais certes pas revivre cette nuit-là, dût-on m'*offrir* l'Europe entière. Mr. Pugh sortit du fossé à quatre pattes et nous raccompagna à l'hôtel, Agnes et moi, en un temps record. Agnes ne cessait de protester qu'elle devait marcher ses cinq kilomètres avec moi, et que nous n'en avions pas même fait la moitié. Moi, je ne cessais de protester que les choses n'étaient nullement ce qu'elles semblaient être, suppliant Agnes de laisser tomber et d'avouer sa véritable identité. Mais elle avait été trop bien dressée par Tante Mame et, d'autre part, elle n'aurait livré son nom pour rien au monde. » Je m'appelle Mrs. Patrick Dennis », répétait-elle avec obstination.

« Ce n'est pas vrai, Mr. Pugh », disais-je, « ce n'est pas du tout son nom. Je ne suis pas marié avec elle. Je ne le serai jamais. Je ne suis pas marié. Il se trouve simplement que... »

Il me jeta un regard dévastateur, tandis qu'Agnes se hâtait de disparaître dans l'hôtel et, me prenant fermement par le bras, me ramena à la pension. Je passai le reste de la nuit dans sa chambre, à tenter de le convaincre. J'admets que la situation, telle qu'elle se présentait, n'était guère plausible, mais vers les cinq heures, si Mr. Pugh n'avait pas totalement renoncé à voir en moi un suborneur de vierges innocentes, il avait au moins cessé de me tarabuster pour que j'avoue. Il me donna un peu de chocolat chaud de sa thermos, déclara qu'il ne dirait rien *pour l'instant*, et me reconduisit jusqu'à mon lit.

Le lendemain, je me sentais comme un zombie, en classe, mais à trois heures je filai jusqu'à l'hôtel pour organiser un petit conseil de guerre avec Tante Mame. Le dernier cours de la journée était celui de poésie anglaise du dix-neuvième siècle, enseignée par Mr. Pugh. La cloche venait de sonner, nous libérant sur les terrains de jeu de St. Boniface, lorsqu'il me demanda de rester après la classe.

« Bien, jeune homme, allons ensemble trouver cette mystérieuse parente, ainsi que la malheureuse jeune femme qui est, ou n'est pas, votre épouse et la mère de votre enfant.

Mais Mr. Pugh... fis-je, éperdu.

Allons-y », coupa-t-il d'un ton ferme.

Tante Mame était une femme pleine d'énergie. Chacun le disait. Elle pouvait être le charme même, et il n'était guère de situation qu'elle ne se sentît de taille à affronter. Mais elle aimait bien, cependant, avoir un peu de temps pour se préparer, afin de mieux se jeter à corps perdu dans le rôle inédit qu'elle avait choisi de jouer. Sachant cela, j'aurais voulu la prévenir de ce qui allait arriver. En route, je tentai quelque chose : « Et si je m'arrêtais là, chez le marchand de frites, pour téléphoner à ma tante, Mr. Pugh ? Elle pourrait nous commander du thé, ou quelque chose.

— C'est inutile, Patrick. Notre entrevue sera de courte durée. J'ai des copies à corriger cet après-midi, quant à toi, tu ne dois rien manger entre les repas. »

J'espérais ardemment que Tante Mame et Agnes seraient parties faire une promenade en voiture, mais la Rolls-Royce était garée devant la Old Coolidge House. Les fenêtres de Tante Mame étaient ouvertes, et j'entendais, sur son gramophone portatif, les échos ultramodernes d'une œuvre de Paul Hindemith.

— Je n'ai pas l'autorisation de pénétrer dans l'hôtel sans billet de sortie, Mr. Pugh », dis-je, aux abois. « Ma tante occupe les chambres 3 A, B, C et D. Je vais monter par la corde, et...

— C'est absurde, Patrick. Tu peux aller n'importe où, en compagnie d'un professeur. Viens. »

Le temps que nous arrivions au troisième étage, Tante Mame s'était lassée des *Métamorphoses symphoniques*, de Paul Hindemith, et écoutait à présent *Empty Bed Blues*, de Bessie Smith. Je frappai d'un doigt timide. « Oui ! » s'écria-t-elle. J'ouvris la porte, entrai.

« Mon chéri ! » fit-elle. Puis elle aperçut Mr. Pugh, et les paroles se figèrent sur ses lèvres.

Tante Mame n'était pas exactement prête à jouer le rôle de ma respectable tutrice. Elle portait un short, tenait des haltères à la main, et s'était inondée d'*Essence de Jeunesse*, de Lydia van Rensselaer. Elle avait attaché ses cheveux avec un ruban rouge et, allongée par terre, semblait prendre des poses obscènes qui n'étaient, en fait, qu'un exercice destiné à affermir le bassin et les cuisses. Une bouteille de champagne à moitié vide était posée à côté d'elle, et la pièce était jonchée de romans français à couverture jaune, de nombreux magazines de mode, et de six volumes de Gibbon. Cependant, mieux valait une tante un peu « olé-olé » que pas de tante du tout, en l'occurrence.

« Tante Mame », dis-je, « voici…

— Mais comment osez-vous pénétrer dans ma chambre, jeune homme ? » fit Tante Mame d'un ton glacial, son regard me transperçant littéralement. « Je dois vous demander de sortir immédiatement, sinon, je serai contrainte d'appeler la direction. »

Mr. Pugh prit la parole. « Voulez-vous dire, euh, madame, que ce jeune homme n'est pas votre neveu ?

— Je ne l'ai jamais vu de ma vie.

— Tante Mame », dis-je, désespéré, « il faut que vous expliquiez à Mr. Pugh ce qu'il en est, pour Agnes. Je vais me faire virer du pensionnat. Il est au courant. Il…

— Veuillez partir immédiatement, jeune homme. De toute évidence, vous êtes victime d'une illusion, si vous pensez que nous nous sommes déjà rencontrés. *Au contraire**, je suis une veuve, seule, et je réside ici avec ma belle-sœur et un serviteur. » Quand Tante Mame avait décidé de jouer un rôle, elle le jouait jusqu'au bout.

« Mr. Pugh », dis-je, « c'est *vraiment* ma tante Marne. Elle s'appelle Mrs. Beauregard Burnside. Croyez-moi.

— Ce pauvre garçon a réellement besoin d'un soutien psychiatrique », déclara Tante Mame, se levant, avec toute la dignité possible en la circonstance. « Je suis Mrs. Dennis Burns, et mon prénom est Arabella… »

À cet instant, Agnes, qui avait l'oreille collée à la porte, déboula dans la pièce, ruisselante de larmes. « C'est vrai, Mrs. Burnside. Ils ont découvert Patrick. À présent, le monde entier va savoir que je suis une femme perdue. »

Tante Mame dut plus ou moins abandonner la partie. Elle pria Mr. Pugh de s'asseoir, lui versa du champagne, et se retira pour passer un déshabillé convenable fait de voile noir. En à peu près une heure, et sans trop de fioritures, Tante Mame lui narra toute l'histoire, Agnes sanglotant sans relâche dans son mouchoir fripé, gémissant sur sa déchéance.

Pratiquement contre sa volonté, et totalement contre sa raison, le pauvre vieux Pugh se vit entraîné dans le complot, afin de m'épargner des ennuis si j'étais découvert. Chaque soir, il venait me rejoindre dans ma chambre, sur la pointe des pieds, après avoir fait le tour des lits, et s'évadait avec moi tandis que Junior ronflait. Puis il emmenait Agnes en promenade avec moi, revenait à l'hôtel où il prenait un verre – ou deux, tout au plus –, et faisait un ou deux robres de bridge. Sur quoi nous rentrions discrètement à la pension. Lui non plus n'était pas censé passer ses nuits dehors. Au cours de ces escapades, il m'arriva même de passer de bons moments avec lui. Il récitait des poèmes à Agnes, qui était le meilleur public qui fût en matière de poésie, et sut la rasséréner quelque peu, en lui disant que Léonard de Vinci, Alexander Hamilton et Lucrèce Borgia, entre autres personnages célèbres, étaient des enfants illégitimes.

Mon travail en classe commençant à pâtir du manque de sommeil et d'étude, Mr. Pugh insista, certain soir, pour emmener seul Agnes faire sa promenade, tandis que je demeurais dans le salon de Tante Mame, révisant sérieusement pour un examen d'histoire. Je ne fis pas grand-chose, ce soir-là. Tante Mame m'avait envoyé à Boston l'après-midi même, pour acheter tout un tas de nouveaux disques de Bartók, qu'elle fit jouer à plein volume,

« Ah, mon petit amour », déclara-t-elle, se servant un verre, « une bonne soirée tranquille à la maison, *à deux**, l'occasion de bavarder un peu, en écoutant les maîtres les plus fascinants de la musique moderne. Bien sûr, la musique est une chose importante, pour une future mère, ne fût-ce qu'à cause de cette conscience prénatale, essentielle chez l'enfant, mais j'avoue que je commence à me lasser un peu de Glazounov et Meyerbeer – aussi charmants soient-ils.

— Oui, Tante Mame », dis-je. Je bâillai, et retournai à Disraeli et à la reine Victoria.

« Et à propos de charme, mon chéri, as-tu remarqué à quel point Agnes était ravissante, ce soir ?

— Hum », fis-je. Sans l'avoir remarqué, j'avais néanmoins constaté qu'elle portait une sorte de robe de maternité bleu foncé, toute simple, au lieu d'un de ses habituels déguisements de femme déchue. En outre, elle m'avait paru un peu moins fardée. Je revins à Disraeli.

« J'ai maquillé Agnes ce soir », déclara Tante Mame d'une voix flûtée, augmentant le volume du phonographe et passant la main dans mes cheveux. « Je lui ai dit : "Agnes, le maquillage est destiné à mettre en valeur, pas à enlaidir." Aimerais-tu écouter un peu de Bloch, mon petit amour ?

— Non, merci. » Disraeli, la reine Victoria, Gladstone et Beaconsfield étaient en train de se baigner dans le canal de Suez, en compagnie de Napoléon, Wellington, et Antoine et Cléopâtre.

« Tu sais, j'ai l'*impression* que notre Agnes aime bien Mr. Pugh, et que Mr. Pugh aime bien notre Agnes.

— Mmm...mmm », fis-je, en essayant vainement de me concentrer.

Le pas lourd d'Agnes, retentissant dans l'escalier, mit fin à la conversation. Elle riait, pour la première fois depuis qu'elle était arrivée à Apathy. « Oh, Mr. Pugh », dit-elle, « je n'ai encore jamais entendu quelqu'un réciter *Allergy* de Gray avec une telle beauté. »

St. Boniface Academy était une institution assez ancienne, pour une école américaine, et Dieu sait que les traditions y tenaient une place importante ; on y utilisait force termes britanniques, tels les Anciens, les Nouveaux, le Censeur, les Quartiers, la Boutique, le Terrain de Jeu, le Maître, le Réfectoire, la Pelouse, le Foyer. Il existait également des rites, comme la Bataille de Polochons de la Neuvième, le Bizutage des Nouveaux, la Confession Publique et la Journée des Blâmes – tous officiellement appelés festivités, et reflétant le remarquable sadisme du Dr. Cheevey. Mais l'une des réjouissances les plus pénibles demeurait la Journée des Pères, tradition relativement récente, célébrée début mai. En cette occasion, les pères, Anciens de St. B., boutonnaient péniblement leur vieux blazer de l'institution sur leur bedaine, et chaperonnaient les pères qui, eux, n'étaient pas allés à St. B. et qui, en conséquence, se révélaient infiniment mieux habillés et un peu mieux éduqués, quoique *déclassés**. Oh, quelle comédie, cette Journée des Pères ! On dressait un arbre de mai, il y avait des exhibitions de gymnastique et des courses de relais, six petits malheureux de l'école primaire exécutaient des danses folkloriques, et les Anciens entonnaient force chants tonitruants à la gloire de St. B., tandis que les autres pères écoutaient, immobiles, l'air bovin, et visiblement prêts à vendre leur âme pour un verre.

Bref, la Journée des Pères me faisait presque remercier le ciel d'être orphelin, mais à qui aurais-je pu faire croire cela ? Peu de gosses, dans ma classe, avaient eu les mêmes parents, depuis leur petite enfance ; l'un d'eux avait même cinq pères, et en attendait un sixième pour son diplôme de fin d'études. J'étais le seul qui n'eût pas de père du tout. Cependant, Mr. Babcock se manifestait alors, m'invitant à se joindre à lui et à Junior en cette Journée des Pères. Cette redoutable proposition me fut transmise par Junior, une semaine exactement avant le jour dit.

« J'ai reçu une lettre de Papa, annonça Junior, tôt un matin.

— Ah bon ? fis-je, bâillant.

— Il me dit que, comme tu n'as pas de père, il t'invite – une fois de plus – à la Journée des Pères.

— J'en suis ravi, dis-je, ne pouvant exprimer mes véritables sentiments.

— Maman vient aussi, continua Junior.

— Déguisée en homme ?

— Non, elle veut me voir. »

Je ne voyais pas pourquoi.

« Papa dit qu'il faut que tu leur réserves des chambres à la Old Coolidge House. »

— Non », dit Junior, baissant de nouveau les yeux sur la lettre. « Papa dit que le conseil d'administration se réunit ce soir-là, et qu'il sera trop tard pour rentrer à Scarsdale. Il dit de leur réserver deux chambres, et de s'en occuper avant que l'hôtel ne soit complet, et qu'...

— Mais ce n'est pas vrai, Junior, qu'est-ce qui leur prend, de descendre dans une espèce de vieux repaire de punaises comme la Old Coolidge House ? Ils feraient aussi bien de dormir au Longfellow Inn, ou chez Mrs. Abbot, ou à Marblehead, ou même à Boston, au...

— Non », coupa Junior, imperturbable, « Papa veut descendre à la Old Coolidge House. Il *aime* la Old Coolidge House.

— Pourquoi ? » fis-je avec un ricanement mauvais, « il a déjà ramassé une blonde, là-bas ?

— Il me semble », répondit Junior, « que Papa ayant pitié de toi, en ce jour des Pères, tu pourrais au moins... Dis donc, qu'est-ce qui t'arrive, ces temps-ci, au fait ? Tu es sans arrêt fatigué, on ne te voit pas à la gym, et tu as des cernes pas possibles. Tu ne fais rien, la nuit, par hasard ? »

J'avalai ma salive. « Oh, tu sais, Junior... » Puis je compris ce qu'il voulait dire. « Eh bien si, évidemment. Six ou sept fois, toutes les nuits. Je vais devenir sourd et fou, aucune fille bien ne voudra m'épouser, et tous mes enfants seront débiles. Et n'oublie pas de raconter ça à ton vieux, dans ta prochaine lettre. » Sur quoi j'attrapai ma serviette et filai à la douche.

Apprenant que les Babcock débarquaient dans l'hôtel pour la Journée des Pères, Tante Mame fit preuve d'une coopération remarquable, décidant de se faire on ne peut plus discrète – ainsi qu'Agnes. Ses rencontres avec Mr. Babcock n'ayant jamais été ce que l'on peut appeler plaisantes, il s'en faut de beaucoup, elle tenait particulièrement à l'éviter, surtout en la circonstance. Elle se mit immédiatement à faire des projets pour une grande sortie ce jour-là, qui débuterait à six heures du matin pour ne s'achever qu'à la nuit tombée. Elle m'expédia à Boston acheter des mètres de voile noir, des pliants, et une ombrelle. Elle supplia Mr. Pugh de les accompagner mais, celui-ci devant être présent aux cérémonies, fut contraint de refuser. « Et s'il pleut », conclut-elle d'une voix dramatique, « nous resterons dans la voiture, c'est tout. À mes yeux, il n'y a pas de sacrifice trop grand pour toi, mon petit amour. »

Cette pauvre Agnes était plus ronchonne que jamais. Elle avait mal au cœur en voiture, elle était comme une barrique, et l'obstétricien de Boston lui avait dit que ce pouvait être n'importe quand, à présent. Mais Tante Mame demeura ferme : les Babcock ne devaient pas repérer la moindre trace d'elle-même, de sa voiture et de son entourage.

À la veille de la Journée des Pères, la suite de Tante Mame était dans une effervescence de préparatifs pour la grande sortie. Elle téléphona six fois aux cuisines pour s'assurer que les paniers seraient bien prêts aux aurores, et appela trois fois la réception, pour qu'on la réveille à six heures, puis cinq, puis quatre et demie. Elle hésita même à laisser Agnes sortir pour sa randonnée nocturne, mais celle-ci, ainsi que Mr. Pugh, semblaient désireux d'aller se promener, et je demeurai avec elle pour vérifier que livres, disques, huile solaire, lunettes noires et autres objets indispensables étaient bien tous réunis. À minuit, Tante Mame était déjà en chemise de nuit et peignoir, et elle nous chassa, Mr. Pugh et moi, sans même nous proposer un robre de bridge. Je descendis par la corde, comme toujours, et dus attendre un long moment dans les buissons, avant que Mr. Pugh ne sorte de la Old Coolidge House.

Le temps fut radieux pour la Journée des Pères – trop radieux pour l'occasion, si vous voulez mon avis. Dès l'instant où résonna la cloche du réveil, je fus sur les nerfs mais, tandis que je faisais ma gymnastique sur la pelouse, j'aperçus la Rolls qui filait sur la route, avec deux silhouettes voilées tout au fond, et je commençai à me détendre.

À dix heures, les Pères étaient tous là. Mr. Babcock avait l'air particulièrement ridicule dans son vieux blazer et son pantalon de flanelle blanche. Je fus assez heureux de le voir s'étaler durant la course en sac, et il fut assez dépité quand je gagnai le concours du grimper à la corde, avec une facilité déconcertante. Junior, lui, ne gagna rien, mais de toute façon, il ne gagnait jamais.

La journée s'écoula tant bien que mal, en chants, discours, sermons et acrobaties. Il était presque huit heures quand nous entonnâmes tous :

« *Gloire à toi*
St. Boniface
Toujours fidèles nous serons
Fièrement nous lèverons la face
Vers tes couleurs et vers ton nom. »

Mr. Pugh m'avait confié qu'il trouvait les paroles minables, mais Mr. Babcock s'étranglait d'émotion. Il finit néanmoins par se reprendre suffisamment pour nous embarquer dans sa LaSalle, et nous conduire en ville.

« Quelle cérémonie magnifique, magnifique », ne cessait-il de répéter. Puis, sur un ton moins exalté : « Bien, en route pour la Old Coolidge House, il est l'heure de dîner. »

Je respirai profondément. « Mon Dieu, Mr. Babcock, vous pourriez peut-être nous emmener chez le marchand de frites. C'est beaucoup plus raisonnable.

— Non, Patrick, il n'en est pas question. Un jour comme celui-ci, je dis "Au diable l'avarice". De plus, Eunice – Mrs. Babcock – nous attend à l'hôtel. »

Effectivement, Eunice attendait dans le hall, non sans impatience. L'hôtel grouillait de pères et de fils de St. Boniface, et une chaîne gainée de velours avait été tendue à l'entrée de la salle à manger. J'étais aux cent coups. Il faisait noir, déjà, et Tante Mame pouvait rentrer à tout moment. « Mince,

Mr. Babcock, il y a un monde fou, et Mrs. Babcock a peut-être faim. Ne pensez-vous pas que nous devrions essayer la Olde Greene Shutters Sweete Shoppe ? » Mrs. Babcock m'adressa un pâle sourire, mais Mr. Babcock demeura inébranlable.

« Non, Patrick, nous allons attendre. Et de toute manière, je dois me rendre dans la salle de réunion pour le conseil d'administration, aussitôt après dîner. » Nous attendîmes donc.

Finalement, à force d'être gratuitement déplaisant envers la serveuse, Mr. Babcock nous obtint une table, juste en face de la porte. Je remarquai que nombre de pères, de joyeuse humeur, avaient invité leur fils à faire un bon repas, avec du steak, et même du vin. Pas Mr. Babcock. Il commanda quatre assiettes de crudités avec un œuf poché, et du décaféiné pour tout le monde. Puis il s'employa à me faire la morale, pour avoir récolté tant de blâmes et avoir laissé mes notes dégringoler au cours des dernières semaines. Je me retins de lui faire remarquer que Junior n'avait jamais obtenu plus de C, si ce n'est en Impopularité et en Espionnage, et subis la diatribe sans broncher, comme un homme.

Pendant le tapioca, Mrs. Babcock demanda comment allait Tante Mame. Mr. Babcock ne put réprimer un frisson. Tante Mame était un sujet douloureux. « Oh, je ne l'ai pas vue depuis Noël, Mrs. Babcock », commençai-je d'une voix suave, « mais... »

Il y eut un fracas épouvantable, au-dehors. Puis une voix stridente s'éleva : « Ito, tu as démoli cette Cadillac toute neuve !

— Ça pas Cadillac, missy, ça LaSalle.

— Mais je vous dis que je me sens bizarre », fit la voix d'Agnes, clairement audible, « et quoi que vous en dites, Mrs. Burnside... »

Le sang se retira de mon visage puis, entendant le pas lourd d'Agnes sur les marches de l'entrée, je réunis mes dernières forces. « Oui, Mr. Babcock », criai-je, « je n'ai pas vu Tante Mame depuis Noël ! Elle est en voyage ! Très loin, en Europe !

— Pas si fort, Patrick, dit Mr. Babcock.

— Ne soyez pas *ridicule*, Agnes », brailla Tante Mame dans la nuit, au-dehors. « C'est votre imagination. Selon *mes* calculs, vous serez à terme jeudi, pas avant. » J'entendis la porte claquer, et eus la vision fugitive de Tante Mame déguisée en espionne au service de l'empire austro-hongrois, tout en noir, avec de longs voiles flottant derrière elle.

« Mais Mrs. Burn... »

Mr. Babcock devint tout pâle et se dressa, serrant la nappe si fort que ses jointures en devinrent blanches. « Je jurerais avoir entendu cette... »

En une fraction de seconde, j'avais renversé le pot de décaféiné sur ses genoux. Il y eut un glapissement de douleur et de rage, tandis que Tante Mame, ayant jeté un coup d'œil dans la salle à manger, s'élançait quatre à quatre dans l'escalier, traînant la malheureuse Agnes à sa suite.

Mr. Babcock me fit passer un mauvais quart d'heure. Il me traita de petit freluquet, insolent, stupide et sans égard pour autrui, mais « on ne pouvait guère s'attendre à autre chose, avec l'éducation que j'avais reçue ». Il ajouta qu'il déduirait le prix d'un pantalon neuf de mon capital. En ce qui me concernait, il pouvait bien s'offrir toute une garde-robe, tant qu'il quittait Apathy sans savoir qui résidait dans l'hôtel. Sa rage redoubla quand il s'aperçut qu'un des pare-chocs de sa voiture flambant neuve était démoli, et je remerciai le ciel qu'il n'y eût plus trace de Ito ni de la Rolls-Royce dans les parages. Mr. Babcock nous raccompagna à la pension, Junior et moi, dans un silence lourd de colère. Il ricana méchamment quand je le remerciai pour cette charmante journée, et retourna à l'hôtel pour assister à sa réunion. Immédiatement après son départ, nous parvenait le vacarme effrayant de la vieille auto de Mr. Cheevey.

« Tiens, c'est la Poubelle qui passe », fis-je remarquer gaiement. « Je suppose qu'il descend en ville pour tirer sa crampe, après tant de bons sentiments et d'air pur.

— Il va à la réunion du conseil d'administration, à l'hôtel, comme papa », répondit Junior d'un air de vertu outragée. « Tu ne peux pas penser à autre chose qu'au sexe ?

— Non, pas ces temps-ci. »

Après l'excitation enivrante de ce Jour des Pères, le dortoir grouillait de garçons énervés, chahutant en tous sens, et le pauvre Mr. Pugh tentait calmement, posément, de ramener chacun dans sa chambre, et au lit. Il me lança un coup d'œil interrogateur et vaguement traqué, auquel je répondis par un regard signifiant que *tout* n'était pas perdu. Puis le téléphone sonna dans sa chambre, et il courut décrocher.

Supposant qu'Agnes avait eu plus que sa dose d'air frais pour la journée, je commençais de me déshabiller, fourbu, quand Mr. Pugh déboula dans la chambre. « Junior Babcock », fit-il, hors d'haleine, « va te brosser les dents.

— Mais c'est déjà fait, Mr. Pugh, dit Junior, sur la défensive.

— Eh bien recommence. Elles sont affreuses à voir. Allez, file ! »

Junior à peine sorti, Mr. Pugh me saisit par les bras. « Vite », s'écria-t-il, « passe tes vêtements. Il faut qu'on aille à l'hôtel.

— À l'hôtel ? Mais je ne peux même pas *approcher* de l'hôtel, ce soir. Mr. Babcock est là-bas. Le vieux Cheevey est là-bas. Tout le conseil d'administration est réuni là-bas. Tenez-vous à ce que je me fasse virer au cours du dernier mois de…

— Fais ce que je te dis, et vite. C'est cette pauvre petite Agnes – je veux dire Miss Gooch. Ta tante vient d'appeler. Il y a un problème, et elle n'arrive pas à joindre le médecin. Mais dépêche-toi, pour l'amour de Dieu, dépêche-toi ! » Il m'attrapa par la main, et nous nous élançâmes dans le corridor, courant comme des dératés. Comme nous passions devant le compteur d'électricité, Mr. Pugh baissa le levier, plongeant les chambres dans l'obscurité. « Extinction des feux ! » cria-t-il. Me tenant toujours la main, m'écrasant les doigts, il m'entraîna dans le couloir ténébreux. Quelque part, devant, on entendit grincer la porte de la salle d'eau et, dans le rayon de lumière qui s'échappait des toilettes, je distinguai vaguement la silhouette de Junior, revenant à tâtons vers la chambre. Mais il était trop tard pour éviter la collision. Junior s'étala sur le linoléum avec un bruit mou. « Tu ne peux pas regarder devant toi, Babcock ? » l'admonesta Mr. Pugh, sans amabilité excessive. Mais si Junior trouva quelque chose à répondre, je ne l'entendis pas, car nous étions déjà dehors.

Si Mr. Pugh ressemblait à une autruche, il en avait également la foulée. En un éclair, nous étions arrivés à la Old Coolidge House. Je m'arrêtai. « Allez, viens ! » cria-t-il, en se dirigeant vers l'entrée principale.

« Pas question. Pour rien au monde. Tout le conseil est là-dedans. Vous feriez mieux de monter avec la corde, comme moi. Vous non plus, vous ne devriez pas être ici.

— Ne sois pas idiot. Ils ne nous verront pas. La situation est grave.

— Mon diplôme aussi, c'est grave. Prenez l'escalier, moi, je passe par la corde. »

Il disparut dans l'hôtel. Je fis le tour du bâtiment, sifflai. C'était inutile. La corde pendait déjà le long du mur, de la fenêtre de Tante Mame. Haletant, je commençai de grimper. Sans doute étais-je plus essoufflé que je ne le pensais, car je dus m'interrompre à mi-hauteur pour reprendre haleine. Un cri perçant retentit, juste devant moi. Une lumière s'alluma, et je me retrouvais soudain accroché dans le vide, nez à nez avec Mrs. Babcock, seulement vêtue d'une chemise de nuit de coton et couronnée de bigoudis.

« Hiiiiiiiiiiiiiii ! » fit-elle. « Dwight, au secours ! Dwight ! Un voleur ! »

Lâchant la corde, je me laissai tomber dans les buissons. Des lumières s'allumèrent partout aux fenêtres de la Old Coolidge House. Je filai jusqu'à la porte principale, juste comme le concierge sortait en trombe. Tournant les talons, je refis le tour de l'hôtel, à toute vitesse, courant jusqu'à la façade arrière. Là, je pénétrai dans les cuisines, que je traversai dans un fracas de vaisselle brisée, et m'élançai dans l'escalier de service. Le bâtiment résonnait de voix multiples, mais aucune n'était aussi perçante que celle de Mrs. Babcock. Comme je traversais en hâte le couloir du deuxième étage, une porte s'ouvrit à toute volée, et je vis surgir une vingtaine de vieux bonshommes en blazer de St. Boniface. « Le voilà ! » cria quelqu'un. Je reconnus la voix de Mr. Babcock, mais ne m'arrêtai nullement pour bavarder. Au contraire, je gravis le dernier étage quatre à quatre et me précipitai dans la chambre de Tante Mame.

« Mon chéri ! Te voilà enfin ! s'écria-t-elle, fermant à clef derrière moi.

— Comment va cette pauvre Agnes ?

— Mal, mon chéri, mais j'ai enfin réussi à joindre le médecin. Il est en route. »

Il y eut un remue-ménage effrayant dans le couloir. « Il est entré là », cria quelqu'un. « Enfoncez la porte ! » On donnait des coups dans la porte, le bois craquait. Fasciné, je regardai le vieux panneau céder. Les gonds antédiluviens ne pouvaient résister longtemps et, dans un fracas assourdissant, la porte s'effondra dans la chambre, suivie des vingt bonshommes en blazer de St. Boniface, du concierge, et de Mrs. Babcock. Emportés par leur élan, ils déboulèrent tous ensemble dans la chambre, renversant la table de bridge et le bar de Tante Mame. Mrs. Babcock, qui n'avait pas aidé à enfoncer la porte, était la seule à demeurer sur pied, mais elle parvint cependant à tituber contre le gramophone, qui se mit à jouer *Empty Bed Blues*.

« Grands dieux ! » s'exclama Tante Mame, le souffle coupé. « Des boys, à présent ! »

Il faut reconnaître que les membres du conseil d'administration, avec leur blazer bleu et rouge et leur pantalon de flanelle blanche, vautrés au milieu des cartes à jouer et des bouteilles d'alcool, évoquaient vaguement quelque troupe itinérante représentant *Floradora* depuis trop longtemps, dans des trous perdus, et je ne pus m'empêcher de ricaner. Toutefois, l'heure n'était pas à la comédie.

« Le voilà ! » hurla Mrs. Babcock « C'est lui ! Je reconnais son nœud papillon et ses lunettes noires, aucun doute !

— Mais Mrs. Babcock, dis-je, j'étais seulement…

— Mon Dieu, fit une autre voix, c'est ce sale môme de Dennis. C'est lui, avec sa tante, cette dévergondée. » S'extirpant de la mêlée de bras et de jambes, Mr. Babcock se dirigea vers moi, menaçant. « *Et alors !* Tu n'as pas vu cette sorcière depuis *Noël*, hein ? Elle est en *Europe*, c'est cela ? Eh bien, je vais te dire, moi, où je voudrais vous voir, tous les deux, et…

— Dennis ! Qu'est-ce que tout cela signifie ? » C'était le Dr. Cheevey à présent, les yeux plus noirs, plus méchants que jamais. « Que fais-tu dehors à cette heure ? Où est ton billet de sortie ?

— Je n'en ai pas, monsieur, répondis-je dans un souffle.

— Pourquoi ce pauvre enfant aurait-il besoin d'un billet de sortie, alors que je suis là, *moi*, sa tutrice légale, pour veiller à son bien-être ? » s'enquit Tante Mame, avec toute la feinte candeur dont elle était capable. « Après tout, n'est-ce pas la Journée des Mères, ou quelque chose de ce genre ?

— Pas un mot, je vous en *prie*, fis-je entre mes dents.

— Vous êtes la honte de notre uniforme, Dennis, déclara le Dr. Cheevey d'un ton coupant.

— C'est absurde ! Ce pauvre garçon n'en porte même pas, intervint Tante Mame, volant à mon secours.

— Cinquante blâmes, voilà ce que cela vous coûte ! coupa le Dr. Cheevey.

— Et il a essayé de me voler », s'écria Mrs. Babcock. « J'avais posé ma broche en opale sur le…

— Espèce de sale petit bougre ! cria Mr. Babcock, s'approchant encore de moi.

— Posez une seule main sur cet enfant, et je vous scalpe », déclara Tante Mame, s'interposant. « Non, je vous *trépane* », corrigea-t-elle avec un sourire mauvais. Dans le rôle de la mère tigre, elle était inégalable.

Le Dr. Cheevey intervint de nouveau. « Hors des locaux après l'horaire, et sans billet de sortie. Tenue non conforme. Tentative de vol. Chacun de ces motifs justifie un renvoi immédiat. Mon Dieu, je crains que… »

Un cri aigu l'interrompit, provenant de la chambre contiguë. « Mrs. Burnside, je… » C'était Agnes. Je ne connaissais pas grand-chose à l'obstétrique, à l'époque, mais ce qui était sur le point d'arriver m'apparut assez clairement.

« Grands dieux, gémit le Dr. Cheevey, mais qui êtes-vous donc ?

— Je suis Mrs. Patrick Dennis, répondit simplement Agnes, avec une dignité admirable.

— Doux Jésus, murmura Mr. Babcock.

— Un élève de St. Boniface, marié... et presque père... » fit une voix blanche, parmi les membres du conseil d'administration. « C'est terrible. N'y a-t-il pas un règlement contre...

— Non, je ne crois pas qu'il en existe un », dit le Dr. Cheevey, l'air abruti. « Le cas est sans précédent.

— Écoutez », m'écriai-je, « je ne suis *pas* le mari d'Agnes. Nous ne sortons même pas ensemble. C'est elle qui raconte à tout le monde que...

— Imaginez cela », commença le Dr. Cheevey, la mine sinistre. « *Imaginez* la réputation de l'école !

— Et la *mienne,* alors ! geignit Agnes.

— Cela suffit, arrêtez ! » cria soudain une voix. Mr. Pugh se dressa aux côtés d'Agnes, tel un ange justicier. « Patrick est innocent. C'est moi qui l'ai entraîné ici. Et cette jeune femme – ce parangon de la vertu souillée – n'est pas son épouse. C'est la *mienne* – ou du moins le sera-t-elle bientôt.

— Ernest ! » s'écria Agnes, se jetant dans ses bras. Sur quoi elle se plia en deux, saisie d'une nouvelle contraction.

« Pugh, votre carrière à St. Boniface vient de prendre fin ! » rugit le Dr. Cheevey. « Vous...

— Coucou, me voilà ! » fit une voix enjouée, à la porte. « Toujours plus rapide que la cigogne ! Dites-moi, j'ai l'impression qu'on devrait y aller sans tarder. Je ne sais pas si nous aurons le temps d'arriver à l'hôpital, Mrs. Dennis.

— Miss Gooch, docteur, je vous en prie, dis-je.

— Mrs. Pugh, je vous en *prie*, corrigea Mr. Pugh.

— Désolé, messieurs », reprit le médecin d'un ton vif, « mais je vais vous demander de nous faire de la place. Il faut que j'emmène cette petite dame. Ma voiture est juste devant la porte.

— Attendez, je vous accompagne », déclara Mr. Pugh, saisissant le sac d'Agnes. Tous trois sortirent en hâte. Un nouveau cri d'Agnes me parvint.

« Bien, jeune homme… commença le Dr. Cheevey.

— Patrick ! » s'écria soudain Tante Mame. « Pauvre petite Agnes ! Je ne peux pas la laisser avoir son bébé toute seule – pas après ce que nous avons traversé ensemble. Nous *devons* les suivre ! » Elle attrapa son sac d'une main, mon bras de l'autre. En une seconde nous étions dans le couloir et dévalions l'escalier.

« Arrêtez le gamin ! » cria Mr. Babcock.

« Dennis, je t'ordonne de… » La voix du Dr. Cheevey se perdit au loin.

« Où… où est la voiture ? demandai-je, haletant, comme nous arrivions sur le trottoir.

— Ito l'a cachée à Boston. Peu importe. Tiens, je vais emprunter cette vieille guimbarde. »

Avant d'avoir compris ce qui arrivait, j'étais assis dans une voiture parfaitement inconnue, à côté de Tante Mame penchée sur le volant. Il y eut un rugissement de tonnerre, et le vieux tacot bondit en avant.

« Hourra ! Nous voilà partis ! s'exclama Tante Mame.

— Oh, non ! De toutes les voitures d'Apathy, il a fallu que vous voliez la Poubelle ! »

Bien. Pour résumer, Agnes donna le jour à une superbe petite fille, qu'elle baptisa Mame Patrick Dennis Burnside Pugh. Mr. Pugh l'épousa à la maternité, aussitôt les bans publiés. Il fut renvoyé, évidemment, mais Tante Mame lui trouva un bien meilleur poste, dans une bien meilleure école. Il y est à présent professeur principal, et très heureux, paraît-il.

Accusé d'être un rat d'hôtel, et ayant pris la fuite dans une voiture volée, je ne voyais pas trop l'intérêt de retourner à St. Boniface. Tante Mame non plus. Dans sa cabine de luxe, sur le *Normandie*, elle adressa au Dr. Cheevey une petite lettre d'une candeur charmante pour lui dire où se trouvait sa voiture, y joignant un chèque substantiel destiné à créer une nouvelle bibliothèque, à la condition qu'elle ne porte pas son nom – condition qui dut ravir le corps enseignant de St. B.

Je ne sais pas si j'obtins jamais mon diplôme. J'avais déjà réussi mon examen d'entrée à l'université, et cela n'avait pas grande importance. Mais je suppose que oui, puisque l'on continue de me solliciter pour la caisse des Anciens de St. Boniface.

Chapitre VII

Tante Mame à l'université

Selon le *Digest*, notre Personnage Inoubliable était suprêmement doué, en matière d'éducation. N'en ayant guère reçu elle-même – stupéfiant, n'est-ce pas ? –, elle était déterminée à ce que son petit orphelin aille à l'université. En fait, cette personne remarquable était si enthousiasmée par les études supérieures qu'elle se jeta à corps perdu dans l'univers du campus, partageant son intérêt pour les études, tout en vérifiant que sa vie universitaire se déroulait sans heurts.

Bien, trouvez-vous cela si admirable ? Tante Mame, quant à elle, alla plus loin – beaucoup plus loin –, alors qu'elle était *déjà* allée à l'université.

Durant l'été 1937, j'atteignis l'âge de dix-huit ans. À cet instant, je pus disposer comme je l'entendais de mon temps, argent, éducation, de moi-même en somme.

Mr. Babcock et moi réglâmes de nombreuses formalités, dans son petit bureau de la Knickerbocker Trust Company. Il se montra très homme d'affaires, très impersonnel. Bien que ne suivant pas tous les détails techniques de mes investissements financiers, je compris néanmoins que pour un jeune homme de dix-huit ans, j'étais relativement riche. La Knickerbocker Trust Company avait placé tout mon héritage, jusqu'au dernier cent, dans des actions et des valeurs solides et traditionnelles – rien d'impressionnant ni de hasardeux –, et, tout au long de la Dépression, mon petit capital avait grandi, grandi, jusqu'à devenir ce que Mr. Babcock appelait « presque une fortune ».

« Bien », conclut-il d'un ton froid, « je suppose que vous avez compris tous les détails. Souhaitez-vous revenir sur un point quelconque ?

— Non, je vous remercie, Mr. Babcock.

— À l'instant où vous parapherez ces documents, vous deviendrez votre propre maître. Je n'aurai plus le moindre contrôle sur vos finances. L'idée est effrayante. J'espère – nous espérons tous, à la Knickerbocker Trust Company – que vous continuerez de nous confier la gestion de votre capital. Vous reconnaîtrez, je pense, que nous avons jusqu'à présent fait un excellent travail, et ce malgré *l'Autre*, à la Maison-Blanche. Quant à moi, j'ai personnellement fait mon possible pour vous guider au travers de ces difficiles années de l'adolescence, pour autant que votre tante Mame m'en ait laissé la possibilité. *Là*, je ne sais pas très bien dans quelle mesure j'y suis parvenu. Quoi qu'il en soit, vous êtes à présent votre propre gestionnaire. Compte tenu du marché actuel, les intérêts de votre capital, tel qu'il est investi, devraient se chiffrer à un peu plus de huit mille dollars par an. C'est une somme non négligeable.

— En effet, dis-je, sans même tenter de dissimuler l'étincelle qui s'allumait dans mon regard.

— Et, bien sûr, vous pouvez retirer cette somme chaque année.

— Voulez-vous dire que je n'ai qu'à le demander ?

— C'est exact. Vous nous adressez une demande écrite. »

Saisissant le bloc-notes posé sur son bureau, j'écrivis immédiatement : « Pouvez-vous me donner

5000000 dollars en liquide, tout de suite ? Salutations respectueuses, Patrick Dennis. »

« Voilà, Mr. Babcock », dis-je, lui tendant la feuille.

Ses épaules se voûtèrent, tandis que son visage exprimait soudain l'amertume de la défaite complète. « Mon Dieu », fit-il d'une voix abattue, « à quoi bon ? Vous finirez exactement comme votre tante, cette folle, cette inconsciente. Bien. Il est trop tard, à présent. Tout mon travail n'aura servi à rien. Vous êtes bon à mettre dans le même sac – vous et votre tante Mame ! Vous finirez en prison pour dettes, ou pire encore, et je ne peux pas dire, en toute honnêteté, que je le déplore. Allez, maintenant, et Dieu vous préserve – car personne d'autre ne le fera. »

J'avais donc mes dix-huit ans, mon propre argent, ma liberté, et ma jeunesse. J'achetai un petit cabriolet Packard six cylindres – cela coûtait moins de mille dollars, à l'époque –, un nouveau phonographe, beaucoup de disques, et encore plus de vêtements ; tous les trois mois, la Knickerbocker Trust Company me faisait parvenir un chèque de deux mille dollars que, malgré les sinistres prédictions de Mr. Babcock, je ne parvins jamais à épuiser complètement. À l'automne suivant, j'entrai à l'université.

Le nouvel étudiant issu de St. Boniface possédait quelques caractéristiques : un goût passionné pour la grégarité, un penchant pour les filles de Bryn Mawr, et une dévotion servile envers les traditions universitaires. Je portais certes le sceau de St. B., mais, y étant allé contre ma volonté, je décidai de me montrer aussi atypique que possible. Par ailleurs, jetant un regard aigu sur les étudiants de première année – les prétentieux qui publiaient des petits poèmes aussi creux qu'incohérents dans le magazine littéraire, répandaient une espèce de

Christianisme nouvelle vague, et expliquaient avec passion quelle scénographie la compagnie théâtrale devait adopter pour ses représentations de Sophocle –, ils m'apparurent aussi puérils, solennels et affectés qu'ils le sont demeurés aujourd'hui. Donc, je ne pouvais me couler dans aucun de ces moules. J'étais sur le campus comme un bouchon flottant sur les vagues.

Cependant, je devais bientôt trouver mon point d'ancrage, avec quatre autres jeunes gens semblables à moi. Nous n'avions ni esprit d'école, ni bannière, ni trophée, ni reproduction de Cézanne ou Rouault aux murs de notre chambre. En revanche, nous avions quelques meubles, bouteilles de gin, canettes de bière, disques et numéros du *New Yorker*. L'équipe de football pouvait bien gagner, perdre ou périr – de fait, elle perdit trois années consécutives, sur les quatre que je passai là-bas. Le Groupe de Discussion pouvait également décider ce que bon lui semblait, face à la Russie : amie ou ennemie, peu nous importait. L'Atelier théâtral pouvait bien monter *Electre* en costumes contemporains ou *Femmes*, sans rien sur le dos, nous n'étions pas dans la salle. Ceux des étudiants qui possédaient quelque conscience sociale pouvaient organiser des meetings iconoclastes, déclencher autant de troubles et de grèves qu'il leur plaisait ; cela ne nous concernait en rien. Quant aux acharnés de théologie, ils pouvaient sauver toutes les âmes, mais pas les nôtres. Nous étudiions et maintenions nos résultats parce que cela semblait la chose la plus intelligente à faire. Pour le reste, nos intérêts se portaient radicalement hors de l'université.

Notre seul dieu était Fred Astaire. Il était tout ce que nous aurions voulu être : serein, raffiné, souriant, élégant, intelligent, adulte, drôle et sage. Nous voyions et revoyions ses films, passions et repassions ses disques jusqu'à l'usure complète, et nous nous habillions comme lui, autant qu'il était permis. Lorsqu'une crise quelconque surgissait dans nos jeunes existences, nous nous demandions ce que Fred Astaire aurait fait, et l'imitions. Certes, nous pensions être la crème de l'humanité, mais il faut dire que nous étions très jeunes.

Chaque fin de semaine, j'emmenais à New York une cargaison de jeunes Fred Astaire, qui s'installaient confortablement dans les chambres de la grande maison de Tante Mame, à Washington Square, et s'entraînaient à être raffinés avec leur hôtesse. Tante Mame adorait cela. Elle était friande de compagnie, et plus celle-ci était jeune et joyeuse, mieux c'était. Elle nous apprenait à préparer des cocktails comme Fred Astaire l'aurait fait, selon elle ; réunissait pour nous des jeunes filles par paquets de douze ; se procurait habilement des invitations pour les soirées les plus débridées ; nous abreuvait d'un bavardage sophistiqué, et faisait défiler devant nous ses amis les plus célèbres. Les garçons l'adoraient également et, grâce aux somptueux week-ends de Tante Mame, nous nous fîmes sans tarder, à l'université, une réputation de jeunes gens mystérieux, mûrs, mondains et vaguement débauchés.

Plus tard, nous nous inscrivîmes au même club. Non que nous aimions ce club plutôt qu'un autre, ou que celui-ci souhaitât nous avoir en son sein, mais parce que nos familles, vêtements, relations, argent et études nous y poussaient de manière évidente. De plus, ce club offrait la meilleure table du campus, et connaissait le filon des plus jolies filles. Nous étions donc un attrait pour lui, et lui pour nous. Telle est la pureté des amitiés de jeunesse.

Mais comme ma première année touchait à sa fin, un changement subtil se manifesta chez Tante Mame. Certain week-end où je m'étais rendu à

Boston pour retrouver une fille que j'avais rencontrée, je la trouvai, en rentrant à l'université, qui arpentait ma chambre d'un pas rageur. « Comment oses-tu ! fit-elle.

— Comment j'ose quoi ?

— Comment oses-tu t'enfuir à Boston sans même m'en parler ? Je suis restée là, à la maison, à me tourner les pouces, en vous attendant, toi et tes amis, et tu n'as pas même eu la décence de m'envoyer une carte postale pour me dire que tu ne venais pas !

— Mais jamais je ne vous préviens, quand je ne viens pas ; je vous préviens quand je viens.

— Mais enfin, j'ai tenu table ouverte pour toi et ta bande, tous ces week-ends passés. Qu'étais-je censée penser ? Alors, je me retrouve toute seule comme une malheureuse, à demi morte d'inquiétude, ayant invité une quantité de gens charmants et drôles, et toi, tu ne te montres même pas.

— Mais, Tante Mame...

— Ne m'interromps pas. Je n'ai pas pour vocation de diriger un hôtel pour un jeune ingrat de ton espèce. Ni d'abandonner toute vie personnelle pour me mettre au service d'un neveu sans égards, qui se moque bien de savoir si je suis morte ou vive. Bien, j'ai prévu une soirée magnifique, la semaine prochaine, et je veux te voir là, avec *tous* tes amis. Il n'y a ni "si", ni "mais". Et ne t'imagine pas que je suis prête à oublier ça, parce que ce n'est pas le cas ! » Sur quoi elle quitta la pièce en trombe, et claqua la porte.

C'était une scène étrange, de la part d'une personne aussi insouciante, aussi large d'esprit que Tante Mame, mais peu à peu, je commençai de comprendre ce qui se passait vraiment. Elle s'était mise à considérer mes amis comme les siens. Elle les appréciait, ils la flattaient, la distrayaient, et lui donnaient confiance en son éternelle jeunesse.

Progressivement, elle avait commencé de dépendre d'eux, comme d'un public devant lequel elle pouvait déployer son esprit, son charme, sa richesse, son allure. Elle leur offrait le gîte et le couvert, les soirées, l'alcool. Mais eux lui offraient beaucoup plus. Elle avait besoin d'eux, pour s'assurer qu'elle était toujours jeune, toujours belle, toujours désirable.

Dorénavant, tous les week-ends devaient se dérouler en compagnie de Tante Mame. Quand nous n'allions pas à New York, c'était elle qui venait nous retrouver. Elle connaissait tous les jeunes intellectuels les plus brillants de l'université, et se vit bientôt très sollicitée. Quand je n'avais pas envie de rentrer à New York, elle invitait les autres sans moi, et Biff, Bill, Jack ou Alex passaient des week-ends inoubliables à Washington Square, rencontrant ses amis les plus remarquables, s'amusant follement, mais avec raffinement, au cours de ses soirées, ou l'emmenant dîner au Stork Club. Parallèlement, Tante Mame, avec son manteau de zibeline, sa Rolls-Royce, ses tenues excentriques, devenait un élément familier du campus, aussi apprécié et glorieux que le nouveau stade.

Cependant, durant toute cette première année, Tante Mame fit preuve d'une retenue admirable. À chaque fois qu'elle venait passer un week-end, elle expliquait clairement qu'il s'agissait de rendre visite à tel ou tel professeur et à son épouse, ou à Mr. et Mrs. X, et si mes amis la virent beaucoup, ce n'était toujours que le dimanche à déjeuner, ou pour prendre un verre ensemble.

Durant la seconde année, elle demeura tout aussi présente. Et, si elle passait de moins en moins de temps à l'université, en compagnie des professeurs et de leurs épouses, elle recevait en revanche de plus en plus souvent mes amis chez elle, à New York.

À cette époque, j'entretenais une relation passionnée avec une serveuse prénommée Bubbles, qui avait su me séduire entre deux tranches de charlotte à l'ananas, dans un petit restaurant de Newark, et c'est donc là que je passais la majeure partie de mon temps libre, au Robert Treat Hotel, attendant Bubbles. Je vis donc peu Tante Mame, au cours de cette année-là et, mes amis les plus proches étant tout aussi proches d'elle, il me parut plus sage de ne jamais faire allusion à l'existence de Bubbles.

« Mon chéri », me dit un jour Tante Mame, vers la fin février, « je ne te vois quasiment jamais, ces temps-ci. Où *diable* passes-tu tes week-ends ? J'ai demandé à tous les garçons, et même *eux* ne le savent pas.

— Oh, à droite, à gauche », répondis-je de manière évasive. « Vous savez bien...

— Non, je ne sais pas, sinon, je ne te poserais pas la question. Mais je crois pouvoir deviner. Tu as une petite amie, c'est cela ? »

Je rougis.

« Mais enfin, *chéri*, pourquoi ne pas l'amener à la maison ! J'aimerais tellement faire sa connaissance. Comment s'appelle-t-elle ? Dans quelle université est-elle ? Tu as sa photo ? »

Je possédais bien une photo de Bubbles, mais ce n'était pas le genre de portrait que l'on montre à des parents aimants. En fait, Bubbles, elle-même, n'était vraiment pas le genre de petite amie que l'on présente à des parents aimants.

Mais à cet instant, Tante Mame décida d'apprendre à Alex à danser la samba, et le sujet fut abandonné, grâce au ciel.

Mon idylle avec Bubbles m'occupa énormément durant toute cette année, pas assez cependant pour m'empêcher de noter de nouveaux changements, en ce qui concernait Tante Mame et mes camarades d'études. J'emmenai trois d'entre eux passer les vacances de printemps à New York, espérant qu'ils pourraient distraire Tante Mame assez longtemps pour me permettre de filer à Newark, retrouver les charmes voluptueux de Bubbles. Ils y parvinrent, en effet. Mais je fus un peu surpris de les entendre l'appeler Mame, tout simplement, et non plus Mrs. Burnside. Alex, en fait, qui était mon aîné de deux ans, l'appelait « Mame Adorée ». En outre, j'aurais pu jurer qu'elle avait une nouvelle couleur de cheveux.

Ce n'était pas tout, d'ailleurs. Tandis que Biff et Bill parcouraient New York, traquant tout ce qui était jeune et joli, Alex ne s'éloignait guère de Washington Square. En réalité, on le voyait rarement sans Tante Mame, ni elle sans lui. Ils dansaient ensemble, jouaient au backgammon ensemble, déjeunaient ensemble. Une ou deux fois, comme je les surprenais à chuchoter dans la bibliothèque, ils levèrent vers moi un regard où se lisait presque la rancœur. Le soir, ils s'éclipsaient ensemble, pour dîner, aller au théâtre, ou souper dans quelque petit club aux tentures épaisses et aux banquettes moelleuses, nous abandonnant dans l'immense maison déserte.

Alex était le plus « astairien » de nous tous. Le plus grand, le plus vieux, le plus riche, le plus sophistiqué. Mais il n'était pas renversant à ce point, et je ne voyais pas très bien pourquoi Tante Mame lui consacrait ainsi son temps précieux. C'était le genre de femme qui aime les réunions, la foule.

Quoi qu'il en soit, Bubbles me donnait assez de souci pour que je n'aie pas à me préoccuper de ceux de Tante Mame. Notre liaison durait depuis cette froide nuit de janvier où j'étais entré dans sa gargote, ouverte toute la nuit, pour prendre une tasse de café. Bubbles n'était que tendresse et douceur, à cette époque. Elle m'aimait pour moi, pour moi seul. Ses yeux se remplissaient de larmes pour de menus cadeaux, un flacon de parfum, un déshabillé noir, deux paires de bas, un sac en alligator avec les chaussures assorties. Mais comme nous apprenions à mieux nous connaître, Bubbles, sûre de son pouvoir, se fit plus exigeante. Je dus mettre au clou mes épingles de cravate et mes boutons de manchettes, afin de payer la veste de renard blanc à laquelle elle tenait absolument.

« Mais, mon chou, il me faut bien une pelure ! » Ensuite, elle se fit voler son sac, et je dus lui donner de l'argent pour le loyer. Pâques arrivant, elle parlait de moins en moins des soldes chez Lerner, et de plus en plus des créations de Hattie Carnegie.

« Franchement, chou chéri, je m'dis quelquefois que tu as honte de m'emmener avec tous tes copains pleins aux as. Allez, tu peux bien le dire. T'as honte de moi, allez, t'as qu'à le dire !

— Écoute, Bubbles, laisse tomber, pour l'amour de Dieu. Tu sais bien que je n'ai pas honte de toi, mais tu ne t'amuserais pas, avec eux. Ce sont des gamins, tu sais.

— Ah ouais, parce que t'es vieux, toi ? »

J'avais vingt ans, mais avec une fille comme Bubbles, on vieillit vite.

« Oh, laisse tomber, mon chou. Viens, on va au Treat, je te paie un verre.

— C'est ça, c'est ça, rigolo, on va se payer un verre au Treat, et puis on va monter, et on va se payer autre chose. Newark, Newark, tout le temps Newark ! Dieux du ciel, naître à Newark, bosser à Newark, baiser à Newark, c'est ça, ma vie. Je suppose que je *crèverai* à Newark. Et qu'est-ce que ça peut bien te faire, Monsieur Le-cœur-sur-la-main, hein ? Je me souviens pas que tu m'aies jamais proposé d'aller faire un tour à New York. Je te signale que la traversée coûte cinquante cents, je peux bien te la payer, si t'es fauché à ce point. Mais non, tu parles ! Je suis assez bonne pour toi à Newark, mais quand il s'agit de m'emmener au Stork Club ou de m'présenter à ta tante, avec sa baraque à tout casser, alors là, jamais entendu parler, hein, jamais... Ah, si, dans *Hoppa's Bizzah*, ils en parlent, de Washington Square. Non, Bubbles, c'est la petite poule de province. Mais bon dieu, *reconnais-le*, au moins, que t'as honte de moi ! »

L'horreur, c'est qu'elle avait raison. J'*avais* honte d'elle. J'avais honte de moi, aussi, pour m'être laissé entraîner dans cette relation. C'était une petite grue minable, vulgaire et vénale, qui se faisait passer pour serveuse parce qu'elle était trop malhonnête pour avouer ce qu'elle était en réalité ; et moi, j'étais un minable petit snobinard, un parasite qui se faisait passer pour étudiant parce que j'étais trop malhonnête pour m'avouer ce que j'étais en réalité, et trop honnête pour oser appeler une grue une maîtresse. Mais elle l'était, pourtant, et commençait même de se révéler une maîtresse fatigante, tyrannique et coûteuse.

« Bon, d'accord, tu ne veux pas m'emmener à une des super-soirées de ta tante. Mais pourquoi pas au bal de fin d'année, hein ? »

D'horreur, ma mâchoire se décrocha.

« Ouais, tu m'as bien entendue. Je te parle du bal de deuxième année, à l'université. Ils ne parlent que de ça, dans les journaux. T'es bien en deuxième année, non ? Si tu es si fier de moi, pourquoi tu ne m'emmènerais pas à une des soirées chics, là-bas ? Allez, sois un chou, j'ai jamais été à un bal de fin d'année. Allez, dis oui, chou chéri.

— Mais mon amour, je ne vais pas à ces bals d'étudiants. C'est bon pour les gamins.

— Mais tu *dois* m'emmener, mon chou. J'ai jamais été à un bal de fin d'année, j'ai jamais eu l'occasion d'y aller. Quand papa est mort, et que son affaire d'import-export a fait faillite, j'ai dû laisser tomber les études – j'ai dit adieu à ma carrière. » Bubbles m'avait successivement présenté son père comme un banquier de première importance, un homme de loi, un chirurgien, un agent de change, et un directeur d'usine, mais j'étais trop abattu pour le lui faire remarquer.

Bubbles s'obstinait, suppliant, harcelant, enjôlant, menaçant. Au bout d'une heure de larmes et de chantage, je cédai.

« D'accord, mais cesse de pleurer, pour l'amour de Dieu ! Je ne supporte plus ça. *Oui*, je t'emmènerai à cette imbécillité de bal.

— Mon *choooouuuu* ! », s'écria-t-elle, radieuse au travers des larmes.

Le bal de fin d'année était l'événement social le plus important de la vie universitaire, même pour des types comme nous, qui n'avions aucun esprit grégaire. Il avait lieu durant la dernière semaine de mai, et tout le campus s'y retrouvait, sur son trente et un. Si vous aviez une petite amie, vous l'invitiez pour le week-end, et si vous n'en aviez pas, vous en trouviez une, la plus correcte possible. C'était une tradition. L'université ouvrait ses portes en grand. Le vendredi, chaque club d'étudiant offrait un dîner dansant somptueux à ses membres et à leur compagne, et des réceptions se tenaient dans toutes les chambres des foyers. Le samedi, s'improvisaient des pique-niques extraordinaires, avec autant de bière que l'on en pouvait boire, suivis, l'après-midi, d'une régate âprement disputée, à laquelle assistaient ceux qui étaient encore en état de le faire ; enfin, le samedi soir, avait lieu le grand bal de gala.

Tandis qu'en arrière-plan, la voix suave de Fred Astaire chantait *They Can't Take That Away From Me*, mes amis proches débattaient donc du grand bal, du genre de réception que nous allions donner dans nos chambres, de savoir qui était assez « astairien » pour être invité, et qui serait banni.

« Comment ça, Bugsy est un ringard ? » s'exclama Biff. « Je te signale qu'il est sorti avec Brenda Frazier.

— Ça, c'est son problème à elle, pas le nôtre », répliqua Jack d'un ton vif. « Je te dis une seule chose : s'il vient, moi, je ne viens pas.

— Allez, laissez tomber », fit Bill, énervé. « Ce qu'il faut savoir maintenant, c'est si on sert des martinis ou du scotch, à combien de personnes, et combien cela va nous coûter. Qu'est-ce que tu en penses, Pat ?

— Moi ? » Je commençai de rougir. « Eh bien, euh, je ne suis pas très sûr de pouvoir être là, les gars. Faites comme vous voulez, ne vous occupez pas de moi.

— Ne pas être là pour le week-end de fin d'année ? » s'exclama Biff. « Tu ne crois pas que tu en fais un peu trop, dans le genre Astaire ?

— Ne pas être là pour le week-end de fin d'année ? » répéta Bill, incrédule. « Depuis quand ? Écoute, mon vieux, si tu n'arrives pas à trouver une fille, je peux t'arranger ça avec la cousine de Mollie, Gloria Upson. Elle est toujours chez Miss Chapin, d'accord, mais si tu voyais le morceau !

— Croyez-moi », dis-je d'un ton glacial, « je n'ai aucune difficulté pour trouver une cavalière. Simplement, je ne serai pas là, c'est tout. »

Comme je quittais la pièce à grands pas, je surpris une expression étrange dans le regard d'Alex.

Avec la lâcheté propre à tous les hommes qui tentent de se débarrasser d'une fille, je tentai tous les trucs possibles pour décoller Bubbles avant le fameux week-end, sauf le « non » pur et simple. J'essayai l'Absence, et ne me montrai pas à Newark pendant dix jours. Bubbles ne parut pas s'en formaliser outre mesure. Dans un moment de faiblesse, je lui avais donné le téléphone de ma chambre et, le dixième jour, elle appela enfin. Je demeurai vague, évasif au bout du fil, et elle finit par réagir : « Mais enfin, qu'est-ce qui va pas, mon chou, t'es malade ? J'te jure que je commence à me faire du souci. Tu me rejoins, ou tu préfères que je vienne m'occuper de toi ? » Effet immédiat. Le soir même, je filais à Newark.

Ensuite, je tentai de provoquer une dispute entre nous. Je fus maussade, déplaisant, muet, rétif, mais Bubbles, dont l'insouciance et l'heureuse nature étaient proverbiales, demeura aussi sereine que Mona Lisa. Elle ne parlait plus que du bal de fin d'année, de la robe qu'elle allait porter, des gens qu'elle allait rencontrer, de toutes les débutantes les plus en vue qu'elle allait coudoyer. Moi, je frissonnais. Je ne savais pas comment y parvenir, mais une chose était certaine : Bubbles ne viendrait pas au bal de fin d'année avec moi.

Comme la semaine des réjouissances arrivait, je sus ce que j'allais faire. Je n'avais qu'à lui envoyer un télégramme disant que j'étais alité et contagieux, et filer en douce à Philadelphie, jusqu'à ce que la tempête soit passée. C'était certes assez vilain, mais il faut dire qu'elle venait de me soutirer cinq cents dollars pour s'habiller en vue de ses débuts dans le temple du savoir.

Le jeudi soir précédant les festivités, je me trouvais dans ma chambre, en train de jeter quelques effets dans un sac pour préparer ma fuite, au son de *Bojangles*, par Fred Astaire. Alex me regardait, vautré sur le divan avec une canette de Budweiser. Le téléphone se mit à sonner. C'était Tante Mame. « Mon chéri, comptes-tu venir à la maison, ce week-end ?

— Non, Tante Mame, vous savez bien que je vous envoie toujours une carte postale, quand je viens.

— Oh, c'est vrai, suis-je sotte. Mais où vas-tu, alors ?

— À Philadelphie, répondis-je d'une voix assurée.

— Pour *tout* le week-end ?

— Mais oui. Pourquoi ?

— Oh, juste comme ça, mon chéri. Je me demandais, simplement. Donc, tu ne seras pas *du tout* à l'université ?

— Non, bien sûr.

— Pas avant dimanche, tard dans la soirée ?

— Non, Tante Mame », dis-je avec agacement, irrité qu'elle ait ainsi éventé ma fuite sans gloire. « Et pourquoi toutes ces questions ?

— Oh, pour rien, mon chéri », fit-elle de ce ton innocent qui éveillait toujours ma suspicion. « Je me demandais simplement ce que mon petit amour allait faire de lui, tout le week-end. Pour ma part, je vais probablement rester tranquillement à la maison, en compagnie de Marcel Proust.

— Bien, vous lui ferez toutes mes amitiés. Au fait, Alex est juste à côté de moi. Voulez-vous lui dire un mot ?

— Mon Dieu non, *pourquoi* cela ? Dis-lui simplement bonjour pour moi, et que nous nous verrons un de ces jours. Bon, amuse-toi bien, à Philadelphie, mon chéri. »

Je trouvais assez étrange le coup de fil de Tante Mame, mais il est vrai que c'était une femme assez étrange. Alex me jeta un regard sombre et profond, déclarant qu'il allait se coucher.

« Qui as-tu invité pour le bal ? » m'enquis-je, feignant un vif intérêt.

« Oh, une nana », répondit-il, fermant la porte derrière lui.

Le lendemain, j'étais sur pied à huit heures. Le télégramme que j'avais imaginé – HOSPITALISÉ CAUSE DIPHTÉRIE STOP DÉSOLÉ POUR LE BAL STOP NE VIENS PAS STOP SUIS CONTAGIEUX – m'épargnait d'office le cours de composition anglaise, quant à la Sculpture italienne des XIVe, XVe et XVIe siècles, personne n'y assistait jamais, de toute façon. J'étais décidé à filer de bonne heure, avant que l'on pût m'interroger sur mes projets, et à quitter l'université pour le week-end maudit.

Il était exactement neuf heures et demie à la grosse horloge du bureau de la Western Union quand je finis de rédiger mon télégramme destiné à Bubbles. Ce qui signifiait que je pouvais rouler tranquillement jusqu'à Philadelphie, et arriver là-bas pour déjeuner. Sifflotant *The Piccolino*, je me dirigeai d'un pas léger vers la voiture, ouvris la portière. La chanson mourut sur mes lèvres. Bubbles était installée sur la banquette.

« Surprise ! » glapit-elle. « C'est moi, mon chou ! Tu ne m'attendais pas si tôt, pas vrai ?

— Bubbles, ça alors... fis-je dans un souffle.

— Eh ben quoi, on dirait que tu as vu un fantôme, mon chou. Alors, tu ne me fais pas un petit bisou ? »

Je m'assis derrière le volant, hagard.

« C'est le cuisinier », reprit Bubbles avec volubilité, « tu sais, le cuisinier, il me dit comme ça "on n'est jeune qu'une fois, alors vas-y, prends *tout* ton week-end", alors du coup je me suis levée à l'heure des poules et j'ai pris le train du matin – un vrai tortillard, que c'était – pour te faire la surprise.

— En effet, c'est réussi.

— J'ai pas pu trouver de taxi à la gare, alors je me suis dit que j'allais marcher, et tout d'un coup, qu'est-ce que je vois ? Ta voiture. J'ai reconnu la plaque de New York. Du coup, je me suis installée. Dis donc, mon chou, j'espère que tu ne m'as pas réservé une suite trop chère à l'hôtel, parce que je vais loger chez mon amie Mavis.

— Mavis Hooper ? » fis-je, incrédule.

Mavis Hooper était la prostituée locale – elle-même fille illégitime de la précédente prostituée locale. C'était une semi-débile mentale, bien que, murmurait-on, Woodrow Wilson eût été son père géniteur.

Un bloc de marbre à la place de l'estomac, je conduisis Bubbles chez Mavis, qui habitait, dans les faubourgs, une maison de bardeaux bien connue, et portai ses bagages flambant neufs, d'un bleu vif, gravissant les marches usées et polies par des générations d'étudiants des Beaux-Arts.

« Allez, entre donc, pose-toi un moment, mon chou, me proposa Bubbles.

— Je... Je ne peux pas », balbutiai-je. « J'ai un cours de sculpture.

— OK, p'tit prof. Je vais faire un brin de toilette, puis j'irai te rejoindre au campus pour déjeuner.

— Oh, non ! Pas ça, Bubbles ! C'est trop loin. Je passerai te prendre. À midi pile, d'accord ?

— Ça marche. Comme ça, on pourra visiter un peu le patelin. Salut, mon chou ! »

Je me laissai tomber derrière le volant, les jambes faibles, en proie au vertige. Si je m'étais jamais targué d'un certain machiavélisme, Bubbles venait de me distancer, et de loin. Roulant lentement vers le foyer du campus, je me sentais pris dans un pétrin inextricable. Si je regagnais ma chambre et affrontais la situation, jamais je ne pourrais justifier l'existence de Bubbles. Si je quittais la ville pour le weekend – ou même pour plus longtemps –, Bubbles, avec son esprit inquisiteur, trouverait certainement le chemin du dortoir, et ferait une scène comme n'en avait jamais connu cette chère vieille Morgan House. Si je me tirais une balle... Non, finalement. La meilleure chose à faire, c'était de filer au dortoir, de prendre quelques vêtements et d'aller m'installer dans un motel pour touristes, en essayant de garder Bubbles aussi loin de l'université que possible.

Ce jour-là, nous allâmes déjeuner au Howard Johnson's, à trente kilomètres de là et, en rentrant, je fis force détours pour lui montrer la région.

« Mais mon chou, regarde l'heure qu'il est ! Il faut que je rentre me changer, avant d'aller à tous ces cocktails. Et puis il y a le dîner dansant du club.

— Du club ? Quel club ? Je ne suis membre d'aucun club.

— Tu n'appartiens pas à un club ? » s'écria Bubbles d'une voix perçante. « J'aurais pourtant juré que tu m'avais dit que tu étais au...

— Oh, je vois... J'ai donné ma démission. Il y a deux mois de cela. Une bande de snobs. Aucun sens de la démocratie. Écoute, Bubbles, si on s'offrait un petit dîner tranquille, tous les deux – juste toi et moi ?

— Bon, si tu veux », fit-elle, de mauvaise grâce. « Mais je n'ai pas encore vu un seul de tes copains, depuis que je suis arrivée dans ce bled.

— Nous avons tout le temps pour ça. Nous ne sommes que vendredi. »

Je parvins à tenir Bubbles à l'écart jusque tard dans la soirée.

« Et la retraite aux flambeaux, et les débutantes de New York ? demandait-elle sans cesse.

— Tu sais, la retraite aux flambeaux, c'est comme si on craquait des allumettes dans le noir, quant aux filles de New York, elles n'arriveront pas avant demain, pour la plupart. C'est loin, tu sais.

— Ouais, presque une heure et demie, avec l'omnibus », dit-elle, la mine sombre. « Bon, ben tu m'emmènes voir ta chambre, alors ? Je l'imagine déjà, une vraie cagna de célibataire.

— Les filles ne sont pas autorisées à pénétrer dans les chambres, dis-je d'une voix brève.

— Pourtant Mavis dit...

— C'est fini, maintenant. Ils sont devenus très stricts. »

Il était une heure et demie quand je réussis à me dégager, et je passai une nuit sinistre au motel Kosy Komfie Kabins, maudissant le jour où j'avais entendu parler de Newark.

Le lendemain matin, je passai prendre Bubbles avant qu'elle n'ait eu le temps d'explorer la ville, risquant de tomber par hasard sur quelqu'un de ma connaissance. Elle dévala les marches de la maison de Mavis, vêtue d'une robe d'organdi vert vif et coiffée d'un grand chapeau de paille. « Tu aimes ? » fit-elle, virevoltant avec coquetterie. « En tout cas, j'espère que oui, parce que l'argent que tu m'as donné ne suffisait pas pour celle-ci, et je l'ai fait mettre directement sur ton compte.

— Ravissante, dis-je d'une voix sans timbre, pensant à Mr. Babcock et à la Knickerbocker Trust Company.

— Bon, on est prêt pour le grand pique-nique ? »

Ayant prévu la question, j'avais la réponse toute prête, à la main – un sac de sandwichs à la tomate et un pack de Ballantine's bien fraîches.

« Mais mon chou », geignit Bubbles, « quand est-ce qu'on va enfin voir tes copains étudiants ? »

Le pique-nique ne fut pas ce que l'on peut appeler un *succès fou**. Bubbles s'assit sur une fourmilière et, ayant oublié d'apporter un décapsuleur, je me coupai vilainement la bouche avec le goulot cassé d'une canette de bière. L'heure des régates arrivant, Bubbles devint intenable.

« Mais je *veux* voir la course de bateaux ! » répétait-elle sans cesse.

J'étais désemparé. Pas une goutte de pluie à l'horizon. Je roulai soigneusement sur une bouteille brisée, mais les pneus survécurent. Nous arrivâmes au bord de la rivière au moment où la foule était le plus dense. Cette année-là, le pistolet à eau constituait la dernière distraction à la mode, et Bubbles ne manqua pas d'exprimer de manière audible, et sans ambages, ce qu'elle pensait de ces sales mômes de Wellesley et Vassar qui, en l'espace d'une demi-heure, avaient massacré sa robe – *ma* robe, en fait.

Drapée dans son organdi dégoulinant, Bubbles contemplait d'un regard dédaigneux les filles auxquelles elle aurait tant voulu ressembler – celles-ci étaient en jupe et sweater, chasuble et corsage, blue-jeans, sweat-shirt. « Pas très chic, hein ? » renifla-t-elle. « Viens donc, on va voir là-bas. Ils ont l'air plus sympa. »

Mon regard, suivant son doigt tendu, atterrit droit sur Biff, Bill et Jack, occupés à descendre force bières en compagnie d'une bande de jolies filles de Bennington. « Oh, *ceux-là* ? Aucun intérêt », dis-je précipitamment. « Une bande de raseurs. D'ailleurs, je connais un endroit d'où tu pourras beaucoup mieux suivre la course.

— Le départ, ou l'arrivée ?

— Le départ – c'est beaucoup plus intéressant.

— Mais quel intérêt de ne voir que le *départ* d'une course ?

— Mais ça ne t'empêchera pas de voir aussi l'arrivée. Allez, viens. » La saisissant par le bras, je l'entraînai hors de la foule. Au même instant, je vis passer à toute vitesse la Lincoln Zephyr bleue qui faisait l'orgueil et la joie d'Alex. En jaillit un tir de barrage de pistolets à eau, dont Bubbles et moi fûmes les premières victimes. La voiture disparut en un éclair, mais je pus cependant percevoir distinctement une voix d'airain s'écrier : « Oh, chéri, mais c'est absolument *sensationnel* ! Je me sens comme une véritable *enfant* ! »

Je m'arrêtai net. « *Non. C'est impossible* », me disait la voix de la raison.

« Non mais, t'as vu cette espèce de rombière de Park Avenue, elle a quasiment vidé son pétard sur moi. La vache, si jamais je la...

— Allez, viens », dis-je, la poussant sans ménagement, « sinon, nous allons manquer la régate. »

La nuit du grand bal, toutes les étoiles brillaient au ciel quand je passai prendre Bubbles. Elle n'était pas tout à fait prête, et je dus attendre dans le salon de la maison de Mavis, un peu raide dans mon habit de soirée. Deux étudiants de première année sonnèrent à la porte, et demandèrent si Mavis était là.

« Pas ce soir, les gars », répondit Mrs. Hooper avec jovialité.

L'un d'eux m'aperçut au travers de la porte-moustiquaire. « Tu as trouvé un emploi de pianiste ici, Dennis ? » lança-t-il. Je grimaçai.

« Ah là là, les sacrés mômes », déclara Mrs. Hooper avec un rire de gorge. « Un homme, c'est toujours un homme, comme on dit. Mais d'ailleurs, je me souviens bien de l'époque où l'on vous voyait souvent ici, hein ? »

Au bout d'un long, très long moment, Bubbles fit son apparition. Si, l'après-midi, elle détonnait quelque peu au milieu des étudiantes roses et fraîches, elle était à présent aussi voyante qu'un projecteur allumé pleins feux. Elle portait une robe moulante de lamé or à empiècements de velours rouge, ses bras croulaient sous les bracelets en toc, les plus lourds et les plus clinquants possible. Un collier de chien composé de perles douteuses serrait sa gorge à l'étrangler, et elle avait relevé ses cheveux en un chignon Pompadour dont la hauteur vertigineuse défiait toutes les lois de la gravité. On ne pouvait lui reprocher d'avoir lésiné sur le maquillage. Au contraire.

« Alors, tu aimes ? me demanda-t-elle.

— Tiens, Bubbles », dit Mrs. Hooper, qui arrivait en traînant les pieds dans ses chaussons, « je t'ai gardé ta parure au frigo. »

Délicatement, Bubbles épingla une interminable guirlande d'orchidées rouges sur sa robe déjà fort voyante. À la fin du mois, je devais découvrir qu'elles m'avaient coûté cinquante-six dollars, débités sur mon compte par le fleuriste le plus cher de la ville. Bubbles jeta sa veste de renard blanc sur ses épaules, saisit une pochette du soir aux paillettes ternies. « OK, mon chou, je sens qu'on va drôlement rigoler en ville, ce soir. On mange où, chou chéri ? À *l'Auberge* ? »

Pour un million de dollars, cash, je ne me serais pas approché à moins d'un kilomètre de *l'Auberge.* « Oh, non Bubbles, pas cette gargote. La nourriture donnerait des crampes d'estomac à une autruche.

— T'es trop marrant, toi alors ! glapit-elle.

— Non, je me suis dit que nous pourrions aller dans un petit restaurant français que je connais. C'est intime, tranquille, et la cuisine est excellente. » Le petit restaurant français en question était un snack minable à une bonne vingtaine de kilomètres de la ville – distance raisonnable. La nourriture y était infâme, mais ils utilisaient effectivement sur le menu quelques termes comme *Potatoes Lyonnaise, Soup du Jour, Filet Mignon aux Champignons*, et l'endroit s'appelait *Chez Louis*. Grâce au ciel, il était désert quand nous arrivâmes.

Je commandai d'office six *side-cars*, choisi tous les plats préparés au vin, et fis en sorte que le champagne coulât à flots durant tout le repas. Mon espoir, aussi mince fût-il, était que Bubbles, dont la capacité à tenir l'alcool n'avait jamais été très remarquable, soit bientôt dans un tel état que le grand bal ne lui inspire plus qu'indifférence – ou même qu'il lui sorte entièrement de l'esprit. Cependant, elle but tout au long du dîner, avec une détermination farouche, et commanda même une troisième bouteille de champagne. « Vrai, mon chou », déclara-t-elle, « ça, c'est la vie, même si, entre nous, il faudrait une hache pour venir à bout de ce steak. Allez, chou d'amour, il commence à se faire tard. Il faut qu'on aille au bal.

— Oh, prends ton temps. Personne n'arrive jamais avant minuit.

— Mais mon chou, il est dix heures passées, et il y a Glenn Gray et le Casa Loma Band. J'ai vu ça dans le canard.

— Il est encore tôt », dis-je d'un ton faussement dégagé. « Finis ton Tortoni. C'est une vieille recette française traditionnelle.

— Française, mes pieds. Je connais bien les deux Grecs qui le fabriquent, à Newark, et si tu voyais l'intérieur de leurs cuisines, tu n'en donnerais même pas à ton chien.

— Bon, eh bien prends au moins un bon petit cognac. »

Malgré toutes mes tentatives, je ne parvenais pas à la saouler. Le bal, c'était tout ce qu'elle avait en tête.

« Allez, chou, on y va ! » geignait-elle sans cesse.

Il était presque minuit quand nous arrivâmes à la soirée. Je marchais quelques pas derrière Bubbles, espérant que l'on penserait que nous n'étions pas ensemble.

« 'Scuse-moi, amour, il faut que j'aille me mettre un coup de laque sur mon chignon. »

Je filai aux toilettes et pris une grande rasade de ma flasque d'alcool, puis une autre, et une autre encore. Bubbles, telle une déesse barbare, m'attendait en tapant du pied. « Ben alors, mon chou, j'ai cru que tu étais tombé dans le trou. Et pourquoi tu portes ces lunettes noires ?

— J'ai les yeux fragiles », marmonnai-je.

Dans la salle de bal, Bubbles fit immédiatement sensation. Tout en dansant, je tentais de demeurer aussi éloigné que possible du groupe des garçons sans cavalière, mais ceux-ci paraissaient nous suivre. Me parvenaient sans cesse des sifflements discrets, lascifs, qui semblaient plus moqueurs qu'admiratifs.

« Je te parie cinq dollars que c'est bien Pat Dennis », fit une voix, et j'entraînai rapidement Bubbles au centre de la piste. Au milieu des légères robes du soir blanches ou pastel, le harnachement de Bubbles évoquait quelque vieux costume oublié dans la garde-robe de Minsky's.

« Un peu quelconque, ce qu'elles portent toutes », renifla Bubbles. « Si tu veux mon avis, rien de tel qu'une vraie robe du soir, avec de la classe. »

La salle était agréablement sombre, derrière mes lunettes noires, et la tête me tournait un peu.

Après deux tours de piste, je sentis une petite tape sur mon épaule. Me retournant, je me trouvai face à Remington, dit Remington le Répugnant, le type le plus riche de l'école. « Puis-je ? demanda-t-il d'une voix suave.

— Avec plaisir.

— À plus, chou chéri », couina Bubbles, comme ils s'éloignaient en dansant.

Enfin débarrassé de Bubbles, j'ôtai mes lunettes de soleil et examinai la salle. Il y avait un monde fou. Dans le groupe des garçons sans cavalière, j'observai tranquillement les danseurs, les allées et venues. Si Bubbles évoquait la Grande Prostituée de Babylone, elle s'en sortait remarquablement bien, cependant, s'étant jointe à une bande d'étudiants parmi les plus bruyants, les plus tapageurs du campus. À part une expression particulièrement malvenue, ou un cri excessivement aigu de temps à autre, Bubbles tenait la route, et suscitait une attention amusée qui n'avait rien de déshonorant.

Une main me secoua le coude. C'était un garçon de première année, un petit crevard qui avait fait tout son possible pour s'intégrer au groupe des fans d'Astaire.

« Salut, fis-je, sans amabilité excessive.

— Salut. On se marre bien, hein ?

— Pas mal, dis-je d'un ton froid.

— Dis-moi », reprit-il d'une voix animée, « tu connais tout le monde, ici. C'est qui, cette sirène qui est en train de faire un malheur avec les garçons ? »

Le sang me monta au visage. « En rouge et or ?

— Non, pas cette cloche, grands dieux ! Non, cette créature mystérieuse, là-bas, toute en voile noir. »

Regardant dans la direction qu'il m'indiquait, je vis une masse compacte de jeunes gens empressés autour d'une femme séduisante qui minaudait au centre du groupe, distribuant sourires charmeurs et œillades provocantes. « Mon Dieu », fis-je dans un souffle. C'était Tante Mame. Elle portait une robe bustier, un éventail, et tous ses diamants, jusqu'au dernier.

« Qui est-ce ? » insistait-il. « Elle est arrivée avec ton copain Alex. On ne voit qu'elle partout, depuis hier, et les flics ont dit que si elle n'arrêtait pas de faire l'andouille avec son pistolet à eau, ils la coffraient. Sacré morceau, hein ! Comment s'appelle-t-elle ?

— Je n'ai jamais vu cette femme de ma vie, je le jure devant Dieu », répondis-je d'une voix égale.

Là, c'était l'horreur. Il fallait que je récupère Bubbles et que je la sorte d'ici – et vite. Chaussant de nouveau mes lunettes noires, je traversai la piste en titubant, bousculant les couples. Bubbles faisait à présent partie, définitivement, du groupe des Caleçons de Gym et Chaussettes Sales. La moitié des membres des équipes sportives avait complaisamment pressé leur corps athlétique, fleurant la sueur, contre le rempart rouge et or, et ils demeuraient là, langue pendante, réclamant à grand bruit un nouveau tour de piste. Pour l'instant, elle dansait de nouveau avec Remington le Répugnant. J'intervins.

« Viens, Bubbles, il faut que je file.

— Mais *pourquoi*, ça va pas, non ? glapit-elle.

— Ne pose pas de questions, viens, c'est tout.

— Mes pieds, que je vais venir. J'ai passé tout le week-end à me faire suer dans ce bled, et maintenant que je commence juste à m'amuser, tu veux que je parte ? Eh ben non. Non, non, et *non* ! » Elle criait à pleine voix maintenant, complètement rétamée. Un petit groupe de jeunes gens, intéressés par la scène, commençait de se former autour de nous.

« Bubbles, tu me suis immédiatement – je dis bien immédiatement –, sinon...

— Sinon *quoi* ? Tu m'invites à ton fameux week-end, et qu'est-ce qui se passe ? Rien. J'ai même pas foutu les pieds sur le campus. J'ai rencontré personne ; les mondanités, ceinture ; la retraite aux flambeaux, ceinture ; le dîner dansant du club, ceinture ; les réceptions, receinture ! J'ai même pas eu l'occasion de porter la moitié de mes fringues. Alors maintenant, je m'amuse un peu, et tu vas pas venir me casser les pieds. Si tu veux partir, vas-y. *Moi*, je reste. Mr. Remington me tiendra compagnie, comme un vrai gentleman. Pas vrai ?

— Tu parles, mon chou, fit-il, pressant sa hanche contre la sienne.

— Tu es sérieuse, Bubbles ? C'est *définitif* ? demandai-je, tentant de dissimuler mon soulagement.

— Un peu, que je suis sérieuse !

— C'est un adieu, alors ?

— Adieu, et pour toujours, mon petit gars. » Sur quoi elle disparut, tourbillonnant au bras de Remington.

Me sentant comme un condamné que l'on vient de gracier de la chaise électrique, je quittai la soirée.

J'étais un homme libre. Bubbles m'avait dit adieu, adieu *pour toujours*. Personne ne m'avait vu avec elle, et ma réputation de jeune homme raffiné, serein, « *astairien* », demeurait intacte. Le cœur léger, je décidai de rentrer immédiatement dans ma chambre, et de jouir longuement du plaisir d'être dans mon propre lit. Les vêtements que j'avais laissés au motel pouvaient attendre. Bien sûr, demeurait cette question de la présence de Tante Mame au bal, mais la réponse m'apparaissait relativement évidente. Elle avait dû y accompagner quelque professeur, avec son épouse. En tout cas, elle ne m'avait certainement pas vu, *ni* Bubbles. C'était l'essentiel.

Encore un peu gris, je rentrai dans ma chambre, fermai la porte à clef, et me déshabillai. Tout était silencieux, dans Morgan House. J'éteignis la lumière, avec dans l'oreille la voix de notre idole chantant *The Way You Look Tonight* et, heureux de ma liberté recouvrée, à présent que Bubbles avait Remington le Répugnant pour payer ses factures, je me laissai dériver vers le sommeil du juste.

Il était quatre heures et demie quand des coups précipités, frappés à ma porte, me réveillèrent en sursaut.

« Qui est-ce ? marmonnai-je.

— Ouvre-moi, ouvre-moi, vite ! chuchota une voix féminine, haletante, éperdue, au travers du mince panneau.

— C'est terminé, entre nous, Bubbles », dis-je d'une voix pâteuse, enrouée de sommeil. « Inutile de venir me supplier. Tu m'as trop fait souffrir.

— Mais ouvre cette porte, grands dieux ! C'est Tante Mame ! Ouvre-moi ! »

Sautant hors du lit, j'allumai et me précipitai à la porte, renversant une chaise, clignant des yeux comme une chouette en plein jour. J'ouvris, et Tante Mame pénétra en trombe dans la chambre, toujours vêtue de sa robe de gala, une étole d'hermine jetée n'importe comment sur ses épaules. « Merci mon Dieu », fit-elle dans un soupir, s'adossant à la porte. « Ferme à clef, s'il te plaît », dit-elle, haletante. « J'imagine que tu n'as rien à boire, ici ?

— Mais enfin, Tante Mame, qu'est-ce que vous faites ici ? m'enquis-je, en articulant péniblement.

— Ne me demande rien avant de me donner un verre. Vite. N'importe quoi. »

Je lui versai un scotch bien tassé dans un verre à orangeade, et elle se laissa tomber sur le divan. « Merci, mon petit amour, merci, c'est un tel réconfort. Je ne pensais absolument pas que tu serais déjà rentré de Philadelphie – tu m'as bien dit Philadelphie, n'est-ce pas ? Je me suis dit que je pourrais me cacher un petit moment chez toi, si la porte était ouverte.

— Vous cacher ? » fis-je, balayant les mèches qui me tombaient sur les yeux. « *Pourquoi*, vous cacher ? » Je commençais de retrouver mes esprits. Je l'observai longuement, fixement, d'un œil froid. Elle semblait éviter mon regard. « Dites-moi, que faites-vous *ici*, de toute manière ? Vous êtes venue avec Marcel Proust ? »

Pour la première fois, depuis toutes ces années, je voyais Tante Mame franchement embarrassée. « C'est vraiment *charmant*, cette chambre d'étudiant, mon chéri. Et si tranquille.

— Vous l'avez vue cent fois. Et vous n'êtes sûrement pas venue jusqu'ici, habillée comme cela, juste pour me féliciter pour le choix de mon papier peint. Je répète : que faites-vous *ici et maintenant*, et dans cette tenue ? »

Tante Mame se tortilla un peu sur le divan, mal à l'aise, évitant toujours mon regard, mais elle demeurait malgré tout elle-même, prompte à répliquer. « Bien, c'est l'Inquisition ? Dans ce cas, tu noteras que je pourrais tout aussi bien te faire remarquer, non sans pertinence, que cette minable petite chambre n'évoque en rien une chambre à Philadelphie. Tu as le don d'ubiquité, c'est cela ?

— Je suis rentré plus tôt que prévu », répondis-je avec une innocence parfaite. « Et à présent, au risque de me répéter de manière un peu lassante, puis-je vous demander ce que vous faites ici ?

— Eh bien, si c'est tout l'accueil que je reçois de ma seule famille », dit-elle, se dressant avec hauteur, « je ferais peut-être mieux de m'en aller.

— Très bien », fis-je, gagnant la porte en deux enjambées. « Bonsoir.

— Oh, non, je t'en supplie ! » s'écria-t-elle, en se recroquevillant sur le divan.

Il y eut un vacarme terrible dans le couloir. J'entendais des pas lourds monter et descendre les escaliers, le ferraillement d'un passe-partout dans des serrures, au loin.

Je la regardai fixement, froidement. À présent, j'étais parfaitement réveillé, et tout à fait dégrisé. Je commençais de réunir les fragments de la mosaïque de ces trois derniers jours – l'étrange coup de fil de Tante Mame, la voix entendue dans la voiture d'Alex, derrière le pistolet à eau, la « mystérieuse créature en voile noir » qui « faisait un malheur » au bal. « À présent », dis-je d'un ton serein, « peut-être serez-vous assez aimable de me dire, puisque je vous le demande pour la *quatrième* fois, ce que vous faites exactement en tenue d'assaut, dans un dortoir de garçons, à quatre heures et demie du matin, en plein week-end de fin d'année, en cet an de grâce mille neuf cent quarante.

— Je... Je... Sers-moi un autre verre, mon chéri.

— *Après*. Maintenant, allez-y, expliquez-moi ça. Que faites-vous ici ?

— Bon, si tu y tiens absolument, eh bien, voilà, j'étais simplement dans la chambre d'Alex, nous écoutions des disques, et tout à coup, on entend un raffut infernal, comme si tous les gardiens des dortoirs se mettaient à courir dans tous les sens pour fouiller les chambres, et...

— Et que cherchaient-ils, à votre avis, la Génération Perdue ?

— Si seulement tu me laissais continuer, je suis certaine que tu trouverais mon explication *parfaitement* satisfaisante.

— Je n'en doute pas. Je vous en prie...

— Apparemment, c'était cette abominable petite grue – vraiment, la créature la plus vulgaire du monde, attifée en rouge et or, minable, vraiment – qui avait accompagné un garçon dans sa chambre. » Mon cœur s'arrêta, une seconde. « Dieu seul sait ce qu'ils faisaient là, mais bon, on peut l'imaginer. Il y a eu des cris, des cris horribles, des injures, des termes franchement inimaginables, et les gardiens ont littéralement commencé une *rafle* dans les chambres.

— Ah bien ?

— Mon Dieu, je ne tenais pas *vraiment* à ce que l'on me trouve dans la chambre d'Alex à cette heure de la...

— Non, j'imagine, fis-je d'un ton glacial.

— Et c'est pourquoi je me suis faufilée jusqu'ici, pour attendre que l'orage se calme. Je savais – je *pensais*, plutôt – que la chambre était vide. Bien, à présent, sers-moi un verre, sois un amour.

— Je ne trouve pas encore votre explication *parfaitement* satisfaisante. Que faites-vous ici ? Dans cette tenue, dans cette université, dans cette ville, dans cet État ? Vous étiez censée passer le week-end en compagnie d'un bon livre.

— Eh bien... Eh bien vois-tu, mon chéri, au dernier moment, j'ai été invitée par le professeur Townsend et son épouse, et je me suis...

— Et vous vous êtes retrouvée au bal de fin d'année avec un garçon qui pourrait aisément être votre fils.

— Faux, à moins que tu ne fasses allusion à quelque malheureux caprice de la nature, comme cette pauvre enfant péruvienne. Après tout, je ne suis pas *à ce point* plus âgée que toi !

— Non, seulement de vingt ou trente ans ! » m'écriai-je. « Mais qui espérez-vous donc tromper, Grand-mère Moïse ?

— Cela suffit !

— Non, cela ne suffit pas ! Et cela ne suffira pas tant que je ne connaîtrai pas toute l'histoire, du début à la fin, Veuve des Campus. Alors commencez par le commencement. L'unique raison de votre coup de téléphone de jeudi, c'était de savoir si je serais dans les parages, pour vous surprendre en train de folâtrer avec une bande de gamins deux fois plus jeunes que vous. D'accord ?

— C'est faux. Je m'inquiétais seulement de savoir comment tu al...

— Répondez-moi, oui ou non. Vous aviez envie de venir ici, à condition d'être sûre que je n'en saurais rien. Oui ou non ?

— Oui, espèce de monstre, oui, oui, oui !

— Et c'est Alex qui vous y a poussée, n'est-ce pas ? *N'est-ce pas* ?

— Oui, fit-elle dans un souffle, ravie de partager la faute.

— En fait, Alex et vous n'avez cessé de vous tourner autour, durant toute l'année, c'est cela ?

— Si tu continues à me parler sur ce ton, je devrais quitter ta chambre, Patrick.

— Allez-y. Je ne vous retiens pas. » D'après les voix et les bruits de pas qui parvenaient du couloir, je savais que les surveillants étaient arrivés à mon étage. Comme Tante Mame ne faisait pas mine de se lever, je poursuivis. « Alex et toi, vous avez passé tout le printemps à vous faire du plat.

— Ce que tu dis là est insultant, et ignoble. Je ne m'intéresse qu'à son esprit.

— Ha ! Alex n'a *aucun* esprit, il serait le premier à vous le dire.

— *Très bien* ! » cria-t-elle soudain. « Eh bien oui, peut-être que j'ai un peu flirté avec lui, *effectivement*. Il m'amuse.

— Et donc, vous vous êtes dit que ce serait amusant, vraiment irrésistible, de descendre ici en douce pour faire la folle avec toutes ces autres jeunes et joyeuses étudiantes.

— Il se trouve, vois-tu, que j'ai moi-même été étudiante.

— Oh, certes : Smith College, Northampton, Massachusetts, promotion 1917.

— Et alors ? J'ai toujours eu des années d'avance, dans mes études. J'étais encore presque une enfant, lorsque j'ai obtenu mon diplôme.

— Une enfant, sans aucun doute », fis-je en riant, « un bébé dans ses langes, même. Et l'année où vous avez obtenu votre diplôme de fin d'études étant, par un heureux hasard, celle où est né Alex, vous avez trouvé là un lien entre vous, une raison idéale pour venir le rejoindre et semer la panique en ville, avec votre pistolet à eau.

— Mais de quoi diable parles-tu ? fit-elle sans conviction.

— Je parle de *vous* – la Fannie Ward du pauvre –, je parle d'une gamine de quarante-cinq…

— Quarante-quatre !

— Ha ha ! Donc, une gamine de quarante-*quatre* ans, qui se fait courser par les flics pour avoir inondé la moitié du campus avec son pistolet à eau.

— J'aimerais bien avoir ce pistolet à eau, maintenant », siffla-t-elle entre ses dents serrées, « et rempli d'acide sulfurique. »

Un coup bref, comminatoire, fut frappé à la porte. « Ouvrez. Ouvrez, là-dedans. Visite des chambres ! »

« Oh, mon Dieu », fit Tante Mame dans un souffle.

« Ne froisse pas tes dentelles, Lillian Russell », fis-je méchamment. « Après tout, vous n'êtes que ma

vieille tante, même si le couvre-feu est dépassé. »
J'ouvris grand la porte. « Oui ? »

Sur le seuil, se tenait le vieux Casey, un surveillant de nuit plusieurs fois centenaires. « Désolé de vous déranger, Mister Dennis », dit-il timidement, « mais il faut que nous inspections toutes les chambres. Ordres du doyen.

— Entrez, je vous en prie. Comme vous le voyez, j'ai *effectivement* une femme chez moi, mais il s'agit de ma tante Mame. Je me suis senti mal en début de soirée, et elle est venue de chez le professeur Townsend pour s'occuper de moi. Mais cela va beaucoup mieux, à présent ; si vous voulez fouiller la chambre, allez-y, entrez. »

Le vieux Casey loucha vers la chambre, le cou tendu, ses sourcils blancs et broussailleux s'agitant de haut en bas. Son visage s'éclaira à la vue de Tante Mame. « Dieux du ciel, mais c'est Miss Dennis, ma parole ! Je vous ai vue plus d'une fois dans le coin, hein, ces deux dernières années. Et bien avant, aussi, hein », ajouta-t-il avec un rire de dindon, un peu mélancolique néanmoins. « Grands dieux, si je me souviens d'elle, quand elle était étudiante ! Elle était de toutes les soirées ! Ce devait être en quinze ou en seize. Jolie comme un cœur, qu'elle était, et un sacré numéro, hein ! »

Tante Mame marmonna quelque banalité, de mauvaise grâce.

« Dieux du ciel », reprit le vieux Casey, « *ça*, c'était une époque, hein ? Enfin, le temps passe pour tout le monde, pas vrai ? J'imagine que vous avez des filles, maintenant, et que c'est *elles* qui viennent s'amuser au bal. »

Tante Mame ne put réprimer un haut-le-corps discret.

« Oh, non, Casey », dis-je vivement. « Les deux filles de Mrs. Burnside sont mariées, elles habitent à Akron, dans l'Ohio, et elles ont *elles-mêmes* des filles. Elle est grand-mère, à présent. N'est-ce pas, Tante Mame ? »

Tante Mame hocha la tête, l'air misérable.

« Eh oui », continuait le vieux bonhomme, « c'est ce qui fait tourner le monde, hein. On vieillit tous. Bon, ben je suis à peu près sûr que la petite garce que je cherche ne serait pas dans la même chambre qu'une dame de la haute société new-yorkaise, et grand-mère, en plus. Mais si vous repérez une espèce d'effrontée du nom de Bubbles, prévenez-moi. Tous les ans, ça arrive – un pauvre gosse un peu bêta se fait mettre le grappin dessus par une de ces traînées – 'scusez-moi, madame –, et c'est des ennuis à n'en plus finir. On pourrait croire que nos garçons ont un peu plus de plomb dans la cervelle, avec leurs études et tout ça. Bon, ben j'espère que vous vous sentez mieux, Dennis. 'Soir, madame, ça m'a fait un sacré plaisir de vous revoir, après toutes ces années. Du coup, je me sens presque redevenu jeune homme. » Sur quoi il s'éloigna d'un pas lent de vieillard.

Je n'avais pas le cœur à regarder Tante Mame. Elle demeurait immobile sur le divan, serrant son verre vide dans sa main crispée. Je m'habillai rapidement. « Venez », dis-je, « je vous raccompagne.

— À l'hôtel ?

— Oh, vous ne logez pas chez les Townsend ?

— Non, dit-elle d'une voix neutre.

— En fait, mon idée était de vous raccompagner à la maison. À New York.

— Et mes vêtements... fit-elle d'un ton morne.

— Je passerai les prendre lundi. De toute façon, j'ai pas mal de choses à récupérer en ville. »

Je posai la cape sur ses épaules, et lui tins la porte ouverte. Nous descendîmes l'escalier en silence.

Dans la lumière crue du hall, se tenait Bubbles, son chignon laqué à demi défait, sa robe criarde toute froissée et déchirée, aux côtés de Remington le Répugnant seulement vêtu d'un T-shirt et de chaussures de tennis, tous deux entourés d'une escouade de gardiens de nuit.

« ... Mais ce type, c'est un parfait étranger, et il m'a pratiquement kidnappée. Sans blague, je savais plus où j'étais, il a dû mettre une espèce de drogue dans mon verre de punch. Et quand je m'suis réveillée, j'étais dans sa chambre, et il commençait à me sauter dessus. Non, croyez-moi, je suis pas ce genre de fille.

— Silence, ma petite dame », intervint Casey, « depuis cinquante ans que je travaille ici, j'en ai vu quelques-unes, dans votre genre. Quant à *vous*, Mister Remington, le doyen... »

« Nous allons sortir par la porte du fond », dis-je brièvement, saisissant Tante Mame par le bras et accélérant l'allure. « C'est plus rapide par là. »

« *Tenez,* le voilà ! » s'écria Bubbles. « C'est lui, le jeune homme qui m'a invitée ici. C'est lui ! Dennis, qu'il s'appelle, Patrick Dennis ! Pat, mon *chou*, dis-leur, dis-leur que c'est toi qui m'as amenée. Je t'aime, chou chéri, je regrette d'avoir été si désagréable, tout à l'heure. Mais mon *chou*, tu ne m'entends pas ?

— Cela suffit, maintenant, mademoiselle », intervint Casey. « Vous allez réveiller tout le dortoir. Que voulez-vous qu'un garçon comme Mister Dennis, qui est accompagné de sa vieille tante, fasse avec une créature comme vous ?

— *Chéri* ! » hurla Bubbles. La porte se referma sur nous.

« Alors ! » s'exclama Tante Mame, les yeux étincelants d'un éclat mauvais. « Alors !

— Alors vous gardez ça pour vous, et je ferai de même. »

Nous rentrâmes à New York, en silence.

Chapitre VIII

Tante Mame et mon histoire d'amour avortée

Arrive inévitablement, dans l'existence de notre Personnage Inoubliable, ce moment où son bébé quitte l'école, tombe amoureux, et se marie. Que fit notre malheureuse célibataire ? Certes, ce fut un déchirement pour elle, que d'être ainsi séparée de celui qui était toute sa vie, mais elle était bonne joueuse. Comme toujours, c'est à elle-même qu'elle pensa en dernier et, ravalant sa douleur, souriant – au travers des larmes –, elle rencontra bravement les parents de la jeune fille, et veilla à ce que tout se passe le mieux du monde. Typique d'elle, n'est-ce pas ?

Mais Tante Mame pouvait également se montrer typique. Trop typique, en fait. Elle fit tout ce qui convenait en matière de fiançailles, et ce avec un talent qui la rendit inoubliable, elle aussi, et pour d'autres que moi. En ces matières, soit on fait les choses bien, soit on ne fait *rien*. Tante Mame fit tout à moitié.

À la fin de ma dernière année à l'université, j'avais quand même grandi un peu. Fred Astaire n'était plus mon idole. J'étais même entré au conseil d'administration. Et j'étais amoureux.

L'amour, la beauté, la jeunesse – voilà ce que représentait Gloria Upson. Elle était effectivement très jeune – dix-neuf ans à peine. Elle était aussi très belle – une blonde de miel, fine et souple, avec une adorable lèvre inférieure boudeuse. Je lui écrivais chaque jour, lui téléphonais chaque soir, et passais tous mes week-ends auprès d'elle. Au cours de la semaine de remise des diplômes, je lui demandai sa main.

« Oh, oui, mon ange », souffla-t-elle, se laissant doucement glisser sur la banquette de la voiture. « Oui, tu sais bien que je le voudrais aussi, mais comment est-ce possible ? Comment allons-nous vivre ? Tu n'as même pas encore de travail, et quand tu obtiendras ton diplôme...

— Mais j'ai tout de même *un peu* d'argent. Ce n'est pas une fortune, mais ce sera suffisant pour assurer le quotidien, en attendant.

— C'est merveilleux, mon ange. Dans ce cas, c'est oui, bien sûr. Papa sera certainement d'accord, il pourra même peut-être nous aider un peu.

— Nous n'avons besoin de personne, dis-je.

— Écoute, ne sois pas bête, s'il nous le propose, nous n'allons pas refuser. Je sais bien que l'argent n'est pas tout dans la vie, mon ange, mais vois-tu, je ne tiens pas à être une charge pour toi, avant que tu ne sois vraiment lancé dans une carrière. »

Ainsi en fut-il décidé. Je n'avais plus qu'à prendre mon diplôme sous le bras, aller trouver Upson *Père**, acheter une licence et une bague.

Mon entrevue avec Upson Père eut lieu par un beau soir de juin, très doux. Je fus invité à dîner chez les parents de Gloria, dans ce vilain canyon d'herbe moribonde, de monoxyde de carbone et d'architecture médiocre qui a pour nom Park Avenue. Les Upson représentaient l'idéal de vie de toute famille américaine. Ils n'étaient pas riches, mais aisés. Tout allait par paire, chez eux : ils avaient deux adresses, l'appartement de Park Avenue et une maison dans le Connecticut ; deux voitures, une berline Buick et un station-wagon Ford ; deux enfants, un garçon et une fille ; deux domestiques, un valet et une bonne ; deux clubs, l'un en ville, l'autre à la campagne ; et deux intérêts dans la vie, l'argent et la position sociale.

Mrs. Upson possédait deux manteaux de fourrure, et deux mentons. Mr. Upson, quant à lui, avait également deux mentons, deux passions – le golf et les affaires –, et deux haines, Roosevelt et les Juifs.

Au cours du dîner moite, à la table quasiment Chippendale, Mrs. Upson déclara par trois fois : « Généralement, nous sommes à la campagne, à cette époque, mais il a fait si humide cette année que je n'ai pas eu envie de partir aussi tôt. » Après un dessert pléthorique et parfaitement indigeste, où se mêlaient fruits, macarons, cognac, noix, glace et caramel chaud, Mrs. Upson s'excusa avec force minauderies, tandis que Gloria déclarait : « Je vous laisse, les garçons, je sais que vous devez parler entre hommes. »

« Si nous allions dans mon bureau, Dennis ? » suggéra Mr. Upson.

Je frissonnai, m'éclaircis la gorge, et lui emboîtai le pas d'une démarche assurée. Nous traversâmes le salon où Gloria et sa mère se plongèrent immédiatement avec intérêt dans de vieux numéros de *Town and Country*, et pénétrâmes dans le bureau, dont Mr. Upson referma la porte.

« Eh bien, mon ami ? fit-il après que j'eus refusé un cigare.

— Eh bien, cher monsieur, cela fait six mois que je connais Gloria, nous nous aimons, et nous souhaitons nous marier. Enfin, si vous n'y voyez pas d'inconvénient.

— Bien sûr, je ne sais pas grand-chose de vous, Dennis. Vous me paraissez être un jeune type très bien, d'après ce que Gloria m'a dit ; plein d'énergie et d'allant, excellentes études, bonnes manières.

Mais une épouse coûte cher, et Doris et moi avons toujours offert à Gloria ce qu'il y avait de mieux. Et selon moi, rien n'est assez beau pour ma chère petite fille. Elle a toujours eu les plus beaux vêtements, elle est allée dans les meilleures écoles, a fréquenté les gens du meilleur monde. Sa place n'est pas dans un petit studio, à faire la cuisine et la lessive et, de plus, c'est hors de question, en ce qui nous concerne. Doris ne le supporterait pas. Quelle est votre formation, exactement ? »

La discussion qui suivit porta sur l'argent, les aspects plus spirituels des jeunes amours, l'argent, mes origines familiales, Tante Mame, les écoles que j'avais fréquentées, l'argent, mes obédiences politiques et religieuses, les problèmes d'assurance, et l'argent.

« Bien, mon ami », déclara-t-il après une heure d'interrogatoire, « je peux honnêtement vous dire une chose que peu de pères peuvent dire : je suis fier et heureux de vous avoir pour gendre, et époux de ma petite fille. Vous êtes un jeune homme de valeur, issu d'un bon milieu, avec la tête sur les épaules, une bonne éducation, une indépendance financière – tout ce que ma petite Gloria est en droit d'attendre de la vie. » D'une main écrasante, il me propulsa dans le salon, où Gloria se jeta dans mes bras, extatique, tandis que Mrs. Upson essuyait quelques larmes peu convenables, avant de me tendre sa joue humide. Nous étions donc fiancés.

Éperdu d'amour et de joie, je quittai les Upson et rentrai à pied jusque chez Tante Mame, à Washington Square. Elle était installée dans son grand lit doré, et piquait des épingles dans une carte de l'Europe en guerre, quand je gravis l'escalier, touchant à peine le sol.

« Est-ce toi, mon petit amour ?

— Oui, Tante Mame », répondis-je, passant la tête par la porte. « Vous ne dormez pas ?

— Si, bien sûr, mon chéri, je dors toujours assise, avec une carte déployée sur les genoux et toutes les lumières allumées. C'est tellement napoléonien. »

Je pénétrai doucement dans la chambre, et m'assis au bord du lit. « Tante Mame, je suis fiancé. Je vais me marier. »

Elle laissa tomber les Balkans, tandis que ses grosses lunettes d'écaille glissaient lentement sur son nez enduit de cold-cream. « Te marier ! *Toi* ? Mais tu es encore un enfant !

— J'ai vingt-deux ans. J'ai quitté l'université, je possède mon propre argent, et je suis amoureux.

— Mais, mon chéri, tout cela est si soudain, comme on dit. Qui est cette fille ? Ce n'est pas cette Miss Bubbles, n'est-ce pas ? ajouta-t-elle, l'air mauvais.

— C'est une jeune fille que j'ai rencontrée à Noël. Elle s'appelle Gloria Upson.

— Eh bien, Patrick, je ne sais que dire. Tu es sérieux, n'est-ce pas, mon chéri ?

— Je n'ai jamais été plus sérieux de ma vie. Nous voulons nous marier sans attendre. Avant que je ne sois mobilisé.

— Mais qui *est-ce*, mon chéri ? Pourquoi ne m'as-tu jamais parlé d'elle ? Comment est-elle ? Tu as une photo ? » J'allai dans ma chambre chercher le classique portrait de chez Bachrach que Gloria m'avait donné d'elle. « Grands dieux, mais elle est superbe ! » s'écria Tante Mame. « Mmmm... quelque chose de méchant, dans la bouche.

— Tante Mame !

— Non, chéri, c'est sans aucun doute la photo qui fait cela. Non, crois-moi, si tu tiens vraiment à elle, si tu l'aimes vraiment, je serai la femme la plus heureuse du monde – honnêtement. J'espère simplement que tu es sûr de toi.

— Je suis aussi sûr de nos sentiments que je le suis de mon propre nom. Et tout est arrangé. Je viens de rencontrer son père, ce soir même.

— Mon chéri, tu aurais pu m'en parler. Il faut que je leur rende visite.

— Pourquoi ?

— Pourquoi ? Mais parce que c'est l'usage. La famille du jeune homme se rend *toujours* chez celle de la jeune fille. Et après tout, ta famille, c'est *moi*.

— Oh, ça n'a aucun sens, tout ça.

— Mais bien sûr que ça n'a aucun sens, mon chéri. Oh, je n'oublierai jamais ce flot de visites de famille que recevait mon pauvre Papa, à l'époque où j'étais *toujours* fiancée.

— Mais ce n'est pas la même chose, dis-je d'un ton irrité.

— Non, je suis certaine que non, mon petit amour, mais en tout cas, il faut que j'aille les voir. Tu ne voudrais pas que tes futurs beaux-parents imaginent que ta tante est une vieille asociale, ignorant tout des usages qui font le charme de la civilité. Passe-moi le papier à lettres, là-bas, je leur écris *dans l'instant*. Comment s'appelle-t-elle, déjà ? »

Il n'y avait nullement à avoir honte de Tante Mame. Cependant, j'appréhendais quelque peu sa première rencontre avec les Upson. Le jour de sa première visite, elle passa tout l'après-midi à essayer une robe, puis une autre. « Bon, mon chéri », déclara-t-elle, « sois franc avec moi. C'est la première fois que j'ai l'occasion de jouer le rôle de la mère du marié, et je tiens à ce que tu sois fier de moi. Il n'est pas question d'avoir l'air d'une pauvresse, mais je pense aussi que ce serait une grave erreur d'être *trop* chic. Quel genre a-t-elle, la mère Upson ?

— Le genre Upson.

— Le genre Upson. Bien. Comment s'habille-t-elle ?

— Oh, avec des… vêtements, vous voyez…

— J'imagine mal, en effet, qu'elle se promène vêtue d'un pagne de feuilles de bananier. Tu sais bien ce que je veux dire, mon chéri. A-t-elle de la classe ?

— Oui, pas mal. Dans le style un peu fané. Et elle n'a pas votre silhouette.

— Biiieeenn, mon chéri ! » roucoula Tante Mame, ravie. « J'avais pensé porter ce modèle imprimé de Schiaparelli mais, mon Dieu, il date de l'an dernier, et ça n'ira pas. Ensuite, il y a celle en voile lavande, mais ça risque de faire un peu jeune fille, pour ma situation matriarcale. À moins que je me décide pour l'autre, en crêpe blanc, mais le problème, c'est qu'elle est chaude comme mes fesses, et…

— Il n'est pas *question* d'employer un pareil langage ce soir ! rugis-je.

— Mais enfin, Patrick, imagines-tu un instant que moi, qui ai connu trois audiences papales et une présentation à la cour de St. James, je serais incapable de me conduire correctement ?

— Je suis désolé, mais les Upson sont différents de nous, c'est tout.

— Bien, pourquoi pas de la mousseline noire ? Le noir, c'est toujours sans risque. C'est d'ailleurs le problème, avec le noir. Ou la soie bleu marine… »

À neuf heures, Tante Mame, vêtue d'une robe d'une nuance toast fort délicate, parée d'un somptueux collier de perles et coiffée d'un chapeau qui lui allait à ravir, quoique un peu audacieux, prenait place dans ma voiture, et nous filions chez les Upson. « J'ai l'impression d'être déguisée pour une vente de charité », ne cessait-elle de déclarer.

La soirée fut brève, et réussie. Tante Mame, élégamment assise dans une causeuse Louis XIV, bavarda brillamment de la chaleur, de l'humidité, de l'instabilité du temps à New York, laquelle empire chaque année, de Gloria, quelle ravissante jeune fille, de moi, quel adorable garçon, de l'Amérique qui, dirait-on, allait devoir entrer en guerre.

Je lui adressai un regard signifiant N'Aborde Pas La Politique, qu'elle interpréta correctement, sur quoi elle déclara qu'avec cette guerre partout en Europe, nous ne pourrions même pas passer notre lune de miel à l'étranger.

Je notai le regard de Mrs. Upson, un regard discret mais approbateur, sur le chapeau, les fourrures, les bijoux de Tante Mame et, tandis que Gloria et sa mère étaient allées chercher des photos de ma fiancée lorsqu'elle était bébé, j'observai celui de Tante Mame, qui balayait le salon conventionnel, typique de Park Avenue. Elle eut un sourire en s'arrêtant sur un paysage du dix-neuvième siècle, lourdement encadré, secoua légèrement la tête devant un portrait à l'huile de Mrs. Upson, réalisé aux alentours de 1927, tortilla vaguement les franges d'un abat-jour, et hennit carrément devant l'horloge de chez Tiffany posée sur le manteau de cheminée. Je me raclai la gorge, bruyamment. Elle eut un haut-le-corps, et accorda instantanément son attention la plus gracieuse à Mrs. Upson, qui disait : « ... parfait pour un séjour, mais je n'aimerais pas y vivre. Ces Français repèrent les Américains, ils vous volent comme au coin d'un bois. Quant aux Anglais, je ne lèverais pas le petit doigt pour la perfide Albion, même si... »

Tante Mame, franco-anglophile acharnée, fit cependant preuve d'une maîtrise de soi digne d'éloge. Elle garda sa voix de Grande Dame toute la soirée, même s'il y eut quelques faiblesses – rien de grave – après son troisième verre. Elle surveilla son vocabulaire de manière remarquable, se montra assez détendue pour narrer quelques anecdotes pleines d'esprit au bon moment, et invita enfin chaleureusement les Upson à dîner à Washington Square pour la fin de la semaine.

« Oh, mais c'est qu'alors, nous serons en pleins préparatifs pour partir à la campagne », geignit Mrs. Upson, déchirée entre le devoir et la perspective de passer une soirée dans ce qui était, de fait, une des maisons les plus célèbres de New York.

« Quelle meilleure raison pour accepter mon invitation ? Pensez à quel point cela simplifiera la tâche du personnel – cela avec un ample mouvement de bras, qui englobait une douzaine de serviteurs invisibles –, s'ils n'ont pas à s'occuper de votre dîner. Non, venez, je vous en prie », conclut-elle, penchant la tête, offrant un sourire enjôleur. « Rien de somptueux, je vous rassure tout de suite. Juste un petit dîner habillé, *en famille*. Nous disons jeudi ? » Sur quoi elle se leva et se dirigea vers la porte d'une démarche étudiée.

« Patrick, ne te donne pas la peine de me raccompagner, si vous préférez rester un peu seuls, en amoureux. J'aurais dû penser à prendre la Rolls, mais mon Dieu, un taxi fera l'affaire.

— Oh, non ! » fit Mrs. Upson d'une voix chevrotante, transportée à l'idée d'être sur un pied d'égalité avec une des *Vere de Vere* de Greenwich Village. « Je vais de ce pas mettre votre neveu à la porte. Gloria a sa séance de photos demain – pour les journaux, vous savez –, et je ne tiens pas à ce qu'elle ait l'air d'avoir passé une nuit blanche. »

« Ta tante est tout simplement fantastique », me chuchota Gloria tandis que nous nous dirigions vers la porte. « J'avais *lu* des choses sur elle, bien sûr, mais la *rencontrer*, lui *parler* ! Et cette émeraude. »

La Société d'Admiration mutuelle se sépara avec force démonstrations d'amitié.

« Alors ? », fis-je, une fois dans la voiture, tandis que Tante Mame ôtait son chapeau et dégrafait un peu sa gaine.

« Bon dieu, mais que ça donne chaud, ce truc ! *Alors ?* Alors ils sont un petit peu B. Altman – l'étage le plus chic, attention –, mais je les trouve très gentils, mon chéri. Et Gloria est *effectivement* très belle. » Contrairement à son habitude, elle demeura silencieuse, sur le chemin du retour.

Le jour du Petit Dîner de Tante Mame, Gloria et moi déjeunâmes en ville, puis nous nous rendîmes chez Cartier. En moins d'un quart d'heure, j'en savais long sur les diamants. Aveuglé, assourdi par l'amour, je regardai Gloria refuser trois plateaux de solitaires, avant de contempler avec un sourire extatique, la main tendue, le gros diamant rond qui scintillait à son annulaire. « Oui », déclara-t-elle d'un ton ferme, « c'est celui-là. »

C'est dans une semi-conscience que je rédigeais un chèque correspondant à mes revenus de l'année à venir. Gloria m'embrassa, me dit « à plus tard mon chéri », et s'éloigna dans la Cinquième Avenue, le diamant étincelant à son doigt.

Rentrant à Washington Square, je trouvai la maisonnée en pleine agitation. Les pièces n'étaient plus que des tonnelles d'orchidées blanches, et Ito installait la dernière grande bougie blanche sur le lustre du salon. Dans la salle à manger, la longue table vénitienne était dressée pour huit convives, et deux inconnus faisaient les cent pas, l'air mal à l'aise dans leur livrée bleue.

Je filai au premier étage, où je découvris Tante Mame installée sur son lit, plongée dans la collection complète des romans d'Edith Wharton.

« Mais que se passe-t-il, ici ? m'enquis-je.

— Que veux-tu dire, mon petit amour ? fit-elle avec un sourire.

— Rien d'autre que ce que j'ai dit. Qui est invité à ce dîner, qui sont ces clowns déguisés en valets de pied ?

— Mais mon chéri, c'est ce soir que les Upson viennent dîner, tu ne l'as tout de même pas oublié !

— Bien sûr, que je ne l'ai pas oublié, mais pourquoi ces assiettes supplémentaires, ces gerbes funéraires, et ces deux pingouins ?

— Mais Patrick, mon chéri, je tenais à t'offrir une belle soirée. Après tout, si ces Upson sont des gens importants, ta pauvre vieille Tante Mame est bien obligée de se montrer à la hauteur, ne crois-tu pas ?

— Bien, cessez de faire l'andouille. Qui vient ?

— La grossièreté ne vous mènera nulle part, jeune homme. Je peux me montrer deux fois plus odieuse que toi, *et tu le sais très bien*.

— Dans ce cas, Victoria Regina, *qui* avez-vous *convié* à partager *le pain et le vin* avec nous, ce soir ?

— J'apprécie ta courtoisie, bien qu'elle soit un peu tardive », dit-elle d'une voix plus qu'agaçante. « J'ai donc invité ma meilleure amie, Vera Charles, et l'Honorable Basil Fitz-Hugh. Je n'ai pas pu avoir les Guggenheim.

— Les Guggenheim ?

— Oui. Des gens très en vue. Je suis certaine que tu auras l'occasion d'entendre prononcer ce nom, une fois ou deux, avant ta mort. Et en ce qui me concerne – si tu ne vois aucune objection à ce qu'une pauvre vieille veuve ait un compagnon de dîner –, j'ai invité le prince Henri-René de la Tour. *À condition* que cela t'agrée, bien sûr.

— Et les valets de pied ?

— Ce sont deux jeunes comédiens pleins de talent, qui jouaient dans la dernière pièce de Vera. Elle a pensé que ce serait assez amusant de les avoir là.

— Bien, écoutez-moi, je vous rappelle que ce qui est peut-être *amusant* pour vous deux est d'une importance capitale pour moi. Et si vous avez l'intention de saboter mes fian…

— Mais Patrick, mon amour », m'interrompit Tante Mame avec un sourire éblouissant, « je veux simplement faire les choses convenablement. Et de plus, cela aide un peu ces jeunes acteurs. C'est affreusement difficile pour les comédiens de trouver du travail en plein été, et je leur donne beaucoup plus que le minimum syndical pour une soirée. J'ai même fait nettoyer et repasser leurs costumes, à mes frais.

— Si vous tentez de faire le moindre sale coup... commençai-je, entre mes dents.

— Mais as-tu perdu l'esprit, mon chéri ? Pourquoi voudrais-je ruiner ton bonheur ? Je ne veux que lui donner un cadre digne de lui. De toute évidence, les Upson sont très sensibles à l'argent, et je veux simplement leur prouver que, mon Dieu, nous avons un petit pécule, *nous aussi.* »

Vaincu, bourrelé d'appréhension, je filai prendre mon bain.

Ce fut une soirée superbe. Tout le monde arriva assez tôt, sauf les Upson, comme par calcul. Tante Mame était magnifique en bleu pâle, avec presque tous ses diamants, et Vera majestueuse, tout en blanc. Elle dit tout ce qu'elle avait de plus désagréable à dire sur Ina Claire, Gertrude Lawrence et les Schubert avant l'arrivée des Upson. L'Honorable Basil portait son uniforme de parade des Coldstream Guards, et le prince Henri-René de la Tour faisait très vieille France, dans son habit de dîner d'été. Ce n'est que plus tard que je me souvins que Mr. Upson détestait également les Français et les Anglais. Les deux valets de pied de comédie se montraient aussi dignes que discrets, et Mrs. Upson fut au septième ciel en découvrant que Vera, sa comédienne préférée – « J'ai vu toutes vos pièces deux fois, Miss Charles ! » – était une intime de Tante Mame.

« C'est une belle maison, que vous avez là », ne cessa de répéter Mr. Upson.

Tante Mame ne servit que du champagne. Elle rosit délicatement quand on la complimenta pour le pigeonneau truffé. « Ne soyez pas ridicule, ma chère, ce n'est rien du tout, une sorte de pique-nique improvisé, vraiment. *La moitié* des domestiques étaient en congé, aujourd'hui. »

Je me sentis rougir, mort de gêne, mais je fus le seul.

Une fois ou deux, je vis le regard étincelant de Mrs. Upson parcourir la pièce, et je m'apprêtais à lui faire les honneurs de la maison quand la soirée prit fin. Gloria, le diamant scintillant au doigt, m'embrassa avec plus de tendresse qu'à l'habitude, si possible, et comme nous nous tenions sur le seuil, encadrés par les valets de pied au garde-à-vous, Mrs. Upson chuchota quelque chose à l'oreille de Tante Mame, où je perçus le mot de Connecticut.

« Eh bien », soupira celle-ci quand nous fûmes seuls, « comment s'est débrouillé le vieux cheval de bataille ?

— Vous avez été merveilleuse, Tante Mame », dis-je avec une sincérité absolue, les yeux brillants d'admiration. « Vous avez été absolument parfaite. » À présent que les rites tribaux avaient été observés, nous nous retrouvions tous sur un plan amical.

Quelques jours plus tard, nous nous préparions pour passer le week-end chez les Upson. Tante Mame, qui s'équipait généralement pour un court séjour comme pour un tour du monde, faisait preuve d'une apathie inaccoutumée en faisant ses bagages. « Je me suis dit qu'un carton à chapeau suffirait, pour quelques petites robes d'été pratiques, et peut-être une jolie jupe longue pour la soirée, mon petit amour », déclara-t-elle, levant un regard innocent de sa carte piquée d'épingles du désert de Libye. « Je vais te dire une chose, mon chéri, aussi déplaisant soit-il, on est bien obligé de tirer son chapeau à ce Rommel. »

Je lui arrachai la carte des mains. « Bon, écoutez, Molly Pitcher », fis-je d'une voix rageuse, « je ne sais pas trop ce que vous avez derrière la tête, mais moi aussi je vais vous dire une chose : il n'est pas question d'aller chez les Upson avec un sac de supermarché rempli de hardes de souillon.

— Très bien, mon chéri, si tu penses qu'elle a l'intention de me traiter comme une reine, je veux bien tirer le feu d'artifice. Je prends la Rolls-Royce, j'emmène Ito et la bonne, et toute une malle de jolies choses.

— Je n'ai pas dit que les Upson allaient vous produire en scène. Ce n'est pas leur genre.

— Ah non ?

— Écoutez », fis-je d'une voix sifflante, « si vous vous apprêtez à faire une de vos mauvaises plaisanteries, autant tout annuler, immédiatement.

— Mais Patrick », dit-elle d'un air candide, « tu *sais* que ton bonheur est une chose *capitale* pour moi. Rien d'autre ne compte à mes yeux. Mon Dieu, s'il n'y avait pas ce week-end chez les Upson – et j'y vais pour toi, uniquement pour toi –, je pourrais sortir à Fire Island avec les garçons les plus drôles que…

— Et d'autre part, je ne ferais pas non plus allusion à Fire Island, si j'étais vous.

— Mais qu'attends-tu de moi, mon chéri, que je *déguise* ma personnalité ?

— En un mot, *oui* !

— Très bien, emballe mes aigrettes, fais préparer la Rolls, va chercher mon coffret à bijoux ; dommage que ma zibeline soit chez le fourreur pour l'été…

— Grands dieux, vous ne pouvez donc jamais agir comme tout le monde ?

— M'aimerais-tu, si c'était le cas ?

— Faut-il que vous jouiez toujours un personnage ? Êtes-vous obligée d'aller là-bas déguisée en fille de ferme, avec de vilaines blouses, ou en reine de Saba, avec une malle armoriée remplie de diamants ? Ne comprenez-vous pas que la seule chose que je vous demande, c'est de faire bonne impression sur la famille de Gloria ?

— Et je suppose que tu n'as jamais songé que la famille de Gloria pourrait aussi, éventuellement, essayer de me faire bonne impression ?

— Mais bien sûr, qu'ils tiennent à ce que vous les appréciez.

— Alors, ils ont intérêt à se lever de bonne heure.

— Bien, mettons les choses au point, une fois pour toutes : c'est important pour moi. Je veux épouser Gloria, et je l'épouserai, même si...

— Même si elle n'est pas faite pour toi ? interrompit Tante Mame d'une voix égale.

— C'est à moi d'en décider. Tout ce que j'attends de vous, c'est de m'accompagner et de vous comporter comme un être normal. Gloria et sa famille vous aiment déjà énormément...

— Alors, je suis une femme *comblée*.

— ... Et si vous pouvez continuer d'agir comme vous l'avez fait les deux premières fois, tout sera parfait. Mais ils ne sont pas *obligés* de savoir que vous avez fait partie de la troupe de *Chu-Chin-Chow*, ni que vous avez des amis un peu spéciaux à Fire Island...

— Je ne peux être tenue pour responsable des préférences sexuelles de mes relations.

— ... Et ils ne sont pas *obligés* de savoir tout un *tas* de choses que le commun des mortels n'a simplement pas à connaître !

C'est dans un silence relatif que nous nous rendîmes dans le Connecticut. Tante Mame était tout à fait élégante dans son tailleur de lin, et je le lui dis.

« Merci, mon cher », répondit-elle d'un ton acide. « J'avais bien l'intention d'acheter un petit ensemble bleu marine, avec une pointe de blanc pour égayer, et un bouquet de cerises sur le revers, mais il y a *tellement* de monde chez Best and Company !

— Dites-moi, Tante Mame, vous ne voulez tout simplement pas que j'épouse Gloria, c'est cela ? demandai-je posément.

— Je ne sais pas », dit-elle le regard fixé droit devant elle. « Je ne sais pas, vraiment. Bien, tais-toi un peu et laisse-moi voir où en est le général Montgomery. » Elle froissa ostensiblement son numéro de *Time*. Ce furent là les seules paroles que nous échangeâmes jusqu'à Mountebank, Connecticut.

Après avoir tourné en rond pendant une bonne demi-heure sur des routes et des allées aux noms étranges, nous trouvâmes enfin Larkspur Lane.

« Pas mal, ce coin, n'est-ce pas ? fis-je, histoire de parler.

— Adorable », dit-elle, en refermant le *Time*.

Nous arrivâmes bientôt à un portail fait de roues de chariot peintes en blanc, flanqué d'un poteau où pendait une lanterne de style colonial. Un panneau annonçait :

UPSON DOWNS

« N'est-ce pas *charmant* ! s'exclama Tante Mame.

— Bon, écoutez, si vous...

— Mais mon Dieu, ne te jette pas sur moi comme cela, Patrick ! » dit-elle avec de grands yeux, où se lisait la candeur bafouée. « Non, je trouve ça *terriblement amusant*, vraiment. Je me demande lequel des deux a trouvé un nom aussi astucieux. »

Je l'observai d'un œil inquisiteur, mais ne pus rien lire sur son visage. Nous nous engageâmes dans l'allée de gravier.

La maison était une construction basse en pierre du pays, pleine de coins et de recoins, avec un poteau pour attacher les chevaux devant la porte, une guirlande de grelots au-dessus de la porte, et une paire de lanternes de fiacre, de chaque côté de la porte.

« N'est-ce pas *délicieux* »? roucoula Tante Mame. « On croirait une photo de *Ma Maison, Mon Jardin.* » Son visage demeurait parfaitement inexpressif.

« Coucou ! » fit Mrs. Upson, jaillissant de la maison comme un cheval de course brisant le ruban rouge.

— Bonjour, ma chère ! » s'exclama Tante Mame. « Je suis littéralement *amoureuse* de votre maison. C'est l'endroit le plus *adorable* que j'aie jamais vu !

— Oui, nous nous plaisons énormément ici », répondit Mrs. Upson, non sans minauderie. « Le corps principal de la maison date d'avant la Révolution. Bien sûr, elle n'était vraiment pas assez grande, et nous avons dû ajouter les deux ailes pour les enfants, mais à présent que Boyd est marié, et Gloria quasiment partie, nous allons nous retrouver seuls tous les deux, dans toutes ces grandes pièces.

— En tout cas, ma chère, elle est *follement* originale, déclara Tante Mame avec un large sourire hypocrite.

— Et bien sûr, Mountebank est zone réservée.

— Réservée à quoi ?

— Allons, vous savez *bien* », fit Mrs. Upson en baissant les yeux.

Le domestique de couleur vint prendre nos bagages, et Mrs. Upson nous précéda dans le hall peint en vert Williamsburg, orné d'une pendule début dix-neuvième et d'une quantité de gravures de Currier et Ives. Le plancher était recouvert d'un simple tapis tressé.

« Ooooh ! » fit Tante Mame, comme celui-ci glissait sous ses pieds. Elle se raccrocha au pilastre de l'escalier.

« Attention, attention ! » chantonna Mrs. Upson. « Claude a une assurance responsabilité civile, par chance, mais nous ne tenons pas à ce que vous vous cassiez une jambe.

— C'est *vraiment* aimable à vous, déclara Tante Mame avec un sourire niais, agitant l'index comme une soubrette de comédie.

— Je vais vous *exiler* dans l'Aile des Invités, déclara Mrs. Upson, gravissant l'escalier étroit avec force déhanchements.

— Oh, c'est divin ! » s'exclama Tante Mame. « Ooooh », ajouta-t-elle, comme je lui enfonçais vicieusement un doigt dans les côtes.

« Que se passe-t-il, ma chère ? s'enquit Mrs. Upson.

— Rien, ma chère, je pensais simplement aux innombrables bottes de tous ces braves généraux coloniaux, qui ont dû monter et descendre mille fois ces marches vénérables.

— Bien, voici votre chambre », déclara Mrs. Upson, « et je vais vous installer là, Patrick. Vous avez un petit salon communicant, entre les deux – pour le cas où vous vous sentiriez un peu *seuls*. » Elle émit un petit rire.

« Mon Dieu », s'écria Tante Mame d'une voix aiguë, « la mienne est si *féminine*, et celle de Patrick si *masculine* ! Je parierais que c'est ainsi que vous les avez *conçues* !

— Eh bien *oui*, en fait. J'ai dit au décorateur de chez Altman que…

— Altman ? J'aurais pensé Sloane. C'est du pur Sloane.

— Oh, vous avez un œil incroyable, Mame ! Je peux vous appeler Mame, n'est-ce pas ? Et vous devrez m'appeler Doris, c'est un ordre ! Eh bien,

Sloane a réalisé le *rez-de-chaussée*, et Altman a fait *l'étage*, voilà.

— Vous pouvez m'appeler comme bon vous semble, Doris, tant que vous ne m'appelez pas en retard pour les repas. Hahahaha ! »

Les deux amies, ravies, tombèrent dans les bras l'une de l'autre, en proie à une hilarité de collégiennes. J'étais effondré.

« Bien, maintenant, vous allez vite vous rafraîchir tous les deux. Claude et moi vous attendons sur la terrasse avec un bon daiquiri. Gloria est partie au club avec des jeunes gens – des jeunes filles, bien sûr –, mais elle va rentrer d'une minute à l'autre. Allez, dépêchez-vous, nous vous attendons – et on ne s'habille pas, ce soir. Nous sommes à la campagne ! » Sur quoi elle nous quitta d'un pas vif.

« Oh, mon chéri, cet endroit n'est-il pas *trop charmant* » ? déclara Tante Mame. « Regarde un peu ma chambre – tout en rustique français, jusqu'au *moindre* détail. Et ils m'ont même apporté de quoi lire : le *Reader's Digest, Le Chant de Bernadette* – j'ai toujours voulu le lire, celui-là –, et le *Vogue* du mois de mars.

— Si simplement vous…

— Mais *que se passe-t-il*, mon chéri ? Je suis simplement *ravie* d'être ici, et je trouve que Doris est une fille *épatante*. Tu as *vu* qu'elle m'aime bien, elle me demande de l'appeler par son prénom, tout ça… Et je vais me montrer une invitée si parfaite que je te parie qu'avant la fin du week-end, Claude lui-même me demandera aussi de l'appeler par son prénom. J'adore les relations de *tu à toi**, en famille, pas toi ? »

Je demeurais muet de rage mais, par ailleurs, il était clair que Tante Mame avait fait un tabac. Elle se conduisait parfaitement bien, faisait ce que je lui avais demandé de faire – presque trop bien.

Je me rasais quand elle gratta à la porte et entra doucement. « Miséricorde », souffla-t-elle, « mais quelle salle de bains *virile* tu as, mon petit amour. Pas du tout comme la mienne. Toutes ces serviettes marron, rugueuses, des serviettes d'homme – quel dommage qu'elles ne soient pas brodées d'un "Lui" –, et ces eaux-fortes représentant des canards sauvages. Tu sais, ma salle de bains est toute rose, avec une gravure de Tony Icart représentant un lévrier russe, et... »

Je poussai un rugissement.

« Oh, je t'ai fait te couper, mon chéri ?

— Mais en quoi croyez-vous donc être déguisée ? » fis-je, ivre de colère. « Ôtez immédiatement ce ruban de vos cheveux, tout de suite !

— Mais Patrick », fit-elle d'un ton plaintif, « c'est celui de ma bouteille d'huile solaire, et Doris en porte un. Je me suis dit que ce serait mignon, avec cette mousseline pailletée. » Elle portait une robe rose, bouffante, avec une quantité de bijoux en pierre de lune, ce qui pouvait passer pour du second degré, mais n'était néanmoins pas assez vilain pour appeler un commentaire.

« Je suis *bien*, pour Mountebank, n'est-ce pas, mon chéri ?

— Ça peut aller, dis-je, tamponnant la coupure sur ma joue.

— Bon, mon petit cœur », dit-elle, m'embrassant rapidement sur la nuque, « finis vite de te raser. Tu me trouveras dans le petit salon en train de lire *Oliver Wiswell*, confortablement installée dans un de ces fauteuils Winthrop. J'ai vraiment l'impression de faire partie de l'histoire, dans cette petite merveille de maison. »

Le rez-de-chaussée d'Upson Downs, œuvre de Sloane, ressemblait fort à l'étage : très Parfum d'Autrefois, très Campagne, très Colonial. Il y avait des lanternes de fiacre, des lampes à pétrole, des becs Auer, et diverses lampes réalisées à partir de barattes, moulins à café et pots d'apothicaires. Des bassinoires de cuivre, de vieux soufflets, des trépieds d'âtre ornaient les murs, ainsi que des tapisseries au canevas, dans des tons gais, des caricatures de Spy, des gravures de chasse, des cartes jaunies, et des daguerréotypes représentant des personnages austères. Mrs. Upson nous attendait sur la terrasse, un peu nerveuse, assise sur une chaise de fer forgé, et par-dessus les « Comme c'est charmant… si désuet… si astucieux » minaudiers de Tante Mame, j'entendais Mr. Upson préparer les cocktails et émettre force bruits hospitaliers.

Avec son survêtement chartreuse et ses sandales mexicaines d'une couleur aveuglante, Mr. Upson évoquait plus l'ours savant que l'être humain. Il se pencha longuement, profondément sur la main de Tante Mame, et me prit par l'épaule, en une étreinte lourdement paternelle. « Bien, nous voilà réunis ! » rugit-il. « Rien de tel qu'un bon petit daiquiri à la manière Upson, à cette heure-ci !

— Mmmmm, fit Tante Mame.

— Ah ouais », poursuivit-il, « moi, je ne les fais pas comme tout le monde. Quand nous sommes allés à Cuba, l'hiver dernier, Doris et moi, il y avait un barman dans un petit troquet où nous allions souvent – comment ça s'appelait, déjà, Doris, le *Casa Wan* ? Oui, c'est ça, le *Casa Wan* –, et donc le barman, Wan, nous a expliqué qu'il ne fallait jamais mettre de sucre. Pas de sucre, pour faire un vrai daiquiri.

— *Réellement* ? s'exclama Tante Mame.

— Non non, pas un grain de sucre. Vous voulez connaître son secret ?

— Oh, si je veux le connaître ! Si ce n'est pas « secret défense », bien sûr !

— Eh bien, Wan n'utilise que du miel liquide.

— Du miel, *incroyable* !

— Ouais. Du miel liquide et du rhum très, très clair, et...

— Je me demande ce qui peut bien retenir Gloria », intervint Mrs. Upson, posant une main replète sur mon genou. « Mais ne vous inquiétez pas. Nous allons prendre un bon petit...

— ... Et il faut littéralement *peler* la glace en copeaux...

— Cela me paraît *beaucoup* de travail, Mr. Upson.

— Oh, Bertha », s'écria Mrs. Upson, « vous voulez bien mettre les *canapés** au four ? Ceux au chutney.

— ... Et après, il faut vraiment le secouer. Il ne s'agit pas de l'agiter vaguement, hein, il faut vraiment y mettre de l'huile de coude, si l'on veut avoir un bon daiquiri. Dites-moi, Mrs. ... allez, puisque nous sommes plus ou moins *en famille*, si je vous appelais Mame, vous m'appelleriez Buster...

— Buster ? » glapit Tante Mame. « Mais j'ai toujours cru que vous vous appeliez Claude.

— Oh, c'est Doris qui m'appelle Claude, mais autrement, tout le monde m'appelle Buster, alors vous aussi, d'accord ?

— Eh bien, avec *plaisir*, Buster », fit Tante Mame avec coquetterie, « mais à condition que vous m'appeliez par mon petit surnom à moi.

— Et c'est... ? fit-il, versant les daiquiris.

— C'est *Minouche*. »

Je m'étranglai abominablement sur mon cocktail, et dus m'excuser quelques instants.

Gloria arriva enfin, hâlée, ensorcelante, et s'excusa longuement pour être demeurée si longtemps au club. À sept heures, un autre couple, du nom d'Abbot, ou Cabot, ou Mabbit – je ne l'ai jamais très bien su – nous rejoignit. Lui était dans la banque, elle dans le Planning familial, tous deux adoraient Paris, et nous parlèrent interminablement d'un hôtel où ils étaient descendus, appelé le

Crayon, apparemment. Le dîner fut copieux et chaleureux, et Tante Mame égaya les convives en racontant force anecdotes sur l'été où elle avait emmené toute sa troupe de girl-scouts au Yosemite Park. Je n'avais jamais entendu ces histoires jusqu'alors – en fait, j'ignorais même qu'elle eût jamais *vu* une girl-scout de près –, et je joignis mon rire à l'allégresse générale. Elle fut, de loin, le clou de la soirée, et ce n'est qu'une fois couchée que je me souvins qu'à l'époque du prétendu camp de Yosemite Park, elle dansait dans la troupe de *Chu-Chin-Chow*.

Le samedi, Tante Mame mit un point d'honneur à être sur pied à sept heures, et passa la plus grande partie de la matinée à cueillir des roses dans le jardin – plus de roses, en fait, que les Upson n'avaient de vases pour les contenir. Honnêtement, j'avais le vague sentiment qu'elle n'était pas tout à fait elle-même mais, si elle exagérait quelque peu le côté bucolique de sa personnalité, cela marchait parfaitement ; en tout cas, Mr. et Mrs. Upson se prosternaient littéralement à ses pieds. Au cours du déjeuner, elle évoqua sa jeunesse insouciante de débutante, à Buffalo, laquelle coïncidait d'ailleurs avec *Chu-Chin-Chow* et le camp de girl-scouts, puis elle entama avec Mrs. Upson une discussion relativement technique sur leurs généalogies respectives, au cours de laquelle j'appris, non sans un certain effarement, que je descendais directement de Charlemagne.

L'après-midi, nous nous égaillâmes tous ; Mr. Upson se rendit au golf, Mrs. Upson et Tante Mame – Doris et Minouche – à une vente aux enchères, et Gloria m'emmena dans un bosquet, où nous pourrions passer un moment de tendresse.

« Oh, mon ange », murmura-t-elle, ses yeux plus verts, plus profonds que jamais, « ne te plais-tu pas ici, à la campagne, loin de toute cette foule abominable de New York ? »

Je la pris dans mes bras et l'embrassai, longuement.

« Mon ange », reprit-elle, se redressant, « tu vois toutes ces terres, là-bas, derrière le muret de pierre ?

— Mmm-mmm.

— Sais-tu qu'elles sont à vendre ? Entièrement. Trente hectares.

— Ah bon ? Embrasse-moi, embrasse-moi encore.

— Oh, arrête ! Tu *piques* ! J'ai l'impression que tu devrais te raser deux fois plus que la plupart des hommes. Mon Dieu, je me disais que ce serait vraiment le paradis, si nous pouvions acheter cette propriété, et nous installer ici. Tout près de papa et maman.

— Et faire la navette entre New York et ici, tous les jours ?

— Oh, non. On peut aussi avoir un endroit en ville, un petit *pied-à-terre**. Mais passer notre *vraie* vie à Mountebank. De plus, papa est très inquiet à l'idée que quelqu'un de *bizarre* puisse un jour s'installer juste à côté de chez nous.

— De bizarre ?

— Oui, mon ange, de déplaisant, tu vois bien ce que je veux dire.

— Mais Gloria, j'imagine que le terrain doit coûter une fortune, dans le coin.

— Évidemment, ce n'est pas pour *rien*, mais la terre est si fraîche, si propre, et il y a tellement de gens vraiment *bien* installés dans la région. Tiens, regarde à quel point ta tante l'adore. Je suis sûre que si tu le lui demandais gentiment – ou même *moi* –, elle serait prête à nous offrir ce coteau, et même peut-être une petite maison – toute en verre, très moderne –, comme cadeau de mariage, disons.

— Attends, attends une seconde, mon amour », dis-je, me redressant à mon tour. « Je n'ai pas l'intention de lui demander de l'argent. Elle n'a été que trop généreuse avec moi, pendant toute ma vie.

En outre, j'ai de l'argent à moi, et il n'est pas question que je joue les mendiants.

— Mais mon ange », fit-elle avec une moue ravissante, « à *quoi* sert l'argent, alors ? Elle est seule au monde et, après tout, tu es son seul héritier connu, me semble-t-il. »

Je changeai vite de sujet. « Nous devrions commencer à chercher un appartement en ville, et décider d'une date. Si nous disions le milieu du mois prochain, par exemple ?

— Nous *marier* le mois prochain, veux-tu dire ?

— Oui, évidemment. Quoi d'autre ?

— Mais je ne *peux* pas.

— Pourquoi ?

— Mais je n'ai rien à me mettre !

— Et ce que tu portes là, tu appelles ça comment ?

— Oh, es-tu bête... Tu sais bien ce que je veux dire, des *vrais* vêtements. De la lingerie, des robes, des tailleurs, des manteaux, des chapeaux – enfin, tout ce qu'il *faut* à une jeune mariée.

— Ah bon... Je croyais que tout ce qu'il lui fallait, c'était un homme et un Wassermann négatif.

— Oh, arrête ! De toute façon, nous ne pouvons *pas* nous marier le mois prochain. Jane est dans le Maine, Pammy est à Nantucket, et B.J. et Frannie sont tous les deux à...

— Mais je ne veux épouser ni Jane ni Pammy ni B.J. ni Frannie. Je veux simplement t'épouser, *toi*, et ils pourraient aussi bien être dans le septième cercle de l'enfer. Ne pouvons-nous pas filer quelque part, tous les deux, et faire ça entre nous, juste toi et moi ?

— Et briser le cœur de mon pauvre père ? Mon Dieu, papa ne me le pardonnerait jamais, si je faisais ça. Et pense à maman... Depuis que je suis tout bébé, elle a toujours rêvé d'un mariage magnifique, dans l'église du Saint-Repos, avec des demoiselles et des garçons d'honneur, et la petite fille de Boyd – oh, attends de l'avoir vue, cette petite Deborah, c'est un vrai petit ange – pour tenir ma traîne, et ensuite une grande réception au club, et après...

— Veux-tu dire que je vais devoir dénicher six types et les affubler d'une jaquette louée trop grande pour eux, et...

— Mais mon *amour*, c'est toute la joie du mariage.

— Excuse-moi, je m'étais toujours imaginé que la joie venait *après*.

— Tu comprends très bien ce que je veux dire. Quel intérêt de se marier, s'il n'y a ni bal, ni réception, ni cadeau, ni même votre photo dans les journaux ? Comme *tout le monde*.

— Tout le monde ?

— Enfin, comme tous les gens que je connais. Les gens bien. Il n'est pas question que je me retrouve à l'hôtel de ville, entourée d'étrangers, et...

— Et de combien de temps penses-tu avoir besoin exactement pour monter cette revue, maintenant que Ziegfield est mort ?

— Oh, je comptais plus ou moins publier les bans dès la rentrée, le premier lundi de septembre. Tout le monde sera en ville, et il y a toutes ces grandes réceptions à ce moment-là, et je me suis dit que nous pourrions nous marier juste après le 1er janvier, et peut-être aller passer notre lune de miel à Palm Beach, ou un endroit quelconque.

— Je vois, fis-je d'une voix morne.

— Oh, ne le prends pas comme ça, mon ange. Ce n'est pas une éternité. De plus, tu vas être occupé, toi aussi ! Il nous faut un appartement – et je ne parle pas d'un trou à rats, mais d'un endroit vraiment agréable, avec de la classe –, des meubles, des tapis, et une bonne, enfin je ne sais pas, un domestique. On ne peut pas se précipiter, pour ce genre de chose. Il faut les faire bien, ou pas du tout.

— Ouais, dis-je, en allumant une cigarette.

— Allons, ne boude pas, ne fais pas le bébé. Tu verras que j'ai raison, à la longue. Et maintenant, il est presque quatre heures, et j'ai promis à Mary Elizabeth que nous ferions un tennis avec elle. Il faut aller te changer ! »

Ce soir-là, les Upson avaient organisé une joyeuse réception au country-club, à laquelle étaient conviés les jeunes, les moins jeunes, les vieux, et les Jeunes Mariés, les plus vieux de tous. Bien avant le coucher du soleil, des voitures résonnant déjà de rires déchargeaient dans l'allée de gravier des cargaisons de banlieusards chics en tenue de soirée. Mr. Upson était dans son élément, expliquant à chacun comment préparer un vrai daiquiri sans sucre. Il parut un peu froissé quand Tante Mame demanda un whisky sec. Sa réputation de séductrice s'était apparemment répandue jusqu'aux confins les plus reculés de la zone réservée de Mountebank, et j'avais l'impression que les invités étaient suspendus à ses lèvres, attentifs au moindre mot. En pleine forme, elle parlait avec émotion de la grande jarre peinte à la main qu'elle avait achetée à la vente aux enchères, l'après-midi même. « Et Doris va me montrer comment la transformer en lampe », conclut-elle devant son auditoire fasciné.

Il est vrai qu'elle était particulièrement séduisante, vêtue de mètres et de mètres de voile blanc, parée de ses saphirs. J'avais dans l'idée que nombre d'hommes, qui n'avaient pas foulé une piste de danse depuis des années, se révéleraient soudain très ingambes, ce soir. Tante Mame, parfaite, pirouettait élégamment d'un groupe à l'autre, bavardant, passant de la porcelaine japonaise à un shot de golf particulièrement délicat, puis à la cloque de l'orme, aux fermes-écoles, à la difficulté de trouver des domestiques convenables, et – mais là, je la fis taire d'un regard – à l'opportunité qu'il y aurait à légaliser la prostitution.

Il y avait à peu près deux douzaines de personnes, qui sirotaient les daiquiris de Mr. Upson, et je déambulai entre les groupes, pas très à l'aise, recueillant au passage des bribes de conversations :

« ... absolument ravissante, et elle ne peut pas être aussi âgée que... »

« ... et alors, Wan me dit : "Si, Sinior – il parlait comme ça –, vous ne mettez pas de sucre du tout, juste du miel". Et je peux vous dire que ça vous fait un sacré bon... »

« C'est de la *mousseline de soie**, ça s'appelle comme ça, et connaissez-vous le prix au mètre chez McCutcheon..." »

« Mais j'ai toujours su que Gloria... »

« Et alors, le caddie, un nègre, me fait "Su', missié, j'ai jamais vu une balle de go'f de cette couleu'-là !"...»

«Gloria, quelle bague magnifique ! Comme je le disais à ta mère, "Doris, vous devez vous rappeler que vous ne perdez pas une fille, mais que vous gagnez un fils !" » Et vraiment, c'est un garçon *charmant*... »

« ... la femme la plus magnifique que j'aie vue à Mountebank depuis que la reine Marie venait faire ses conférences... »

« Oui, mais dès qu'il y a un buffet, je me *gave* littéralement... »

« C'est ça le secret, il faut le secouer vraiment, il ne s'agit pas de l'agiter vaguement, hein... »

« ... un demi-pamplemousse et un Ry-Krisp. Et à dîner... »

« Mais bien sûr qu'ils sont vrais. J'ai lu un article sur ses bijoux dans *Town and Country*. Et elle est allée partout, vous savez... »

« Ils s'appelaient Harris, et ça peut vouloir dire n'importe quoi, évidemment. Enfin, *lui* avait l'air tout ce qu'il y a de plus convenable, mais quand Alice l'a vue, *elle*, elle s'est dit "t-t-t", et c'est à nous qu'elle l'a vendue, pour la moitié du prix que ces youpins étaient prêts à y mettre. »

« Alors, F.D.R. dit comme ça : "Mais Eleanor, comment saurai-je si tu..." »

« Il n'est pas très bavard, mais sa tante est absolument... »

Comme la soirée battait son plein, Tante Mame, bravant le vacarme, sauta gracieusement sur une chaise. « Silence ! Silence, tout le monde ! Silence, s'il vous plaît ! » Le silence tomba. Une bouffée de chaleur m'envahit, puis un froid glacial. « Bien sûr », commença-t-elle, « vous savez pourquoi nous sommes réunis ici, et je ne vais donc pas revenir sur cet événement, c'est déjà du passé. En revanche, je me suis creusé la cervelle pour trouver un petit cadeau de fiançailles qui soit digne d'une jeune fille aussi belle que Gloria, et voilà, je viens de le trouver, à l'instant. » Sur quoi elle dégrafa son collier de saphirs baroque, descendit de la chaise, et l'attacha autour du cou de Gloria. « Voilà, ma chérie. Je vous l'offre. Seuls les jeunes peuvent porter ces pierres-là. »

Il y eut dans la pièce un grondement de volcan avant l'éruption, un bruissement de chuchotements. Gloria demeurait muette de joie.

« Oh... Oh... », c'est tout ce qu'elle parvenait à dire.

« Mame ! » s'écria Mrs. Upson d'une voie aiguë. « Ce n'est pas possible ! Il ne faut pas ! Oh, Mame, qu'il est beau ! Attends, Gloria, maman va te l'attacher solidement avec du fil dentaire, en attendant que papa prenne une assurance. Tu imagines, si tu le perdais... »

Je demeurai sous le choc, submergé de reconnaissance ; cependant, dans la lumière orangée du couchant, avec la robe verte, les yeux verts de Gloria, les saphirs ne semblaient pas, comment dire, pas vraiment à leur place.

Ce fut la classique soirée dans un country-club, avec dîner, orchestre, tout cela très convenable et convenu. Après avoir fait faire un tour de piste à toutes les dames présentes à la grande table des fiancés, je dansai presque tout le temps avec Gloria, qui se serrait contre moi comme jamais auparavant. « C'est la plus belle soirée de ma vie », ne cessait-elle de murmurer à mon oreille. Tante Mame obtint un succès fracassant. En fait, elle ne cessa pas de danser, jusqu'à ce que j'intervienne pour la sauver d'une nouvelle polka musclée entre les bras de mon futur beau-père.

« Puis-je ?

— Oh, vous, les jeunes blancs-becs, vous avez toujours la meilleure part. Pas vrai, Minouche ? fit-il, jovial, la gratifiant d'un dernier pinçon affectueux sur son dos nu.

— Aïe ! Oh, Buster, vous voulez me *tuer* ! roucoula Tante Mame.

— Cela ne vous ennuie pas que je me sois interposé, Tante Mame, j'espère ?

— Si cela *m'ennuie* ? Tu m'as sauvé de la roue, de la pendaison, de l'écartèlement. Je n'étais encore jamais allée à une soirée où l'on joue au rugby en musique. Veux-tu que je t'apprenne à faire un daiquiri à la manière de Juan ? Tu utilises du miel, et tu...

— Non, je sais, par pitié », dis-je en riant. « Mais vous vous amusez vraiment bien, n'est-ce pas ?

— Tu parles, Charles ! Je ne t'ai pas raconté la fois où Mr. Abbot a fait le trou en un shot, sur le quatorzième ? (Et tu sais que le par est de *trois*, pour ce trou-là.) Eh bien, il était avec son caddie, le nègre...

— Écoutez, Tante Mame, et je ne plaisante pas : que vous vous amusiez ou non, vous êtes la personne la plus extraordinaire de tout le Connecticut...

— Si tu n'as rien de plus aimable à me dire, ne me dis rien du tout.

— Non, je le pense sincèrement. Vous êtes absolument fantastique, et je vous aime. Je n'ai jamais été aussi fier de quiconque, de ma vie.

— Mais c'est tout simple, mon chéri. Tu mets juste un peu de miel, et tu secoues mais, attention, tu secoues vraiment, hein... Oh, juste ciel, voici l'Ange Suédois, pour le quatrième round.

— Puis-je ? » demanda Mr. Abbot-Habit-Cabot-Rabbit-Mabbit.

« J'espère que vous n'allez pas trop vous ennuyer », déclara Mrs. Upson le lendemain matin, tendant à Tante Mame les pages "jardinage" du *Herald Tribune*, « mais le dimanche est vraiment une journée *familiale*, chez nous. Claude fait ses dix-huit trous le matin – j'ai *beau* lui dire qu'il ferait mieux d'aller à la messe, il me répond toujours : "J'invoque Dieu assez souvent sur les links !" Est-il abominable, n'est-ce pas ?

— *Abominable* ? Mais ma chère, il est...

— Comme je vous le disais, Mame, c'est vraiment une "journée famille à la maison", à Upson Downs. On ne fait pas grand-chose, on traîne ici, et généralement, Boyd – notre fils – passe nous voir avec Emily, on bavarde, on se détend. Vous n'aimez pas le gin, n'est-ce pas ?

— Si j'aime le gin ? Je l'*adore* !

— Quelle chance ! Eh bien, je vais sortir le tapis de cartes et le carnet, et nous pourrons faire un petit gin-rummy pendant que...

— Oh, fit Tante Mame, dépitée.

— Bien sûr, certaines personnes pensent qu'il n'est pas convenable de jouer aux cartes le dimanche. Le démon du jeu, vous savez...

— Je ferais peut-être mieux de feuilleter le magazine de jardinage. Je ne tiens pas à paraître *trop* énervée quand Floyd arrivera.

— Boyd.

— Désolée. Boyd, c'est cela, Boyd et Emily. »

Le dimanche se traînait. Gloria dormit jusqu'à l'heure du déjeuner, et passa l'après-midi dans sa chambre, écrivant à ses amis pour leur faire part de son bonheur tout neuf. Mrs. Upson emmena Tante Mame rendre visite à une dame qui possédait la plus importante collection de pots à lait de Mountebank. Moi, je demeurai assis sur la terrasse. J'avais chaud, et je m'ennuyais plus encore.

À cinq heures, nous nous retrouvâmes tous sur cette même terrasse où Mr. Upson, très rouge et en pleine forme après sa partie de golf, nous prépara une tournée générale de daiquiris, nous en expliquant de nouveau la recette en détail. Cette fois, Tante Mame se montra très ferme et exigea un whisky sec, tandis que je demandais une bière. À peine étions-nous tranquillement installés qu'arrivait un coupé Ford, d'où descendirent Boyd, Emily et leur fille Deborah.

« Coucou ! » s'écria Mrs. Upson. « Coucou ! Boydie, mon garçon ! Emily ! »

Dans un piétinement de petits pas précipités, Deborah, une jolie petite fille d'environ trois ans, déboula sur la terrasse.

« Oh, ma *merveille* ! Viens vite voir ta Grammy, ma chérie ! Un gros bisou à Grammy ! N'est-ce pas ridicule », reprit-elle en minaudant, s'adressant à Tante Mame, « d'être *grand-mère* à mon âge ?

— Ridicule ? Mon Dieu, c'est... »

Sa réponse se trouva heureusement noyée par l'arrivée de Boyd Upson et de son épouse, Emily. Boyd était, idéalement, le jeune Républicain du Connecticut, grand, blond, séduisant, les muscles s'enrobant de graisse à une vitesse remarquable.

Son épouse Emily représentait, non moins idéalement, toutes les jeunes filles installées sur toutes les terrasses de tous les country-clubs depuis Bar Harbor jusqu'à Santa Barbara, jeune femme grande et d'allure déplaisante, qui s'était fait redresser les dents, avait pris des cours de danse, et reçu une éducation médiocre dans le circuit Spence-Chapin-Nightingale-Bamford-Hewitt. C'était le modèle haut de gamme, équipé d'une roue de secours cependant, car elle était de nouveau enceinte.

« Alors, fiston, comment va ? » s'enquit Upson Père avec chaleur. « Et ma petite Emily, comment se porte notre future maman ?

— Sensationnel, P'pa, je suis dans une forme épatante », brailla-t-il avec entrain. Je devais découvrir, au cours de l'après-midi, qu'il semblait avoir appris l'argot dans les années vingt. Mince, fichtre, épatant, sacré, sensationnel, précédaient et ponctuaient la moindre de ses phrases.

« Debbie, lâche un peu les perles de Grammy ! C'est un *ange*, n'est-ce pas ?

— Tombé du ciel, dit Tante Mame, resserrant sa jupe autour d'elle.

— Bonjour, enchantée », dit Emily, en me tendant une main molle. « Deborah, si tu te conduis comme une sauvage, tu rentres immédiatement à la maison. » « Boyd », fit-elle d'une voix geignarde, « *fais* quelque chose. Elle n'a pas fait sa S-I-E-S-T-E cet après-midi, elle est un peu F-A-T-I-G-U-É-E.

— Mince, que veux-tu que je *fasse* ?

— Enfin, je ne peux pas passer mon temps à la traîner, dans mon état…

— Vous n'avez pas vomi de nouveau, ma chère Emily ?

— Oh, non, mais nous avons encore eu des problèmes avec cette S-A-C-R-É-E bonne. Franchement, aujourd'hui, c'est *vous* qui êtes à leur service, au lieu du contraire. Savez-vous », poursuivit-elle, fixant Tante Mame d'un regard pénétrant, « que ces nègres non seulement vous coûtent la peau du dos, mais qu'à présent, ils veulent des journées de dix heures, et leur dimanche, et D-I-E-U sait quoi encore...

— Ccchhhh », intervint Mrs. Upson, *sotto voce*, « ils vont vous entendre. Aimeriez-vous la tenir dans vos bras, Mame, ma chère ?

— Pas spécia... » marmonna Tante Mame, tandis qu'on déposait Deborah sur ses genoux. « Aïe ! » s'écria-t-elle, comme Deborah s'accrochait à une de ses boucles d'oreilles. « Lâche ça, espèce de pet... Allons, il ne faut *pas* toucher », se reprit-elle, avec un regard noir.

« Écoute, Deborah », geignit de nouveau Emily, « si tu te conduis comme une petite peste, tu vas voir... Boyd, *fais* quelque chose, je t'en prie !

— Rouge, rouge ! » articulait la petite Deborah, tentant d'arracher une broche de rubis au revers de Tante Mame. « C'est pour moi !

— Oh, tu vas me lâcher ça, espèce de petite... *chérie*, fit Tante Mame.

— Elle vous aime beaucoup, Mame », déclara Mrs. Upson, « je peux vous l'assurer. »

Le chien arriva à petits bonds, sortant de la maison, et Deborah fut déposée à terre pour jouer avec lui, laissant une large auréole humide sur la jupe de Tante Mame.

« Boyd, ne laisse pas ce S-A-C-R-É setter lui lécher la figure ! Dieu sait d'où il vient ! » geignit Emily.

Le soleil brûlant et la bière s'entendaient à merveille pour me donner la migraine, et je ne me souviens pas très bien de la conversation. Je sais qu'elle fut bruyante, et que tout le monde parlait en même temps pour ne rien dire. Je remarquai néanmoins que Tante Mame forçait nettement sur le whisky sec, mais je ne pouvais pas le lui reprocher.

À sept heures, le domestique arriva, roulant tout un équipement de barbecue en fer forgé, et de nombreuses voix s'élevèrent, suggérant à Deborah de venir faire une petite sieste sur le lit de Grammy. Elle ne voulut rien entendre, cependant, ce qui donna lieu à force cajoleries, ordres brefs, menaces et, pour finir, à une poursuite effrénée autour de la terrasse, la petite Deborah poussant des gloussements et des cris suraigus, le chien aboyant comme un fou. Mais comme elle passait à toute vitesse devant le fauteuil de Tante Mame, elle trébucha soudain et atterrit sur le gazon avec un bruit mou. J'aurais juré que la jambe tendue de Tante Mame y était pour quelque chose, mais celle-ci fit preuve d'une grande sollicitude envers l'enfant, qui se vit mettre à la chambre froide, pour ainsi dire, pour le reste de la soirée.

La tourmente apaisée, Mr. Upson fit son apparition, coiffé d'une toque de cuisinier, et les reins ceints d'un grand tablier de toile sur lequel étaient inscrites des phrases amusantes du genre "Maître-queux et Videur de Bouteilles", "*Cordon Bleu*"*, "Ici, c'est Moi le Chef", "Ton Cuistot Préféré", et autres "Tous à la Casserole".

« Il est incroyable, non ? fit Mrs. Upson, étouffant un petit rire.

— Mm-mmm, il *vaut* le coup d'œil, admit Tante Mame.

— Tous les dimanches soirs, Claude tient à faire la cuisine lui-même. Je lui ai acheté ce barbecue chez Hammacher-Schlemmer, et il s'amuse avec comme un vrai gosse.

— Je n'en doute pas.

— Mince, p'pa, il faut absolument que je te prenne en photo déguisé comme ça. Ce serait sensationnel, pour une carte de Noël.

— Boyd, tu n'as qu'à nous prendre autour du gril, Minouche et moi, parce qu'elle va venir aider son Buster, n'est-ce-pas, Minouche ?

— Ah bon ? fit Tante Mame d'une voix sans timbre.

— Un peu, que vous allez venir me donner la main. Je ne touche pas à cette bonne viande sans vous. Amenez votre verre, j'ai besoin de votre soutien *immoral* pour mettre cette pauvre bête sur le gril. Hahaha !

— J'espère que votre viande est en effet aussi bonne que vos daiquiris, minauda Tante Mame, en versant deux grands verres de scotch.

— Voulez-vous du soda, Mame, ma chère ? s'enquit Mrs. Upson avec sollicitude.

— Non, merci, Doris », répondit Tante Mame, traversant la pelouse d'une démarche affectée, se dirigeant vers le barbecue où officiait déjà Mr. Upson. La fumée était telle que nous les perdîmes de vue, mais j'entendais Tante Mame tousser et suffoquer. Elle en émergea un moment, les yeux pleins de larmes, pour recharger de whisky les verres à orangeade, et replongea bravement au cœur du brasier.

Il fallait apparemment une éternité pour cuire les steaks "juste à point", comme le disait sans cesse Mr. Upson. "Juste à point", cela signifiait carbonisé, noir de suie et de cendres à l'extérieur, et froid et cru à l'intérieur. Nous nous vîmes enfin servir un énorme steak chacun, ce qui m'apparut comme un gâchis criminel de vingt dollars de bonne viande. Il m'apparut également que la fumée, ajoutée au scotch, avaient peut-être été un peu trop pour Mr. Upson.

Nous prîmes place autour de la table de fer forgé et de verre, mastiquant farouchement les steaks de Mr. Upson, émettant régulièrement des grognements gutturaux autant qu'hypocrites, en signe d'appréciation. Mr. Upson descendit force scotch au cours du repas. « Claude, est-ce bien raisonnable ? » intervint Mrs. Upson une fois ou deux. Sinon, le dîner se déroula en silence, chacun concentré sur son assiette. Emily fut victime de quelques petits ennuis gastriques – on ne pouvait guère le lui reprocher –, et la paix dominicale se vit enfin rompue par Boyd, qui avait cette déplorable habitude de parler la bouche pleine.

« Au fait, p'pa, tu sais, la propriété, derrière ? J'ai pris le 17 h 07 avec Charlie Haddock, vendredi dernier, et il m'a dit qu'il serait question de la vendre à des gens de Summit, dans le New Jersey, des Bernstein – *A-bra-ham* Bernstein.

— Oh, non ! », vagit Mrs. Upson.

La fourchette de Mr. Upson tomba sur la table de verre avec un bruit retentissant. « Bernstein !

— Les Abraham Bernstein de Summit ? » fit Tante Mame. « Mais je les connais *très* bien. Lui est rédacteur en chef d'une revue, quant à elle, c'est une spécialiste reconnue de l'œuvre de Rimbaud. Un couple charmant, avec deux enfants appelés…

— Arrêtez ! » coupa Mr. Upson. « On ne plaisante pas avec ces choses-là.

— Mais je ne plaisante pas. Les Bernstein sont des amis des Co…

— C'est impossible, Boyd. Toute la région est réservée.

— Pas au-delà de votre propriété, papa. Là-bas, ce n'est *plus* Mountebank.

— Oh ! » s'écria Gloria. « Oh, papa, quelle *horreur* !

— Il n'en est pas question », aboya Mr. Upson. « S'il le faut, je monterai la garde avec un fusil, je les chasserai d'ici…

— Mais Buster », intervint Tante Mame, « que vous arrive-t-il ? Ce sont des gens charmants. Elle, c'est une petite brune, pleine de vie, et une des meilleures cuisinières de tout…

— J'imagine bien, qu'elle est brune et pleine de vie. Et bruyante aussi, avec des lèvres épaisses, des cheveux gras, une petite…

— Oh, mais vous faites erreur, vraiment. Sylvia est tout simplement divine, et Abe est allé à Harvard, il était dans la même promotion que Samuel...

— Vous connaissez *vraiment* ces gens-là ? coupa Mr. Upson.

— Mais oui, bien sûr. Il a un poste fort intéressant chez...

— Mais ce sont des Juifs.

— Mon Dieu, bien sûr, que ce sont des Juifs. Elle est plus ou moins parente du rabbin Wise, et lui...

— Mais vous n'avez toujours pas compris que ce sont des *Juifs*, des Juifs qui veulent s'installer juste à côté de chez *moi* ?

— Claude, je t'en *prie*, intervint Mrs. Upson.

— Mais si, Buster, j'ai bien entendu Floyd – Boyd, pardon –, dire qu'ils allaient acheter la propriété. Et vous allez les adorer. C'est un des jeunes couples les plus dynamiques que je connaisse.

— Bon, écoutez », fit Mr. Upson d'un ton calme, « je veux bien plaisanter un peu, mais si vous pensez que j'ai envie d'avoir une bande de youpins comme voisins, qui vont jeter leurs ordures sur ma pelouse...

— Mais Buster, de *quoi* parlez-vous ? Je vous dis que ces gens sont des amis à moi. Je ne connais pas de personnes mieux élevées.

— Allez-vous vous *taire* !

— Claude ! s'écria Mrs. Upson.

— Dites-moi, monsieur, commençai-je, me dressant à demi.

— Je t'en prie », me chuchota Gloria, « papa a un de ses accès de mauvaise humeur.

— Je me moque de savoir ce qu'il a. On ne parle pas à ma tante sur...

— Boyd », rugit Mr. Upson, « même s'il faut qu'on organise une espèce de milice, un groupe de vigiles, nous n'allons pas nous laisser envahir par cette bande de youpins, par cette sale race de...

— Mais enfin, vous n'êtes pas naïf au point de croire que les Juifs sont une *race* », intervint Tante Mame. « Mon Dieu, n'importe quel anthropologue vous dira que...

— Ne venez pas me les briser avec vos anthropologues et vos grands mots ! Tout ce que je sais, c'est que tant qu'il me restera une goutte de sang dans les veines, je me battrai contre tous ces Isaac et Blumenfeld, qui essaient d'envahir le territoire de l'homme blanc. Et bon Dieu...

— Êtes-vous simplement en train de m'expliquer que le Connecticut vous *appartient* ? » demanda Tante Mame. « Que vous êtes une sorte de déité suprême, qui possède tous pouvoirs pour décider de *qui* peut acheter *quelle* propriété, *où* et *quand* ?

— Mame, forgeron est maître chez lui. Cela peut sembler démodé, mais c'est toujours vrai, et je n'ai pas travaillé comme un chien, durant toutes ces années, pour bâtir ce foyer que vous voyez, pour ensuite me retrouver avec une bande de youtres installés à deux pas de...

— Claude », coupa Tante Mame, les yeux rétrécis, la voix dure, « cela fait trois fois que je vous dis que ces sales youpins dont vous parlez sont des amis à moi. Des gens que je connais depuis des années. Des gens charmants, intelligents, cultivés. Vous pourriez réserver votre opinion jusqu'à ce que vous les ayez rencontrés.

— Ah ouais ? C'est facile pour vous, de parler comme ça, dans votre château de Washington Square, mais que diriez-vous s'ils venaient s'installer à votre porte ?

— Je pense que je dirais "Bienvenue à Washington Square, Sylvia, et si Abe et vous voulez venir dîner à la maison, le temps du déménagement..."

— Eh merde !

— *Claude* ! s'écria Mrs. Upson.

— Oui, et je le pense, Doris ! » hurla-t-il. Il se tourna vers Tante Mame. « Vous êtes là, en train de parler comme le *New Republic*, comme une espèce de libérale à la mie de pain, alors qu'un autre chrétien se trouve face à un pro...

— J'aimerais assez que vous n'utilisiez pas le terme de *chrétien*, quand il est de toute évidence aussi inapproprié, dit Tante Mame d'un ton neutre, mais ferme.

— Bon, écoutez, Mame... commença Mrs. Upson.

— Je vous en prie », fit Gloria, « ne peut-on pas changer de sujet ?

— Pour parler de quoi, Gloria ? » demanda Tante Mame. « Des Noirs ?

— Ne t'en mêle pas, mon cœur », dit Mr. Upson. « Écoutez, je suis allé chez vous, j'ai vu votre maison, avec tous ces trésors venus d'Europe, et je ne suis peut-être qu'un abruti d'agent d'assurances, qui n'a pas votre noble vision de l'existence, mais il ne me semble pas vous avoir vue faire la fête avec une bande de nez crochus, quand je suis venu dîner. Mais alors, pas du tout : un noble anglais, un prince français, et une comédienne célèbre – c'est une bande de Juifs, ça ?

— Je vais sans doute être cruelle, mais je dois vous dire que Vera Charles, que vous et Doris admirez de manière si extravagante, est née Rachel Kollinsky, fille d'une actrice juive de deuxième zone.

— Pas possible ! fit Mrs. Upson, le souffle coupé.

— Eh bien, c'est *votre* problème ! » rugit Mr. Upson. « De toute façon, on ne peut pas tenir compte de ces gens de théâtre. Ils sont à part. Mais de là à avoir des Juifs comme voisins immédiats – pratiquement dans la famille...

— Claude », fit Tante Mame d'une voix calme, « vous rendez-vous compte qu'en ce moment même, il existe en Allemagne une espèce de maniaque appelé Hitler, qui tient exactement le même discours que vous ?

— Allons, ne mêlez pas la politique à cela. Je parie que vous avez toujours été pour le New Deal, depuis le début.

— J'ai toujours éprouvé beaucoup d'admiration pour le président Roosevelt.

— Moi, c'est des Juifs que je parle, et là, Hitler a quelques idées valables sur la question.

— Vous ne pensez pas cela, sérieusement », dis-je. « Il est en train de les *massacrer*.

— Je n'ai pas *dit* qu'il fallait les massacrer...

— Il m'avait pourtant vaguement semblé, en vous entendant parler de fusil, de milice, de vigiles, que vous aviez quelque chose de ce genre en tête, laissa tomber Tante Mame, froidement.

— Eh bien oui, bon Dieu, c'est ce que je ferais !

— Combien de Juifs connaissez-vous personnellement, Claude ?

— Je les connais tous ! » cria-t-il. « Tous les mêmes, arrivistes, agressifs, gueulards...

— Aussi gueulards que vous l'êtes en ce moment ?

— Dieu me damne ! Je vous parle d'une bande de youpins qui vont s'installer ici, qui vont venir se frotter à des gens charmants – des gens corrects !

— Et vous nous donnez là un exemple de votre charme ? De votre correction ? » Tante Mame prit cette profonde inspiration qui signifiait "parlons sérieusement, maintenant" et, au-delà de ma grande détresse de l'instant, je ne pus m'empêcher d'être fasciné.

« Claude », dit-elle, « j'ai connu des douzaines de Juifs, dans ma vie, et j'ai hélas connu aussi bon nombre de goys qui parlaient d'eux comme vous le faites. Je connais tous les qualificatifs que vous pouvez utiliser – tous. Les Juifs, me direz-vous, sont mesquins, arrivistes, avares, possessifs, bruyants, vulgaires, tapageurs, tyranniques. Mais je n'en ai pas encore rencontré un seul, depuis le plus pauvre marchand de quatre-saisons de la Première Avenue jusqu'au philanthrope le plus riche de la Cinquième, qui ne puisse s'incliner devant vous, quand il s'agit d'incarner tous ces défauts.

— *Mame* ! s'exclama Mrs. Upson, le souffle coupé.

— Bon Dieu, je ne vais pas me laisser insulter plus longtemps dans mon propre foyer. Vous pouvez foutre le camp et rentrer à *Jew York*, et coucher avec tous les youpins que vous voudrez…

— Vous allez fermer votre sale g… ! » criai-je, bondissant de ma chaise.

Mr. Upson retomba en arrière, les yeux écarquillés, tandis que Boyd me fixait d'un regard menaçant, de l'autre côté de la table. Gloria poussa un cri.

« Reprends ta bague, et va-t-en ! Va-t-en, épouse une petite Juive de rien du tout, si tu les aimes tant. Tu seras beaucoup plus heureux comme cela. Tu ne fais simplement pas partie de notre monde, et de plus, tu n'en feras *jamais* partie !

— Mais Gloria…

— Patrick ne le sait pas encore, Gloria », intervint Tante Mame, se levant de table, « mais vous venez probablement de lui faire le plus beau compliment qu'il recevra de toute sa vie. Je vous en remercie, *pour lui*. Et maintenant, je vais me retirer, avec votre permission. Patrick, pars-tu aussi, ou dois-je appeler un taxi, avec un chauffeur chrétien, quelqu'un de correct – peut-être même un véritable Aryen ?

— Attendez-moi, je pars avec vous. »

Nous roulions vite, le vent froid nous rafraîchissait, bienfaisant sur nos visages brûlants. Au bout d'un moment, Tante Mame prit la parole : « Patrick, tu sais que je consacre pas mal d'argent aux œuvres de charité, chaque année. J'en ai tant...

— Mmm-mmm.

— Qu'en dirais-tu, si je me portais caution pour que Sylvia et Abe puissent acheter cette propriété qui borde celle des Upson, afin d'y construire un foyer pour les réfugiés juifs ?

— Cela me semble une merveilleuse idée.

— Bien. C'est la réponse que j'espérais. »

Le gros diamant de la bague de fiançailles jetait un feu glacé au creux de ma main, tandis que nous nous éloignions à toute vitesse des taudis du Connecticut.

Chapitre IX

Tante Mame et l'appel aux armes

Arrivé au crépuscule de l'existence, notre Personnage Inoubliable se retrouve bien seul dans sa petite maison, avec son jardin et son chat. Le bébé a grandi, il a bâti sa propre vie, et chacun s'accorde à dire que le Personnage Inoubliable a fait là un travail magnifique. Elle a ses amis, ses distractions, ses affaires, et l'on pourrait penser que la vieille fille se trouve ainsi comblée. Non. Ce qui lui manque, c'est le trottinement de petits pieds dans la maison, et elle ne trouve rien de mieux à faire que de prendre *deux* bébés, et de tout recommencer à zéro.

Ce *dénouement** est, de toute évidence, destiné à stupéfier le lecteur. Pas moi. Tante Mame n'aurait jamais fait preuve d'une telle mesquinerie. Quand elle décida de reprendre des enfants, elle en prit une *demi-douzaine*, et survécut.

Gloria Upson m'ayant rendu ma bague, j'avais officiellement le cœur brisé, même s'il m'apparaît, aujourd'hui, qu'il n'était qu'à peine éraflé. Mais quand on fait quelque chose d'aussi radical que de briser des fiançailles, il faut faire autre chose, de manière également radicale, pour équilibrer votre existence. Pour ma part, je partis pour la guerre. Elle sévissait déjà en Europe, et l'Amérique semblait devoir s'engager d'un jour à l'autre. Dans la même journée, je renvoyai la bague chez Cartier, et me présentai au bureau de recrutement des volontaires pour le service de campagne. Deux semaines plus tard, je voguais vers l'Afrique du Nord, laissant Tante Mame en larmes à Washington Square.

Il semblera sans doute choquant de dire que j'ai *aimé* la guerre, mais c'est néanmoins le cas. La vie de soldat était constituée à parts égales d'ennui et d'excitation. Je vis un grand nombre d'endroits inconnus, de visages nouveaux. Nous n'étions pas obligés de nous tenir au garde-à-vous, de saluer, ce genre de chose, et je n'eus jamais terriblement peur pour ma vie. Quand on était sur le tas, on travaillait dur, on se faisait tirer dessus, on mangeait des biscuits de l'armée et du singe. Quand on s'amusait, on s'amusait ferme, on vivait au Shepheard's Hotel, on flirtait avec la reine Farida au Turf Club.

Tante Mame m'écrivait presque quotidiennement. Au début, ses lettres n'étaient que de longs chants funèbres évoquant sa solitude et son désœuvrement. Elles me rendaient triste et, curieusement, me culpabilisaient un peu. Mais Pearl Harbor fut attaqué, en ce mois de décembre, et sa correspondance prit un autre ton. Elle m'y expliquait longuement ses nouvelles activités, et je commençai de sentir la fumée d'un nouvel incendie car en fait, Tante Mame se révélait guerrière plus farouche qu'Alexandre de Macédoine.

« J'ai vendu plus de bons de solidarité que n'importe quelle autre femme au El Morocco ! » écrivait-elle par exemple. « La semaine prochaine, on me donne l'Iridium Room, c'est une véritable *gageure*. Ces richards sont des minables, dès qu'il s'agit d'acheter des bons, mais je sais les rendre patriotes, je les ai au chantage. » Ou : « Hier soir, j'ai patrouillé dans Washington Square, pour ma première nuit de couvre-feu. Mon chéri, il y a réellement des *étoiles* dans le ciel de New York, quand toutes les lumières sont éteintes ! » Ou encore : « Maintenant que j'ai pulvérisé le record de roulage de bandes Velpeau pour Manhattan, je laisse tomber. Il y a des choses plus importantes à faire, et l'AWVS me demande de présider un nouveau comité. » Ou encore : « Je suis si abattue, si déprimée que j'en pleurerais ! Les WAC ne veulent *pas* de moi ! Le sous-off du bureau de recrutement a déclaré que j'étais *trop vieille* ! Grands dieux, je n'étais même pas née que cette vieille garce avait *déjà* son premier poil au derrière ! »

Elle possédait à présent plus d'uniformes qu'un général. Sa maison était devenue un bureau officieux de l'USO. Elle se trouvait en tête de tous les comités d'amazones new-yorkaises. Malgré cela, elle trouvait le temps de faire de nombreuses courses pour moi. C'est ainsi que des tonnes de nourritures raffinées me suivirent dans toute l'Afrique et l'Italie : biscuits, caviar, pralines, pâté, conserves de poulet, de langouste, de crabe et de tortue. Et, histoire de prouver que Tante Mame n'était pas pour autant devenue réaliste, je trouvai dans certain colis un bocal de fraises portant les instructions suivantes : "Laisser mariner au réfrigérateur dans du champagne additionné de citron vert coupé en fines tranches. Délicieux avec le faisan." Un autre colis ne contenait que des flacons de médicaments avec leur notice : "Une cuillerée à soupe avant chaque repas", ou : "Appliquer sur la zone irritée avant le coucher." Je demeurai tout d'abord perplexe puis, reniflant un des produits, je m'aperçus que toutes les bouteilles contenaient du bourbon, que Tante Mame avait transvasé dans des flacons de pharmacie, en une tentative perverse pour détourner les règlements postaux des États-Unis.

Mais comme la guerre n'en finissait pas, je remarquai que notre amazone commençait à ne plus savoir que faire d'elle-même. En 1944, une lettre me parvenait dans le lit asséché d'un fleuve, au-dessous de Monte Cassino :

« Mon Patrick chéri,

Je ne sais pas pourquoi je me sens si triste, ces derniers temps, mais c'est ainsi. Cette maison déserte, cette solitude terrible au milieu de la foule… Bien sûr, je suis occupée, autant qu'on peut l'être, avec toutes mes activités, mais Dieu que tout cela demeure sans âme. Je sais que le premier devoir d'une femme, c'est d'être une mère et… »

Je n'allai pas plus loin. Il y eut un fracas terrifiant, un souffle d'enfer. Quand je me réveillai, j'étais dans un hôpital britannique, à Caserte, et un Tommy se penchait sur moi avec sollicitude, répétant : « On a sauvé votre jambe, mon vieux, c'est du beau travail. Que diriez-vous d'une bonne tasse d'Ovaltine bien chaude ? »

Nous étions en mai quand le navire-hôpital accosta à New York. Je remerciai les médecins et infirmières de bord, refusai l'ambulance que me proposait la Croix-Rouge, et m'éloignai en claudiquant sur l'embarcadère. Faisant mine d'être plus handicapé que je ne l'étais, je parvins à arrêter un taxi délabré, et filai à Washington Square. J'arrivai devant la grande porte juste comme Tante Mame sortait de la maison, l'air parfaitement éthéré dans son déguisement d'infirmière bénévole.

« Mon chéri ! » s'écria-t-elle. « Mon chéri, mon garçon chéri ! » Elle se jeta dans mes bras, éclata en sanglots. Puis elle me tira dans le salon désert et prépara sur-le-champ deux gins-coca bien tassés. « Alléluia ! » s'exclama-t-elle, en jetant un roman de Stendhal au travers de la pièce. « J'allais à l'hôpital, pour lire *La Chartreuse de Parme* à nos garçons, mais maintenant que tu es à la maison, mon petit amour, *maintenant que tu es à la maison*, je sens que je vais avoir l'énergie de relever le défi le plus extraordinaire qui m'ait jamais été proposé. Oh, mon chéri, c'est la *chance* qui t'amène aujourd'hui. Avec toi à mes côtés – malgré ta jambe et tout ça –, je sens que je peux enfin ne plus rester en marge de *la guerre**, et plonger au *cœur* de l'action.

— Que voulez-vous dire ? Vous allez vous enrôler ?

— Oh, Patrick, mon chéri, il arrive la chose la plus merveilleuse du monde. Enfin, la plus tragique, en fait, mais la plus merveilleuse pour moi. Bon, d'accord, à quelque chose malheur est bon, etc. Mais voilà que m'est offert le destin pour lequel chaque fille d'Eve a été créée et, avec toi, je peux le réaliser.

— Mais de *quoi* s'agit-il ?

— Eh bien, mon chéri, j'ai appris la nouvelle ce matin même. Une certaine Mrs. Armbruster, de Southampton – une veuve, comme moi, mais *infiniment* plus âgée – a pris en charge six adorables petits réfugiés anglais jusqu'à la fin de la guerre. Et ce matin, mon officier des AWVS m'a téléphoné pour m'apprendre que cette pauvre vieille Mrs. Armbruster vient d'avaler son bulletin de naissance. N'est-ce pas merveilleux !

— Fantastique », dis-je. « Qu'aviez-vous contre elle ?

— Oh, mais rien, mon chéri. C'était une véritable *sainte*. Mais, Patrick, mon commandant m'a demandé si je pouvais éventuellement prendre un enfant... ou peut-être deux, et j'en avais tellement, tellement envie, mais quelque chose me retenait. Mais *à présent* que tu es là (elle me fixait d'un regard étincelant), je sais que je peux leur offrir une maman *et* un papa, à tous les *six*.

— Non, écoutez une seconde... », commençai-je. C'était trop tard. Déjà, elle était au téléphone.

Tante Mame pouvait agir vite, quand elle le voulait, et en l'espace de dix jours, elle avait loué une grande maison sur Long Island, placé tous ses domestiques au gyroscope de Sperry pour qu'ils fassent leur part de travail – sauf Ito, qui était japonais et donc suspect –, fermé la maison de Washington Square, acheté quantité de vêtements pour la campagne et un station-wagon d'occasion pour le double de sa valeur à l'argus. Puis elle se démit de toutes ses fonctions militaires, afin de se consacrer entièrement à son rôle de petite maman. Avant même que j'eusse pu lui expliquer qu'élever six enfants ne présentait à mes yeux qu'un intérêt relatif, Ito arrêtait le station-wagon dans l'allée de ce qui serait notre foyer jusqu'à la fin de la guerre.

Tante Mame ne faisait jamais les choses à moitié, et je dois admettre que je fus assez impressionné par la demeure qu'elle avait louée. Appelée Peabody's Tavern, c'était une bâtisse de quelque vingt pièces, datant d'avant la Révolution. Elle puait littéralement l'Histoire. À côté de la porte principale, cinq plaques signalaient les traités signés en ces lieux, l'âge et l'état de conservation remarquables de la maison, et autres renseignements destinés à l'historien. Le jardin était magnifiquement aménagé, et la pelouse évoquait un green de golf géant.

Miss Peabody en personne, qui devait nous préciser quatre fois qu'elle représentait la dixième génération vivant ici, nous accueillit à la porte à deux vantaux. C'était un vieux tableau décharné, d'un snobisme effarant. Pas une minute ne s'écoulait sans qu'elle nous rappelle qu'elle était Fille de la Révolution américaine, Dame de la Société des Premiers Colons, Fille de Cincinnati, Descendante du Mayflower, entre autres titres tous aussi déprimants. Elle passa en revue les événements historiques les plus marquants dont la maison avait été le théâtre au cours des deux ou trois derniers siècles, nous décrivit le pèlerinage annuel qu'effectuaient, à chaque printemps, nombre d'antiquaires et d'historiens, et sortit un énorme album rempli de photographies des différentes pièces, lesquelles avaient été publiées aussi bien dans *La Maison, le Jardin*, que dans *La Vie à la Campagne*, et autres magazines également élégants.

Puis Miss Peabody nous fit servir un déjeuner très léger, et très mauvais, dans de la porcelaine Lowestoft, avant de nous faire les honneurs de la demeure, désignant au passage l'authentique papier peint Revere, les chaises authentiquement Windsor, les portraits d'authentiques Peabody aujourd'hui disparus, les poutres authentiquement apparentes et les parquets de bois authentique. Elle touchait chaque bassinoire, chaque pot d'étain, chaque tapisserie comme si c'eût été un morceau de la vraie Croix. Tante Mame, très gentlewoman de la campagne, très tweed et canne-siège, étouffa quelques bâillements et manifesta un intérêt passionné autant qu'hypocrite.

Après nous avoir ainsi impressionnés pendant deux bonnes heures, Miss Peabody nous tendit un état des lieux, lequel recensait le mobilier qu'elle évaluait à presque cent soixante-dix mille dollars, déclarant, pour la quatrième fois, qu'elle n'avait jamais songé à louer sa demeure jusqu'alors, mais qu'avec la guerre et les impôts, et Tante Mame étant une vraie dame, elle faisait une exception. Elle lui collait également un loyer de cinq cents dollars mensuels.

« Cet endroit n'est-il pas un peu fragile, pour loger beaucoup d'enfants ? » demandai-je.

Tante Mame me jeta un regard noir, qui signifiait « Tais-toi ». Mais Miss Peabody était si occupée à nous détailler l'authentique vitrail de l'imposte qu'elle n'avait rien entendu. « Bien, je vais devoir m'enfuir, à présent, Mrs. Burnside », déclara-t-elle enfin, tirant sur ses gants. « Je ne peux vous dire à quel point je suis heureuse de donner à deux véritables amateurs d'histoire la possibilité de vivre ici. Non, non, ne me remerciez pas. » Sur quoi elle monta dans sa voiture et s'éloigna.

Tante Mame ôta sa veste de tweed, s'épongea le front, nous servit deux verres bien tassés, et commença de déambuler dans les immenses pièces, d'un pas léger. « Oh, mon chéri, est-ce que tu ne trouves pas cela adorable, cette vieille maison tellement désuète ! Pas faussement historique, comme chez les Upson, mais vraiment ancienne, authentique, accueillante. Je meurs d'impatience de filer chez le droguiste, pour acheter des pots et des pots de peinture, dans des tons pastel, un peu rêveurs – pour faire *revivre* cet endroit, tout simplement. Tu sais à quel point les psychologues contemporains se penchent sur la thérapie par la couleur. Et songe à ces malheureux enfants chéris, à leurs nerfs ébranlés, et au bien que cela leur fera de pouvoir courir et s'amuser dans ces vieilles pièces empreintes de sérénité.

— Que pense Miss Peabody de votre projet de repeindre son musée ?

— Je n'en sais rien », répondit Tante Mame, en faisant négligemment tomber sa cendre dans une soucoupe en porcelaine de Worcester. « Je ne lui en ai pas encore parlé.

— Ne croyez-vous pas que vous feriez mieux de lui demander d'abord l'autorisation ?

— Je me suis dit qu'il serait plus amusant de lui faire la surprise, mon chéri.

— Mais croyez-vous que Miss Peabody trouvera cela amusant, elle ?

— Oh, ne sois donc pas aussi *rigide*, Patrick. Je vois que la guerre n'a pas réussi à t'assouplir l'esprit.

— La guerre a rarement cet effet.

— Eh bien, si tu... Grands dieux ! » fit-elle, consultant sa montre, « il faut qu'on se *précipite* à Southampton, si nous voulons arriver à temps pour prendre les petits amours. J'ai dit à Miss Pringle que nous serions là à trois heures pile. Elle aura préparé toutes ses affaires, et celles des enfants. Comme cela, nous serons revenus pour l'heure du thé. Il faut *absolument* que nous prenions l'habitude du thé quotidien, Patrick. C'est d'une importance capitale pour ces petits Anglais de retrouver les coutumes de leur pays natal, déracinés comme ils le sont. Il est psychologiquement très dangereux de voir son schéma comportemental interrompu au cours des années de formation. »

Il était presque quatre heures quand nous arrivâmes au foyer endeuillé de feu Mrs. Armbruster. C'était une de ces vieilles maisons de famille mais, en approchant, elle m'apparut quelque peu délabrée, décrépite. J'étais un peu surpris de ce que cette sainte contemporaine, doublée d'une dame d'œuvres en vue, eût ainsi laissé sa maison tomber en ruines, mais j'attribuai cela aux rationnements dus à la guerre. Il y avait là tout un groupe d'enfants se poursuivant sur la pelouse, et une femme aux yeux hagards arpentant l'allée, avec sur le visage comme une expression d'animal traqué.

« Bonjour, *bonjour* ! » s'écria Tante Mame d'une voix enjouée. « Êtes-vous Miss Pringle ? Je viens pour les enfants.

— Merci mon Dieu ! » fit Miss Pringle. « Ça va être le paradis, de filer d'ici.

— Je peux bien l'imaginer, ma chère. Comme ce doit être affreux pour ces petits de demeurer dans cette maison funèbre, après le... le décès de cette pauvre Mrs. Armbruster.

— C'est bien elle la plus chanceuse », déclara Miss Pringle, mais Tante Mame n'écoutait pas. « Bon, je crois que je ferais mieux de commencer à les rassembler. » « Hé, les mômes ! » cria-t-elle, « Venez par ici, et vite ! » Les enfants l'ignorèrent. « Nom d'un chien », gronda-t-elle, « j'aimerais bien, une seule fois dans ma vie, que ces sales gosses fassent au moins semblant d'entendre, quand je les appelle. Hé, Edmund ! Tu arrêtes de faire le cheval ! Tu prends ta bande et tu viens ici. Albert, occupe-toi de Margaret Rose. Non, je ne t'ai pas dit de la *ficher par terre*, je t'ai dit de... *Gladys* ! Espèce de petite garce ! »

« Voilà une femme », chuchota Tante Mame, « qui n'a ni amour, ni compréhension envers les enfants. C'est bien triste à voir. Il va falloir que je lui enseigne quelques rudiments de psychologie infantile.

— Vous feriez peut-être mieux d'attendre qu'elle les ait tous fourrés dans la voiture, avant de lui enseigner quoi que ce soit.

— Oh, les petits chéris », roucoula Tante Mame. « Les cheveux dorés, le teint rose des petits Anglais. Du vrai Yardley ! »

Tante Mame était myope, et trop coquette pour porter des lunettes, mais j'avais, pour ma part, des yeux assez bons pour constater que Yardley aurait fait faillite depuis des siècles, s'il avait dû vous donner ce genre de teint frais. C'étaient là de typiques petits cockneys, trapus, aux genoux cagneux, aux côtes en cage à oiseaux, tels qu'on en rencontre dans les taudis de Londres, et les cinq ans passés avec la bienheureuse Mrs. A. n'avaient rien fait pour les améliorer.

Miss Pringle réussit enfin à les réunir tous les six, en rang devant la voiture. Tante Mame leur adressa un sourire de madone, et prit la parole, de sa voix de bonne fée penchée sur un berceau. « Bonjour, petits cousins anglais. Je m'appelle Mrs. Burnside, mais vous devez tous m'appeler Tante Mame.

— Pute borgne ! » laissa tomber le plus âgé. Les autres éclatèrent de rire.

Tante Mame parut quelque peu désarçonnée, puis elle se mit également à rire. « Le rire », me chuchota-t-elle brièvement, « est le meilleur des remèdes, après tout. » « Et voici mon neveu », poursuivit-elle, me désignant d'un geste large, « il rentre juste de la guerre, où il a été blessé en combattant avec les forces britanniques. »

Quelqu'un émit un bruit malséant.

« Bien », reprit Tante Mame, « puisque nous allons vivre tous ensemble – jusqu'à ce que la lumière revienne enfin dans ce monde de ténèbres...

— Haaannn, pas cette rengaine ! s'écria la plus âgée des filles.

— Comme je le disais », continua Tante Mame, un peu plus fort, « puisque nous allons vivre tous ensemble pendant un certain temps, je vais vous demander vos noms. Bien, toi, d'abord, dit-elle d'un ton jovial, s'adressant au plus grand.

— Tu peux m'appeler Jack l'Éventreur, cocotte », s'écria-t-il, exhibant une rangée de dents gâtées. Les autres se tordaient de rire.

— Eh bien, bonjour, Jack, dit Tante Mame.

— Il n'est pas question de l'appeler comme ça », coupa Miss Pringle. « Son nom est Edmund Jenkins, et c'est le type le plus mauvais que la terre ait jamais porté.

— Jack ou Edmund, peu importe, je t'aime déjà *beaucoup* », fit Tante Mame avec un sourire éblouissant. « Et toi, quel est ton nom ? s'enquit-elle, adressant un signe de tête à une fille trop formée pour son âge.

— Lady Iris Mountbatten, votre majesté », ricana la gamine.

Miss Pringle perdit son calme. Faisant un pas en avant, elle lui administra une gifle. « Surveille tes manières, Gladys Martin, espèce de petite insolente !

— Je vous en *prie*, Miss Pringle », intervint Tante Mame. « Si elle souhaite qu'on l'appelle Iris, nous lui ferons volontiers ce plaisir, j'en suis certaine. Et toi ? continua-t-elle, s'adressant à la suivante.

— Enid Little, ma'm, répondit l'enfant.

— Tu es très gentille, Enid. Tu es une jeune personne très bien élevée. »

Gladys/Iris ricana méchamment.

« Moi, mon nom, c'est Albert », fit une petite voix mignarde. « Albert Andrews, et ça, c'est ma petite sœur, Marg'ret Rose. »

Albert était un gamin tout ratatiné, avec les végétations, et sa sœur, la plus jeune du groupe, une jolie petite fille aux grands yeux, d'environ six ans.

« Je suis très heureuse de vous connaître tous les deux », déclara Tante Mame avec amabilité. « Et je sais déjà que Margaret Rose va devenir notre petite princesse.

— C'est une sale petite garce », fit une voix.

Tante Mame se tourna vers celui qui avait parlé. « Allons, dis-moi, toi – oui, le petit garçon, avec ces magnifiques cheveux roux –, tu n'aimes pas notre petite princesse, Margaret Rose ?

— Naaannn.

— Eh bien, si tu me disais quel est ton nom ?

— Naaannn.

— S'appelle Ginger, minauda Albert.

— Je suis ravie de te connaître, Ginger. On se serre la main ? » Tante Mame tendit la main.

— Naaannn.

— Très bien, si *vraiment* tu n'y tiens pas. Et maintenant, si nous allions voir notre nouvelle maison, et prendre le thé ? »

Ce fut une clameur générale. Finalement les gosses entassèrent leurs bagages sur la galerie du station-wagon, avant de s'entasser eux-mêmes à l'intérieur. Miss Pringle prit place à l'avant, à côté de Tante Mame, tandis que je m'installais derrière, à côté de Gladys/Iris, les autres gamins en vrac autour de nous. J'aurais pu jurer que Gladys tentait de me faire du pied, pendant tout le trajet.

Une querelle s'amorça, tandis que nous traversions Quogue, mais Tante Mame parvint à étouffer les hostilités en s'écriant : « Et si on chantait ? Qu'est-ce qu'on va chanter, tiens ?

— On va chanter *Petit patapon, trou du cul du cochon* », suggéra Edmund d'une voix tonitruante. Miss Pringle se retourna vivement, la main levée, mais Tante Mame sut de nouveau calmer le jeu en déclarant : « Je ne pense pas connaître cette chanson, Edmund.

— Moi, *si* », fis-je.

Pour finir, nous entonnâmes tous *Begin the Beguine,* selon le vœu de Gladys, qui ne manqua pas de me chuchoter à l'oreille : « Cette chanson me fait toujours un effet pas possible. »

Il était six heures quand nous arrivâmes à Peabody's Tavern. Ito avait garni chaque vase d'un délicat bouquet japonais, mais il apparut clairement, au bout d'un quart d'heure, que ses efforts étaient réduits à néant.

« Bien, les enfants », déclara Tante Mame, avec un soupçon de nervosité, « maintenant, il faut choisir nos chambres. Il y en a une quantité, dans cette charmante vieille maison. Vous ne la trouvez pas charmante ?

— Naaannn, fit Ginger.

— Eh bien, Ginger », dit Tante Mame avec diplomatie, « tu finiras peut-être par l'aimer quand même. C'était jadis une célèbre taverne, à l'époque où notre pays était en guerre avec... enfin, c'était une célèbre taverne. Bien, maintenant, choisissons les chambres. » Elle gravit noblement l'escalier, les enfants se précipitant derrière elle à grand bruit. « Les dames d'abord. Gladys, où aimerais-tu dormir ?

— 'vec lui, minauda Gladys, me désignant d'un geste.

— Oh ! Mon Dieu, je crains que Patrick n'ait qu'un seul lit dans sa chambre.

— 'm'est égal », dit Gladys, en m'adressant une œillade.

Finalement, les chambres des premier et deuxième étages se virent attribuées. « Et maintenant », s'écria Tante Mame, « vous allez tous défaire vos bagages et vous *laver*, puis nous prendrons le thé dans la bibliothèque. Viens, Patrick. Miss Pringle, venez aussi, nous allons laisser ces chers petits s'acclimater à l'endroit. » Nous la suivîmes. « Miss Pringle, je vous ai réservé une charmante chambre-salon au rez-de-chaussée, de manière à ce que vous puissiez avoir la paix, et oublier les enfants de temps à autre. Oh, vous n'avez pas apporté vos affaires ?

— Certainement pas.

— Mais, Miss Pringle, je ne comprends...

— Écoutez, Mrs. Burnside, si j'ai bien compris, c'est *vous* qui reprenez les enfants. *Moi*, je vais à New York.

— Mais Miss Pringle, j'avais cru comprendre que vous veniez avec eux, en tant que gouvernante, comme chez Miss Armbruster. Votre salaire sera de...

— Écoutez, ma chère, je ne passerai pas une nuit de plus sous le même toit que ces petits monstres, fût-ce pour un million de dollars.

— Mais, Miss Pringle », reprit Tante Mame, l'air un peu hagard, « qui va s'occuper de leur donner leur bain, de les habiller, de tous ces détails ? Il me semblait *évident* que...

— En ce qui *me* concerne, il me semble évident que ce ne sera pas moi. Écoutez, Mrs. Burnside, je comprends votre point de vue. Tout cela est très patriotique, généreux, humaniste – tout ce que vous voudrez. J'étais comme vous, moi aussi, il y a un an. Je venais d'obtenir mon diplôme de Hunter, j'étais une brillante licenciée en psychologie, à vingt et un ans. Regardez-moi, maintenant : j'ai les cheveux gris ! Je suis la dix-septième femme à avoir tenu ce poste en cinq ans. La fille qui m'a précédée a fait une grave dépression nerveuse. Vous devriez la voir maintenant ! Mais huit mois avec ces monstres, c'est assez pour moi. Ne vous donnez pas la peine de me conduire à la gare. Vous me proposiez un salaire plus qu'honnête, et je vous en remercie. Vous ne savez pas dans quoi vous vous engagez, et j'en suis désolée pour vous – sincèrement désolée. Mais je rentre à New York ce soir, même si je dois faire la route à pied. Grands dieux, j'irais même jusqu'à San Francisco à *genoux* pour leur échapper (elle désigna l'escalier). Au revoir, et bonne chance, j'espère simplement que vous ne finirez pas à la morgue, comme Mrs. Armbruster. » Sur quoi elle sortit et s'éloigna d'un pas ferme.

Nous nous retrouvions donc seuls avec Ito, face à six sauvages hurlant à pleins poumons. Les petits Anglais détestaient le thé (« 'Veux pas de cette saloperie », déclara Edmund) et raffolaient du Coca-Cola. Le fourneau de la cuisine, également une pièce de musée, développa une aversion instantanée envers Ito et Tante Mame, qui se brûla vilainement. Elle brûla également la soupe, et se coupa en préparant les sandwichs. C'était une erreur fatale que de donner des oranges aux enfants, et les authentiques poutres apparentes de Miss Peabody ruisselèrent de jus et de pépins pendant longtemps. Ito, que les enfants terrorisaient, restait terré dans la cuisine, trop affolé pour être d'une aide quelconque, ce premier soir, et ce fut à Tante Mame et à moi de faire la vaisselle.

« Maintenant, vous allez passer dans l'autre pièce pour jouer, mes chéris », déclara Tante Mame avec un sourire faussement radieux. « On joue une heure, et puis, hop, au pays des songes. »

— Mais *bien sûr*, que j'y parviendrai, mon petit amour, avec toi à mes côtés. Et franchement, je suis plutôt contente que cette Miss Pringle soit partie. Elle n'avait *aucune* notion – mais vraiment aucune – de la manière dont on agit avec les enfants. Il faut les guider, ne pas les commander. Après tout, ces amours ont subi un terrible traumatisme. Les bombes, la peur, l'insécurité – le fait d'avoir été arrachés à leur nid, envoyés dans un pays inconnu. Et ensuite, tomber entre les mains brutales de femmes inexpérimentées comme cette Miss Pringle – le salaire, c'est tout ce qui les intéresse. Tu verras. Ma compréhension pleine de tendresse, la manière dont je vais les mener, tout en douceur, feront des miracles. Et j'ai besoin d'avoir un homme à la maison, bien sûr », ajouta-t-elle en hâte. « Surtout un homme qui a combattu aux côtés de l'armée britannique, et en qui ils peuvent voir un héros. À propos, j'ai là un livre extraordinaire sur la façon de guider les enfants. Je tiens à ce que tu le lises ce soir même. Nous n'avons pas un instant à perdre. »

Non, en effet. Les enfants jouaient au salon. Je devais apprendre en deux jours que plus un jeu est silencieux, plus il est redoutable. Pénétrant dans la pièce sur la pointe des pieds, nous trouvâmes les filles alignées le long d'un mur, les mains aux hanches, ondulant du bassin de manière obscène, tandis que les garçons déambulaient devant elles, les observant d'un regard attentif.

« Comment s'appelle ce jeu, Albert, mon chéri ? s'enquit Tante Mame.

— Waterloo Bridge, ma'm, répondit Albert d'une voix flûtée.

— Et en quoi consiste-t-il, mon petit Albert ?

— Les filles, c'est toutes des putes, et on les ramasse. »

La mâchoire de Tante Mame se décrocha.

« Ça vous dirait, une petite turlute à deux *pennies*, ma vieille Mame ? fit Edmund, avec un sourire vicieux.

— Dis donc, fais attention à toi ! m'écriai-je, rugissant.

— Patrick, je t'en *prie*. N'oublie pas que ces petits sont psychologiquement déstabilisés », intervint Tante Mame. « Maintenant, mes petits enfants, je crois que nous avons *assez* joué à ce jeu-là. Il est l'heure d'aller au lit, et de bien nous reposer pour être en pleine forme demain. Patrick et moi allons vous aider à vous déshabiller.

— Ces gosses sont assez grands pour se déshabiller tout seuls, murmurai-je.

— C'est important, le premier soir », me chuchota Tante Mame. « Cela permet d'établir un rapport d'intimité sur le schéma maternel et paternel. »

Là-haut, il y eut un moment de confusion pour savoir qui allait déshabiller qui. Edmund, qui avait quinze ans et se révélait plus précoce qu'il n'était souhaitable, réclamait Tante Mame, et Gladys ne voulait que moi. Nous les laissâmes se débrouiller. Je commençai avec Albert. Je crois que c'est lui que je détestais le plus, bien que ce soit difficile à déterminer. Mais il était le plus facile à gérer. Sainte Nitouche, lèche-bottes, mouchard, lâche, et très empressé à s'insinuer dans nos bonnes grâces. Après l'avoir mis dans son bain, je m'attaquai à Ginger, un gosse de huit ans, le plus têtu, le plus renfrogné, le plus négatif que j'aie jamais rencontré. Puis je passai à Edmund.

« Touche-moi, et je fous la maison en l'air, gronda-t-il.

— Parfait. Mets-toi au lit tout seul.

— Si je veux.

— À mon avis, tu *veux*, dis-je, l'attrapant par l'épaule.

— Ôte tes sales pattes, et embrasse ça, fit-il, me tournant le dos, et se penchant en avant.

— Très bien, Edmund, j'enlève mes mains, tu vois », dis-je. Prenant mon élan, je lui décochai un coup de pied au derrière qui l'envoya en vol plané au milieu de la pièce. J'avais utilisé ma mauvaise jambe, et la douleur fut abominable, mais cela en valait la peine. Edmund plongea sous les couvertures.

Vers minuit, je me couchai enfin, et tentai de lire *L'Enfant du vingtième siècle*. J'en arrivais juste à un chapitre fort instructif – « La masturbation : péché ou symptôme ? » – quand je perçus un léger grattement à ma porte.

« Qui est là ?

— C'est moi, Gladys.

— Qu'est-ce que tu veux ?

— J'ai froid.

— Tu as une couverture supplémentaire dans ton placard.

— Allez, mon grand, sois pas chien, prends-moi dans ton lit et réchauffe-moi un peu, fit-elle d'une voix grasseyante, au travers de la porte.

— Tu files dans ta chambre, sinon, c'est le derrière que je vais te réchauffer, et tu ne pourras pas t'asseoir pendant un an !

— Sadique », fit-elle avec un petit rire. Je l'entendis s'éloigner sur la pointe des pieds.

De ma vie, je n'ai passé un tel été. Ces six petits Anglais auraient suffi à rendre Winston Churchill hitlérien. Gladys, à treize ans, était complètement nymphomane. Edmund, quinze ans, était un voyou irrécupérable, affligé d'une mauvaise haleine et d'un priapisme permanents. Que Gladys et lui n'aient jamais réussi à se soulager l'un l'autre demeure un mystère pour moi, mais c'eût été trop aimable de leur part. Edmund désirait Tante Mame, et Gladys ne pensait qu'à moi.

Enid, à onze ans, était kleptomane, et à chaque fois que quelque chose manquait dans la maison, on était certain de le retrouver dans sa chambre. Ginger, enfant illégitime, faisait voler en éclats cette théorie selon laquelle les enfants de l'amour sont les plus charmants. Je ne l'entendis pas une seule fois dire "Oui", à quoi que ce fût. Albert était simplement méprisable, et sa petite sœur, Margaret Rose, la moins pire du lot, se révélait néanmoins d'une incontinence chronique, et peu ragoûtante.

Tante Mame, cependant, tenait bon, accrochée à ses théories de psychologie. Elle ne cessait d'affirmer que les enfants s'amélioraient, même si cela m'échappait totalement. Les trésors de Miss Peabody filaient plus vite que je ne pouvais les compter. Le portrait du colonel Peabody fut transformé en cible de fléchettes. Une inestimable vierge Peabody, dans la manière des primitifs, se retrouva un jour dotée de longues moustaches, puis d'une barbe de patriarche. Chaque jour, je notais quelque nouvelle atteinte à l'état des lieux. Au cours de leur meilleure journée, les gosses réussirent à faire pour quarante mille dollars de dégâts ; au cours de la pire, trois cents – une misère. Aussi riche Tante Mame fût-elle, je sentais le sang se figer peu à peu dans mes veines. En outre, les tentatives de thérapie par la couleur ne semblaient guère efficaces. Les papiers peints authentiques durent être repeints une douzaine de fois, au cours de l'été. Tout d'abord, Tante Mame, souhaitant éveiller l'esprit des enfants à la Beauté, leur donna libre choix quant à la couleur des murs. Mais cela ne changeait pas grand-chose, pour finir. Quand les murs étaient peints de couleur claire, ils y griffonnaient des obscénités au crayon noir. Quand ils étaient sombres, ils faisaient de même, à la craie. Ils crevèrent les pneus du station-wagon et Tante Mame, refusant, dans son patriotisme, de toucher à tout ce qui sentait le marché noir, fut néanmoins contrainte d'en acheter de nouveaux, pour une petite fortune. Le magnifique jardin de Miss Peabody fut entièrement déraciné. Les vitraux faits à la main volaient en éclats, l'un après l'autre. Les chaises Chippendale, le banc en orme, les lits à baldaquin se démantibulaient comme par magie. Tentant d'arracher Gladys à la lecture ininterrompue de *Cinémonde* pour l'intéresser à "quelque chose d'une valeur plus profonde et permanente", Tante Mame l'envoya prendre des leçons de piano mais, le soir où Gladys décida de nous offrir un petit concert improvisé, elle plaqua le premier accord de *That Old Black Magic* sur le clavecin de Miss Peabody avec une telle force que toutes les cordes sautèrent, ne laissant qu'une caisse vide. Gladys se replongea dans *Cinémonde*.

Mais notre perte la plus grave, ce fut Ito. Alors que les enfants admiraient plutôt les nazis, ils voyaient en Ito, cet être doux, un peu bête, leur pire ennemi. Ils l'appelaient Tojo, et firent de sa vie un enfer. Un jour, je le découvris ligoté dans les anciens quartiers des esclaves, au-dessus des cuisines. Une autre fois, les enfants, ayant découvert un sac de ciment dans la réserve, en versèrent dans le sukiyaki du malheureux. Enfin, ils eurent raison de notre unique domestique, en enduisant l'escalier de service de margarine. Triple fracture. Je filai à toute vitesse à l'hôpital de Port Jefferson, tandis que Ito et Tante Mame gémissaient de concert sur la banquette arrière. Il ne devait pas revenir avant six mois. Commença une longue procession de bonnes.

Je me souviens d'une Ophelia, une Delia, une Celia ; Jessie, Bessie et Tessie apparurent, et disparurent *immédiatement* ; Mary, Margaret, Maude, Madeleine et Maureen franchirent les portes de Peabody's Tavern, puis les franchirent une seconde fois, mais en sens inverse. La dernière d'entre elles, Anna, tint bon une semaine. En partant, elle adressa à Tante Mame quelques paroles franches et de bon conseil : « Enfermez ces mômes dans la maison, ouvrez le gaz, et filez », déclara-t-elle. Sur quoi je la conduisis à la gare.

Il semblait tout naturel que Tante Mame fût la bienvenue chez les estivants de Long Island. Au cours du mois de juin, nous reçûmes tous deux force invitations à dîner au sein de la communauté. Certaine *grande dame** particulièrement bien intentionnée nous obtint même l'accès privilégié à la plage privée la plus proche, mais après une journée passée sur le sable avec les gosses, Tante Mame reçut une lettre du Comité des Résidents : « Nous serons toujours ravis de vous accueillir, vous et votre neveu », commençait-elle, « mais en ce qui concerne les enfants... » Nous ne devions jamais retourner à la plage privée. Quelques jeunes mères de la bonne société envoyèrent même leurs rejetons jouer avec nos petits réfugiés – une fois. Dès juillet, Tante Mame et moi étions des parias notoires, dans tout le comté.

La bibliothèque locale nous retira toutes nos cartes au bout d'une semaine. Sur quoi les enfants durent se contenter de mettre en pièces les ouvrages anciens, reliés pleine peau, de la bibliothèque de Miss Peabody. La lecture ne les passionnait guère. Ce que Tante Mame appelait "l'enchantement de la scène" ne s'avéra pas plus enchanteur pour eux. Ayant envoyé toute la bande voir *What a Life* au théâtre en plein air, un soir, elle les vit revenir à la fin du premier acte ; ils avaient été chassés. Le drugstore local les interdit de séjour, également, ainsi que le glacier, le Howard Johnson's, le terrain de jeu, la pizzeria, et la maison close. Les gosses adoraient aller au cinéma, mais le cinéma, lui, ne les adorait pas. Tout en me remboursant les places, le directeur de la salle me dit : « Je sais ce que vous et votre tante essayez de faire – et ne croyez pas que je n'admire pas vos bonnes intentions –, mais il faut bien que je vive, moi aussi. Regardez ce que ces petits bandits ont fait de mes sièges : de la charpie. Impossibles à remplacer, en plus. C'est la guerre, vous savez. »

Outre la nourriture, le logement, les vêtements et la casse, les dépenses médicales se montaient également à des sommes faramineuses. Tenant à ce qu'ils rentrent en Angleterre en pleine forme, Tante Mame engagea un médecin, qui faisait chaque dimanche le trajet depuis Stony Brook, afin de vérifier que nos petits pensionnaires se portaient bien. Il s'appelait Potter, et faisait preuve d'un réalisme qui faisait défaut à Tante Mame. « Diable ! » disait-il à chaque visite, « ces gosses n'ont rien, rien qui ne puisse être guéri par un bon petit séjour à la chambre à gaz. »

Tante Mame investit également deux mille dollars dans leurs horribles petites bouches, et j'avais presque plaisir à les emmener chez le dentiste et à écouter, béat, leurs cris de douleur et d'angoisse. Leurs dents finirent par être toutes parfaites, mais le dentiste prit sa retraite, vieillard de quarante et un ans, mordu de partout et désespéré.

J'attendais le premier jour de classe comme le Second Avènement. Enfin, se leva cette aube bienheureuse. Nous allions bénéficier de sept heures de paix par jour, cinq jours par semaine – du moins, quand l'un des gosses ne serait pas alité avec un rhume, ou renvoyé provisoirement pour quelque odieuse cruauté. Durant cette période bénie, nous n'eûmes rien d'autre à faire que réveiller les enfants, préparer le petit déjeuner, les repas froids, les conduire à l'école, laver la vaisselle du petit déjeuner, faire les lits, récurer les salles de bains, effacer des murs les derniers graffiti blasphématoires, prendre la poussière et passer l'aspirateur, commander des provisions, supplier le boucher, vérifier l'état du linge, et nous détendre. Le froid venu, je dus aussi entretenir la chaudière – une antiquité –, vider les cendres, recharger les douze chauffages au fuel, dégager la neige à la pelle, réparer le mobilier de Miss Peabody, dans la mesure du possible, et me détendre. Je me disais sans cesse que je n'avais jamais vécu de manière aussi plaisante, sans en penser un mot.

L'hiver s'écoula ainsi. Ginger se vit trois fois expulsé de l'école. Certain jour, un policier nous ramena Enid, qui avait été prise la main dans le sac, en train de voler chez Woolworth. Margaret Rose eut de sérieux problèmes aux reins. Par une sorte d'empathie, Albert contracta une grave angine, et ce ne fut pas sans plaisir que nous les expédiâmes tous deux à l'hôpital, où l'on ôta à Albert amygdales et végétations – *légère* amélioration. Sur quoi Enid vola une paire de ciseaux à ongles appartenant à Tante Mame et poignarda Ginger – mais pas mortellement. Un comité de quartier déposa plainte contre Gladys, pour racolage éhonté dans la rue principale, prétendaient-ils. Tante Mame nia avec indignation mais, pour ma part, cela me semblait plus que crédible. En mars, Edmund mit une fille du coin dans une situation intéressante, et son père menaça de le tuer. Il était tout naturel qu'un père donnât libre cours à sa colère légitime mais, en attendant, Tante Mame payait, payait, payait.

Je sais, à présent, que les enfants sont tous source d'ennuis et de soucis, et je pense que Tante Mame et moi n'aurions pas été à ce point à cran, si un seul d'entre eux avait montré quelque qualité, quelque raison d'être aimé. Mais ce n'était pas le cas. Tante Mame se tourmentait, se donnait un mal fou, et faisait preuve envers eux d'une adoration parfaitement feinte. Pas moi. Je les haïssais, et me moquais que cela se sache ou non. Nous étions littéralement prisonniers dans cette maison et, au bout de six mois de cette vie, Tante Mame et moi nous montrions les dents et nous écharpions pour un oui, pour un non.

Le dimanche de Pâques, il y avait quelque chose de printanier dans l'air ; dans la maison, flottaient des relents écœurants de lis, de friandise, et de gosses. Ceux-ci s'en donnèrent à cœur joie, se bombardant avec les œufs de Pâques. Albert brisa la dernière pièce du service en Lowestoft de Miss Peabody. Le docteur Potter, qui était passé pour sa visite dominicale, resta dîner avec nous. Tante Mame était devenue une cuisinière remarquable, et le repas fut une réussite – enfin, l'aurait été si Margaret Rose n'avait pas vomi au dessert.

Le docteur Potter examina de nouveau Margaret Rose, et la mit au lit. « Ce n'est probablement rien », déclara-t-il, «mais faites-lui garder la chambre un jour ou deux. Je n'aime pas beaucoup l'apparence de sa gorge. Il n'y a *rien* que j'aime beaucoup chez elle, d'ailleurs. Si cela s'aggrave, appelez-moi, et je lui ferai une bonne piqûre de cyanure. » Puis il observa attentivement Tante Mame, une expression inquiète sur le visage. « En fait », reprit-il, « c'est *vous* que je devrais examiner, Mrs. Burnside, pas eux. Vous avez l'air en très mauvaise forme – maigre, nerveuse, épuisée. Faites bien attention à ce que ces enfants n'aient pas votre peau. »

Une fois Margaret Rose mise en cale sèche, la vaisselle terminée, et les enfants envoyés à l'étage pour s'amuser aussi tranquillement que possible, Tante Mame, Potter et moi nous installâmes au salon pour boire un fameux bourbon, dans une béatitude sans pareille.

« Ne croyez-vous pas que Hitler finira *quand même* par capituler, docteur Potter ? » demanda Tante Mame en soupirant. « En fait, si je pouvais trouver un moyen de me sortir de ce... de cette situation, je crois que je n'y verrais aucun inconvénient. J'imagine que cela doit sembler horrible, contre-nature, mais j'ai eu beau tenter, de tout mon cœur, d'aimer ces petits, j'ai échoué. Si seulement... »

Il y eut une explosion terrible, qui ébranla toute la bâtisse. Je fus éjecté de mon fauteuil, et nous nous retrouvâmes tous trois tapis, serrés les uns contre les autres, au milieu du salon.

« Mon Dieu ! » s'écria Tante Mame, « les enfants ! » en s'élançant dans l'escalier, Potter et moi sur les talons.

La grande salle de jeu du premier étage n'était plus que ruines. Les fenêtres avaient volé en éclats, le plafond s'effondrait en stalactites grotesques, un des murs avait été complètement soufflé. « Oh, non ! » fit Tante Mame dans un souffle. « Les enfants ! Vite ! Aidez-moi. Ils doivent être enfouis là-dessous. » Plongeant au cœur des débris, elle commença à se frayer un chemin dans la montagne de décombres. Comme je dégageais une grande plaque de plâtre, j'entendis un rire irrépressible s'élever. Me retournant, je vis les gosses, tous les six, sans une égratignure, qui nous observaient en se tenant les côtes, pliés en deux de rire.

Je bondis vers Edmund, mais Potter, plus rapide, l'avait déjà attrapé par le col.

« Qu'est-ce qui se passe, ici ? » s'écria-t-il. Pas de réponse. « Qu'est-ce que vous avez fait ? Vous allez me le dire, bande de petits salauds, avant que je ne vous réduise en bouillie. » Toujours pas de réponse.

« Je vous le dis, si vous promettez de ne pas me punir. » C'était Albert, évidemment. Je le saisis par les épaules, le secouai comme un prunier.

« Un peu, que tu vas nous le dire. Et tu vas nous le dire tout de suite, sinon je t'étripe.

— Aïe ! Tu me fais mal ! geignit Albert.

— Je te ferai encore beaucoup plus mal, si tu ne me dis pas ce qui est arrivé !

— On fabriquait une bombe, c'est tout.

— Une bombe ? Et avec quoi ?

— Oh, des trucs qu'on a trouvés dans la cabane à outils.

— De la dynamite ? Des explosifs ? Quelque chose comme ça ?

— Ce n'est pas *mon* idée », fit Albert d'une voix plaintive. « C'est les autres qui ont commencé, et moi, je leur ai dit... »

Tante Mame se dressa au milieu des décombres. Elle était couverte de poussière, de suie, de plâtre. Et soudain, elle se mit à rire. Elle riait, riait, riait, elle riait aux larmes. « Je n'en peux... c'est trop drôle... et ce n'est même pas *ma* chambre, c'est celle de Miss Peabody... avec ses ancêtres et tout ça... oh, c'est la chose la plus drôle que j'aie... » Elle chancelait de rire. « Et évidemment, le plus tordant, c'est que... que nous aurions tous pu... pu sauter... nous retrouver au ciel... » Elle se plia en deux, se tapant sur les cuisses.

Les gamins, mal à l'aise, émettaient de petits rires nerveux.

« Silence ! » grondai-je. « Filez dans vos chambres. Je m'occuperai de vous plus tard. » Ils étaient trop effrayés pour opposer la moindre résistance.

« Mais mes enfants, vous ne voyez donc pas le côté... » continuait Tante Mame, les traits déformés par une allégresse affreuse à voir. « Vous ne voyez pas à quel point c'est tout bonnement désopilant – *désopilant,* ça me fait rire, ce mot-là ! » Elle se balançait d'avant en arrière, les mains posées sur ses côtes.

Je la contemplais avec horreur.

« Cela suffit ! » aboya le docteur Potter. « Arrêtez, arrêtez immédiatement ! » Sur quoi il se dirigea vers elle, et lui asséna une grande gifle. Elle demeura silencieuse quelques secondes, puis se mit soudain à pleurer, à pleurer à fendre l'âme.

Potter la porta dans sa chambre, la coucha. Je lui fis ingurgiter un double cognac, tandis qu'il stérilisait l'aiguille de sa seringue. « Je suis désolée », murmura-t-elle, « je suis désolée, je ne peux plus supporter cela. Je voudrais avoir sauté sur cette bombe.

— Tante Mame !

— Bon, Sarah Bernhardt, on se détend. C'est fini. Vous ne voulez rien de ce genre. Et pas *moi,* en tout cas. Vous êtes une trop bonne cliente », dit le docteur Potter, lui caressant la main. « Vous avez simplement dépassé les limites de ce qu'un être humain peut supporter.

— Mais je pensais que je serais une bonne mère – et j'ai tout raté, raté, raté !

— Il faut vous débarrasser de ces gosses », déclara Potter. « Et je parle sérieusement. Vous êtes dans un sale état.

— Mais c'est impossible. *Où* iraient-ils ?

— Dans une bonne maison de correction peut-être ? suggérai-je.

— Il y a aussi l'asile de Bellevue, ajouta Potter.

— Non, c'est hors de question », soupira Tante Mame. « Je ne peux pas. J'ai dit que je m'occuperais d'eux, et…

— Et que vous y laisseriez votre peau ? Il n'est pas question de *vouloir* se débarrasser d'eux. Vous *devez* le faire. Ordre de la faculté », déclara Potter, à présent sérieux. « Vous avez fait plus qu'il n'était possible pour ces petits. Vous leur avez entièrement consacré près d'une année de votre vie, et quelle année... Vous avez dépensé des milliers et des milliers de dollars pour eux. Cette maison, la nourriture, les vêtements, l'école. Mes honoraires seuls s'élèvent déjà à plus de deux mille dollars. Une plaisanterie est une plaisanterie, mais vous ne pouvez pas continuer ainsi. Vous devez vous débarrasser d'eux – avant que ce ne soit eux qui se débarrassent de vous.

— Mais qui serait assez inconscient pour les prendre ? » fit Tante Mame. « Ils sont déjà connus comme le loup blanc.

— Peu importe, il faut qu'ils partent, répéta Potter, d'un ton sans réplique.

— On peut peut-être mentir sur l'âge d'Edmund, et le faire engager dans l'armée, suggéra Tante Mame.

— Et Gladys aussi, comme cantinière, dit Potter.

— Écoutez, Tante Mame », intervins-je, « nous *pouvons* nous débarrasser d'eux. J'irai en ville dès demain, je me rendrai à l'agence de placement. Mais nous ne sommes pas obligés de les offrir tous les six en même temps, comme un lot. Il faut les séparer, rompre la bande. Edmund pourrait travailler dans une ferme, histoire de se défouler dans les champs...

— À condition qu'il n'y ait pas de mouton dans le coin, glissa Potter.

— ... et l'on pourrait envoyer Gladys dans une sorte de couvent...

— Un cloître, de préférence, intervint de nouveau Potter.

— Quant à Albert et Margaret Rose », continuai-je, « il faut qu'ils demeurent ensemble, puisqu'ils sont frère et sœur. Ce sont aussi les mieux élevés.

— Albert est un sale petit mouchard, lâche et geignard, dit Tante Mame.

— Certes, mais lui et Margaret Rose se comportent mieux que les autres.

— Et je me ferai un plaisir de fournir gracieusement une alaise pour la petite princesse, ajouta Potter.

— Restent Enid et Ginger. On doit bien pouvoir trouver deux andouilles, pour les prendre.

— Oui », fit Tante Mame non sans scepticisme, « j'imagine qu'on *doit* pouvoir y arriver.

— *Pouvoir* ? Mais il le *faut* ! » s'exclama Potter. « Et maintenant, reposez-vous un peu, Pat et moi allons nous occuper des gosses. »

Une petite foule s'était rassemblée dans le jardin, contemplant, immobile, le trou béant dans les murs de Peabody's Tavern. « Ne vous inquiétez pas ! » cria le docteur Potter par une des fenêtres éventrées, « vous savez à quel point ces nouvelles Cocottes-Minute sont peu fiables ! » puis il tira le store, et les gens s'égaillèrent.

Ce soir-là, les enfants eurent droit, pour tout dîner, à un verre de lait, un biscuit, et une sérieuse engueulade. Ils ne semblaient pas outre mesure affectés par les dégâts qu'ils avaient causés. Par trois fois, Potter dut ramener Margaret Rose au lit, de force. « Et tu *restes* là », gronda-t-il. « On n'a pas besoin, en plus, d'une malade sur les bras. Pas vraiment, pas pour l'instant.

— C'est ce que je lui ai dit », minauda Albert. « Je lui ai dit : “Mar'gret Rose, tu vas voir comme le Docteur Potter va être fâché contre toi, si tu...”

— Silence, chochotte », coupa Potter. Puis il se dirigea vers sa voiture et rentra chez lui.

Le lendemain, je me levai de bon matin et passai mon treillis de l'armée britannique, ainsi que le trench-coat orné de mes décorations, de manière à être sur un pied d'égalité avec les agents anglais qui s'occupaient du placement des enfants. Tante Mame, ayant promptement récupéré, insultait le vieux fourneau, dans la cuisine, quand je descendis l'escalier.

« Bonjour, mon petit amour », chantonna-t-elle. « Alors, c'est *Der Tag* ?

— Oui, c'est le jour J. C'est la signature de l'Indépendance, la prise de la Bastille, c'est Noël, c'est le 1er mai !

— Oh, mon chéri », fit-elle dans un soupir, « je meurs d'impatience. »

Gladys pénétra dans la salle à manger, la démarche nonchalante, son cardigan et sa jupe écossaise créant un contraste abominable avec son maquillage polychrome, ses cils alourdis de mascara, ses cheveux décolorés d'un jaune malsain (nous étions dans sa période blonde, dite "Lana Turner" ; elle venait juste de quitter sa période brune, dite "Hedy Lamarr".) « Putain ! » fit-elle, m'observant d'un œil intéressé. « En tenue de combat, carrément, hein ? J't'avais jamais vu en uniforme. On dirait David Niven ! »

Nous l'ignorâmes ostensiblement. « Veux-tu que je te prépare deux œufs, mon chéri ? me demanda Tante Mame.

— Non, merci, je prendrai juste du café et des toasts. Je vais devoir faire un peu toutes les agences, et je tiens à commencer tôt.

— Les agences ? » répéta Gladys, levant ses sourcils épilés à mort. « J'espère que vous n'allez pas essayer encore de prendre une nouvelle bonne. Vous devriez savoir qu'elles ne restent jamais. Pas *ici*, en tout cas.

— Prends ton petit déjeuner, Gladys », dit Tante Mame d'un ton détaché. « Patrick et moi ne sommes pas vraiment d'humeur à parler avec vous, ce matin. Tu sais pourquoi, je suppose. »

Gladys haussa les épaules, insolente, et fila. Je finis en hâte ma tasse de café, coiffai ma casquette, et me dirigeai vers la porte. « Je serai de retour pour cinq heures, avec les certificats de décharge. Je vous le jure sur ma tête.

— Mon chéri ! » s'exclama Tante Mame, radieuse. Sur quoi elle commença de préparer un plateau pour Margaret Rose.

Je passai une journée affreuse à New York, renvoyé d'agence en agence, de bureau en bureau, de service en service. Chacun en ville semblait connaître – de réputation, au moins – la bande dont Tante Mame avait la charge. « De mauvais sujets », me dit une femme, l'œil sombre. « Des saloperies », confirma une célibataire de la Cinquante-Septième Rue. « D'horribles petits monstres », ajouta un homme – tout cela bien inutilement. Il était presque quatre heures quand je tombai enfin sur la bonne personne, une vieille fille, une dure à cuire aux cheveux coupés en brosse et au col officier.

« Oh, ceux-là », lâcha-t-elle avec un rictus. « Ouais, nous avons tous parié pour savoir combien de temps votre tante tiendrait le coup. J'ai eu quelques renseignements discrets, par une fille que je connais, et là, je viens de tout ramasser. Alors, elle commence à craquer, hein ? Tu m'étonnes...

— Ma tante a une résistance extraordinaire, dis-je, loyal.

— C'est sûr, mon vieux, c'est sûr. Bon, remettez-vous. J'ai là une liste de gogos, toute fraîche – de pauvres gens qui ne se sont pas encore fait saigner. Ils n'en peuvent plus d'attendre le joyeux piétinement dans la maison. Comment *peut-on* ? Enfin, posez-vous là, je vais passer un ou deux coups de fil. J'ai ramassé un tel paquet, grâce à votre tante – c'était du cinq contre un – que j'ai presque l'impression de vous devoir une commission. »

Je demeurai assis, nerveux, tandis qu'elle téléphonait à droite et à gauche. En l'espace d'une demi-heure, les six gosses étaient placés. « Bon, voilà », fit-elle. « Vous pouvez nous les emballer pour quand ?

— Si vous me permettez de téléphoner, je peux les tenir prêts dans l'allée dans moins d'une heure.

— Oh, ne vous en faites pas. On a tout le temps.

— Pas nous.

— Bon, alors je vous envoie deux filles en voiture, demain ?

— Ce serait fantastique ! » m'exclamai-je. J'en avais les larmes aux yeux.

Rentrant à Long Island, je conduisais comme un fou. Libres ! Débarrassés pour toujours d'Edmund, de Gladys, d'Enid et d'Albert, de Ginger et de Margaret Rose. Plus de corvées ménagères, plus de cris, de bagarres, de casse, de vandalisme.

J'arrêtai brusquement la voiture dans l'allée, en provoquant une magnifique gerbe de gravier. Je sautai à terre comme si ma jambe n'avait jamais été touchée, ne fût-ce que par une boulette de papier mâché, et courus vers la porte de la cuisine. On entendait des coups de marteau, quelque part. « Ah », me dis-je, « les ouvriers réparent déjà les dégâts. »

Un gars du coin, balançant son marteau à la main, passa en effet dans l'allée.

« Bonsoir ! lançai-je avec chaleur.

— 'soir, soldat, répondit-il.

— Vous avez tout remis en place ? demandai-je d'un ton aussi dégagé que possible.

— Tout est en place. Et c'est du bon travail, ça ne bougera pas.

— Ouais, mon vieux, c'est peut-être fantastique pour vous, mais pas pour cette pauvre petite dame, bloquée dans la maison avec ces sales mômes pour six semaines.

— Que voulez-vous dire ?

— Vous n'avez pas vu le panneau, sur la porte du devant ?

— Le panneau ? Sur la porte ?

— Vous feriez bien d'aller jeter un coup d'œil, soldat. Et si vous entrez là-dedans, c'est pour un sacré bout de temps. »

Je me précipitai vers la porte principale. Un panneau y était cloué, qui indiquait, en lettres rouges :

QUARANTAINE

NE PAS ENTRER

SCARLATINE

Toute personne pénétrant dans cette maison...

Je n'allai pas plus loin. Je tombai raide dans le massif d'iris, au milieu de la pelouse.

Chapitre X

Le merveilleux été de tante Mame

Les derniers jours de notre Personnage Inoubliable sont tout aussi magnifiques que le reste de son existence. Elle est toujours là, dans sa charmante petite maison, entourée d'amis qui la vénèrent, prodiguant toujours la douceur, la lumière, et les conseils pleins de cette rude sagesse de la Nouvelle-Angleterre, à qui veut bien les entendre. L'auteur décrit cette époque comme le Merveilleux Été de sa vie, terme adéquat. Il évoque pour moi un autre merveilleux été, celui de Tante Mame, car c'est exactement ainsi qu'elle l'appelait. Et deux semaines d'un merveilleux été en compagnie de Tante Mame, dans *sa* maison, entourée de *ses* amis, furent pour moi une expérience si riche que le cours entier de mon existence devait s'en trouver transformé.

Le lendemain même du Jour de la Victoire, Tante Mame se précipita chez Elizabeth Arden pour un traitement exhaustif. Elle en revint avec à peu près dix ans de moins, mais ayant conservé une mèche blanche parmi ses boucles. Et si cette mèche était authentiquement blanche, je ne pourrais en revanche jurer que le reste de la chevelure eût été authentiquement sombre. Elle annonça qu'elle jouait franchement la carte de la Quarantaine Épanouie, alors qu'elle avait, non moins franchement, cinquante ans, et s'étendit longuement sur la généreuse saison des moissons, dans la vie d'une femme.

« Me voilà une femme mûre, mon petit amour », déclara-t-elle, en admirant pour la millième fois sa mèche argentée. « Ce sont mes années les plus riches qui m'attendent, et je compte les savourer. J'ai l'intention de mener une vie plus tranquille, plus retirée – de m'épanouir sur un plan spirituel et intellectuel –, de manière à être une grand-mère digne de ces chères petites têtes bouclées que toi et ton épouse m'offriront. »

Je laissai tomber ma bière. « Les chères petites *quoi*, que moi et *qui* allons vous offrir ?

— Je parle de vos bébés, mon chéri. Tu as atteint l'âge auquel on doit songer à se marier. Tu n'aimes pas les garçons, n'est-ce pas ?

— Seulement pour jouer aux fléchettes. Mais je n'aime pas les filles non plus – enfin, aucune en particulier. Pas assez en tout cas pour l'épouser.

— Ne t'inquiète pas pour cela, mon chéri, je m'en occuperai.

— Trop aimable.

— Il faut simplement que je m'organise en fonction de ma nouvelle vie, et je m'attaque à toi. »

Tante Mame s'organisa promptement. Elle acheta une quantité de vêtements New Look – “tellement plus élégants, tellement plus gracieux que ces minables petites jupes que nous portions pendant la guerre” –, et s'inscrivit à un cycle intensif de cours et de conférences au Nouvel Institut d'Études Sociales – “de manière à pouvoir apporter quelque stimulation intellectuelle à tes petits chéris”. Je faisais la grimace.

À l'automne, je pris un emploi dans une petite agence, où je rédigeais des textes publicitaires pour le Four Électrique Itsa-Daisy, à raison de quatre-vingts dollars par semaine. Tante Mame déclara que cela ne suffisait pas pour entretenir une femme et des enfants, mais au moins, c'était un début. Je pris également un appartement – studio avec eau courante à University Place –, que Tante Mame qualifia de *tragiquement* insuffisant pour abriter une femme et des enfants mais, bon, c'était aussi un début. Cependant, bien que j'eusse quitté son toit, je ne l'aurais pas vue plus souvent que si nous avions dormi chaque soir dans le même lit. Je dînais chez elle cinq fois par semaine en moyenne, et me voyais systématiquement présenter des plats vaguement aphrodisiaques, sur lesquels était inscrit *"Amour"*, ainsi qu'une belle jeune fille sélectionnée par Tante Mame. Celle-ci ne parlait que mariage et progéniture, m'abreuvait de champagne et de cognac, puis s'esquivait discrètement pour quelque mystérieux rendez-vous, me laissant sur le divan avec la dernière candidate à la couche nuptiale. Elle agissait avec tout le tact d'une sous-maîtresse appelant ces dames au salon, mais, pour quelque raison, aucune des filles ne me convenait.

Cet automne-là vit un défilé étourdissant de houris délicieuses. Il y eut Vivian qui, selon Tante Mame, était "une véritable perle, et faite pour la procréation – regarde-moi ce bassin !" Mais Vivian ne parlait que de tennis, d'équitation et de pêche sous-marine et, au cours de notre dernier rendez-vous, elle me fit une démonstration si enthousiaste de jiu-jitsu qu'elle me démolit le dos et que je passai les trois semaines suivantes dans un corset, à clopiner jusque chez l'ostéopathe.

Ensuite, vint Elaine. C'était une Levantine au teint et aux cheveux sombres, obsédée de politique, et le soir où, lui prenant tendrement la main, je lui demandai si elle voulait passer la nuit avec moi, elle me regarda droit dans les yeux, longuement, l'air pénétré, avant de répondre : « Pourquoi ne vous engagez-vous pas aux côtés des Libéraux, pour les législatives, comme prise de position symbolique contre Tammany Hall ? » Rideau.

Puis apparut Carolyn, qui ne fumait pas, ne buvait pas, et tenta de me convertir à la Christian Science. Helena était séduisante, intelligente, mais si tranchante, si efficace qu'on avait le sentiment de se mesurer à une machine. Avec Mary, je me fis quelque peu sentimental, tandis que nous nous penchions sur les mots croisés de la *Saturday Review*, mais l'idylle prit fin quand, l'ayant embrassée dans un taxi, elle me répondit : « Un philosophe hindou, 800 après J.-C., en huit lettres, ça vous dit quelque chose ? » Dotty se révéla pleine de vitalité, à l'excès. Fran trop sudiste dans sa manière d'être. Isabelle trop mystique. Bref, on n'arrivait à rien.

Tante Mame était folle de rage. « Franchement, tu devrais te faire faire des injections d'hormones, ou bien entamer une psychanalyse, je ne sais pas ! Mais *qu'est-ce* qui ne va pas ? Je te déniche ces adorables jeunes femmes, et qu'est-ce que tu en fais ? Tu les renifles comme un matou châtré, et tu t'éloignes, l'air dédaigneux. C'est répugnant !

— Mais pour l'amour de Dieu, pourquoi ne me laissez-vous pas en paix ! Je me marierai quand bon me semblera. »

Vers le Nouvel An, Tante Mame, fatiguée de jouer les intermédiaires, s'envola vers le soleil du Mexique, où elle demeura longtemps, longtemps. Elle y mit également en pratique certaines théories de psychologie acquises à l'Institut. Elle m'écrivait régulièrement, et ne manquait jamais d'inclure dans l'enveloppe un instantané ou deux, la montrant toujours en compagnie de trois jeunes filles, les plus ravissantes que j'eusse vues de ma vie. C'étaient trois brunes exquises, d'une beauté, d'une élégance qui frôlaient l'illégalité. Elles surent immédiatement éveiller mon intérêt, et je ne cessai d'écrire à Tante

Mame pour savoir qui étaient ses amies. Mais elle négligeait toujours de répondre à cette question, et m'abreuvait de missives vagues, parlant de tout et de rien, mais non sans y joindre quelques nouvelles photos d'elle et des trois créatures.

Au mois d'avril, comme je commençais d'écumer littéralement de curiosité, elle se mit à laisser tomber quelques noms, par-ci, par-là (Margot m'a dit... » ; « Melissa dit que... » ; « Miranda et moi... »), mais cela ne me renseignait toujours pas sur l'identité de ces beautés, et elle continuait d'ignorer mes questions, directes ou sous-entendues. À présent, elle m'envoyait des instantanés représentant les trois Vénus (elle-même n'était qu'une ombre prenant la photo), sous-titrées « Mes amies ».

Juin arrivant, j'étais dévoré d'une telle curiosité que je passai un coup de fil longue distance, coûteux et quasiment inaudible, à Cuernavaca, afin de savoir enfin qui étaient les compagnes de Tante Mame. Je n'appris pas grand-chose. La friture sur la ligne était effroyable, et les opératrices ne cessaient de nous interrompre, mélangeant les accents de Brooklyn, du Sud et du Mexique. Je crus néanmoins comprendre qu'il s'agissait de trois sœurs, dont le nom devait être Murdock, ou Medoc, et que, par ailleurs Tante Mame n'avait nullement l'intention de rentrer à New York pour le moment. Pour finir, la communication fut coupée. Puis suivit une longue, très longue période de silence, durant laquelle mes lettres me revinrent avec la mention "N'habite plus à l'adresse indiquée", griffonnée en espagnol.

Durant une vague de chaleur comme en connaît New York, je reçus une lettre de Tante Mame, suite de clichés du genre : « Nous dormons avec des couvertures. » Le cachet de la poste indiquait Maddox Island, dans le Maine, et la missive contenait une photo des trois beautés en maillot de bain. Tante Mame ajoutait vaguement, en post-scriptum, qu'elle avait loué la vieille maison des Maddox, à Maddox Island, aux trois charmantes sœurs Maddox – « des amies que j'ai connues par hasard au Mexique, l'hiver dernier, et dont je t'ai peut-être déjà parlé » – et que toutes quatre comptaient y passer “ce merveilleux été”. On m'invitait d'ailleurs, sans insister, à les rejoindre pour les vacances, si je le souhaitais.

Eh bien, je m'étais fait harponner. C'est ça, la psychologie.

Se rendre à Maddox Island n'était pas une mince affaire. Il fallait prendre l'avion pour Bangor ; puis le car jusqu'à Eastport ; ensuite, un bac qui vous conduisait jusqu'à une île plus importante ; un bus, pour rejoindre la pointe de l'île ; enfin, une vedette pour Maddox Island. J'étais mort de fatigue quand celle-ci fut enfin en vue, mais la vision de Tante Mame m'attendant sur la jetée me redonna de l'énergie.

Elle m'embrassa avec brusquerie, sans effusions excessives, jeta mes bagages dans une carriole – il n'y avait pas d'automobile, sur l'île –, qui nous conduisit jusqu'au village, par une route poussiéreuse. Elle bavardait sans cesse, mais demeurait on ne peut plus évasive, en ce qui concernait les trois sœurs Maddox.

Heureusement, j'avais effectué quelques petites recherches – elles étaient si belles que tous les magazines sur papier glacé avaient publié des photos d'elles, en pleine page. Elles provenaient d'une de ces vieilles familles de Nouvelle-Angleterre, où le sang est d'un bleu raffiné. Elles étaient non seulement parfaites, sur un plan social, mais également intellectuelles, artistes dans l'âme, créatives et, je l'ai dit, sensationnelles en maillot de bain. Mais pensez-vous que Tante Mame m'en aurait dit un traître mot ? Non. Elle éludait toutes mes questions avec un « Mmm-mmm », ou un « Oh, oui », ou même par le silence.

Le village de Maddox évoquait assez un décor de western. Il y avait le magasin de fournitures générales, la pharmacie, l'église, la mairie où l'on présentait des films le week-end, et l'hôtel-saloon Mickey the Mick's. C'est là que Tante Mame arrêta la carriole.

« Bien, nous y voilà ! fit-elle.

— C'est un troquet qu'elles vous ont vendu, ces trois créatures ?

— Oh, non, mon petit amour. *Nous*, nous habitons la vieille maison des Maddox. *Toi*, tu t'installeras ici.

— *Ici* ? N'y a-t-il pas de place pour moi chez *vous* ?

— Mon cher, la maison des Maddox comporte plus de deux douzaines de chambres, mais tu n'imaginais *tout de même* pas que j'allais t'installer là-bas. Pas avec trois *jeunes filles*. Après tout, ce sont pour ainsi dire mes invitées, cet été, et je me dois de les chaperonner, conclut-elle d'un ton guindé.

— Mais pour qui vous prenez-vous donc ? » fis-je avec colère. « Pour Mrs. Grundy ?

— Oh, Patrick, mon petit amour », dit-elle, le regard perdu dans les cieux du Maine, « comme la vie dans cette agence publicitaire, cette entreprise sans cœur, t'a *durci* ! Qu'est devenue ta sensibilité ? Moi qui ai essayé de t'élever correctement, de te donner le sens d'une *certaine* distinction, de ces choses qui comptent aux yeux des personnes de bonne famille, et...

— Bon, laissez tomber ces sornettes, tout de suite », grondai-je. « Vous m'avez élevé au milieu des pires canailles, de la noce la plus crapuleuse, et vous...

— Oh, mon chéri », coupa-t-elle, en jetant un coup d'œil à sa montre, « il faut que je file ! Nous dînons avec les Saltonstall, ce soir. Je suis vraiment navrée de n'avoir pu te procurer une invitation, mais viens déjeuner demain, *je t'en prie*. Il faut absolument que tu voies cette vieille maison des Maddox. Tu prends à gauche en sortant de Mickey the Mick's, et tu marches jusqu'au *bout* de l'île. C'est là que nous sommes. On dit vers une heure ? » Sur quoi elle disparut, avant que j'eusse pu la vilipender comme elle le méritait.

Mickey the Mick's était semblable à un million d'autres bars, morne et désert dans la froide lumière au néon, décoré d'un juke-box hideux, de photos de candidates au titre de Miss Rheingold 1947, et de publicités pour des alcools – néons qui chuintaient, tubes fluorescents qui clignotaient. La seule chose qui valut la peine d'être remarquée, au moins, était la fille de Mickey, Pegeen. Pegeen était une rousse sculpturale, dotée d'une silhouette à vous donner la fièvre, et de manières à vous la faire tomber immédiatement. Cette fille n'était pas un iceberg, c'était un glacier.

« Je m'... Je m'appelle Dennis, articulai-je, passé le choc initial.

— Ah, oui », fit-elle d'un ton brusque, « le nouveau candidat pour les Maddox. Par ici. » Avant même d'avoir compris ce qu'elle venait de dire, je me retrouvai à l'étage, au-dessus du bar, dans une chambre donnant sur l'unique rue de Maddox Island. « Voilà », fit-elle, « si la chambre ne vous convient pas, n'hésitez pas à me le faire savoir, car c'est la seule que nous avons, et papa pourra la louer à quelqu'un d'autre, sans problème. La salle de bains est là. Pour le dîner, c'est quand vous voulez, ce que vous voulez, mais j'aimerais bien le savoir tout de suite. »

Je bouillais de rage. Très bien, la Rouquine, me dis-je, à *mon* tour, à présent. « Je vous remercie », dis-je. « Je dînerai ici, dans ma chambre, et j'aimerais une *entrecôte à la Bordelaise**, des *pommes soufflées**, une salade verte, de la *crème brûlée**, et un *caffe espresso*. À huit heures *précises* », ajoutai-je, l'air mauvais. À ma grande surprise, elle prit note de tout. « Tenez », dis-je, en lui tendant une pièce de cinquante cents.

« Non, merci. Si vous avez envie de laisser un pourboire, mettez-le dans la boîte, sur le bar. Nous les gardons pour venir en aide aux veuves de pêcheurs. » Sur quoi elle disparut.

J'avais quelques raisons d'être épuisé. Arriver jusqu'à Maddox Island était déjà suffisant, mais me retrouver parqué au bar de Mickey the Mick's, tout seul, et passer la nuit dans cette ville fantôme, pendant que Tante Mame jouait les chaperons vertueux, ne pas pouvoir rencontrer les sœurs Maddox, et enfin me faire snober par Pegeen, c'était trop. Je tentai de trouver quelque défaut à la chambre, sans y parvenir. Elle était simple, mais d'une propreté parfaite, avec une literie de vrai lin irlandais. La salle de bains adjacente était également immaculée. De colère, je me jetai sur le lit, et m'endormis immédiatement.

À huit heures tapantes, mon plateau arrivait.

« Votre dîner », dit Pegeen, en me secouant. « Vous feriez mieux de manger pendant que c'est chaud. Et je vous prierai de ne pas vous allonger sur le lit avec vos chaussures. Nous ne sommes pas au Mills Hotel. » Sur ces mots, elle me laissa seul, avec le dîner le plus délicieux que j'eusse jamais fait – et très exactement ce que j'avais commandé, ce qui eut pour effet de me rendre honteux comme je ne l'avais jamais été de ma vie, et doublement furieux.

Plus tard dans la soirée, déprimé, je descendis prendre un verre au bar, moitié pour tromper mon ennui, moitié pour essayer de me faire pardonner. Pegeen et son père étaient là, en compagnie de deux consommateurs désœuvrés, mais toutes mes tentatives pour nouer conversation se heurtèrent à une indifférence totale. Écumant de rage, je me couchai vers dix heures, m'apercevant que ma petite sieste rendait à présent tout sommeil impossible.

Le lendemain matin, je pris un long bain, me rasai soigneusement, et me mis sur mon trente et un pour déjeuner avec les sœurs Maddox. Je consultai ma montre : onze heures. Je m'assis, et entrepris la lecture exhaustive d'un numéro de *Life* – publicités comprises. Puis je le relus. À une heure moins le quart, je décollais.

Maddox Island comptait une cinquantaine de natifs, des gens du pays, qui y vivaient toute l'année, et une centaine de familles possédant de grosses villas où elles passaient l'été. Tout au bout de l'île, je trouvai une bâtisse impressionnante. "Maddox", était-il écrit sur le portail, en caractères modestes. C'était une de ces horreurs datant de l'époque du général Grant, tout en tours et tourelles, coupoles, paratonnerres, porches et balcons. Bien qu'assez délabrée, à présent, il était évident qu'elle avait eu son heure de gloire.

Je remontai péniblement l'allée. Comme j'approchais de la porte, Tante Mame fit son apparition. « Mon garçon chéri ! Te voilà enfin ! » Elle était attifée d'une chemise de voile et d'un pantalon trop large, retenu par une seule bretelle, ce qui lui donnait vaguement l'allure de Huckleberry Finn, version travesti.

« Je t'ai vu arriver. *À boire* ! J'appelle Ito. » Sur quoi elle disparut, et demeura invisible pendant une demi-heure, tandis que je demeurais vautré dans un hamac, de méchante humeur, feuilletant un numéro de *Botteghe Oscure*, sans y rien comprendre. J'étais au bord de la crise de nerfs quand elle réapparut enfin, déguisée pour la garden-party de Buckingham, apportant une bouteille de sherry et deux verres sur un plateau d'argent.

Nous bûmes un, deux, trois sherries ; Tante Mame bavardant interminablement à propos des Cabot, des Lodge, des Saltonstall et des Faneuil, tandis que je contenais ma rage. Ito annonça enfin que le déjeuner était servi. Quand je m'aperçus que le couvert était dressé pour deux, dans la grande salle à manger, ma patience craqua. « Mais où diable sont-elles, ces sœurs Maddox ? m'écriai-je.

— Oh », fit Tante Mame sur un ton détaché, « elles déjeunent chez les Lowell. J'ai dû les prier de m'excuser, puisque tu...

— Mais *quand* vais-je enfin les rencontrer ? fis-je d'une voix tonnante, au travers de l'immense table.

— Mais où est l'urgence, mon petit amour ? De toute façon tu ne saurais pas les intéresser. » Sur quoi elle baissa modestement les yeux sur la mousse au chocolat, et la conversation en resta là.

Si jamais comédie fut faite pour rendre un homme fou, c'est bien celle de Tante Mame dans le rôle de la Dame de la Nouvelle-Angleterre. Elle me laissa seul à table avec du porto, un cigare éventé, une mouche – et se *retira* au salon. Lorsque je la rejoignis – soit trois minutes plus tard –, elle me tendit un exemplaire de *Walden* pour que je lui fasse la lecture pendant qu'elle se consacrait à son *ouvrage* ! Aucune parole ne fut échangée, jusqu'à ce qu'elle se pique le doigt, et laisse échapper un mot bref, mais peu digne d'une Dame. Je posai le livre, et me préparais à lui faire savoir ma façon de penser, quand s'éleva, venant du porche, un trio de voix mélodieuses.

Ce que j'allais dire à Tante Mame m'échappa complètement, à l'instant où les trois sœurs Maddox pénétrèrent dans la pièce. Elles demeurèrent là, immobiles sur le seuil, dans leur robe blanche, comme si elles attendaient que Sargent arrive avec son chevalet. En réalité, quand je repense aux trois sœurs, cet été-là, je ne les vois jamais individuellement, mais toujours en *groupe* – un tableau vivant –, comme sur toutes leurs photos. Mais celles-ci, quoique superbes, ne pouvaient nullement rendre compte de leur beauté. Le noir bleuté de leurs cheveux, de leurs yeux, la perfection *noli me tangere* de leur chair et de leur silhouette dépassaient les possibilités de l'objectif.

« Oh, vous voilà, mes amours », fit Tante Mame d'une voix éthérée, tandis que je me mettais péniblement sur pied. « Margot, Miranda, Melissa – Patrick, mon *neveu.* » Je tentai d'articuler quelque chose, mais à cet instant, toutes trois plongèrent dans une profonde révérence, comme si j'eusse été Charles II. La vivacité et la grâce de leur mouvement me saisirent tant que je retombai dans le fauteuil.

« *Ivre !* » murmura Tante Mame, avant d'enchaîner rapidement, entraînant les trois beautés dans une conversation très Nouvelle-Angleterre.

Par chance, les maîtresses de maison n'avaient pas été ce soir-là invitées à dîner chez le gouverneur Winthrop, ni chez John Alden, ni chez Boss Curley, et Tante Mame me pria de rester dîner – mais *à condition*, bien sûr, que j'aille me changer et passer un habit. Chez Mickey the Mick's Pegeen me lança un bref regard de pitié en me voyant redescendre l'escalier en tenue de soirée, et les autochtones sifflèrent sur mon passage, comme je m'engageais sur la route poussiéreuse, en plein soleil, avec mes souliers vernis, mais peu m'importait. Seule comptait pour moi l'idée de rejoindre Tante Mame et son phalanstère de déesses.

De nouveau, on m'abandonna seul à table avec le porto, tandis que Tante Mame guidait son troupeau de cygnes vers le salon, et à dix heures, je fus congédié sans ambages, mais non sans avoir eu le temps de constater que chacune des sœurs Maddox se révélait non seulement une beauté, mais une jeune femme fort intelligente, avec une personnalité bien à soi. Margot, la plus littéraire, parla de Kafka, avec élégance et éloquence. Miranda peignait et faisait de la photo. Melissa était une encyclopédie en matière de musique. Bien que n'étant pas ivre – c'eût été difficile, compte tenu de ce que Tante Mame servait, cet été-là –, je me sentais parfaitement gris en me glissant entre les toiles, chez Mickey the Mick's. Margot, Miranda, Melissa, pensais-je ; Melissa, Miranda, Margot. Je finis par m'endormir, ces trois sirènes tourbillonnant sans fin dans ma tête.

La glace ainsi brisée, je fus autorisé à revenir à la maison Maddox de manière assez régulière, mais Tante Mame se révéla une duègne sévère, et les trois sœurs étaient apparemment très demandées parmi les rejetons des grandes familles de Boston passant l'été sur Maddox Island. Et même quand on m'invitait *effectivement* à la maison Maddox, c'était sous la surveillance constante de Tante Mame. Elle poussait les filles – non que celles-ci eussent eu besoin de beaucoup d'encouragement – à poursuivre chacune ses activités particulières, chaque matin. La vie à la maison Maddox, quoique peu conventionnelle, demeurait relativement routinière. On passait la journée sur la plage, à débattre de sujets d'une haute tenue intellectuelle, tels le théâtre japonais, les madrigaux anglais, les sculptures de Henry Moore, l'importance de la fibre métallique dans les tissus contemporains, l'œuvre inédite de Joe Gould, les motifs intéressants que l'on pouvait réaliser en batik, l'étrange beauté des voix des Mexicains phtisiques, la lecture que faisait Katina Paxinou d'*Électre*, le costume d'une petite fille de dix ans dans une maison de correction de Rhode Island, et à échanger force louanges sur ses talents respectifs.

Miranda peignait, dans le goût d'Eugene Berman – *Mame au mausolée, Margot en grand deuil* –, et faisait de la photo, dans le goût de Cecil Beaton – *Mame au milieu des cierges, Melissa morte*, Mame et Margot en naïades*. (La chevelure de Tante Mame empesta le goémon pendant des jours, après cette séance, et s'en remit fort mal.) Miranda me demanda également de poser pour elle en faune endormi, en page florentin, en coureur de marathon, et autres sujets divers, affublé de vieilleries et de perruques mitées trouvées au grenier, ce qui ne laissait pas de m'embarrasser au plus haut point.

Un matin, comme nous étions seuls sur la plage, Miranda, ayant jeté sur mon torse – lequel n'est, aujourd'hui encore, pas si honteux, j'ose le dire – un regard intéressé, me demanda : « Trouveriez-vous cela terriblement inconvenant, si je vous demandais de poser nu pour moi ? Je ne peux absolument pas m'offrir un modèle vivant, voyez-vous, et... »

Je demeurai si éberlué, le sang se mit à battre si violemment dans ma poitrine, que je restai là, muet, fixant le ravissant minois de Miranda, sans trouver un mot à dire. Mais à l'instant où j'allais tirer sur la cordelière de mon short, le visage de Tante Mame apparut au-delà des dunes, encadré de ceux de Margot et de Melissa.

« Mais bien *sûr* qu'il sera d'accord, ma chérie ! » s'écria Tante Mame. « Vas-y, mon petit amour, débarrasse-toi de cette culotte ! Tu es mince, bien fait, et nous ne voyons *aucun* inconvénient, au contraire, à te regarder pendant que tu poses pour Miranda. »

La foudre elle-même ne m'aurait pas fait un tel effet. Suffoquant de rage et de gêne, je m'éloignai d'un pas ferme, déterminé à m'habiller *entièrement*, tandis que Tante Mame, sur le ton de Mrs. Gardner, de Boston, évoquait avec éloquence la beauté du corps humain.

Melissa composait de la musique très moderne, très atonale, je crois, encore que le vieux piano Beckstein, dans le salon de musique, fût si désaccordé que je ne pus jamais en être tout à fait assuré. Certain soir, après avoir tripoté et siroté mon porto au-delà de toute mesure humaine, j'entendis le piano émettre des bruits sourds et caverneux dans le salon de musique, et m'y rendis, au lieu de passer au salon. Melissa était installée au clavier, seule, magnifique dans la lueur des bougies. Elle était si belle, ainsi, que j'eus un haut-le-corps, qu'elle perçut. Levant les yeux, elle m'offrit son sourire le plus enchanteur. « C'est quelque chose que je viens de griffonner aujourd'hui », dit-elle de sa voix de gorge et de rêve. « Cela ne vous ennuie pas, de tourner les pages pour moi ? »

Je traversai la pièce tel un zombie. La musique évoquait une partition destinée au théâtre Kabuki mais, fasciné comme je l'étais par les épaules somptueuses de Melissa, par ses bras, sa *poitrine**, elle aurait aussi bien pu jouer *Vive le vent*.

« *Maintenant*, s'il vous plaît », fit-elle dans un souffle.

Tremblant, je me penchais, prêt à assaillir sa gorge délicieuse, quand la porte s'ouvrit brusquement. « Ah, te *voilà* ! » s'exclama Tante Mame. Elle était flanquée de Margot et de Miranda. « Magnifique ! Nous arrivons juste à temps pour un petit concert. Continuez, Melissa ! » Sur quoi elle alluma les lumières, tandis que je demeurai coincé au piano, tournant les pages, et ce jusque bien après minuit.

Margot lisait, écrivait. Elle n'ignorait rien de l'existentialisme, de Sartre, de Kafka. Débordant de désir, je la regardais s'éloigner d'un pas aérien vers la tonnelle, dans une envolée de robe blanche (car ces filles ne portaient *que* du blanc), armée d'une pile de livres français, d'un bloc et de crayons. Mon cœur palpitait d'admiration. Mais bon, de là à réussir à la voir seule !

Cependant, j'y parvins, un soir. On entendait, dans la cuisine, la voix de Tante Mame qui exprimait son opinion à propos d'une sauce quelconque. Melissa et Miranda étaient encore occupées à s'habiller. Salivant littéralement, je suivis Margot jusqu'à la tonnelle.

« Oh ! » fit-elle de sa voix sublime, de sa sublime voix, « vous m'avez fait peur ! »

Comme elle ne semblait pas effrayée outre mesure, cependant, je pris mon courage à deux mains. « Vous écrivez ? m'enquis-je, bêtement.

— Oh, non, pas vraiment », répondit Margot avec un regard qui me retourna comme un gant. « Je suis sur une petite monographie de Kafka, une bêtise, vraiment, mais c'est assez ardu, parce que je la rédige en français, *et* en villanelles. » Quelle foutaise, me dis-je. « Mais bien sûr, je ne trouverai aucun éditeur pour cela, ajouta-t-elle avec mélancolie.

— Hé hé, mais il se trouve justement que je suis allé à l'école avec un type qui a un bon poste à la Harbinger Press – c'est une maison très haut de gamme, vous savez », dis-je, essayant désespérément de gagner du temps. « Laissez-moi y jeter un coup d'œil. Mon français n'est pas terrible, mais nous pourrions peut-être déjeuner ensemble, vous et moi – et ce vieux *copain* à moi, évidemment, et voir si... » Je me glissai contre elle, passai un bras autour de ses épaules. J'étais dans un tel état, après une semaine de quarantaine face à ces sirènes, que j'étais parfaitement prêt à essayer l'attaque directe, sans finesse, celle que tout le monde employait dans notre agence avec cette pauvre vieille Sal qui, issue directement de Raymond College, couchait à présent avec le rédacteur en chef, deux clients, un sculpteur de Jane Street, son fiancé, moi, et tous les réservistes de l'Armée.

Je parvins à me dominer, non sans mal. « Écoutez, Margot... Aïe ! » J'écrasai un moustique.

« *Nous voilà* ! Juste à temps ! » Tante Mame pénétra sous la tonnelle d'un pas martial, armée d'un pulvérisateur d'insecticide et flanquée de Miranda et de Melissa. Elle pulvérisa donc, avec une telle bonne volonté qu'elle faillit me tuer, *moi*. Puis elle se laissa tomber à terre, sans grâce, et m'obligea à leur lire le manuscrit de Margot, dans mon français de St. Boniface, jusqu'à ce que le dîner fût pratiquement perdu.

Aussi frustrantes ces occasions de rencontres avec les trois sœurs Maddox fussent-elles, je n'avais guère la possibilité de passer beaucoup de temps dans les parages de la maison que Tante Mame leur louait. Nombreux furent les déjeuners, les après-midi où celle-ci me fit comprendre que, les sœurs ayant été invitées par des hommes autrement plus intéressants que moi, je pouvais m'occuper comme bon me semblait. Cela me rendait fou de rage. Fou de rage, parce que cela voulait dire que je n'avais rien d'autre à faire que de traîner au premier étage de Mickey the Mick's et avaler les repas délicieux que préparait et servait Pegeen.

Au cours de ceux-ci, je cherchais systématiquement de lui chercher noise, mais elle trouvait à chaque fois une repartie définitive, miraculeuse, qui me laissait sans voix, tandis qu'elle s'éloignait d'un pas décidé. Plus tard le soir, ayant récupéré, je descendais au bar, essayant de nouer un semblant de conversation avec elle ou son père. Rien à faire. Mr. et Miss Ryan observaient un quant-à-soi farouche. Plus tard encore, éperdu de passion pour une des sœurs Maddox, n'importe laquelle, je descendais à la plage et tentais de me calmer en me baignant dans les eaux du Maine, lesquelles étaient en dessous de dix degrés. Tout ce que j'obtins, ce sont des engelures et un avertissement solennel du garde champêtre pour exhibitionnisme.

Le dixième jour, j'étais à bout de résistance. Je me levai à six heures, et me rongeai les ongles jusqu'au moment où Tante Mame serait sans aucun doute réveillée. À onze heures, je pénétrai de force dans sa chambre, lui arrachai son masque de sommeil, et la secouai.

« Patrick, mon petit amour », dit-elle, battant des paupières, « mais tu n'as *rien* à faire ici. Les filles…

— Les filles sont parties faire de la voile. Pensez-vous que je serais dans *votre* chambre, si l'une d'elles était ici ?

— Flatteur, va !

— Écoutez, Tante Mame, tout cela me rend fou. Êtes-vous *absolument* obligées de vous déplacer en groupe, comme une section d'armée ? *Une seule* d'entre vous ne pourrait-elle pas, éventuellement, se détacher, le temps de laisser à un pauvre type la possibilité de…

— Mais de quoi veux-tu parler, mon chéri ?

— Vous savez très, très bien de quoi je veux parler. Depuis le Mexique, vous êtes littéralement *assise* sur Margot, Miranda et Melissa, comme une poule qui couve ses œufs. C'est *vous* qui avez fomenté ces projets de mariage et maintenant, dès que j'ai l'occasion de passer cinq secondes seul avec l'une d'elles, vous arrivez comme les quatre cavaliers de l'Apocalypse, et…

— De *mariage* ? » s'exclama Tante Mame avec un joli mouvement d'émotion, les yeux écarquillés. « Mon Dieu, je ne sais pas qui t'a mis cette idée en…

— Allez, laissez tomber ! Bon, quand allez-vous me donner l'occasion de rester *seul* avec une de ces filles ?

— Quel dommage, mon chéri. Si seulement j'avais *pu savoir* qu'elles t'intéressaient, je t'aurais arrangé une invitation à déjeuner aujourd'hui. Malheureusement, elles vont toutes les trois au pique-nique des Sears. Quelle guigne ! Il me semblait que tu *connaissais* les fils Sears. Ils...

— Je ne connais pas âme qui vive sur cette île pourrie, et vous le savez parfaitement.

— Allons, allons, mon petit amour, tout cela est une *telle* surprise pour moi... Je n'imaginais pas que tu serais capable d'éprouver un sentiment quelconque – sans même parler d'une émotion telle que...

— Oh, taisez-vous ! »

Soudain, elle me fixa d'un regard pénétrant. « Laquelle ? »

Mon Dieu, je demeurai tellement stupéfait, l'espace d'une seconde, que je ne parvenais plus à différencier une sœur Maddox d'une autre. « Margot, dis-je, avalant péniblement ma salive.

— Très bien mon chéri », fit Tante Mame d'une voix brève. « J'arrange une petite entrevue intime entre Margot et toi, cet après-midi même. Quelle heure ?

— Tout de suite après le pique-nique des Lodge.

— Des Cabot, mon chéri. On dit deux heures et demie ? »

J'étais trop stupéfait, je ne pus que hocher la tête, sans un mot.

À deux heures pile, j'arrivais à la maison Maddox. Bavardant avec excitation de casiers à homards et de chasse au trésor, Tante Mame, Melissa et Miranda coiffèrent leurs grands chapeaux de paille mexicains et partirent faire une balade. Le silence était impressionnant. Je jetai quelques graviers contre la fenêtre de Margot, dans une des tourelles, et bientôt, elle apparut, se penchant vers moi avec un sourire. « C'est vous, Patrick ? Je lisais justement un article fort intéressant sur Sartre. Il semblerait que...

— Et si vous abandonniez Sartre là-haut, pour venir me rejoindre ?

— D'accord », dit-elle, disparaissant. Deux minutes plus tard, elle était en bas, les lèvres fraîchement fardées, ravissante dans sa robe blanche. « Où sont Mame et les filles ? s'enquit-elle.

— Oh, elles ont filé.

— Sans *nous* proposer de les accompagner ? Eh bien, elles ne manquent pas de toupet !

— Nous pourrions peut-être nous promener tous les deux, juste vous et moi. Un petit tour en bateau, cela vous dirait ?

— Oui, bien sûr, mais je ne comprends toujours pas pourquoi mes sœurs ont disparu sans me prévenir. Nous faisons tout ensemble – il en a toujours été ainsi.

— Grands dieux, vous venez de rentrer d'un pique-nique, toutes les trois. Vous êtes donc incapables de...

— Cela fait des années que je ne suis pas allée à un pique-nique. Nous espérions simplement votre venue pour... »

Il ne m'en fallait guère plus. L'enlaçant, je l'embrassai avec une telle fougue qu'elle dut se taire. « Savez-vous que c'est la première fois que vous et moi nous nous retrouvons seuls ensemble ? demandai-je quand j'en eus terminé.

— Ou... oui, je crois... » commença-t-elle. C'est alors que j'entendis Ito ricaner dans l'office. Saisissant Margot par le bras, je l'entraînai jusqu'à la plage. Une fois loin de toute présence humaine, ce fut facile comme bonjour. Une demi-heure plus tard, l'affaire était arrangée.

J'étais si stupéfait que Margot eût ainsi accepté ma demande en mariage – comme ça, en toute simplicité –, que j'avais peine à marcher droit. Qu'une fille si belle, si intelligente, si recherchée, eût pu languir pour moi, de loin, tout comme je languissais pour elle, me paraissait chose incroyable. Mais de toute façon, ces vacances, du début à la fin, étaient incroyables.

« Allez-vous leur annoncer la chose dès maintenant ? demandai-je, comme nous traversions la pelouse, main dans la main.

— Je suis certaine que Miranda et Melissa auront déjà deviné », dit-elle de sa voix magnifique, « mais je ferai l'annonce officielle au cours du dîner. Elles seront toutes deux ravies, quant à votre tante, je *sais* qu'elle en sera enchantée. » Curieusement, ces derniers mots me gênèrent un peu.

En effet, tout le monde fut ravi. Miranda m'embrassa, Melissa m'embrassa, Tante Mame m'embrassa. Sur quoi tout le monde embrassa tout le monde. Tante Mame demanda à Ito de déboucher six bouteilles de champagne, et nous portâmes force toasts, en l'honneur de tous les gens et de toutes les causes imaginables.

Il n'y avait rien de triste à tout cela, et quand je partis, mon cœur débordait de bonheur familial. « Demain soir », déclarai-je, « c'est *moi* qui reçois. Je vous invite à dîner. Il y a une espèce de terrasse, derrière, chez Mickey the Mick's, et Pegeen est une cuisinière fantastique.

— Quelle merveille ! » s'exclama Tante Mame.

Les filles parurent un peu choquées.

« Tenez-vous vraiment à ce que nous descendions là-bas, pour nous mêler aux autochtones ? demanda Margot.

— Oh, ce sera *divin* ! commenta Tante Mame.

— Et j'invite également vos amis », ajoutai-je avec enthousiasme. « Venez avec les fils Sears, ou les Lodge, je ne sais pas, qui vous voudrez, comme cela nous serons huit. »

Les sœurs me regardèrent d'un œil bovin.

« Oh », intervint immédiatement Tante Mame, « je pense que ce serait tellement plus sympathique si nous dînions tous les cinq, en *famille*. »

Mon Dieu, je n'allais pas insister. « Vous m'accompagnez jusqu'au portail ? demandai-je à Margot, en lui serrant doucement la main.

— Bien sûr, mon chéri. »

Je passai mon bras autour d'elle, tandis que nous nous éloignions dans l'allée, mais je m'aperçus que nous n'étions pas seuls. Miranda, Melissa et Tante Mame étaient là, également.

Le lendemain matin, je n'avais qu'une envie : me précipiter en bas pour demander à Pegeen de nous préparer un dîner somptueux. Je la trouvai derrière le bar ; elle lavait des verres :

« Vous pouvez me féliciter, Pegeen, je vais me marier !

— Sans blague », laissa-t-elle tomber d'un ton à vous rendre fou de rage. « Et laquelle de ces redoutables chasseresses vous a pris au lasso ? Miranda ?

— Non », dis-je, piqué au vif. « Margot.

— Étrange. Généralement, on la garde pour les types plus vieux.

— Que voulez-vous dire par là ?

— Bien », dit-elle, ignorant ma question, « vous allez me demander de préparer un bon dîner pour ce soir, vous vous installerez sur la terrasse, derrière, et vous avez déjà une idée du menu : filet mignon, brocolis sauce hollandaise, ... »

Ma mâchoire se décrocha. « Comment le saviez-vous ?

— C'est toujours ce que commande l'heureux élu – sauf pendant la guerre, quand il devait se contenter de poulet. Voyons, il y aura donc vous, les sœurs Maddox, et votre tante. Ce qui nous fait cinq personnes. C'est sympathique, ce changement. Généralement, il n'y a que les trois sœurs et le fiancé.

— Je comptais inviter quelques jeunes gens, également – les Sears, les Cabot, et...

— Alors, vous avez intérêt à les exhumer sans tarder. Jamais entendu parler de qui que ce soit de ce nom sur Maddox Island, depuis que je suis toute gamine. Bien. Généralement, on commence par une vichyssoise froide, ensuite, le filet, puis…

— Il n'est pas question de cela, *ce soir* ! » m'écriai-je, furieux. « Nous allons faire un dîner de fruits de mer – des palourdes, du homard et…

— Comme bon vous semblera », coupa Pegeen. « Cela portera peut-être chance à Margot, pour une fois. » Sur ces mots, elle disparut dans la cuisine.

Le samedi soir, il y avait affluence chez Mickey the Mick's. Ma petite réception ajoutait à l'excitation. Le bar était bondé de gens du pays, de vacanciers, et il y avait aussi quelques durs débarqués de leur canot de gardes-côtes quand le contingent Maddox fit son entrée. Comme toujours, les filles étaient en robe du soir blanche, et Tante Mame, quant à elle, portait du noir, comme il se doit. Nombre de sifflements admiratifs s'élevèrent tandis qu'elles traversaient le bar, mais elles demeurèrent d'une indifférence souveraine – quoique Tante Mame, j'aurais pu le jurer, eût jeté un coup d'œil non dépourvu de sympathie vers un des gardes-côtes, un grand blond.

Lorsque la marée était basse, la terrasse de Mickey the Mick's sentait le crabe pas frais. La marée était basse. Les sœurs Maddox reniflèrent avec un vague dégoût, mais ne dirent rien. Tante Mame, en tout point la dame patronnesse de Beacon Hill, s'éventa avec un mouchoir de dentelle parfumée ; en vain.

« Franchement ! » s'écria Melissa, « tous ces autochtones qui nous sifflent !

— *Noblesse oblige**, ma chérie », déclara Miranda.

On perçut un léger hennissement. Pegeen était sur le seuil, prête à prendre les commandes d'apéritifs.

« Bonsoir, Pegeen, dit Margot de sa voix la plus charmante.

— Bonsoir, Miss Maddox », répondit Pegeen avec un petit hochement de tête. Il y eut un silence déplaisant.

« Bien, que buvez-vous ? » demandai-je avec bonne humeur.

Mon Dieu, le choix des boissons donna lieu à pas mal de complications. Miranda, particulièrement indécise, finit par passer sa commande en français. Pegeen lui répondit également en français.

« Est-elle canadienne d'origine française ? demandai-je, après qu'elle fut partie.

— Oh, grands dieux non », dit Margot. « C'est une fille du pays, c'est tout.

— Et comme toutes les autres, d'ailleurs, ajouta Melissa.

— Cela dit, elle a quelque chose d'un peu rêveur, une sorte de beauté préraphaélite, qui… commenta Miranda.

— À condition d'apprécier ce type, tellement *évident*, coupa Melissa.

— Cela fait des années que je lui demande de poser pour moi, mais…

— Mais naturellement, elle refuse », conclut Margot. « Ces autochtones ont tous une telle conscience de classe, et…

— Et face à *nous*, des Maddox », poursuivit Melissa, « Pegeen se sent tellement…

— Doucement, je vous en prie », intervint Tante Mame. « Elle va vous entendre. »

Pegeen réapparut avec les apéritifs, et veilla à ce que chacun fût servi deux fois avant d'apporter les entrées.

Je n'avais encore jamais vu les sœurs Maddox hors de leur territoire, et elles me donnaient le sentiment – mais de manière infiniment subtile – d'avoir choisi la mauvaise soirée, le mauvais lieu, le mauvais menu, le mauvais vin. Tandis que nous dégustions le délicieux consommé froid au crabe, Melissa leva soudain son ravissant minois, posa sur ses joues ses mains ravissantes, et s'écria : « Oh, oh, oh ! Quelle horreur, quelle vulgarité, cette espèce de machine, comment appelle-t-on cela, déjà ?

— Un juke-box, répondit Pegeen qui arrivait juste avec les petits pains tout chauds.

— Oui, c'est cela, un juke-box. Je n'ai pas cessé, de toute la journée, de réfléchir à une musique mélancolique, très atonale, pour accompagner un ballet inspiré du *Procès* de Kafka, mais avec une espèce de miauleuse – mais *qui* chante ainsi, Pegeen ?

— Jo Stafford.

— Joe Stafford. Il a une voix bien *aiguë*, déclara Melissa d'un ton aigre.

— Ce sont les hormones », laissa tomber Pegeen. Tante Mame émit un ricanement, avant de reprendre immédiatement son rôle de Dame de Boston.

« Ne *pourriez-vous* pas leur demander d'arrêter ça, Pegeen ? Cela va réduire à néant toute ma créativité musicale, et…

— Je crains que nous n'ayons pas de morceau intitulé *Silence*, Miss Maddox, déclara Pegeen, en s'éloignant, l'air affairé.

— Dites-moi, mon chéri… commença Margot.

— Encore un peu de vin ? proposai-je à la ronde.

— Mon Dieu, il est tellement *infâme* », dit Miranda, tendant son verre. « Je me souviens que l'an dernier, quand nous avons rendu visite aux Chalfonte, à Chantilly…

— C'est absurde, ma fille », intervint Tante Mame, lui donnant un petit coup d'éventail, « ce petit vin est tout à fait sympathique, plein de saveur.

— Miranda, je t'en prie, fit Margot, mal à l'aise.

— Oh, je *hais* cet endroit, tout est froid, triste, pauvre ! » s'exclama Miranda, vidant son verre. Pour quelqu'un qui détestait le vin, elle avait néanmoins une bonne descente. « Que l'on me donne *mon belle France**. »

« *Ma belle** », fit une voix presque inaudible. C'était Pegeen, qui apportait un immense plateau chargé de homard et de beurre fondu.

« *Ma belle** – oui, c'est cela », dit Miranda, ne sachant pas qui l'avait corrigée. « La France, la France, la France, là où je pourrais peindre, peindre, peindre ! » Elle étendit brusquement les bras, en un geste destiné à embrasser la France tout entière. Cependant, c'est Pegeen qu'elle atteignit, juste sous le coude. Il y eut un fracas assourdissant, et je demeurai paralysé sur ma chaise, regardant Miranda et Melissa soudain couvertes de homard, de palourdes, de pommes de terre frites, de salade verte, inondées de beurre fondu. Cette vision effarante me laissait incapable du moindre geste.

Mais pas Melissa, ni Miranda.

Bondissant sur ses pieds, celle-ci se dressa face à Pegeen, le regard étincelant. « Espèce de maladroite, espèce de cloche, pauvre fille ! *Regardez* dans quel état vous m'avez mise !

— Dans quel état elle t'a mise ! » glapit Melissa. « Regarde plutôt dans quel état elle m'a mise ! Et elle l'a fait exprès, en plus. Ces filles du pays sont…

— Hé, une seconde », intervins-je. « C'est purement accidentel. C'est vous qui avez fait tomber le…

— Miranda ! » coupa Margot d'une voix sèche. « N'oublie pas *qui* nous sommes !

— Je sais très bien qui nous sommes, et elle *aussi*. C'est pour cela qu'elle l'a fait, parce que nous sommes des Maddox, et qu'elle n'est rien qu'une…

— Miss Miranda », coupa Pegeen, rouge de colère, « je suis navrée mais vous avez heurté mon bras au moment où j'…

— Misérable petite *garce* ! » s'exclama Melissa, secouant ses boucles. Le plus fascinant, dans tout cela, était qu'elle avait un homard accroché de chaque côté de la tête, qui se balançait telles les boucles d'oreilles les plus excentriques de Tante Mame. « Espèce de…

— Melissa ! » intervint Margot. « Arrête *immédiatement*. Tu n'as pas à t'abaisser au niveau de cette…

— Allons, mes enfants ! » s'écria Tante Mame, se dressant. « Je vous en prie. Ce n'était la faute de personne. Ce n'était qu'un…

— Vous, restez en dehors de cela ! » cria Miranda d'une voix perçante. « Vous ne connaissez rien aux gens du pays, ni à leurs sales manières. Elle l'a fait exprès, pour nous humilier, et elle va le payer.

— Attendez, je vais ôter ce morceau de pomme de terre de votre épaule, Miss Miranda », dit Pegeen, les dents serrées. Elle tendit une serviette.

« Ne me touchez pas, avec vos sales mains ! » hurla Miranda. Et elle administra une gifle à Pegeen, en plein visage.

« Je ne recommencerais pas, à votre place, Miss Miranda », déclara Pegeen d'une voix sombre. Sur quoi, prenant son élan, elle lui décocha une baffe qui la fit chanceler.

Là, c'était la fin. Melissa se jeta dans la bagarre et, pendant quelques secondes, je ne vis plus que des homards rouges voltiger en tous sens, et les cheveux roux de Pegeen.

« Oh, mais arrêtez, je vous en *prie* ! » cria Margot. « Vous ne voyez donc pas que vous êtes en train de *tout* gâcher ! Je…

— Les filles ! » s'écria Tante Mame, bouleversée, effrayée, mais toujours fidèle à son rôle de duègne, « si vous ne cessez pas *immédiatement*, je vais devoir… »

L'arrivée de Mickey the Mick's lui épargna d'avoir à faire quoi que ce soit. Il débarqua, hurlant, sur la terrasse et, sans poser la main sur une seule d'entre elles, parvint à reconduire Tante Mame, Margot, Miranda et Melissa au-dehors, en traversant le bar. Puis il revint et me raccompagna également par le même chemin, quoique avec infiniment moins de délicatesse, passant devant les gens du pays, les estivants et les gardes-côtes.

Dans un silence de mort, je revins vers la vieille maison des Maddox. Autant rester silencieux, d'ailleurs, car entre les exclamations incessantes des trois sœurs et les pleurs de Tante Mame, je n'aurais pu placer le moindre mot. Même si j'avais eu quelque chose à dire. Je les quittai devant le portail. Quand je revins chez Mickey the Mick's, l'endroit était fermé, tout était sombre. Mes bagages, soigneusement préparés, m'attendaient devant la porte, avec un mot : « Considérez-vous comme viré de l'hôtel. »

Je passai la nuit sous un appontement, grelottant dans mes vêtements d'été.

Le lendemain matin, je m'éveillai courbatu et déprimé. Ce qui s'était passé la veille au soir m'apparaissait comme un cauchemar mais, entre l'appontement, mes bagages, et les bigorneaux qui avaient grimpé sur moi, il ne faisait aucun doute, hélas, que telle était la réalité. Douloureux, grelottant, je me changeai et passai des vêtements décents, avant de retourner péniblement chez Mickey the Mick's. Le bar était en principe fermé, mais les portes n'étaient pas verrouillées. L'endroit était frais, désert, à part Pegeen qui lavait des verres derrière le bar.

« Bonjour, dis-je.

— Nous sommes fermés, le dimanche », dit-elle. « De plus, papa sera de retour d'une minute à l'autre, et j'aimerais assez éviter une plainte pour voies de fait.

— Je suis venu régler la note d'hier soir.

— Oh, n'y songez pas. Papa est très généreux, avec les vagabonds.

— Et aussi pour vous présenter des excuses, pour…

— Des excuses des *Maddox*, à des *Ryan* ? C'est nouveau, ça !

— Je ne suis pas un Maddox, dis-je avec un peu trop de conviction.

— Vous pourriez aussi bien en être un.

— Oh, laissez tomber, et servez-moi une bière, d'accord ?

— Mais oui, Mr. Maddox ! Avec plaisir, Mr. Maddox ! Toujours heureuse de vous satisfaire, Mr. Maddox ! On la met sur votre compte, Mr. Maddox ! Mais nous ne sommes que de simples autochtones. Et nous ne servons rien le dimanche.

— Pegeen, voulez-vous bien arrêter, je vous en prie ? Je viens de vous dire que je tenais à m'excuser. Je ne suis *pas* responsable de la conduite de Miranda et Melissa.

— Oh, c'est exact. Je vous prie de m'excuser. Il est tellement difficile de savoir quel monsieur appartient à *quelle* sœur Maddox.

— Ce genre de plaisanterie n'est pas nécessairement drôle. Qu'avez-vous contre Margot ? Ne s'est-elle pas comportée correctement envers vous ?

— Oh, c'est un *amour* ! Rien ne me fait plus plaisir que d'être traitée comme une domestique, chaque été de ma vie. Oui, Miss Maddox. Non, Miss Maddox. Heureuse de vous avoir de nouveau parmi nous, Miss Maddox. Aussi heureuse que si le choléra débarquait sur l'île, Miss Maddox.

— Pourquoi toutes ces histoires de Miss Maddox ? Vous ne l'appelez pas Margot ?

— Jamais. Nous, les gens du pays, ne frayons pas avec les estivants – et surtout pas avec les Maddox, qui possèdent toute l'île, ou plutôt qui la possédaient, avant de tomber dans la dèche. Après tout, *mon* grand-père était le jardinier de *son* grand-père. Elle a bien dû vous en parler.

— Elle n'y a jamais fait la moindre allusion », dis-je avec colère. « Et de toutes manières, il y a trois générations de cela. Les temps ont changé.

— Mais pas les Maddox. Ils se sont simplement appauvris, tandis que les Ryan s'enrichissaient. Mais ce sont toujours eux les aristocrates, et nous la plèbe. Ma mère m'obligeait à faire une révérence, à chaque fois que je croisais les filles Maddox. C'est pour cela que les autochtones sont nés.

— C'est un discours de communiste ! Pourquoi toutes ces absurdités sur les autochtones ? Et pourquoi devez-vous *absolument* vous considérer comme telle ?

— Parce qu'un autochtone est né là où il est né. Moi, je suis née ici. *Ergo*, ici, je suis une autochtone.

— *Ergo, ergo*, vous ergotez justement beaucoup, et assez bien, pour une pauvre fille de pêcheur.

— Oh, ce sont les effluves du continent. Imaginez-vous que je *suis* allée à l'université – avec une bourse, des vêtements donnés, tout ça. Mais en tout cas, j'ai *obtenu* mon diplôme.

— C'est généralement pour cela qu'on va à l'université, dis-je d'un ton un peu sec.

— Pas Margot. Elle s'est fait virer de Bennington au cours de sa deuxième année. Mais bien sûr, Bennington est infiniment mieux que l'université où je suis allée, et Margot était elle-même si cultivée, si aristocratique, de toute façon, que ces malheureux petits profs de rien du tout ne pouvaient lui enseigner quoi que ce soit.

— J'ai l'impression que vous n'aimez pas Margot, dis-je.

— Vous comprenez plutôt vite, dites-moi. Bon, je ne plaisante plus. Vous feriez mieux de filer. Papa risque d'être assez furieux, s'il vous trouve ici. Il existe un code de conduite très strict, concernant les messieurs en vacances et les filles du pays.

— Mais je ne comprends...

— Il y a beaucoup de choses que vous ne comprenez pas, apparemment.

— Mais si vous vous êtes donné tant de mal pour vos études, pourquoi êtes-vous...

— Serveuse, c'est cela, Monsieur ?

— Arrêtez de parler à ma place ! Ce que je veux dire c'est que vous demeurez toute l'année sur cette île, à tourner en rond, en travaillant pour votre père ?

— Non, je suis absente tout l'hiver. J'enseigne le français dans une école, non loin de New York. Et si vous me permettez, je pense que Miranda ferait bien de prendre quelques cours de rattrapage. Mais je reviens ici chaque été. Papa n'a que moi et, d'autre part, cela me permet de ne pas oublier quelle est ma place.

— Je croyais que je vous avais dit de vider les lieux, vous et votre bande de snobs ! » C'était Mickey the Mick's, qui braillait sur le seuil.

« Laisse tomber, papa, il s'en va.

— Bien », fis-je mal à l'aise, « combien vous dois-je...

— C'est pour nous », coupa Pegeen.

Tête basse, je sortis du bar et retrouvai la petite rue écrasée de soleil. N'ayant guère envie de retourner chez les Maddox, je traînai devant la vitrine du drugstore, contemplant, déprimé, des bouillottes poussiéreuses. Je ne sais combien de temps je demeurai ainsi, le regard fixe, mais c'est Pegeen Ryan qui me réveilla. Elle portait un grand chapeau et des gants, et marchait d'un pas vif. « Ah, ce n'est pas la vitrine de Bonwit's, hein, monsieur le citadin ? lança-t-elle au passage, sans s'arrêter.

— Hé, où allez-vous ?

— Au ciné.

— Toute seule ?

— Toute seule. Ils passent *Les plus belles années de notre vie*.

— Je peux vous accompagner ?

— C'est un endroit public. Je ne peux pas vous en empêcher.

— Et je pourrais m'asseoir à côté de vous ?

— Il n'y a pas de place réservée – pas même pour les Maddox et leurs amis. Simplement, taisez-vous pendant le film. Et n'entrez pas avec moi. Je ne veux pas que les autochtones s'imaginent que j'ai donné ma vertu à un estivant.

— Puis-je vous inviter ?

— C'est tout à fait hors de question. Et ne vous mettez pas en tête que c'est une espèce de rendez-vous galant, car ce n'est pas le cas. Je ne songerais même pas à chasser sur les terres des Maddox. » Sur quoi elle posa brutalement son argent sur le guichet, et entra dans la salle. Je la suivis, à distance respectueuse.

Nous sortîmes à la fin du film. « Bon, eh bien salut, fit-elle.

— Dites, je ne peux pas vous offrir un verre, je ne sais pas ?

— Non. Le seul endroit où l'on puisse prendre un verre, dans l'île, c'est chez papa, mais pas le dimanche. Vous feriez mieux de filer chez les Maddox.

— Très bien », dis-je, « à bientôt, alors.

— Ça aura intérêt à être *très* bientôt, parce que je rentre par la vedette de ce soir – *Petit Larousse, Candide, Le Malade imaginaire**, le *Vocabulaire en images* de Heath, et tout ça. C'est la rentrée.

— Bon, on pourrait peut-être se revoir, à New York ?

— Un rendez-vous, voulez-vous dire ? Avec vous, Margot, Miranda, Melissa, et votre tante pour chaperonner tout le monde ? Je ne le pense pas. Merci, cela dit – et bonne chance. » Elle s'éloigna.

Je repris lentement le chemin de la maison des Maddox. Pour quelque mystérieuse raison, je n'étais pas particulièrement pressé d'arriver là-bas. Margot était allongée dans le hamac de Tante Mame, plongée dans un numéro de *Circle 6*. Elle posa son magazine, me jeta un regard inquiet, les yeux écarquillés. « Mais mon cher, cher Patrick, *où* étiez-vous donc ? Nous étions mortes d'angoisse, toutes les quatre. Miranda allait justement nous présenter les croquis de costumes qu'elle vient de réaliser pour un projet de spectacle appelé *America*, par une troupe expérimentale réellement très douée. Elle est montée les montrer à cette pauvre Mame.

— Que lui arrive-t-il, à part la présentation des croquis de Miranda ?

— Elle a un violent rhume. Où avez-vous passé la journée ?

— Au cinéma.

— Au *cinéma* ? C'est une plaisanterie ! » Elle rit, de son rire exquis. « Ils ne passent que des films bons pour les autochtones.

— Non, celui-ci était absolument extraordinaire. Cette troupe expérimentale de Minnehaha Falls a fait un travail étonnant, en revisitant le vieux thème de *Léda et le cygne*, avec un texte de Gertrude Stein et une musique de Virgil Thomson et Bix Beiderbeck.

— *Non* ! Pourquoi ne m'en avez-vous pas *parlé* ? Mon Dieu, cela nous aurait tellement int…

— Le rôle de Léda est tenu par une petite bossue de treize ans, qui a pour partenaires Laurel et Hardy et les Ritz Brothers et Bela Lugosi et Buster Keaton. Les décors sont de Salvador Dalí, et les costumes de Christian Bérard.

— Vraiment ? Personnellement, je n'aurais pas pris Bérard, mais… Oh, c'est une *blague* !

— Écoutez, Margot, je voudrais vous parler, vous parler sérieusement – *seul à seul*, et *maintenant*.

— Très bien. Moi aussi, je veux vous parler. J'ai fait quelques projets d'avenir avec Melissa et Miranda…

— C'est précisément une des choses dont je souhaiterais discuter.

— … en bateau, et nous avons eu une idée absolument lumineuse…

— Ne croyez-vous pas que vous pourriez parler d'avenir avec *moi* ?

— … qui arrange tout le monde, Miranda, Melissa, vous et moi, et qui nous garantit à tous une existence positive, intéressante, fondée sur la culture…

— Je trouve mon existence – en temps normal, veux-je dire – bien assez positive, intéressante et culturelle à mon goût », dis-je. Margot, cependant, semblait ne pas entendre un seul mot. Elle continuait.

« Je me suis dit que nous pourrions nous marier fin septembre, comme prévu. Ensuite, nous ferons un petit voyage en Europe…

— Je ne suis pas certain de pouvoir me libérer, avec le bureau.

— … et après notre petit séjour en Europe, tous les quatre, nous nous installerions…

— Margot ! Écoutez-vous ce que je vous dis ?

— Mais bien sûr, mon cher, très cher Patrick. Bon, Melissa a suggéré Capri, mais la vie est tellement bohème là-bas que nous ne pourrons jamais nous atteler à un travail réellement créatif, et j'ai donc suggéré à Mame de louer une maison à Ischia, ou bien…

— De quoi parlez-vous ?

— Mais enfin, je parle de *nous*, fit-elle, avec une infinie douceur.

— De vous et moi ?

— Mais oui, naturellement – vous et moi, et Melissa, et Miranda.

— Je ne pense pas que mon agence ait un bureau à Ischia – ni à Capri, d'ailleurs. En fait, elle n'a de bureau qu'à New York. C'est une agence assez modeste, voyez-vous.

— Cela n'a aucune importance, mon chéri.

— C'est ainsi que je gagne ma vie », dis-je, « c'est mon métier.

— Votre métier ! Débiter des clichés à la chaîne, pour vanter les mérites d'un chauffe-plat, c'est cela que vous appelez un *métier* ?

— C'est ce qui m'occupe, presque toute la journée, fis-je d'une voix lente.

— Mais vous n'avez pas à gagner votre vie. Vous avez beaucoup d'argent. Quant à Mame, bien sûr, elle possède une véritable fortune.

— Et... ?

— Mon Dieu, Patrick, mon chéri, pourquoi prendre le travail de ceux qui en ont vraiment besoin ? » Elle semblait parfaitement à l'aise. « Et comme je vous l'ai fait remarquer, celui-ci n'est pas digne d'un homme intelligent, de toute manière.

— Quel est *votre* travail, dans votre esprit, Margot ?

— *Mon* travail ? Mon Dieu, je suis occupée toute la journée.

— Occupée à quoi ?

— Eh bien, je lis énormément. Je me consacre à l'étude des langues, de l'art, de la musique, de la pensée contemporaine. Ma soif de connaissance est inextinguible...

— C'est pour cela que l'on vous a virée de Bennington ?

— ... et j'adore observer ce théâtre qu'est la vie... *Qui vous a dit cela ?* » C'était la première fois que je voyais Margot en colère, et ce n'était pas très joli.

— Pegeen Ryan.

— Pegeen *Ryan* ? Vous voulez dire que vous croyez ce que raconte cette minable petite serveuse ? Mais enfin, c'est une *autochtone*, une rien du tout !

— Une autochtone qui est allée à l'université, dis-je.

— À l'université ! L'Université du Maine, comme si on pouvait appeler ça une université !

— Moi, je peux.

— On accorde trop d'importance aux diplômes universitaires. La vie en soi peu vous en apprendre tellement... Quand j'y pense, le *culot* de cette petite souillon ! Grands dieux, son grand-père était le *jardinier* du mien !

— C'est ce qu'elle m'a dit.

— Mais comment avez-vous pu aller retrouver cette petite garce, pendant que j'avais le dos tourné, et...

— Je suis allé présenter des excuses pour la scène que vos sœurs ont faite, hier soir. Et régler l'addition.

— Des excuses aux Ryan, de la part des *Maddox* ! Hahahaha ! Quel spectacle !

— En effet, Margot. D'autant plus intéressant que *rien* ne peut excuser les mauvaises manières des Maddox. Ils ne les ont d'ailleurs pas acceptées – ni l'argent.

— Que venez-vous de *dire*, à propos de mauvaises manières ?

— Vous avez parfaitement entendu, Margot. Et pour une fois, c'est moi qui vais parler, et vous qui allez écouter. Je vous aime, Margot. Je vous aime en dépit de vos prétentions intellectuelles, de votre façon de vous comporter comme une duchesse en public, et comme une nonne au sein de votre famille. » Soudain, je me trouvais face à cette sinistre constatation : je ne l'aimais absolument pas – je ne ressentais même aucune attirance pour elle.

« Comment osez...

— C'est moi qui parle – pour une fois. Malgré la semaine infantile, théâtrale, décadente que nous venons de passer ici, et qui a culminé dans cette scène grotesque d'hier soir, je veux toujours vous épouser. Mais c'est *vous* que je veux épouser – pas Melissa, ni Miranda, ni Kafka. Ni aucune des choses qui m'ont été imposées ici. Il s'agit de *notre* mariage. Il n'est pas question de vie communautaire, ni de travail de création dans une île, si ce n'est l'île de Manhattan. Nous allons vivre ensemble – et *seuls* – , comme n'importe quel couple marié. Je me rendrai au bureau pour neuf heures, et je rentrerai à la maison un peu avant six heures. Entre-temps, vous pourrez vous consacrer à toutes les passions intellectuelles qui...

— Je vois, une vie de petit comptable, avec des manchettes de lustrine ! cracha Margot.

— C'est *exactement* cela, une vie de petit comptable, si ce n'est que je suis nul en comptabilité. Un petit comptable, avec des enfants, une vie normale – la vie que je n'ai jamais pu connaître. Tante Mame peut parfaitement s'en sortir toute seule. Elle l'a toujours fait. Et Miranda et Melissa également.

— *Toutes seules* ! » explosa-t-elle. « Mais comment pensez-vous que je puisse leur trouver des maris convenables, si je mène une petite vie minable ? Il faut que je les emmène dans des endroits où elles rencontreront des hommes... » Elle devenait légèrement hystérique, bégayant, cherchant ses mots. « ... des hommes intelligents, bien nés, connaissant la vie... »

— Riches, vous voulez dire ?

— Eh bien *oui*. Une Maddox ne peut épouser *n'importe qui*. C'est autre chose, pour vous. Vous avez votre propre argent. Vous êtes l'unique héritier d'une femme fortunée. Vous ne savez pas ce que c'est que d'avoir *tout* eu, et d'avoir vu votre père tout perdre. Nous sommes différents des gens normaux. Nous ne pouvons pas nous faire à la...

— Quand cette fortune s'est-elle effondrée, Margot ?

— En 29. Nous avions trois gouvernantes, des valets, des...

— Vous aviez huit ans, à l'époque. Vos sœurs étaient encore plus petites. Il me semble que vous auriez pu apprendre à affronter la vie, en quinze ans. En fait, plus vite vous et vos sœurs vous débarrasserez de vos mirages de *grandeur* – cette illusion que vous régnez, par principe, sur l'art et la société –, pour apprendre à faire la cuisine, à traiter les autres comme des êtres humains, et non comme des esclaves du défunt empire Maddox, mieux vous...

— Taisez-vous ! » s'écria-t-elle. « Cela fait dix générations que la famille Maddox domine tout le monde à Salem – et même parfois à Boston – sur un plan social, artistique, *intellectuel* ! Dans notre milieu, chacun s'accorde à...

— C'est *quoi*, exactement, votre milieu, Margot ?

— Des gens dont *vous* n'avez jamais entendu parler !

— Je n'en doute pas ! Mais si votre milieu, comme vous l'appelez, consiste en trois hommes riches, vous avez intérêt à aller vite. J'ai passé ma vie parmi des gens de talent, des gens bien nés, et vous et vos sœurs n'êtes simplement pas à la hauteur, sur aucun plan. Et si vous vous imaginez que je vais vous épouser pour passer le reste de mon existence à faire le maquereau pour vos poissardes de sœurs, vous...

— *M'épouser* ! Pauvre balourd de Madison Avenue, avec votre crétine de tante, cette poseuse qui croit pouvoir s'offrir une position dans une famille exceptionnelle, réellement aristocratique !

— Dites, *attendez* une seconde...

— Pour rien au monde je ne vous épouserais ! Je vais nous propulser, moi et mes sœurs, au sommet du monde intellectuel, même si c'est la dernière chose que je ferai.

— Et ce *sera* la dernière chose que vous ferez.

— Fichez le camp d'ici, je vous chasse ! Quittez immédiatement ma propriété !

— Très bien, Margot, je pars. Mais un petit détail légal, cependant : ce n'est pas votre propriété. C'est celle de Tante Mame – et ce jusqu'au premier dimanche de septembre.

— Je possède ces terres, comme je possède toute cette île ! Je suis une Maddox, et une Maddox est...

— Salut, Margot. Transmettez mon meilleur souvenir aux gens d'Ischia. »

Je traversai la pelouse en hâte, pressé de m'éloigner de la maison des Maddox. Mais comme je passais devant celle-ci, la fenêtre de Tante Mame s'ouvrit brusquement. « Patrick ! Attends ! » s'écria-t-elle d'une voix enrouée.

En un instant, elle m'avait rejoint sur la pelouse, enveloppée de châles et de couvertures.

« On joue lady Macbeth ? » m'enquis-je.

— Oh, mon petit amour, Tante Mame se sent si déprimée – je suis nerveusement *détruite*, après cette horrible scène d'hier soir. Et puis j'ai attrapé un rhume, et... Au fait *où* étais-tu passé ? Et *où* vas-tu, d'un pas si...

— J'étais au Pays des Merveilles, avec vous, comme d'habitude. Et là, je rentre à New York, par la prochaine vedette.

— Mais... mais Margot et toi, mon chéri ? Et vos projets de mariage ? Mon Dieu, elle a passé l'après-midi à me décrire la charmante petite villa que j'allais vous offrir – un petit nid d'amour, parfait pour deux tourtereaux, leurs deux jeunes sœurs, et leur tante adorée. L'idée était si exquise que, dans la foulée, elle a aussi parlé d'un *pied-à-terre** à Paris, et d'un... »

Il y avait dans ses paroles quelque chose de faux, qui me déplaisait ; elle écarquillait trop grand les yeux.

— Margot et moi... » Je gonflai les joues, et les dégonflai bruyamment, avec deux doigts.

« Qu'est-ce que cela signifie ?

— C'est un bruit inconvenant, c'est aussi celui d'un ballon qui se dégonfle, et cela signifie que Margot et moi, c'est terminé.

— *Terminé* ? Mais Patrick, et mes projets pour vous ? Et mon merveilleux été ? Mes petits-enfants ? Cela fait six mois que je tiens sous haute surveillance ces trois jeunes filles, superbes, intelligentes, bien élevées. Puis je te lâche au milieu d'elles. Je te donne l'occasion de reproduire le Jugement de Pâris...

— Pâris aurait fait preuve d'un meilleur jugement.

— Mais mon professeur de psychologie me disait que...

— Votre professeur de psychologie ne pouvait imaginer que vous alliez vous précipiter dans un nid de vipères. Mais *moi*, j'aurais pu lui expliquer que de toutes les innocentes, de tous les cœurs simples, de toutes les personnes les plus faciles à gruger, c'était *vous* la proie la plus évidente pour ces jeunes filles de si bonne famille, vénales, méchantes, hypocrites, qui n'ont même pas la politesse ou la simple décence de...

— Mon Dieu, j'admets qu'elles se sont comportées de manière assez affreuse hier soir, avec cette ravissante rousse, mais ces filles de la vieille aristocratie sont...

— Affreuses, c'est bien le mot. Cela a été la scène la plus minable, la plus vulgaire que l'on ait jamais connue. Le genre de chose que l'on attend d'une bande de putains, dans un bordel de Barcelone. C'était...

— Tout à fait exact, mon chéri, dit-elle avec une sérénité exaspérante.

— Et vous pouvez aussi reconnaître que les sœurs Maddox n'ont cessé de vous saigner, depuis l'instant où vous les avez rencontrées.

— Disons qu'elles ne sont pas du genre à se battre pour régler l'addition, au restaurant.

— Et vous savez très bien – ou du moins, vous *devriez* savoir – qu'elles n'ont pas plus de talent que *moi*. Margot ne saurait pas distinguer une ligne de Kafka d'une ligne d'Elinor Glynn ; quant à Miranda et ses plagiats de...

— As-tu noté, d'ailleurs, mon petit amour, que la *Fugue en ré* de Melissa n'est rien d'autre que *Ramona* joué à l'envers et en do – la seule clef qu'elle sache utiliser ? » Son calme commençait de me porter sur les nerfs.

« Quant à tous ces célibataires qui leur courent après, ils n'existent simplement *pas*. C'est vous qui avez monté toute...

— Tous les hommes ne sont pas comme toi des innocents, des cœurs simples, des gens faciles à gruger, qualités qui, j'en ai l'impression, courent dans notre famille, tout comme la dissimulation, la rapacité, le snobisme et la prétention courent dans le sang des Maddox.

— Et vous vouliez me voir *épouser* l'une de ces sangsues humaines ? fis-je d'un ton rageur.

— Ce n'est pas *moi* qui t'ai demandé d'épouser Margot. Je ne t'ai demandé d'épouser *aucune* d'entre elles. Je trouve qu'elles forment une sale petite bande de chercheuses d'or – et pas même assez généreuses pour offrir une compensation physique à leur...

— Mais mon Dieu », fis-je, le souffle coupé, « vous pensez cela depuis le début, et vous avez tranquillement laissé ces harpies me mettre le grappin dessus ? Vous auriez mis un chapeau à plumes pour venir verser une larme au mariage ? Vous auriez…

— Mon chéri, mon professeur de psychologie m'a bien *expliqué* que…

— Eh bien, vous pouvez dire à votre prof de psychologie, de ma part, que la prochaine fois que je tomberai amoureux, je ferai confiance à la biologie, et *pas* à la psychologie – et *certainement* pas à *vous*.

— Merveilleux ! » s'écria Tante Mame. « C'est exactement ce que je souhaitais entendre.

— Mais que voulez-vous dire ? » fis-je, haletant. « C'est vous qui…

— C'est moi qui t'ai toujours sorti du pétrin dans lequel tu sembles te *jeter* avec acharnement – bien que, je l'admets volontiers, tu m'aies également, en une ou deux occasions, aidée à me tirer de… euh… de légers problèmes dus à la pure malchance –, comme cette histoire avec l'abominable fille Upson, ou cette créature appelée Bubbles. Mais tu es un adulte, à présent. L'heure est venue pour toi de quitter la coquille protectrice de l'enfance pour plonger dans cet océan immense qu'est l'âge d'homme, pour citer un éditorialiste de mes relations, un homme fait.

— Tante Mame, vous avez *réellement* monté toute cette histoire ? Vous…

— Prends ton envol, petit oiseau, riche de la connaissance de la vie que tu as pu acquérir au cours de ces années passées dans ma cage dorée ! conclut-elle dans une envolée de couvertures.

— Eh bien oui, je file, vous avez raison. Et je file immédiatement.

— C'est parfait, mon chéri, mais attends une seconde, que je jette deux ou trois affaires dans un sac. Je te rejoins tout de suite. Cette morgue me donne le frisson. J'en ai pour dix minutes, un quart d'... » J'entendis résonner la sirène de la vedette, à l'autre bout de Maddox Island.

« Navré, Tante Mame. Le bateau n'attendra pas dix minutes, un quart d'heure. Salut. Et faites attention à votre sac à main, dans le coin. Et *merci.* » Je me penchai et la serrai dans mes bras, l'embrassai.

« Allons, un peu de calme, jeune homme », fit-elle, indignée. « Après tout ce que j'ai fait pour toi, tu ne vas pas m'*abandonner* seule avec ces trois harpies.

— Pour citer un brillant éditorialiste de vos relations, un homme fait, je quitte la coquille protectrice de l'enfance pour plonger dans l'océan immense de l'âge d'homme. Et je le fais tout de suite, avant de devoir passer une nouvelle nuit sous l'appontement.

— *Patrick* ! Ne me laisse pas seule dans cette horrible maison !

— Vous vous y êtes mise, maintenant, c'est à vous d'en sortir – par la psychologie, évidemment. Au revoir, et merci encore. » Sur ce, je m'éloignai.

Comme j'arrivais au portail, Melissa sortit de l'ombre. Elle paraissait très pâle, avec une expression déterminée sur le visage, et portait une robe rouge, très échancrée. C'était quelque chose.

« Arrêtez, Patrick », fit-elle d'une voix d'outre-tombe. « J'ai entendu votre conversation avec Margot. Vous aviez raison. Margot est abominable. C'est un être vénal. Elle ne connaît *rien* à Kafka. Mais je ne suis pas comme elle et Miranda. Emmenez-moi avec vous, et je vous jure que vous n'entendrez plus jamais parler d'elles. Nous pourrions aller à Rome ensemble, je pourrais continuer de composer, à vos côtés. » De nouveau, je perçus la sirène mélancolique de la vedette. « Je pourrais vous rendre très heureux. J'adore la publicité, les gens du commun, et... »

La fin de son discours demeura perdue pour moi. Déjà, je courais à perdre haleine sur la route poussiéreuse qui traversait Maddox Island.

J'arrivai à l'embarcadère à l'instant où la vedette larguait les amarres. C'était un saut redoutable à effectuer, mais j'y parvins. Je déambulai parmi les estivants qui rentraient à la fin du week-end, traînant ma valise derrière moi, et tombai enfin sur une passagère ravissante, vêtue d'un tailleur strict. « Coucou ! fis-je.

— Oh, c'est *vous*, laissa tomber Pegeen Ryan.

— Oui, moi, homme des villes – et vous, fille de l'île.

— C'est franchement à *hurler* de rire. Vous devriez proposer ça à la télévision.

— Oh, laissez tomber, sale caractère d'Irlandaise.

— Vous allez à Bangor, acheter une bague de fiançailles pour Margot ?

— Non, je vais à Bangor pour acheter mon billet de retour. Je rentre à la maison, chez moi.

— Oh ? fit-elle, levant les sourcils.

— Mmm-mmm. »

Nous demeurâmes un moment silencieux.

« Cela ne vous ennuie pas, si je m'assois à côté de vous, Pegeen ?

— Ce bateau est un endroit public.

— Et si je m'assois à côté de vous dans le bus, quand nous arriverons sur la prochaine île ?

— Le bus est un endroit public.

— Et sur le ferry qui nous mène à Eastport ?

— Le ferry est un endroit public.

— Et ensuite, il y a encore un autre bus pour Bangor, Pegeen, puis un avion pour New York, puis un bus encore, à l'aéroport, et...

— Que d'endroits publics, n'est-ce pas ? » fit-elle. Mais elle souriait.

« Nous pourrions peut-être dîner ensemble, un soir – ce soir, par exemple. Mais dans un endroit *public*, évidemment.

— Nous pourrions », dit-elle.

Je passai mon bras autour de ses épaules, regardant les lumières de Maddox Island disparaître dans le crépuscule.

Chapitre XI

Le retour de tante Mame

La vie de notre Personnage Inoubliable s'avérait un sujet si palpitant que je finis par m'endormir doucement. Il était quatre heures quand la sonnerie du téléphone m'éveilla. Je me levai pour aller répondre, mais Pegeen avait déjà pris l'appareil.

« C'est pour toi », dit-elle, couvrant le combiné de la main. « Et c'est ta folle de tante.

— Impossible », chuchotai-je, elle est en Inde.

— Alors, la ligne est étonnamment claire. Tiens.

— Allô ? fis-je, un peu hésitant.

— Mon chéri, mon garçon chéri ! Je suis *là* ! s'exclama Tante Mame d'une voix chantante.

— Où, là ?

— Au St. Regis. Je suis arrivée à New York ce matin, et je ne vais y passer qu'un jour ou deux. Ne t'ai-je pas écrit, pour te prévenir de mon arrivée ?

— Non.

— Ah bon. En tout cas, je voulais le faire.

— Et c'est *comment*, l'Inde ? demandai-je bêtement.

— C'est divin, mon chéri. Parfaitement divin ! Je *meurs* d'impatience de te raconter l'ouvrage que j'ai abattu là-bas. Mon Dieu, Nehru a déclaré que j'avais fait plus pour aider l'âme indienne à s'échapper du communisme que tout autre...

— J'imagine que le Pakistan lui-même devait leur sembler sympathique, durant votre séjour.

— Pardon ?

— Rien.

— Bien, mon chéri, il *faut* que je te voie. Toi et Pegeen, et votre adorable bébé. Quand je pense que tu t'es permis d'avoir cet adorable petit garçon, et que je n'ai même pas encore posé les yeux sur lui, occupée que j'étais à faire un peu de ménage en Europe et en Asie, pendant toutes ces années. Ne pouvais-tu pas le mettre dans un couffin et me l'apporter, pour que je le voie un peu ?

— Tante Mame », dis-je, « il a sept ans, et il est si grand que c'est *lui* qui pourrait me mettre dans un couffin, et...

— Grands dieux ! Comme le temps passe, quand on est occupé. Mais viens, je t'en prie ! J'organise une petite réception de bienvenue, pour fêter mon retour.

— Quand ?

— Eh bien, dès que tu peux. J'ai réuni des gens extrêmement intéressants – une vraie soirée cosmopolite ! Dépêche-toi mon chéri, je t'en prie. Je suis *folle* d'impatience de vous voir, tous les trois.

— Bon, j'essaie. Nous serons là d'ici une heure.

— *À bientôt**, mon amour. » Et elle raccrocha.

« *Alors* ? s'enquit Pegeen.

— C'était Tante Mame.

— C'est ce que j'avais cru comprendre.

— Elle est au St. Regis. Elle vient de rentrer. Elle voudrait que nous la rejoignions immédiatement.

— Je savais que c'était trop beau pour durer. Les sept ou huit dernières années ont été tellement tranquilles...

— Allons, viens. Mets ton chapeau, on y va. Elle veut voir le petit, également.

— As-tu l'intention de faire ton entrée au St. Regis dans ce vieux peignoir ?

— Oh, mince, j'avais complètement oublié. Bon, prépare le petit pendant que je m'habille.

— Mets-toi bien une chose en tête », dit soudain Pegeen, l'air grave, pour une fois, « c'est peut-être une femme exceptionnelle, un personnage de roman, une charmeuse, tout ce que tu voudras, mais elle ne va pas mettre le grappin sur mon fils. Elle peut lui faire "coucou", et "comme il est grand", et "comme il te ressemble", tout ce qu'une tante normale dit en pareil cas, mais elle ne va pas...

— Oh, Pegeen, mais elle n'en a même pas l'*intention*. Elle a déjà une demi-douzaine de fers au feu, elle n'a pas besoin de s'encombrer d'un enfant. »

« N'oublie pas ce que je t'ai dit », déclara Pegeen, comme nous arrivions devant la porte de la suite de Tante Mame. Je sonnai, et Ito ouvrit, coiffé d'un turban, et plongeant dans un profond salut.

« Ito ! » m'écriai-je, lui prenant la main. Ses cheveux, dépassant du turban, grisonnaient à présent, mais il émit un petit rire de vraie joie, et je vis qu'il était resté le même ; seul son costume avait changé.

« Vous entrer. Madame avoir soirée. Madame très impatiente voir petit garçon. »

Notre fils avait les yeux hors de la tête. Il me tira par la main. « Il est comme Punjab, dans *Little Orphan Annie* ?

— Non, Mike », dis-je, « il travaille pour tante, c'est tout. »

Pour un si bref séjour en ville, Tante Mame avait loué une suite considérable, et la foule qui emplissait les nombreuses pièces n'était pas sans évoquer une délégation des Nations Unies. Il y avait là bon nombre d'Hindous en costume de ville, coiffés de turbans, accompagnés de leurs épouses en sari. Mike n'avait encore jamais rien vu de semblable.

La première personne sur qui je tombai, ce fut Vera, les cheveux teints en un blond doré agressif. Le jour de son soixantième anniversaire, elle avait admis que l'époque des rôles d'ingénue était terminée pour elle, et elle jouait à présent les jeunes femmes de trente-cinq ans, continuant de remplir les salles en matinée. La mort ayant cruellement frappé la famille Fitz-Hugh, l'Honorable Basil était à présent comte, et Vera faisait une comtesse parfaitement crédible. Authentiquement britannique ou pas, sa prononciation de l'anglais, déjà fort fantaisiste, s'élevait maintenant, littéralement, à une nouvelle forme d'art. « Pât'ick, mon chérrri », fit-elle, me tendant la main, « que c'est donc meeee'veilleux de te revoâ', après taaant d'années. Mais comme tu as *vieilli*, mon cheahhh garçon.

— Salut, Vera », fis-je. « Vous avez vu Tante Mame, quelque part ?

— Aoh, mais oui, mon chérrri. Elle est suppperbe. Elle porte magnifiquement son âââge.

— Mais où... »

Une apparition se dirigeait vers moi, dont je sus que ce ne pouvait être que Tante Mame. Elle portait un sari compliqué, outrageusement drapé, afin de faire valoir la finesse de sa silhouette. Elle avait teint ses cheveux, gris à présent, en un délicat bleu pervenche. Ses yeux étaient lourdement soulignés de khôl, et elle avait ajouté, touche finale, une marque de caste sur son front.

« Tiens, bonjour, Fatima, dis-je.

— Patrick ! Patrick, mon garçon chéri ! » Elle se jeta dans mes bras, me couvrant de baisers. « Et voilà Pegeen ! » Pegeen et elle, dont les relations avaient été brèves, et d'une politesse tout juste cordiale, échangèrent un baiser plein de réserve.

« Et *où* est votre bébé ?

— Il est là, dis-je, la main posée sur les cheveux roux de Mike.

— Mon chéri ! » s'exclama-t-elle d'un ton théâtral, « c'est *moi,* ta tante Mame ! » Elle le prit dans ses bras, et l'embrassa.

« Ta *grand*-tante Mame, rectifia Pegeen.

— Et vous l'avez baptisé du nom de l'archange ! s'exclama Tante Mame d'une voix extasiée.

— Non », fit Pegeen, « comme mon père, Mickey the Mick's.

— Oh, Patrick, il est tout simplement divin. C'est exactement *toi* au même âge, avec en plus la magnifique chevelure de sa mère. Encore plus belle, d'ailleurs, me semble-t-il. » Elle pressa son nez contre celui de Mike, le regardant au fond des yeux. « Je n'ai *jamais* vu de cheveux d'une couleur pareille, mon petit amour. Ils sont d'un roux extraordinaire !

— Moi non plus, je n'ai jamais vu de cheveux comme les vôtres », répondit Mike. « Ils sont... tellement *bleus* ! »

Tante Mame émit un rire cristallin. « *Voilà* un jeune monsieur très observateur, n'est-ce pas ?

— Pardon ? fit Mike, avec de grands yeux.

— Je dis que tu es très observateur, n'est-ce pas ?

— Je... Je ne comprends pas ce que cela veut dire.

— Grands dieux, mon enfant, ton père ne s'occupe donc *pas* de ton vocabulaire ?

— De mon quoi ?

— De ton vocabulaire. Des mots que les gens emploient quand ils parlent. Et mon chéri, tu dois savoir qu'un vocabulaire riche et varié est le signe distinctif de toute personne réellement cultivée.

— Je ne comprends pas tous ces grands mots.

— Bien sûr que tu ne les comprends pas, mon petit amour. Comment pourrais-tu les comprendre, si l'on ne t'offre jamais l'occasion de les utiliser ? Je vais te donner un carnet de vocabulaire, et à chaque fois que tu entendras un mot inconnu, tu le noteras, et je t'expliquerai ensuite ce qu'il signifie, et comment l'employer. Ce sera très amusant, non ?

— Euh… Oui, sans doute.

— Écoutez, Tante Mame », intervins-je, non sans quelque nervosité, « si vous devez repartir immédiatement, je ne pense pas que vous ayez le temps de beaucoup vous occuper du vocabulaire de Mike, ni de…

— Qui sait ? Certes, on a besoin de moi en Inde, mais j'*affirme* que la voix du sang… Oh, Michael, mon chéri, tu as entendu *parler* de l'Inde, n'est-ce pas ? Sais-tu où cela se trouve ?

— À peu près.

— Ah, mon petit amour, si seulement je pouvais te faire visiter ce pays – tant de splendeurs, de couleurs, de mystère !

— J'aime bien les mystères.

— Moi aussi, mon petit amour. Et découvrir tout cela avec tes yeux d'enfant, tes beaux yeux bleus… Sais-tu qu'il y a une jungle, là-bas, avec des léopards et des lions, et que l'on voit des éléphants dans la rue ?

— Comme au cirque, Tante Mame ? fit Mike, le visage radieux.

— Oui, mon chéri, comme au cirque. Mais c'est beaucoup mieux qu'au cirque, parce qu'on peut les toucher, et monter dessus.

— Monter sur un *éléphant* ? s'écria Mike d'une voix aiguë.

— Mais tout à fait, mon chéri. Quand je séjournais chez le maharadjah de Ghitagodpur, nous allions *partout* à dos d'éléphant. Durant tout le temps que j'ai passé chez lui, j'ai eu un éléphant à moi.

— Un éléphant *à vous* ?

— Mais bien sûr, mon chéri. Cela t'amuserait bien, n'est-ce pas ?

— Un peu, oui ! Quand vous retournerez en Inde, je pourrai peut-être venir vous voir en train. J'ai déjà pris le train tout seul, vous savez. J'ai fait tout le chemin de Verdant Greens jusqu'à Grand Central Station, pour déjeuner avec papa et aller au théâtre.

— Bien sûr, que tu peux venir me voir là-bas, mon petit amour. Encore que quand je vais en Inde, j'y vais plutôt en avion.

— En *avion* ?

— Non, sur un balai de sorcière, marmonna Pegeen.

— Mince alors ! Je pourrai peut-être venir vous voir bientôt. L'école est finie, et...

— Mike », intervins-je, « arrête de réclamer.

— Je suis désolé, Tante Mame », dit-il. « Vous avez une très jolie robe, ajouta-t-il.

— Merci, mon chéri ! Je vois que tu sais déjà parler aux dames. C'est vrai, le sari est *réellement* la tenue la plus seyante, pour une femme. J'en ai des douzaines, dans ma malle, et... Oh, j'ai autre chose aussi. Quelque chose qu'un petit garçon devrait bien aimer, à mon avis.

— Qu'est-ce que c'est, Tante Mame ? s'enquit Mike.

— Un cimeterre, mon chéri.

— Et qu'est-ce que c'est ?

— Eh bien, c'est une sorte d'épée courbe. Je suis tombée dessus un jour, par hasard, tandis que je traînais dans les bazars. En fait, c'est une arme musulmane, plus qu'hindoue, mais le motif gravé dans la poignée m'a tant intriguée que... »

Mike ne comprenait pas grand-chose à ce que disait Tante Mame, mais le simple mot d'"épée" l'avait tout à fait bouleversé.

« Tu aimerais bien l'avoir, mon chéri ?

— Oh, si j'*aimerais* l'avoir !

— Ne pensez-vous pas que c'est un peu dangereux, pour un enfant de... commença Pegeen.

— Oh, ma chère, il est si émoussé qu'on ne couperait pas du fromage avec. Mais c'est un objet *tellement* émouvant. Écoutez, promenez-vous un peu, tous les deux, je vais emmener ce petit amour dans ma chambre, et... » Avant que j'eusse pu dire un mot, Tante Mame et Mike avaient disparu.

« Bon, écoute », dit Pegeen, « cette réunion de famille est *une* chose, mais cette folle ne va pas mettre la main sur Mike. C'est un petit garçon parfaitement normal, comme tous les autres – même si son QI est *effectivement* élevé –, et je tiens à ce qu'il demeure ainsi. Il n'est pas question qu'elle le bousille avec tous ces...

— Mon Dieu, je ne sais pas exactement ce que tu entends par "bousiller" », fis-je, non sans une certaine indignation. « Elle m'a bien élevé, *moi*, n'est-ce pas ? Vois-tu chez moi quelque chose d'anormal ? Il me semble que nous avons mené une existence parfaitement heureuse, à défaut d'être exceptionnelle...

— Exactement. Et j'entends bien continuer ainsi. »

Nous nous promenâmes donc parmi les amis de Tante Mame, les vieux amis des jours new-yorkais, et les nouveaux, des nuits de Bombay. C'était une réception dans le grand style, évoquant ses folles soirées des années vingt. Chaque visage était un visage connu, personne ne manquait à l'appel, et je dus admettre que, comparée aux éternels cocktails et petits dîners de Verdant Greens, elle était singulièrement brillante. Je ressentis même, un instant, un pincement de nostalgie en me souvenant de l'époque de la prohibition, où le gin maison coulait à flots à Beekman Place, et à cette magnifique maison de Washington Square – depuis longtemps détruite. Pegeen elle-même se montrait impressionnée, malgré sa méfiance noire envers Tante Mame.

« Eh bien, Pegeen », dis-je, « tu peux bien dire ce que tu veux, mais tu dois reconnaître que cette sacrée bonne femme sait toujours attirer du monde.

— Les oiseaux viendraient lui manger dans la main. C'est justement le problème, avec elle. Je l'aime bien, crois-moi, je l'aime vraiment, mais... Grands dieux ! »

Je suivis le regard fixe, horrifié de Pegeen : Mike et Tante Mame émergeaient de la chambre à coucher. Notre fils avait le crâne enrubanné d'un turban blanc, et traînait derrière lui un immense cimeterre.

« Regardez, mes enfants chéris ! Regardez le petit Hindou ! Et maintenant, tu vas saluer tout le monde, Michael, comme Tante Mame t'a appris à le faire. »

Mike salua. Tous les hommes en turban lui rendirent instantanément son salut, tandis que les femmes émettaient de petits rires d'oiseau, en agitant leur sari. « Bien sûr, nous sommes des Parsis », me confia l'un d'entre eux, « nous sommes christianisés depuis cinq générations, mais ce petit Américain, avec cette chère Miss Mame, est tellement...

— Bien, tout est arrangé ! déclara Tante Mame d'un ton péremptoire, se dirigeant vers nous.

— Qu'est-ce qui est arrangé ? m'enquis-je.

— Notre retour en Inde. Tout ce qu'il lui faut, c'est un ou deux vaccins, et nous serons prêts pour partir dès la fin de la semaine. Je dois dire que c'est un enfant adorable. Vous l'avez magnifiquement élevé, Pegeen. C'est un travail réellement splen...

— *Quel* retour en Inde ? coupai-je d'une voix tonnante.

— C'est vrai, papa, Tante Mame et moi allons prendre un grand avion et rendre visite à un roi qui a des éléphants, qui chasse le tigre, et qui joue au polo, et je vais rencontrer un monsieur, une espèce de prêtre qui apprend à Tante Mame à respirer et à se concentrer – ça, c'est un mot nouveau, papa –, et il va m'apprendre aussi, et… Comment appelez-vous ce monsieur, Tante Mame ?

— Un yogi, mon chéri, mais je ne crois pas qu'il faille ennuyer ton père avec tout cela pour l'instant.

— Oui, c'est ça, un yogi, et nous allons…

— Il n'en est pas question », dis-je d'une voix ferme.

Lui eussé-je administré une gifle, il n'aurait pas paru plus blessé. « Mais… mais papa…

— Mike, mon chéri, ce n'est simplement pas possible », intervint Pegeen. « C'est trop loin, trop dangereux. Et je serais très malheureuse, si tu partais.

— Tu étais bien contente de me voir partir, l'été dernier », répondit Mike. « Tu disais que tu n'en pouvais plus de m'avoir toujours dans les pattes, tu n'attendais qu'une chose, c'était de m'envoyer dans cette espèce de sale colonie de Camp Yahoo. Tu disais…

— Surveille tes manières, Mike, dis-je.

— Mais enfin, papa…

— Patrick, comment pourrais-tu refuser une telle aventure à cet enfant ? » intervint Tante Mame. « Ce serait presque comme lui claquer au visage les portes de la connaissance. Il a une occasion absolument superbe de visiter l'un des pays les plus fascinants du monde – plein de couleur, d'histoire, de mystère, d'agitation politique –, de le connaître vraiment, de *l'intérieur*, comme il n'est donné à aucun touriste de le faire, et tu…

— Tante Mame », commençai-je, « il est si jeune et…

— Maman », fit Mike. Sa lèvre inférieure tremblait, et ses yeux étaient plus bleus que les cheveux de Tante Mame. « Je ne peux pas y aller, *s'il te plaît* ? Je n'ai encore été nulle part, à part aux Bermudes, à Maddox Island, et au Camp Yahoo. *Je t'en supplie*, laisse-moi y aller. » Mon Dieu, Mike a le don de vous briser le cœur en un seul regard.

« Mike, je... je... Bon, je vais en discuter avec papa.

— C'est une idée *magnifique* ! » s'exclama Tante Mame. « Tous les couples devraient *absolument* discuter de leurs problèmes. Les poser sur la table et les aborder bien en face, franchement. Si *tout le monde* faisait ainsi, il y aurait tellement moins de querelles et de divorces. Passez dans ma chambre, et réglez ceci *sur-le-champ.* » Elle nous poussa dans sa chambre, referma la porte derrière nous.

« Bien, dis-je.

— Bien, dit Pegeen. Je ne sais pas. D'une part, je vois dix mille objections valables à ce projet complètement insensé. Ta tante est futile, écervelée, possessive, dominatrice, et Mike est un enfant impressionnable...

— De plus, l'Inde est un pays dangereux, rempli d'insectes venimeux, de reptiles, me semble-t-il. Cela dit, je n'y suis jamais allé, et j'admets que le projet est...

— Évidemment, c'est une occasion exceptionnelle, pour Mike. Je serais la dernière à le nier. Ce serait une expérience, un bagage pour tout le reste de sa vie. Mais tout de même...

— Bon, je sais qu'il ne peut rien lui arriver de grave. On *peut* faire confiance à Tante Mame, aussi particulière soit-elle. Mais c'est si loin, et...

— Ce n'est pas cela qui m'ennuie le plus, Pat, c'est que... Mon Dieu, si je dis *non*, et que je m'y tiens, je vais me sentir affreusement coupable, et toute sa vie, il pourra me reprocher...

— Écoute, si *quelqu'un* doit dire non, c'est toi. Je crois que cela va lui briser le cœur. Il aime *beaucoup* Tante Mame, et...

— Oh, d'accord ! » soupira Pegeen. « Elle nous tient vraiment par la peau des fesses. Voilà ce que nous allons faire : il peut partir, mais à *une* condition, c'est d'être rentré à la fin des vacances...

Il n'est *pas* question qu'il manque un seul jour d'école, pendant qu'elle…

— Et il n'est pas question qu'il apprenne le yoga, non plus. Je vais me montrer très ferme sur ce point.

— Non, pas de yoga, ni rien de ce genre. Je sais que ça semble idiot, mais… »

La porte s'ouvrit doucement. Tous deux se tenaient là, sur le seuil – Mike enturbanné, et Tante Mame vêtue de son sari. Mike nous fit ses yeux les plus bleus. « Alors, je peux ? » demanda-t-il. Je savais parfaitement qu'ils avaient écouté à la porte, mais je n'allais pas donner à Tante Mame la satisfaction de la confondre.

« Oui, tu peux y aller.

— *Ouah* ! » Mike nous sauta au cou, et nous couvrit de baisers.

« Mais il y a un ou deux points que je voudrais rendre *parfaitement* clairs, Tante Mame, dis-je.

— Oui, mon chéri ? fit-elle avec un regard innocent, comme humide de rosée.

— Il *doit* être rentré en septembre, pour reprendre l'école…

— Oh, mais *bien sûr*, Patrick.

— … et d'autre part, il n'est pas question de lui faire rencontrer un tas de fêlés mystiques…

— Il existe là-bas une charmante petite Église épiscopale, et je l'enverrai à la messe chaque dimanche matin. Cependant, lui refuser cette chance de connaître un esprit aussi sublime que celui de mon gourou, et de tirer force et sagesse de…

— Et, pour finir, promettez-moi de vous *tenir*, avec Mike.

— De me *tenir* ? Une femme de quarante ans passés ? Mais que vas-tu…

— Vous savez très bien ce que je veux dire. Pas d'absurdités. Vous l'emmenez en Inde, il revient, et pas de petit détour par le Tibet, tellement spectaculaire, pas de fumeries d'opium, pas de...

— Tu es tellement semblable à ton père, mon petit Patrick, que j'ai parfois l'impression de n'avoir rien su faire de toi.

— Et c'est exactement ce que je vous demande de faire de Mike. Rien. Il mène une existence traditionnelle, tranquille, dans une atmosphère sereine. Il ira dans une bonne école traditionnelle, et...

— J'imagine, oui. Pourriez-vous vous arranger pour qu'il puisse partir vendredi ? demanda Tante Mame à Pegeen.

— Vendredi ? Eh bien, je...

— Épatant ! Nous prendrons l'avion de midi.

— Je peux *vraiment* y aller, alors ? demanda Mike.

— Oui, mais juste pour cet été. Ta tante Mame comprend bien que tu dois être rentré à temps pour l'école – quoi qu'il arrive. »

Tante Mame prit Mike par la main, et le regarda tendrement dans les yeux. « Dis-moi, mon petit amour, aimes-tu ton école ?

— Non.

— Il y a là un homme absolument fascinant, qui vient de Madras. Il a développé une conception de l'éducation totalement nouvelle, Michael. C'est une école interraciale, destinée aux garçons et filles de toutes origines et de toutes couleurs de peau. Les cours ont lieu en plein air, et à la place de livres...

— J'ai dit que je voulais le voir rentré *avant* la rentrée scolaire ! fis-je d'un ton acide.

— Ce monsieur est justement là, mon petit amour », reprit-elle, s'adressant toujours à Mike, « et je suis sûre qu'il aurait grand plaisir à te rencontrer. Viens, suis-moi, nous allons le chercher. Amusez-vous bien, mes enfants », nous lança-t-elle par-dessus son épaule.

« Grands dieux, c'est le joueur de flûte de Hamelin », articula Pegeen, le souffle coupé.

Tenant toujours Mike par la main, Tante Mame s'éloigna dans la foule, son sari flottant derrière elle.

Crédits photos préface

Page 9
Greer Garson en Tante Mame par les Studios Vandamm © The New York Public Library ; image fournie par la Greer Garson Collection, Hamon Arts Library, Southern Methodist University

Page 10
Lucille Ball en Tante Mame par Mel Traxel © mptvimages.com
Ginger Rogers en Tante Mame © Central Press/Hulton Archives/Getty Images

Page 11
Angela Lansbury en Tante Mame © Bill Ray/Time Life Pictures/Getty Images
Rosalind Russell en Tante Mame © Archive Photos/Hulton Archives/Getty Images

9846

Composition
NORD COMPO

Achevé d'imprimer en Espagne
par BLACK PRINT CPI
le 7 février 2012.

Dépôt légal février 2012.
EAN 9782290032404

ÉDITIONS J'AI LU
87, quai Panhard-et-Levassor, 75013 Paris

Diffusion France et étranger : Flammarion